主　编：陈　恒

光启文库

光启随笔

光启文库

光启随笔　　光启讲坛
光启学术　　光启读本
光启通识　　光启译丛
光启口述　　光启青年

主　编：陈　恒

学术支持：上海师范大学光启国际学者中心

策划统筹：鲍静静
责任编辑：张冬煜　李彦岑

依稀前尘事

陈思和 著

商务印书馆
The Commercial Press

图书在版编目（CIP）数据

依稀前尘事 / 陈思和著. —— 北京：商务印书馆，2022
（光启文库）
ISBN 978 - 7 - 100 - 20989 - 2

Ⅰ.①依… Ⅱ.①陈… Ⅲ.①五四运动 — 研究
Ⅳ.①K261.107

中国版本图书馆 CIP 数据核字（2022）第 055674 号

权利保留，侵权必究。

依 稀 前 尘 事

陈思和 著

商 务 印 书 馆 出 版
（北京王府井大街36号 邮政编码 100710）
商 务 印 书 馆 发 行
山东临沂新华印刷物流
集团有限责任公司印刷
ISBN 978 - 7 - 100 - 20989 - 2

2022年8月第1版　　开本 889×1194　1/32
2022年8月第1次印刷　印张 13
定价：78.00元

出版前言

梁启超在《清代学术概论》中认为,"自明徐光启、李之藻等广译算学、天文、水利诸书,为欧籍入中国之始,前清学术,颇蒙其影响"。梁任公把以徐光启(1562—1633)为代表追求"西学"的学术思潮,看作中国近代思想的开端。自徐光启以降数代学人,立足中华文化,承续学术传统,致力中西交流,展开文明互鉴,在江南地区开创出海纳百川的新局面,也遥遥开启了上海作为近现代东西交流、学术出版的中心地位。有鉴于此,我们秉承徐光启的精神遗产,发扬其经世致用、开放交流的学术理念,创设"光启文库"。

文库分光启随笔、光启学术、光启通识、光启讲坛、光启读本、光启译丛、光启口述、光启青年等系列。文库致力于构筑优秀学术人才集聚的高地、思想自由交流碰撞的平台,展示当代学术研究的成果,大力引介国外学术精品。如此,我们既可在自身文化中汲取养分,又能以高水准的海外成果丰富中华文化的内涵。

文库推重"经世致用",即注重文化的学术性和实用性,既促进学术价值的彰显,又推动现实关怀的呈现。文库以学术为第一要义,所选著作务求思想深刻、视角新颖、学养深厚;同时也注重实用,收录学术性与普及性皆佳、研究性与教学性兼顾、传承性与创新性俱备的优秀著作。以此,关注并回应重要时代议题与思想命题,推动中华文化的创造性转化与创新性发展,在与国外学术的交流对话中,努力打造和呈现具有中国特色的价值观念、思想文化及话语体系，为夯实文化软实力的根基贡献绵薄之力。

文库推动"东西交流"，即注重文化的引入与输出，促进双向的碰撞与沟通，既借鉴西方文化，也传播中国声音，并希冀在交流中催生更绚烂的精神成果。文库着力收录西方古今智慧经典和学术前沿成果，推动其在国内的译介与出版；同时也致力收录汉语世界优秀专著，促进其影响力的提升，发挥更大的文化效用；此外，还将整理汇编海内外学者具有学术性、思想性的随笔、讲演、访谈等，建构思想操练和精神对话的空间。

我们深知，无论是推动文化的经世致用，还是促进思想的东西交流，本文库所能贡献的仅为涓埃之力。但若能成为一脉细流，汇入中华文化发展与复兴的时代潮流，便正是秉承光启精神，不负历史使命之职。

文库创建伊始，事务千头万绪，未来也任重道远。本文库涵盖文学、历史、哲学、艺术、宗教、民俗等诸多人文学科，需要不同学科背景的学者通力合作。本文库综合著、译、编于一体，也需要多方助力协调。总之，文库的顺利推进绝非仅靠一己之力所能达成，实需相关机构、学者的鼎力襄助。谨此就教于大方之家，并致诚挚谢意。

清代学者阮元曾高度评价徐光启的贡献，"自利玛窦东来，得其天文数学之传者，光启为最深。……近今言甄明西学者，必称光启"。追慕先贤，知往鉴今，希望通过"光启文库"的工作，搭建东西文化会通的坚实平台，矗起当代中国学术高原的瞩目高峰，以学术的方式阐释中国、理解世界，让阅读与思索弥漫于我们的精神家园。

上海师范大学光启国际学者中心

2020年3月

士的精神·先锋文化·百年"五四"
（代序）

据胡适说，"五四运动"的提法，最早出现于1919年5月26日的《每周评论》第23期上刊登的《五四运动的精神》一文。[1]但在学生运动的发生过程中，学生团体的各种言论中更早就提到这个概念。[2]然而，在往后的学术讨论中，"五四"概念渐渐变得宽泛，它可以与很多名词搭配在一起，构成一种"五四"+"某某"的语言模式。如"五四新文化运动""五四新文学""五四新思潮""五四传统"……而"五四运动"，仅仅作为其中一项内容，还必须在中间加上定语"学生"或者"爱国"，才能够特指发生于1919年5月4日的社会事件。在一般的情况下，"五四"成为一个含义混乱、相互矛盾的概念。尤其在20世纪80年代学术界提出了"启蒙与救亡双重变奏"的观点[3]以

---

1 《五四运动的精神》，署名"毅"，为罗家伦的笔名，载《每周评论》第23期（1919年5月26日）。胡适的文章见《回忆五四》，载《独立评论》第149期（1935年5月5日）。
2 周策纵认为，"五四运动"这个名词，是由北京中等以上学校学生联合会于1919年5月18日发布的《罢课宣言》电文中首先使用。（见周策纵：《五四运动：现代中国的思想革命》，周子平等译，江苏人民出版社1996年，第17、190页。）
3 李泽厚：《中国现代思想史论》，东方出版社1987年。

后，推导出这样一种看法：起始于1915年到1917年前后的思想革命，旨在批判和扬弃中国传统思想文化和语言形式，引进西方思想和文学，同时为了更好地向国人宣传以及帮助国人了解世界新潮，更准确地表达现代人的思想感情，又必须在语言上做进一步的改革：推广白话。这是一个完整的逻辑发展过程；然而1919年发生的学生爱国运动，则是在国际列强（尤其是日本对华的侵略政策）刺激下激发起来的民族主义的学生运动，它在中国的实际影响引发了大众革命元素介入现代政治，由此催生国民党的改组和共产党的崛起，改变了中国社会的命运。——"救亡"压倒"启蒙"的"变奏"，在这里找到了一个典型的例子。但是，我们似乎也可以反过来理解：思想启蒙和语言改革的目的，不就是要唤起民众来改变中国的落后现状吗？启蒙不可能对民众教育毕其功于一役，但很可能在社会精英中间率先达到这个目的，因此，当时在北京的大学生就顺理成章地成为启蒙运动的第一批觉醒者。从思想启蒙到文学革命再到社会革命，也同样是顺其逻辑的一个完整的发展。

1915—1919年间发生的围绕"五四"多重概念的一系列事件，对以后的中国命运产生了巨大影响，把它理解为中国自晚清开始的现代化进程由量变到质变的飞跃期也不为过。一般来说，学界对于"五四"系列事件的发生原因的探讨，都集中在西方思潮对中国知识分子的影响，或者是世界列强对华的不平等外交政策的刺激，尽管这两个方面有很大相异性，但从外部对中国施加影响这一点来说，还是如出一辙。然而，本文打算从另一个角度来思考"五四"发生的成因，即从中国历史传统内部的某些基因来探讨，为什么在中国的现代化进程的关键时刻，会发生影响如此深刻的"五四"系列事件。

首先应该明确，"五四"系列事件是文化事件："五四"新潮的发起者，是几个具有革命民主主义思想的知识分子和大学教授，响应者是一帮手无寸铁、唯有热血的学生，鼓吹新思想的场所就是大学校园和课堂，传播新思想的媒介就是《新青年》等几种杂志。伴随着爱国学生的外交政治诉求的，还有新思想的传播、新文学的创造、新语言的普及……这是中国现代史上很少发生的由文化运动带出政治运动，进而导致中国革命走向的转变——由中国文化来决定中国的未来命运。周策纵教授把"五四"学生运动与中国古代太学生干涉内政的传统联系起来讨论，有一定的道理，但是还不够，因为"五四"不仅仅是学生参与的运动。从更广泛的范围看，成熟的中国古代政治体制本身就具备了君主与士大夫共同执政的模式。在这个"明君贤臣"的理想模式下，士大夫集团尽管派系林立，互相倾轧，常常屈服于君权专制，但从体制上说，它与君主皇权并驾齐驱，构成政坛上的权力平衡。

  这个被称之为"士"的统治集团，其精神传统可以追溯到春秋诸子的活跃期，从孔子高度评价为西周王朝制定礼乐制度的周公旦的言辞里，也可以把这一精神传统追溯到西周时代。孔子自称"述而不作"，其实是以古代先人的名义来梳理一系列的学术文献，为后世确立了精神文化的传统，即所谓儒道。很显然，从周武王的封建君主系统和周公旦的贤臣系统一开始就做出了权力分野，孔子自觉地把自己的学术与抱负绑定在周公系统进行传承，梳理出一个不同于贵族血缘政治的文化传统。春秋列国的诸侯们鼠目寸光只顾家天下的利益，而孔子与同时代其他卓越的思想家都已经放眼天下纵横中原了。参照系不一样，历代文人在社会政治的实践中逐渐形成了精神上独立于君主专制的道统与学统，所谓"明君贤臣共治天下"的乌托邦，正是权力博弈的产物。这样一种古代士的统治集团的文化传统，在君主专制鼎盛时期往往难以显现出高贵的一面，君权高于一切的时候，儒家文化表现出特别自私、冷漠的一面；然而奇怪的是，一旦天下失范王纲解纽，儒家文化立刻就显现出自觉的担当意识。这样的时期，思想文化的创造力也特别活跃，思想专制让位给百家争鸣。周衰而诸子蜂起，汉衰而竹林长啸，唐在安史之乱后，诗歌风骨毕现，宋在亡国南渡后，理学应时盛行，明末思想界更是空前活跃，顾炎武明确分出了一姓之亡与天下兴亡的区别，显露出真正的儒家本色。稍稍回顾历史，君主专制一旦崩坏，思想文化大放异彩，这已成为规律，颠扑不破。

中国古代史上君主政统与文化传统之间的关系，不是本文要讨论的题目。之所以要回顾历史，只是想说明，这样一种士的精神传统即使到了现代中国依然在发挥作用。"五四"新潮的兴起，表面上看，是对传统文化，尤其是对儒家文化的否定和批判，批判武器主要也是来自西方的思想。但我们还是要考虑以下两个事实：首先是中国自鸦片战争以后，被迫进入现代化的历程，这时候一部分汉族士大夫的"天下"观发生了变化，他们发现有一个叫作"世界"的空间，不但比大清天朝大得多，而且还直接制约了天朝的命运。这个"世界"丰富而复杂，不但有邪恶的洋枪洋炮欺负中国，更有焕然一新的思想文化强有力地吸引着中国的读书人，于是就有了兴洋务、改良、变法、留学、革命，最终形成一个由现代知识分子领导的思想文化启蒙运动。因此，"五四"一代知识分子猛烈地批判传统文化，倡导民主与科学，从本质上说，仍然是儒家文人的"天下兴亡，匹夫有责"的精神传统再生。他们与时俱进，研究新的天下观（世界大势），并以此为参照，批判君权专制以及后来的复辟梦，批判闭关锁国、夜郎自大的愚昧政策，强调只有打破落后之国的一切文化藩篱，才可能让中国容纳到"世界"这一新的"天下"的格局里去。其次是：两千年的中国历史，分久必合合久必分，经历过四分五裂和异族入侵的惨剧，而维系着大中华统一的，唯有汉文化的优秀传统。异族统治者如满族，原来也是有自己的宗教和文化，但在长期统治与被统治的磨合中，汉文化传统反而占了上风。为此，中国知识分子一向有文化高于政权的认知。晚清以来，清朝统治风雨飘摇，但汉族士大夫对文化传承没有丧失信心。严复在戊戌变法失败时，写信给朋友说："仰观天时，俯察人事，但觉一无可为。然终谓民智不开，则守旧维新两无一可。即使朝廷今日不行一事，抑所为皆非，但令在野之人与夫后生英俊洞识中西实情者日多一日，则炎黄种类未必遂至沦胥；即不幸暂被羁縻，亦将有复苏之一日也。"[1] 这段话很值得细读：所谓"开民智"就是一种文化更新和普及运动，严复意识到中国传统文化在新的世界格局里要发生变化，唯有与时俱进，容纳新知，才能救国保种；万一国家"被羁縻"，只要文化能够更新发展，仍有重见天日的机会。所谓"守旧""维新"无非是政策路线之争，如文化不能更新发展，政治则是"两无一可"。而"五四"启蒙运动，正是严复"开民智"主张的必然结果。——鉴于这样两个事实，我们似乎不难认识到，中国历史自身的特点，在长期发展中形成了一个致命的诱惑：文化（可以称作"道"或者"圣"）至高至上的传统，即文化高于政权，天下大于一姓。每当君主集权统治处于土崩瓦解之际，一定会有以文化顾命大臣自居的士大夫（现代被称作知识分子）挺身而出，他们未必能挽救末世颓运，

---

[1]《严复致张元济书》，转引自商务印书馆编辑部编印：《论严复与严译名著》，商务印书馆1982年，第13页。

但在思想文化传承上却有大突破，文化传统由此更进一个台阶。因此，我觉得可以把五四新文化运动看作是中国古代史的一个自然延续阶段，犹如南宋、南明时代的读书人面对异族入侵、国破家亡之际激起的一场场新的思想革命，而西方新思潮的东渐只是为这一场思想文化运动提供了强有力的武器。这是一场中国文化传统进行自我涅槃的文艺复兴，在中国由古代君主专制向现代民主体制转型过程中，发挥了极其重要的作用。

在中国古代，文化传承与王朝更替一般没有直接关系，文化传承是在相对封闭的学术圈里进行；可是这一次新旧文化的更替则不一样，面对了三千年未有之变局，两千年君主专制体制迅速崩溃，两次帝制复辟都遭到全国舆论的反对而垮台，可见维护民主共和是民心所向，所以"五四"作为一场顺应了民心民意而发起的文化运动，它与社会的发展趋势密切相关，它在思想上、理论上、能力上都培训了一大批为新时代准备的中坚骨干力量。没有五四新文化运动对青年学生的影响，很难设想在以后短短几年里会涌现出这么多的精英分子参与了大革命和新兴的共产主义的运动。

我曾经把五四新文化运动界定为一场先锋运动，这是与国际现象同步的。在世界大战前后欧洲各国都出现过中小规模的先锋文化运动，它以猛烈批判资本主义文化传统、批判市民社会平庸和异化的姿态，以惊世骇俗的艺术方法，表达自己的政治文化诉求。"五四"的文化形态非常接近西方这类先锋文化，但是五四新文化运动并不是直接接受了世界性先锋文化而发生的，它几乎是与世界性先锋运动同期发生，换句话说，它具有一种世界性因素，但又具有独立而鲜明的中国文化传统的特点。欧洲的先锋运动是在资本主义物质文明和民主政治充分发展以后，人性异化的对立物，它是在任何反对资本主义的文化力量都失去了效应以后出现的极端反叛形式，而中国的"五四"显然不是。"五四"是在中国君主专制崩溃、新的民主政治体制没有健全形成之际的一个政治真空地带产生的文化运动，与"五四"系列事件同时发生的，是第一次世界大战，欧洲各国资本主义体制的黄金时期已经过去，俄国人民在革命中建立起新的苏维埃政治体制，——所以，传统君主专制体制的残余、资本主义政治体制面临考验以及新的社会主义体制的尝试，构成了复杂混乱的文化思想，以极端形式引导了"五四"系列事件，——"五四"在思想上的不成熟与它批判的态度对中国社会产生巨大影响，构成了作为先锋运动的两大文化特征。

但是，思想的不成熟和反叛精神的彻底性，决定了任何先锋运动都是爆发性、短暂的运动，它不可能持久下去。"五四"也不例外。先锋运动的失败来自两个方面：一个是足够强大的资产阶级体制有能力包容先锋运动的反叛性，使反叛者最终成为受到主流社会欢迎的社会明星，这样，被资产阶级宠爱的浪子就不再是先锋了；另一个方面是作为小团体的先锋运动，本来就不足以与强大的资产阶级国家机器和社会主流抗衡，所以它要坚持自己的反抗使命，只能被吸收或融汇到更强大的实际的政治力量中去。在这个意义上认识"五四"系列事件，也就不难明白为什么会出现胡适之与陈独秀的分道扬镳；也就不难明白为什么"五四"精神培养出来的学生精英基本上都走上了从政道路，在以后的国共两党的快意恩仇中有声有色地表现了自己；也就不难明白，1949年以后，大多数知识分子尽管对未来社会并不了解，但他们还是心甘情愿地留在大陆，准备随时听从召唤。如要探究这些原因，从浅表层次上说，是先锋文化的必然趋势；从纵深里说，就是其背后有传统士的道统力量起着制约作用。

如果放眼世界现代化进程的范围来看，欧洲各国发展过程中，大约没有像德国的现代史那么接近中国的：这两个国家在不同的时间维度上都成为现代化的后发国家。在历史上，这两个国家都曾经有过辉煌的荣耀时刻，也都蒙受过巨大耻辱，最不可思议的是，德国与中国都是在国家权力涣散、政治落后的历史时期，非常相似地产生了足以傲世的灿烂文化。——而从贫乏环境中诞生的灿烂文化，一方面总是表现出文化高于政权的乌托邦理想，但实质上又都是极度渴望有强大的政权力量来填补它的先天的虚空。德国知识分子在世界大战中一边倒地支持威廉二世发动战争，一边倒地摧毁魏玛民主体制，一边倒地渴望在世界称霸，最后不得不从两次战争失败中承担"无与伦比"的耻辱与教训。这对于"五四"以来经历了内战、侵略、内乱……终于走上了改革开放道路的中国人，尤其是中国的知识分子，是值得严肃思考的。

写于2019年8月7日

目录

士的精神·先锋文化·百年"五四"（代序）   3

王国维鲁迅比较论   3
新文学初期的两种思潮   32
新文学的第一部先锋之作   55
作为"整本书"的《朝花夕拾》   95
论鲁迅的骂人（外三篇）   128
    再论鲁迅的骂人   133
    三论鲁迅的骂人   148
    赵先生一百岁
      ——四论鲁迅的骂人   166

现代知识分子岗位意识的确立   181
关于周作人的传记   232
现实战斗精神的绝望与抗争   252
巴金晚年著述中的信仰初探   289

读《胡风家书》 319
留给下一世纪的见证
　　——读贾植芳《狱里狱外》 326
知识分子的民间岗位
　　——读陆键东《陈寅恪的最后二十年》 333
读程伟礼《信念的旅程》 340

商务印书馆双甲子纪念特藏版
《茶花女遗事·天演论》序 351
遥想蔡元培 355
新文学运动中的一件公案 367
关于"荆生将军" 377
关于正志中学 386

编后记 395

王国维鲁迅比较论

自20世纪初到"五四"前,西方文化对中国学术界和思想界的影响,主要来自两种思潮:一是自文艺复兴以后逐渐形成的西方人文主义文化思潮,它在思想上带来理性主义与人道主义,在政治上带来民主主义与共和体制,这一切都为中国资产阶级推翻清王朝的斗争树立了榜样,继而兴起的五四新文化运动中所高标的"民主"和"科学"两大旗帜,也可以说是这种西方文化思潮在中国思想文化领域的集中体现。另一种是自19世纪以来逐渐形成的西方现代反叛文化的思潮,它旨在揭示资本主义社会中不可克服的内在矛盾,而这一思潮又包含着两个方面:一方面汇集着各式各色的社会主义思潮,另一方面则是西方现代主义的文化思潮。它们进入中国,以西方社会所面临的严峻的真相,推动着中国知识分子从更高的思想层次上去做探索。

中西文化交流史上的第一幕,正是在这样两种文化思潮与中国本土文化相互撞击中发生的。它给中国社会发展带来了直接的影响：在中国，资本主义文化从未以纯粹的形式占领过朝夕的统治地位，哪怕是在那仅有的一次由资产阶级领导的革命中，它所具备的资本主义因素也总是掺和着反对资本主义文化的西方现代反叛思潮的因子，既有来自社会主义的，也有来自现代主义的。对这种西方文化在中国的流变做一番细致、深入的研究，是一项十分有趣又有意思的工作。本文正是企图在这个大课题中，选取一个小小的角度，即以20世纪最早接受西方现代主义文化思潮的两位知识分子（王国维与鲁迅）所遭遇的不同命运，考察西方现代文化思潮在中国这块土地上流变的一般规律。

一

今年（1987）是王国维昆明湖自沉六十周年。关于王国维的死因，学术界一向议论不休，近年来有一种渐趋一致的看法，以为王国维的死，与西方叔本华哲学有密切的关系。[1] 其实这个答案并未能解决全部疑问：第一，王国维接触叔本华哲学是在30岁以前，为什么在他生活最为凄苦，又热衷于叔氏的30岁以前不去自杀，反倒在他厌弃哲学二十年以后，学术上取得了重大成就，成为一代学界巨子之时，做出这种选择？第二，至今为止，又有什么材料能证明王国维对叔本华哲学是终身服膺的？事实上，早

---

[1] 见陈元晖：《王国维与叔本华哲学》，中国社会科学出版社1981年。

在刚刚接触叔氏哲学时，他对叔本华的"解脱"说已有怀疑，并逐渐导致了他对哲学的厌弃。第三，叔本华虽以悲观主义闻名于世，但并不倡导自杀哲学。对叔氏不提倡自杀，王国维在《〈红楼梦〉评论》中曾加以介绍宣扬。再看当时社会，起因于尽忠、失和、丧儿、患病、孤寂而自杀者，不知其数，为什么要独独将王国维的死与叔氏相联系呢？我不想否认，叔本华哲学对王国维的世界观有所影响，甚至对于他选择自沉也可能有过一些间接的作用，但必须搞清楚的是，现代文化思潮究竟在怎样一个层次上导致了王国维的死亡？

如果我们联系同时代的另一位知识分子同西方现代文化思潮的关系来加以对照，会把这一问题看得更加清楚。他就是鲁迅。他们俩年龄只相差五岁，同在1898年那一年离开浙江的故乡，一个前往上海，一个前往南京，又相继在1901年和1902年东渡日本，同样是先学自然科学，转而弃理（医）从文，又同在赴日前后，接受过西方现代文化思潮。王国维接受了叔本华哲学，兼有尼采思想，鲁迅主要接受了尼采哲学，时而带及叔本华思想。可是，就在王国维自沉的同一年，鲁迅却在大革命的分裂和血污中走上了与马克思主义结盟的道路。

王国维之自杀与鲁迅之转向，共同合成了近代中西文化交流史上一座无形的纪念碑。它宣告了中西文化第一次横向撞击已经结束；然而，当我们把这两个知识分子与西方现代文化思潮的关系做一番全面的考察，就会发现他们对西方现代思潮的不同接受方式以及不同的结局，在他们接受西方文化之先已经被决定了，这将涉及他俩的全部禀性气质和生活道路。这一切秘密都似乎聚集在最初的差异上：他们是以各自不同的媒介，接触西方现代文化思潮的。

王国维接受叔本华哲学，是由康德引入的。他在《三十自序》中说："次年始读汗德之《纯理批评》。至《先天分析论》几全不可解，更辍不读，而读叔本华之《意志及表象之世界》一书。叔氏之书，思精而笔锐。是岁前后读二过，次及于其《充足理由之原则论》《自然中之意志论》，及其文集等。尤以其《意志及表象之世界》中《汗德哲学之批评》一篇，为通汗德哲学关键。至二十九岁，更返而读汗德之书，则非复前日之窒碍矣。嗣是于汗德之《纯理批评》外，兼及其伦理学及美学。至今年从事第四次之研究，则窒碍更少，而觉其窒碍之处大抵其说之不可持处而已。此则当日志学之初所不及料，而在今日亦得以自慰藉者也。"[1] 从这一段自述中，我们不仅可知王国维以粗通英、日两种语言而研读西方哲学名著的艰苦历程[2]，而且能够了解到，王国维于叔氏哲学，只是学康德哲学的一个环节。自1903年至1907年的五年中，他四次钻研康德，每研究一次，均进步一层，终于从"几全不可解"到"非复前日之窒碍"，再进而自以为发现康德哲学的"不可持处"。而且，由于叔本华的中途楔入，王国维对康德的认识发生了变化。他第一次读康德《纯粹理性批判》时所作

---

[1] 见周锡山编校：《王国维文学美学论著集》，北岳文艺出版社1987年，第242—243页。
[2] 也有人认为王国维是从德文原文读康德、叔本华著作的，并从英、日文参照读之。见萧艾：《王国维评传》，浙江文艺出版社1983年。

的《汗德像赞》，充满着对康德的盲目崇拜。他未读懂康德，却能从西洋哲学史的大背景上来评价康德的地位，歌咏了他已经读到的康德学说的内容（如时空、因果律等）。那首赞词热烈赞美康德："赤日中天，烛彼穷阴，丹凤在霄，百鸟皆瘖。谷可如陵，山可为薮；万岁千秋，公名不朽。"[1]崇敬之意，跃然纸上。时隔一年，王国维读了叔本华著作，对康德的态度有所变化。在1904年写的《叔本华之哲学及其教育学说》一文中，他把康、叔两人做了比较："汗德之学说，仅破坏的，而非建设的。彼憬然于形而上学之不可能，而欲以知识论易形而上学。故其说仅可谓之哲学之批评，未可谓之真正之哲学也。叔氏始由汗德之知识论出而建设形而上学，复与美学伦理学以完全之系统，然则视叔氏为汗德之后继者，宁视汗德为叔氏之前驱者为妥也。"[2]这时候的王国维显然颠倒了康德与叔本华在哲学史上的位置与价值，开始成为叔本华哲学的信徒了。

王国维视康德学说为"仅破坏的，而非建设的"，自然是涉及对康德的"物自体"与"不可知论"的理解。康德力辟当时流行的怀疑论与独断论，提出"物自体"不依赖于人的意志而独立存在的假设，认为"物自体"是不可知的。康德的"不可知论"，为上帝的最后存在留下了地盘，反映了当时科学水平对他思维能力的限制。然而叔本华正是以康德为起点，提出"物自体"即意

---

[1] 王国维：《汗德像赞》，见周锡山编校：《王国维文学美学论著集》，第246页。
[2] 王国维：《叔本华之哲学及其教育学说》，见周锡山编校：《王国维文学美学论著集》，第76页。

志的观点，企图用东方文化来补救康德。他文笔流畅漂亮，富有文学色彩，较之康德晦涩难懂的抽象思维，自然对王国维有更大的吸引力。中国传统文化一向有缺乏抽象思维的局限，王国维虽知其病，自身却难以免除。[1] 此外，叔本华的思想部分来自东方印度文化，他读过印度《奥义书》，凭才气与想象力，说意志，说痛苦，说解脱，都与印度佛教文化暗合。但叔本华所说的痛苦仅来自生命意志的渴望，较之佛教"诸行无常""诸法无我"等思想浅薄得多。查尔斯·埃利奥特在《印度教与佛教史纲》一书中指出："叔本华认为意志是宇宙和生命中不可少的事实这一学说，仿佛和印度思想相类似。譬如说，我们不难从三藏经典中引证说明'贪欲'是创造世界和再创造世界的力量的文字。但是这种说法必须认为是关于现状世界的概括论述，而不包含关于世界起源的学说，因为贪欲虽然是十二因缘之中的一个环节，但是它并未被认为是比其他环节更根本的原则，而是依赖感受而生的。"[2] 虽然如此，对于具有东方文化（尤其是佛教文化）基础的王国维一代知识分子来说，叔本华哲学自然比纯为西方文化背景下产生的康德哲学容易理解，也容易接受。（在当时，学术界出现过一种以

---

[1] 王国维在《论新学语之输入》中说："西洋人之特质，思辨的也，科学的也，长于抽象而精于分类，对世界一切有形无形之事物，无往而不用综括（Generalization）及分析（Specification）之二法，故言语之多，自然之理也。吾国人之所长，宁在于实践之方面，而于理论之方面则以具体的知识为满足，至分类之事，则除迫于实际之需要外，殆不欲穷究之也。"（见周锡山编校：《王国维文学美学论著集》，第111页。）

[2] 查尔斯·埃利奥特：《印度教与佛教史纲》第1卷，李荣熙译，商务印书馆1982年，第71页。

佛教来印证西方哲学的方法，梁启超曾用佛教原理解释过康德的哲学，日、中的学术刊物上也相继出现用佛教来解释叔本华、尼采的文章。）因此，扬叔而贬康，反映了王国维依然倾向于哲学上的经验论与实证论，以及东方文化的思维习惯。尽管他口口声声说叔本华建设形而上学，实在的原因还是趋易避难，趋肤浅易懂而避艰深晦涩。这，已经埋下了他最终厌弃哲学的种子。

王国维终于没能成为一个康德主义的哲学家。他在1907年第四次读康德以后，正式向康德告别，也向哲学告别。《三十自序》中有一段论述说明此因："余疲于哲学有日矣。哲学上之说，大都可爱者不可信，可信者不可爱。余知真理，而余又爱其谬误。伟大之形而上学，高严之伦理学，与纯粹之美学，此吾人所酷嗜也，然求其可信者，则宁在知识上之实证论，伦理学上之快乐论，与美学上之经验论。知其可信而不能爱，觉其可爱而不能信，此近二三年中最大之烦闷，而近日之嗜好所以渐由哲学而移于文学，而欲于其中求直接之慰藉者也。"[1] 该文写于1907年，文中说到的"近二三年"，也就是从1904年读叔本华始，可见，王国维于可爱和可信之间的徘徊已非一日。可爱之心生于直觉与冲动，可信之理来自实证与经验。由直觉而生对康德哲学的喜爱之心，终究难敌经验束缚和传统思维方式的制约。但是康德作为王国维接受西方现代哲学的引路人，在他一生所走的学术道路上，发生了决定性的影响，这也成为王国维与鲁迅在接受西方现代文

---

[1] 见周锡山编校：《王国维文学美学论著集》，第244页。

化过程中的最初差异。

鲁迅是与王国维同一年由家乡出走，开始接受新学的。1898年，是中国近代史上至为关键的一年。政治上，资产阶级维新运动由盛而衰；文化上，由吴汝纶作序、严复翻译的《天演论》问世，开了中西文化交流的新纪元。王国维与鲁迅都读了《天演论》，但这对王国维没有发生多少影响，唯在一首咏史诗中流露了一句"憯憯生存起竞争"的说法，而《天演论》对鲁迅的影响，则不亚于康德对王国维的影响，可以说，鲁迅首先接受的西方思想影响是《天演论》，由进化论上窥叔本华、尼采哲学，再接受现代西方文化的。在当时许多中国知识分子心目中，严译《天演论》之所以震撼人心，绝不因为它是一本单纯讲生物进化的书，而是以"物竞""天择"之说联系了"自强保种"之事。正因为如此，从严复起，中国的进化论学说就自然地携带着社会达尔文主义的成分，用"优胜劣败"和"弱肉强食"的思想，来刺激国人的救亡情绪。在爱国主义与民族主义氛围下成长起来的鲁迅，从社会学的观点接受进化论是顺理成章的事情。他当时还难以分清斯宾塞学说中的糟粕，只是认为进化论"究竟指示了一条路。明白自然淘汰，相信生存斗争，相信进步"[1]。从进化论而入现代哲学，鲁迅从一开始就没有离开过社会改造的目的。在当时日本的学术界所"磅礴着"的尼采思想，主要有三种：一是以井上哲次郎为代表，主张国权论与反基督，认定尼采为积极奋斗者

---

[1] 冯雪峰：《回忆鲁迅》，人民文学出版社1952年，第20页。

的形象；二是以登张竹风为代表，主张批判19世纪资本主义文明成果，认定尼采为"文明批判家"；三是以高山樗牛为代表，崇尚本能主义，强调人性的本然。[1]从这三个方面来看，日本的尼采思想主要也是在社会改造方面，与"明治维新"以后资本主义的兴起相合。在中日两国的现实政治氛围下认识西方现代哲学，对于立志改造社会的鲁迅来说，自然而然地强化了他的反传统反帝制的斗争。他从尼采学说中懂得了人的意志力量的重要性，认识到如果思想不进步，精神不更新，那么在生存竞争中，弱者可以为奴隶亡，强者也有可能堕落成兽性的爱国者，社会仍难进化。这样，在接受尼采思想以后，鲁迅开始了对斯宾塞学说的超越。

王国维由康德哲学进入叔本华与鲁迅由进化论进入尼采，结果完全不同。进化论于鲁迅是改造社会的一种武器，而康德哲学于王国维，却成为一种逃避社会现实的场所。"伟大之形而上学，高严之伦理学，与纯粹之美学"，都是作为非政治功利的学术而出现在王国维的辞典之中。在王国维看来，哲学与美学是绝对不能与政治、社会的活动相联系的，康德在理论上为他提供了依据。在《论近年之学术界》一文中，他猛烈攻击康有为、梁启超、谭嗣同等人以学术为政治服务的倾向，断然认为："近数年之文学，亦不重文学自己之价值，而唯视为政治教育之手段，与哲学无异（指当时为政治服务的风气——引者）。如此者，其亵

---

[1] 见刘柏青：《鲁迅与日本文学》，吉林大学出版社1985年；日本学者伊藤虎丸《鲁迅与日本人》和《早期鲁迅对尼采的理解与明治文学》等文，对此有较详细的论述。

渎哲学与文学之神圣之罪，固不可逭，欲求其学说之有价值，安可得也。故欲学术之发达，必视学术为目的，而不视为手段而后可。汗德《伦理学》之格言曰：'当视人人为一目的，不可视为手段。'岂特人之对人当如是而已乎，对学术亦何独不然。然则彼等言政治，则言政治已耳，而必欲渎哲学文学之神圣，此则大不可解者也。"[1]这种与当时大多数忧国忧民的知识分子背道而驰的治学道路，给王国维带来了复杂的意义。从好的一面说，非为急功近利的政治社会问题服务，能在学术领域做比较深入的探索，终于开了中国现代哲学与美学之先河。他能以西方现代观念与方法研究中国古代哲学、文学和历史文献，在批判与整理中国旧文化方面，做出了不可磨灭的贡献。这是当年"吾学病爱博，是用浅且芜"的梁启超辈所不及的。从坏的一面说，脱离现实政治的结果造成他政治意识的薄弱，以至于在政治大节上辨不清是与非，导致了与时代的隔膜和背离。

当然，这种自觉远离社会现实的学术道路，并非是由康德带给王国维的，正如关心改造社会的热忱亦非由进化论带给鲁迅的一样。根本问题仍在于两人禀性气质的不同。王国维于1898年到上海，在一度成为维新运动重要喉舌的《时务报》当校对，虽人微言轻，政治影响理应是接受的。然而即使在维新高潮时期，他对政治上的改革也是抱冷漠的态度。同年3月，他致许同蔺书曰："常谓此刻欲望在上者变法，万万不能，惟有百姓竭力做去，做

1　王国维：《论近年之学术界》，见周锡山编校：《王国维文学美学论著集》，第108页。

得到一分就算一分。"但在同一封信中,他对西学的引进则关心备至:"若禁中国译西书,则生命已绝,将万世为奴矣。"[1] 表现出学术勇气高于政治责任。正因为有这样一个出发点,他才可能对康德哲学发生浓厚的兴趣,并以此借口绕开当时知识分子最为关切的政治问题,埋首于抽象的人生研究,走上了独特的学术道路。而鲁迅的禀性刚烈热忱,他以官宦子弟的身份放弃科举,去念"洋鬼子书",进而效"明治维新"去日本学医,都为了一个目的,即为了救国。带着这样的思想感情东渡日本,他"赴会馆,跑书店,往集会,听讲演"[2],毅然剪去发辫,一度还参加了反清革命团体,事事旨在改造中国。我们不妨将他们在相近时间所作的诗作,如王国维《六月二十七日宿峡石》中"人生过处唯存悔,知识增时只益疑。欲语此怀谁与共?鼾声四起斗离离"与鲁迅《自题小像》的"灵台无计逃神矢,风雨如磐暗故园。寄意寒星荃不察,我以我血荐轩辕"参照读之,不难看出,其因接受了现代意识的超前性而产生的"众人皆醉唯我独醒"的孤寂感,是相同的,但他们对社会、对人生的态度以及责任感,截然相反。从这点上看,王国维自康德哲学入叔本华哲学而离社会人生愈远,鲁迅由进化论入尼采哲学而与社会日近,又有其内在必然的缘故。

---

[1] 吴泽主编:《王国维全集·书信》,中华书局1984年,第3页。
[2] 鲁迅:《且介亭杂文末编·因太炎先生而想起的二三事》,见《鲁迅全集》第6卷,人民文学出版社2005年,第578页。

二

叔本华与尼采的思想，对20世纪西方现代文化的形成都发生过重要的影响，也是20世纪最早吸引中国知识分子的西方哲学之一，一时间被视为反传统的偶像。叔本华是与黑格尔同时代的古典哲学家，他的思想学说是从康德哲学通向现代哲学的一座桥梁。由叔本华到尼采，其宣扬意志力量，强调反理性、崇天才等一系列思想都得到发展。他们俩所处的时代不同，叔本华生于19世纪初，欧洲资本主义尚处于上升阶段，叔氏虽能以敏锐的直感抓住资本主义社会中物质发展与精神文化传统相分裂的矛盾，用他独特的批判语言给当时洋溢着乐观主义的德国哲学界泼了一盆冷水，但面对人欲横流的世界，他只能陷于悲观主义和连自己也不认真实践的"解脱"说之中。尼采晚叔本华半个世纪而生，他更加直接感受到西方资本主义社会内在矛盾的不可救药（所谓上帝死了），尽管尼采对同时代的革命运动持不屑一顾的态度，但19世纪社会主义运动波澜壮阔的深入，终究对他是有影响的，他在反文化传统的哲学批判中摆脱了虚无缥缈的悲观主义，将叔本华的意志说从形而上范畴扩大至伦理学与美学，形成了创强力意志、超人哲学与酒神精神等学说。在20世纪初，尼采学说主要体现在对欧洲主流资本主义市侩哲学与基督教的文化传统的批判，这在日本在中国，都有大量材料可以证明。叔本华与尼采学说的共同点与不同侧面，都被王国维与鲁迅由不同的切入口所接受。

西方现代哲学思潮在20世纪初中国所产生的作用，主要是批判封建传统、张扬人的个性意志。王国维与鲁迅从各自的经验与需要出发，对叔本华、尼采哲学做了既相同又不同的选择。这种选择是带有强烈主观色彩的。王国维最初接触叔本华学说时，还是一介穷酸书生，论个人，他"身体羸弱，性复忧郁"；论家庭，他出生寒微，受贫困拖累；论国家，大清皇朝似秋叶零落，使他常生"天堕"噩梦；论世界，列强虎视眈眈，大有吞并、奴役中国之意。从个人到家事国事天下事，事事都给他带来痛苦。他思路开阔，感受敏锐，面对滔滔皆是的罪恶与不义，很自然地由叔本华哲学引起共鸣，并用叔本华哲学来阐释20世纪中国人的痛苦感受。鲁迅更是如此。鲁迅思想向来就不是几种思想的拼成，它是一种以改造社会为宗旨的强烈的精神主体。尼采学说对他来说，是一种武器，而且他在不同的历史时期采用的尼采学说也各有不同。20世纪初，他提倡的是"掊物质而张灵明，任个人而排众数"的强烈个性主义；"五四"以后，他是从社会进化的角度采用了尼采的"超人"与"末人"的说法；30年代以后，尼采的影响于他就十分淡远了。

叔本华认为，在人世间，人人都以"自我"为中心，被盲目驱使，结果造成人为的各种冲突、战争与灾难，陷入普遍的痛苦之中。在人的心灵内部，因受一个接一个的意志的盲目驱使，也深陷于痛苦而难以自拔；在意志未能满足时，人会产生痛苦，在意志满足后，人会产生厌倦，厌倦只是更大的痛苦。故而人如一只钟摆，在痛苦与厌倦中不断摇摆。这是叔本华悲观主义的中心。他企图通过提倡"丧我"，以否定"自我"来否定意志，达到解脱痛苦的境界。王国维全盘接受这套哲学。他在《〈红楼梦〉评论》中，开篇即引老子所言"人之大患，在我有身"和庄子所言"大块载我以形，劳我以生"，认定"忧患与劳苦之与生相对待也久矣"，进而引叔氏观点来分析人生："生活之本质何？'欲'而已矣。欲之为性无厌，而其原生于不足。不足之状态，苦痛是也。既偿一欲，则此欲以终。然欲之被偿者一，而不偿者什伯。一欲既终，他欲随之。故究竟之慰藉，终不可得也。即使吾人之欲悉偿，而更无所欲之对象，倦厌之情即起而乘之。于是吾人自己之生活，若负之而不胜其重。……又此苦痛与世界之文化俱增，而不由之而减何则？文化愈进，其知识弥广，其所欲弥多，又其感苦痛亦弥甚，故也。然则人生之所欲，既无以逾于生活，而生活之性质，又不外乎苦痛，故欲与生活，与痛苦，三者一而已矣。"[1]他以此来评论《红楼梦》，把"玉"同声通假为"欲"，由此结构起全书旨在揭示"人生的痛苦及其解脱"的理论大厦。就文艺批评的角度讲，这样理解未免牵强附会，生吞活剥西方理论；但从其对人生批评来看，却不失为一种新的角度与新的见解。这种理论正如王国维对《红楼梦》的评价：其"大背于吾国人之精神，而其价值亦即存乎此"[2]。

王国维把《红楼梦》置于中国传统文化的对立面上加以肯定。这对于一向以"瞒"和"骗"为心理平衡、以知足常乐为生活平衡的传统文化心理，不能不是一个强有力的刺激。中国传

---

[1] 王国维：《〈红楼梦〉评论》，见周锡山编校：《王国维文学美学论著集》，第2页。
[2] 同上，第10页。

统的乐天文化是无法如此透彻地看待人生与痛苦的关系的。佛教文化虽也一度给中国带来"苦谛"说法,但很快就变得世俗化与士大夫化了。正如鲁迅所说:"我对于佛教先有一种偏见,以为坚苦的小乘教倒是佛教,待到饮酒食肉的阔人富翁,只要吃一餐素,便可以称为居士,称作信徒,虽然美其名曰大乘,流播也更广远,然而这教却因为容易信奉,因而变为浮滑,或者竟等于零了。"[1]这虽是偏激之言,至少也说出中国士人及其文化传统的某种精神特征,连生活态度、宗教态度都可以以浮滑待之,还谈什么悲苦?所以,王国维持叔本华学说,认真提出"人生即痛苦"的观点,对习惯于自欺欺人的中国传统文化,不啻为一种勇敢的反叛。再者,王国维把叔本华的"意志"释为"欲望",虽也谈解脱,却不像叔氏那样对人欲深恶痛绝。他强调的是人的欲望在世间无法实现,故而产生痛苦。这多少是曲折地反映了封建社会中人没有个性自由的痛苦。欧洲资产阶级革命,是以张扬人性为起点的,文艺复兴时期反对禁欲主义,浪漫时期崇尚人的自然本性,都把人欲看作是天经地义。而在中国封建时代,由于"存天理,灭人欲"的信条压迫得久,人们总把人欲视为不洁,在清朝异族集团的控制下,人性毫无自由伸张的可能。作为最初觉醒的知识分子,只能深深地为此感到痛苦。曹雪芹如此,王国维也如此,他们还不可能把人的正常欲望通过自觉的革命性的肯定发扬出来,仅仅以失去自由的必然性而感到悲哀。

---

[1] 鲁迅:《庆祝沪宁克复的那一边》,见《鲁迅全集》第8卷,人民文学出版社2005年,第198页。

作为中国近代美学奠基者，王国维对美学本质的理解，也全然来自康德与叔本华。在康德看来，美是不借助任何概念而普遍令人愉快的东西。审美是一种单纯的凭快感或不快感来对某个对象进行判断的能力，因而它是非功利的。叔本华继承了康德的美学观点，并把它与"解脱"说联系起来，把审美看作是人生解脱意志的暂时慰藉。他认为，人只有完全进入物我两忘的境界，才可能忘记欲望的烦恼，摆脱意志的支配。王国维在《论哲学家与美术家之天职》一文中，力陈中国美学不发达的原因，是文学的政治功利主义导致了艺术独立审美价值的丧失。他深有感情地说："今夫人积年月之研究，而一旦豁然悟宇宙人生之真理，或以胸中惝恍不可捉摸之意境一旦表诸文字、绘画、雕刻之上，此固彼天赋之能力之发展，而此时之快乐，决非南面王之所能易者也。"[1] 他关于壮美与优美的解释，关于"古雅说""天才说""无我之境"的美学探讨，都源于此。这种对美的非功利性与独立价值的维护，也可以视作是中国第一代现代知识分子在张扬和维护初步觉醒的自我个性。在"文以载道"的文学观念下，传统的士人阶级一向认为个性唯有寄植于政治价值中方能得以高扬，文学创作通常只是作家政治抱负的另一种宣泄形式。"致君尧舜上，再使风俗淳"，方是文学的至善至美。从孔子的"诗可以观"至梁启超的"欲新民，先新一国之小说"，是一脉相承的。然而王国维的美学思想则大背于此精神，他对文艺作用的强调与叔本华纯

---

[1] 王国维：《论哲学家与美术家之天职》，见周锡山编校：《王国维文学美学论著集》，第36页。

粹的"解脱"意义也不尽相同。在他看来，个性在外界的种种束缚下，无以实现，只能通过自己的活动以求自娱。[1]这虽然是白日梦，但在毫无个性自由可言的封建社会背景下，软弱的知识分子也唯有求诸艺术这一块自由意志的小小领地，王国维把审美的独立价值夸张到与人世的"南面王"相对峙，其意甚明。

叔本华学说在欧洲是对资本主义文化传统的绝望哲学。资产阶级上升时期流行的国家主义、民族主义、理性主义，均成为他的批判目标，可是在中国晚清时期，它不能不暂时承担起批判封建专制压迫、张扬个性自由的使命，这与尼采哲学最初在中国的意义相同。但我们毋需讳言，叔本华的悲观主义和"解脱"说，毕竟是一种极为软弱的思想武器。王国维在凄风苦雨中接受了叔本华哲学，尽管他对"人生即痛苦"（包括他对叔本华悲剧理论的介绍）以及审美独立价值的阐释过程中，充满着个性主义觉醒时期的骚动与喧嚣，但就其整个悲观主义体系说，无疑是消极的，它无法与过于强大的传统力量相抗衡。加之叔本华学说中固有的贵族毒素，也启发了王国维灵魂深处的贵族意识，致使他的个性主义终究无力走向与社会实践的结合。这种萌芽状态的自由意志与虚无悲观的精神外壳的统一，反叛精神同贵族趣味的统一，最后使王国维找到了一个最为合适的表现形式，即是对新史学的开拓。他在精神领域所中断了的探索，则由鲁迅继续努力地开拓和前进。

---

1 王国维《叔本华与尼采》一文内容，见周锡山编校：《王国维文学美学论著集》，第60—74页。

鲁迅似乎系统地研究过西方现代哲学思想的源流。在《文化偏至论》中，他论述了斯蒂纳、基尔凯郭尔、叔本华、尼采与易卜生，称他们为"先觉善斗之士"。在彰扬他们的现代精神时，突出了"善斗"的意义。他对叔本华的介绍是："以兀傲刚愎有名，言行奇觚，为世希有；又见夫盲瞽鄙倍之众，充塞两间，乃视之与至劣之动物并等，愈益主我扬己而尊天才也。"对尼采则称为："个人主义之至雄桀者矣，希望所寄，惟有大士天才；而以愚民为本位，则恶之不殊蛇蝎。"[1]激愤之词，溢于言外，这与王国维对叔本华、尼采仅做一般学术性的介绍完全不一样。鲁迅早期也受过叔本华哲学的影响，于社会于人生，都持过悲观的看法。但鲁迅并没有接受叔本华的整个体系，因此不存在似王国维那样的悲观精神外壳。对于蓬勃的、战斗的精神主体，叔本华学说只是有助于更为深刻、更为持久与彻底的参与现实斗争。

早期鲁迅在美学思想上也受过康德的影响，尽管他是抱明显的功利目的去从事文艺活动的，但在美学上，一直在有无功利之间摇摆。《摩罗诗力说》中，他强调新诗歌应"自振其精神而绍介其伟美于世界"，却又认为美学的本质是"使观听之人，为之兴感怡悦"，而"与个人暨邦国之存，无所系属，实利离尽，究理弗存"。[2]这种矛盾的态度在1913年作的《拟播布美术意见书》里说得更为清楚："美术诚谛，固在发扬真美，以娱人情，比其见利致用，乃不期之成果。沾沾于用，甚嫌执持，惟以颇合于今

---

[1] 鲁迅：《坟·文化偏至论》，见《鲁迅全集》第1卷，人民文学出版社2005年，第52、53页。
[2] 鲁迅：《坟·摩罗诗力说》，见《鲁迅全集》第1卷，第67、73页。

日国人之公意，故而从略述之……"[1] 从非功利的观点上说，鲁迅与王国维没有什么大相背之处。但王国维执着于康德、叔本华美学体系，提出许多美学概念，探究美的起源，完善和维护了这一体系的严密性，故而他的美学观也是封闭的、排外的；鲁迅则在接受外来观念时，取舍标准仍在精神主体。所以，他虽也反对将美学"沾沾于用"，但考虑到"国人之公意"也姑且从而加以宣扬，当然这不是鲁迅向社会的妥协，而是服从其精神主体的大目标——改造社会。

鲁迅的精神世界，始终是开放的、发展的、前进的。他的精神历程与时代的步伐紧扣在一起，思想随着社会发展而进步，在改造社会的同时，也不断进行自我更新和自我突破。王国维从治哲学转而治文学，进而又转治史学，学术道路几变，但从其精神发展来看，只是默默地沉落，毫无生命的冲撞与腾跃。而鲁迅的一生，1906年由科学救国的朴素唯物论转向崇尚精神力量的现代主义，1927年进而转向马克思主义，始终把自己的生命投诸最富有挑战性和革命性的文化价值取向，几经大起大落，都与世界文化、中国社会的发展同步。

三

叔本华、尼采的学说在中国产生了反封建专制文化传统的作

---

[1] 鲁迅：《拟播布美术意见书》，见《鲁迅全集》第8卷，第52页。

用，这本是意外的收获。就其理论本身，它还具有自身的内涵，那就是对西方资本主义主流社会及其文化传统的绝望和否定。这与西方自文艺复兴以来的人文主义文化思潮是相对立的。20世纪初，当这两种西方文化思潮同时传入中国时，在中国知识分子中间形成了两种既有联系又相对立的思想派别。接受了西方人文主义文化的知识分子，对中国的反封建专制的斗争是积极的，他们崇尚西方民主，并确信不疑这种民主制度会给中国带来光明；然而，接受过西方现代思潮的知识分子则不然，他们在反对封建专制文化传统的同时，对欧美资本主义的民主制度亦同样抱着怀疑。无论这种怀疑有没有沾上悲观主义的色彩，它较之天真乐观的前一种知识分子，总是包含了更多一点的深刻性。后一种知识分子，绝大多数是留日学生，在日本这一块资本主义极不稳定的土地上，他们深感到"双重的失望"（郑伯奇语，指失望于封建主义的中国与资本主义的西方），由此给他们带来了更为激进的思想。鲁迅、郭沫若等人，可以看作是其中最为杰出的代表。

王国维虽然也认定叔本华、尼采学说的意义在于"破坏旧文化创造新文化"，但他从叔本华那里所获得的，主要是悲观主义。当叔本华由绝望于资本主义扩大成绝望于整个人类的悲观思想烙上了中国的印记以后，即成为王国维式的由绝望于封建王朝扩大到绝望于整个中国的未来前途。与其说叔本华哲学把王国维推到了人生的绝路，还不如说叔本华的悲观主义与贵族意识把王国维推向了政治的绝路——溥仪小朝廷。

以王国维放眼看世界的学问与胸怀，身处中西文化的撞击时期，是不会不了解清王朝的腐朽与没落的。1898年维新运动失败，他虽不关心政治，此时也愤而指出："今日出，闻吾邑士人论时事者蔽罪亡人不遗余力，实堪气杀。危亡在旦夕，尚不知病，并仇视医者，欲不死得乎？"[1] 其措辞不可谓不尖锐。1906年，职为清廷学部总务司行走的他写出了名重一时的《奏定经学科大学文学科大学章程书后》，纵论中国文化与世界文化的关系："今日之时代，已入研究自由之时代，而非教权专制之时代。……异日发明光大我国之学术者，必在兼通世界学术之人，而不在一孔之陋儒固可决也。"[2] 其视野不可谓不开阔。直到1924年，溥仪被赶出紫禁城，王国维为了表示忠于清廷，愤而借故向北京大学辞去通讯导师的职务，甚至连即将在"民国"的大学刊物上发表并已经付排的文章也要收回，政治态度可谓分明，可就在此时他给沈兼士、马衡的辞职信中斥责"民国政府"侵犯皇室的理由，句句是引"中华民国"的法律条文。[3] 可见，他用的仍然是资产阶级的政治理论武器。在政治上，王国维成为封建小朝廷的一员，但在知识结构与思想意识上，他则是一个现代知识分子，这绝非当时一般的陋儒遗老可类比。

既然是这样一位博大精深，又经过近代资产阶级思想洗礼的知识分子，为什么会最终把自己的价值依附于一个名存实亡的

---

1 《1898年9月26日致许同蔺》，见吴泽主编：《王国维全集·书信》，第17—18页。
2 王国维：《奏定经学科大学文学科大学章程书后》，见周锡山编校：《王国维文学美学论著集》，第56页。
3 《1924年致沈兼士、马衡》，见吴泽主编：《王国维全集·书信》，第405—406页。

封建小朝廷呢？我想根本的原因不在于他受了封建伦理思想的毒害，也不在于朋友中罗振玉、沈曾植之流的影响。真正的原因，正是叔本华哲学带给他的一种对人类对国家的悲观看法，由这种悲观导致他对共和体制的厌恶与不满。清帝逊位，在我们看来是资产阶级革命家浴血奋斗的结果，然而在不问政治的王国维看来，却是出于朝臣袁世凯的叛卖。[1]他在《颐和园词》中所讽嘲的"那知此日新朝主，便是当年顾命臣"说的就是这种意思。再进一步，他看到民国以后，军阀拥兵割据，政治日益黑暗，"狐狸方去穴，桃偶已登场"，这一切似乎都印证了他从叔本华哲学中读到的"意志支配世界""意志是邪恶的""世界是痛苦的"等一系列理论。他那为世人所诟病的《颐和园词》等三首诗中，颂的是慈禧和隆裕等，哀的却是以清廷为象征的中国命运。他在1912年6月23日致日本铃木虎雄的信中曾说："此词于觉罗氏一姓末路之事略具，至于全国民之运命，与其所以致病之由，及其所得之果，尚有更可悲于此者。"[2]虽然他未把这种思想写成诗词作品，但其实际思想状况在此信中已表述得十分清楚。叔氏思想的超前性在于清醒地看出了资本主义社会的无望，然而他看不到人民群众改造世界的可能性，因此在1843年欧洲群众革命兴起时，他采取了贵族主义的保守态度，以独特的个人操守傲视世界。王国维几乎重复了叔本华的悲剧。民国以后每一场政治事变：南北战争、

1　这种看法在当时的清廷中十分普遍，可参读溥仪的《我的前半生》。

2　吴泽主编：《王国维全集·书信》，第27页。

洪宪丑剧、张勋复辟……使他越看越绝望,如1916年3月30、31日他致罗振玉信中对局势的分析:"天下滔滔,恐沦胥之祸逐始于此。可知中国总是此中国,人民终是此人民,虽有圣者亦无可为计……"[1]悲观绝望的思想可见一斑。他不可能看到民间中蕴藏着的力量,为了正个人操守,保一己气节,他自愿投诸失势了的小朝廷,以维护弱者自居,与世界对峙。应该说,溥仪小朝廷在王国维的潜在意识中,不过是磨炼自己的意志,证明自我价值的象征体而已。正如陈寅恪为王国维遗集作的序中所说:"古今中外志士仁人,往往憔悴忧伤、继之以死。其所伤之事、所死之故,不止局于一时间一地域而已,盖别有超越时间地域之理性存焉。而此超越时间地理之理性,必非其同时间地域之众人所能共喻,然则先生之志事,多为世人所不解,因而有是非之论者,又何足怪耶?"[2]我读过许多研究者的宏论高见,但总觉得是寅恪先生最理解王国维,也最能理解死亡在王国维看来所具有的形而上的意义。

以这样的认识来看王国维的死因与叔本华哲学的联系,已经不再是一种简单的答案,它涉及王国维人生观、政治观以及思想方法等一系列的过程。而且,这一过程甚至还包括了王国维对于叔本华哲学的破灭和怀疑。王国维并不是叔本华哲学的盲目信徒。早在1904年他热衷于叔氏哲学的时候,已经发生了"绝大之疑问"。就像他最终厌弃了康德哲学一样,他对叔本华哲学的

---

[1] 吴泽主编:《王国维全集·书信》,第61页。
[2] 陈寅恪:《王静安先生遗书序之一》,现据《王国维文学美学论著集》"附录三"引用,第435页。

"解脱"说，很早就已怀疑了。《〈红楼梦〉评论》第四章中，他这样质疑"解脱"说："叔氏之说，徒引据经典，非有理论的根据也。试问释迦示寂以后，基督尸十字架以来，人类及万物之欲生奚若？其痛苦又奚若？吾知其不异于昔也。然则所谓持万物而归之上帝者，其尚有所待欤？抑徒沾沾自喜之说，而不能见诸实事者欤？果如后说，则释迦、基督自身之解脱与否，亦尚在不可知之数也。"[1] 他进而认为，"解脱"只是一种理想，并非可能。这已经在根本上打破了叔本华哲学的基础，他接受了关于意志和痛苦的思想，却抛除了"解脱"的学说。但问题也在这里，叔本华哲学本是一个完整的体系，王国维执着于他的前半部分，而放弃他的后半部分，又没有更新的思想来充实这一空白。那么，陷入悲观主义的悲观，对绝望思想的绝望，这就使他不可能看到个人、国家以及整个人类的出路何在，终于在漫漫长夜中沉入昆明湖底。

王国维对现代西方文化所持的这种态度，在鲁迅的早期思想中也同样存在，而且更为强烈。早在1906年，鲁迅接触了西方现代文化思潮以后，即开始对西方民主共和体制产生怀疑。他在《文化偏至论》中指出，"古之临民者，一独夫也；由今之道，且顿变而为千万无赖之尤，民不堪命矣，于兴国究何与焉"[2]，甚至得出了"托言众治，压制乃尤烈于暴君"[3] 这样悲观的结论。在未能实现民主共和体制的中国，鲁迅这种批判显然不是出于经验，也

---

[1] 王国维:《〈红楼梦〉评论》，见周锡山编校:《王国维文学美学论著集》，第18页。
[2] 鲁迅:《坟·文化偏至论》，见《鲁迅全集》第1卷，第47页。
[3] 同上，第46页。

没有什么材料积累，他所依据的，只能来自西方现代文化思潮。鲁迅对于西方现代思潮产生的历史意义的认识，要比王国维自觉得多。他这样描述19世纪末现代思潮的形成与特征：

> 诸凡事物，无不质化，灵明日以亏蚀，旨趣流于平庸，人惟客观之物质世界是趋，而主观之内面精神，乃舍置不之一省。重其外，放其内，取其质，遗其神，林林众生，物欲来蔽，社会憔悴，进步以停，于是一切诈伪罪恶，蔑弗乘之而萌，使性灵之光，愈益就于黯淡：十九世纪文明一面之通蔽，盖如此矣。时乃有新神思宗徒出，或崇奉主观，或张皇意力，匡纠流俗，厉如电霆，使天下群伦，为闻声而摇荡。……知主观与意力主义之兴，功有伟于洪水之有方舟者焉。[1]

这里所指的"主观与意力主义"，只能是叔本华、尼采、易卜生等人的反传统文化的思想，正是在这些新思想与西方资本主义主流社会的对立中，鲁迅看到了后者的种种弊病，产生出深刻的怀疑精神。

鲁迅的《文化偏至论》产生于辛亥以前。当时革命者正梦寐以求中国能像西方一样推翻帝制，实现共和，而鲁迅所论，纯属超前，他对国人盲目崇尚物质文明表示了反感："彼所谓新文明者，举而纳之中国，而此迁流偏至之物，已陈旧于殊方者，馨香

---

[1] 鲁迅：《坟·文化偏至论》，见《鲁迅全集》第1卷，第54页。

顶礼，吾又何为若是其芒芒哉！是何也？曰物质也，众数也，其道偏至。"[1]其所反对"物质"与"众数"的思想，不仅与辛亥革命的理想相异，即使对照"五四"的理想，仍然有不小的距离。过去一般都以为，这种距离是鲁迅早期思想的局限所在。其实，与时代主流思想相异存在着多种方式，有超前性相异，也有置后性相异。站在封建帝制立场上反对资产阶级共和革命，无疑是倒退思想，但站在现代思潮的立场上对资本主义社会作清醒的认识，虽然一时难以为人们理解，仍然具有深刻的理论价值。

鲁迅作为一个伟大革命家的可贵之处，不在于他能够借助现代思潮的洞察力比旁人看得深看得远，而在于他总是以爱国主义标准去衡量每一个政治社会事件，及时地做出相应的反应。尽管他对西方民主共和体制持怀疑态度，但是当辛亥革命推翻了清王朝时，他依然欢欣鼓舞，投身于实际的革命行动。尽管他提倡过"任个人而排众数"的思想，但在实际的思想斗争中，他并未沾染拜伦、尼采等人身上的贵族气，始终以博大的胸怀，与人民群众共同呼吸。这就是鲁迅为什么没有像王国维那样走向自我封闭，反而能不断突破自我，使深刻的超前意识同社会实践越来越紧密地结合起来的缘故。

然而辛亥革命到底失败了。鲁迅一时消极，他做着民国教育部官员，却沉溺于搜集金石拓片、校勘古籍文献以及研究佛教，与这一时期埋头于史学研究的王国维无异。但表面上的消极并不

---

[1] 鲁迅：《坟·文化偏至论》，见《鲁迅全集》第1卷，第47页。

能说明其真正的思想价值，如果联系鲁迅一贯的思想来对照，也许这种消极正是基于对现状更为深刻的认识。这种深刻性在不久以后的五四新文化运动中就表现出来了。"五四"初期，鲁迅对新文化运动依然抱冷淡的态度。在《〈呐喊〉自序》里，鲁迅记载了这种真实思想。这种冷淡可以看作是政治上的真正成熟。鲁迅的超前意识，使他对"民主""科学"等口号感到隔膜，因为他在1905年以前也做过这样的梦，现在的鲁迅，思想上还是"掊物质而张灵明，任个人而排众数"的延续与发展。正因为思想起点不同，《狂人日记》一问世，即以巨大的现代性超越了胡适等人吹打得轰轰烈烈的白话诗，把新文学创作的水平一下子提升到与世界同列的高度。需要指出的是鲁迅参与了新文化运动，并不因此证明他与时代完全一致。超前意识与时代潮流之间的差异依然存在着，这在他的《野草》中表现得很分明，孤独、彷徨、追求，反映了他精神上对新文化的强烈不满足。"五四"以后，胡适、刘半农、钱玄同、周作人等一个个以新文化元老自居，表现出踌躇满志的时候，鲁迅却发出"路漫漫其修远兮，吾将上下而求索"的呼喊，走向了新的思想探索。

　　正因为鲁迅的思想发展来自实践，所以他对尼采学说的怀疑也有力地促使他走向新的道路。与王国维对叔本华的"解脱"抱绝大之疑问一样，"五四"时期的鲁迅对尼采的"超人"也感到了渺茫。用《野草》中的话说，即是"绝望之为虚妄，正与希望相同"。鲁迅意识到尼采哲学的虚妄以后，依然坚定地走下去，结果是超越了尼采。然而王国维则始终徘徊不前，终于未能冲破叔本华哲学，窒息了自身的精神呼吸。这种区别，正如《过客》中的那位跋涉者与老丈的区别。后者看到了路的尽头是坟，自然要比小女孩只看到表面的百合花要深刻得多，但是他因此而止步不前，任其生命自行枯萎；而那位跋涉者却要问一下：走完了那坟地之后是什么？这就是鲁迅本人的态度，从叔本华、尼采的批判中，鲁迅看到了西方文化的"偏至"，然而他有勇气超越那坟地，走向新的未知世界。

鲁迅的思想发展道路，展示了西方现代文化思潮在中国发展流变过程中带有根本性的结果。走这条道路的并非鲁迅一人，"五四"时期的郭沫若等创造社诸人也都怀着同样的心理。他们在胡适等人醉心于西方民主与科学的时候，已经喊出了打倒"资本主义毒龙"的口号。这一时期的郭沫若也同样喜欢尼采，翻译了《查拉图斯特拉如是说》的大半部分。研究现代文学史的学者都可能碰到过这样的问题：为什么一些接受了西方现代思潮的知识分子，在政治态度上都比较激进，也比较容易转向革命？早期介绍过尼采的陈独秀、蔡元培、鲁迅、郭沫若、沈雁冰、田汉等人，其政治态度大都是进步的或者革命的，纵使像高长虹那样终身保持个人战斗意识的尼采主义者，晚年仍然漂泊到共产党领导下的解放区，寻找最后的归宿。我想其根本原因即在于，这些知识分子在缺乏感性经验资料积累的情况下，从西方现代思潮中获得了一种对西方资本主义的不信任感。他们对中国的前途持有比较清醒的态度，不被西方民主社会的表面现象所眩惑，而急着去寻找资本主义以外的世界。因此，他们往往比那些乐观地相信西方资本主义能够给中国带来光明的知识分子更为深刻。再者，在

"五四"以前，马克思主义文化是作为社会主义学说的一种被介绍到中国，也属于现代思潮中的一翼。在批判资本主义文化传统这一点上，它们之间都有着某种内在的相通之处，不是不可转化的。在欧洲的现代主义作家、诗人、思想家转向马克思主义者并非少数，其道理都一样。

王国维与鲁迅，是中国早期引进西方现代文化思潮中最为重要的知识分子。王国维以介绍叔本华为主，上溯康德，下启尼采；鲁迅以介绍尼采为主，上通斯蒂纳、基尔凯郭尔、叔本华，下连柏格森、弗洛伊德。（他翻译的《苦闷的象征》一书，即是一本以柏、弗二氏的理论作基础的文艺论著。）因此，王国维寂寞的自沉与鲁迅壮丽的新生，正是西方现代文化思潮在中国的两种命运的象征。无论叔本华还是尼采，其思想核心都是极端的个人主义，这就注定在当时中国的革命实践中不可能具有强大的生命力，破坏的意义大于建设的意义。这使得每一个接受者都面临着严峻的挑战：如何在发扬其批判的战斗力的同时，扬弃其个人主义的思想核心。如果冲不破这种个人的局限，超前意识也会成为一种束缚、一种阻力，在王国维即是如此；冲破了这一局限，就完全有可能使个人的战斗与社会的战斗结合起来，像鲁迅那样，把现代文化思潮中的积极因素发扬到最高处，转而向更高的思想境界飞跃。

初刊《复旦学报》1987年第5期

新文学初期的两种思潮

一 中国现代知识分子的形成

"五四"这个概念是非常含糊的，准确地说，应该是指1919年5月4日发生在北京街头的学生爱国运动。但是我们今天讲"五四"精神，不仅仅局限在这个爱国运动上，我们往往把它衍生到从1915年开始的整个知识界的一场思想文化领域的革命，它是以文学领域的语言革命和形式革命为契机而深入展开的，结果是，在文学创作上形成了一个大的思潮，我们称它为新文学思潮。

这场革命的背景，我想，以前教科书上都讲过，大家都基本掌握的，我不再重复。这里着重讲一个中国现代知识分子的转型问题，即中国现代知识分子的形成。中国的现代知识分子阶层由原来的士大夫阶级转化而来，士大夫阶级的基本价值是在庙堂上，旧时代的读书人是通过对朝廷效忠的机制，来发挥自己的能力。所以士大夫阶级价值取向非常狭小，只有官做得越大，才越可能为国家做出大的贡献。

到了20世纪，通过科举、通过朝廷的选拔进入庙堂的传统仕途被中断，取而代之的是现代学校。科举制度与我们今天的高考制度有一个本质的不同，科举制度是为朝廷培养人才的，它通过科举考试来选拔官员。到了现代社会，这样一个人才选拔机制就中断了。它转化为现代教育制度。现代学校的功能是为社会培养人才，它与社会各行各业的人才需要是吻合的。现代教育机制是根据社会需要来设置教育方向和教育结构的，这才有了现代学科和专业等概念。这样一种现代教育机制，导致人才为社会服务。这就是我经常强调的"知识分子的民间岗位"。我们今天读书求知是为了在社会上求得一个工作岗位。在这个前提下，比如学生毕业以后进入国家政府部门当公务员，也是作为一个岗位，而不是"官"的概念。这是根本的转变：过去科举制度培养人才是为朝廷服务，现代教育培养人才是为社会发展需要服务。社会是由无数的工作岗位所构成，是根据各种专门技术分出范围，如医生的岗位，教师的岗位，传媒的岗位，技术人员的岗位，做生意的也有商业的岗位，等等，学校需要根据不同的专业设置与社会人才需求发生直接的供求关系。

那么，当职业精神非常清晰的情况下，知识分子的精神力量体现在哪里？古代读书人有一个基本的发展思路：修身、齐家、治国、平天下，这样一路上去的理想。那意思是说，读书人首先把自己管好，修身养性；再把自己的家治理好，一般是指大家族；再上去就是参与国家治理（古代的国家概念与今天也不一样，很多都是区域自治）；国家治理好了以后，我们就能平天下。这个"天下"的概念更大，与代表"国"的朝廷还不一样，有点像我们今天说的"当今世界"的概念。所以当时知识分子的理想和他的活动空间是非常清楚的。比如曾国藩，他最初就是修身养性，他在日记里老是自我反省；然后进一步是治家，练湘军，都是当地的家乡子弟兵；后来国家有难，太平天国运动势如破竹，他就带领他的子弟兵为国家打仗，那就是民间起兵治国。到晚年，曾国藩掌握了清政府的重要权力，但他却更加关注汉文化建设，中兴儒学，明代徐光启翻译《几何原本》没有译完，他就组织人重新引进和介绍西方的《几何原本》，重新推动中西文化交流，那就是我们说的"平天下"。曾国藩是中国士大夫理想的最后集大成者。在他以后，整个世界的局势都变了。现代知识分子，不可能再做这样整体性的工作，于是就转换为直接为社会服务，拿自己的知识、文化、能力水平来为社会服务，做任何一件工作，都可以为社会做出贡献，都有荣誉感与价值体现。原来的士大夫阶级是统治阶级的一员，但现在的知识分子就成了一个平凡的社会成员。

但是在这个转换过程中，"治国平天下"这样一个读书人的愿望，在中国知识分子意识深处并没有完全消失，成为潜意识的积淀。中国几千年来读书人就是在这个传统中发展过来的，到今天，这样一种精神还是存在着。"读书做官论"还是有市场的。

另外就是近代西方社会传过来的"现代知识分子"概念。现代知识分子，首先是要有一个民间岗位，这是一个前提，知识分子是有他自己的专门知识或者技术的。没有专业知识的人也关心国家大事，那只是一般老百姓发发牢骚而已，而知识分子是有一技之长，并且在社会上有固定工作岗位的。其次，他还应该具有一种超越了职业岗位的情怀，对社会、对人类发展的未来有所关怀。这比较抽象，但又是很本质的。作为一个知识分子，他看到社会上很多现象，他不会就事论事地来讨论，他会上升到比较高的层次，考虑我们国家的前途会怎么样，中国和世界的潮流会怎么样，等等。他要透视日常生活现象考虑我们国家的未来，考虑世界、人类的未来。这样一种关怀在过去曾经是通过很壮烈甚至惨烈的行为来体现，像俄罗斯的民粹派，法国的启蒙主义知识分子，他们通过宣传、坐牢、革命、牺牲生命来达到对社会的关怀。这样一个时代现在已经过去了，但这样一种精神，还是体现在我们现代知识分子的身上。

这样一种俄罗斯民粹派式的、对人类社会有终极关怀的精神，加上中国传统士大夫的治国平天下的理想，这两种传统结合起来，就构成了中国现代知识分子特有的精神状态。这两种传统本来是自相矛盾的。现代知识分子具有一种独立的精神，通过自己的职业尊严和知识尊严，不依靠政权的力量来实现自己的价值，像陈寅恪先生提出的"独立之精神，自由之思想"；而士大夫阶级的治国平天下则是必须通过国家政权，通过效忠朝廷，获得治理国家的资源和权力。两者之间相互矛盾。但是在中国现代知识分子的实践中，这两者却是能够紧密结合的。中国知识分子很自觉地把自己价值的实现与参与国家政权建设结合起来。明白了这一点这就可以理解，为什么中国现代知识分子都摆脱不了参与国家政权建设的热情，现代中国的几次政权变更，从来不缺乏大量的知识分子的参与实践。

最典型的，是熊十力先生。这是个高蹈的哲学家，向来是做隐士的，他长期研究中国古代哲学，为士林所敬。当1949年中华人民共和国成立，董必武把他请到北京（熊十力是湖北人，和董必武同乡），他在北京给毛泽东和中央政府写了一封信，建议设立中国哲学研究所，培养研究生研讨国学，同时恢复三家民间书院：南京内学院，由吕澂主其事；浙江智林图书馆，由马一浮主其事；勉仁书院，由梁漱溟主持。后来他又发表《论六经》，论证了《周官》《春秋》等正统经书里有社会主义思想。甚至他在一封给友人的信中说："予确信全世界反帝成功后，孔子六经之道当为尔时人类所急切需要，吾愿政府注意培养种子。"他的意思是我们要继承传统，要把中国古代学问作为我们国家的意识形态，这样就可以国泰民安。这个思路很有意思，但也非常陈旧，毛泽东当然不会采用。但说明什么？像熊十力这么一个儒学大师级的老知识分子，一旦到他认为自己可以发挥作用的时候，他就变成治国平天下的人物了。他认为按照他这个思路可以为中国社会主义建设服务，他希望能够把自己的学问用在国策的确立上。其实不仅是熊十力先生，还有梁漱溟、冯友兰、黄炎培、陈寅恪等知识分子的精英阶层，都是在学术上达到最高层次的一批人，在他们的身上，仍然是综合了士大夫和现代知识分子两种成分。

这在民国时期的知识分子价值取向上是很典型的。

现代社会发生转型,传统士大夫阶级的经国济世抱负无以施展,然而又不仅仅满足于自己的民间岗位,现代知识分子必然要在这中间开辟一个渠道,来发挥对国家的责任。这样一种自我发挥的价值取向,我把它称为"广场"。"广场"是空间的象征,传统庙堂的象征是统治者,现代广场的象征是民众,广场上熙熙攘攘的都是老百姓。然后,广场需要英雄,需要知识分子来启蒙民众,由他们来告诉老百姓:什么才是国家的希望和民众的未来。这样一个过程就是"启蒙"。广场与庙堂在价值取向上是联系在一起的。现代文艺理论家冯雪峰曾经有一个比喻。他说,知识分子像一个庙堂的门神。什么叫门神?门神是贴在大门上的,大门朝里开,大门开了,门神就是站在庙堂里面的最后一排;大门关了,他就面对外边广场上的民众,成了民众的导师。这个比喻非常有意思。门神是贴在门上的,如果庙堂接纳他,他就在为国家服务的行列里;如果庙堂不需要他,门关掉了,他在门外面倒变成导师了。这当然是一个自嘲,但用来理解20世纪初现代知识分子形成的过程是很深刻的。中国士大夫在转型为现代知识分子的初期阶段,通常就扮演了这样一个双重角色:一面对着庙堂;一面对着民间。这样一种双重身份对20世纪初的中国知识分子来说,感觉特别强烈,本来庙堂的门是永远开着的,读书人站在门口,经过科举考试,一级级升上去,最后可以做官,学而优则仕。现在这个门突然关掉了,科举制度被废除,这些举人,这些读书人,被排斥在庙堂以外,就变成了一个民众的导师。这就是现代知识分子。

二 现代知识分子与新文化运动

这里还有一个问题，中国20世纪文化与中国古代文化的最大区别，就是多了一个世界性的问题。中国古代社会和古代文化在一个封闭体系里运作，士大夫阶级的道统、学统、政统是融合一体的。可是到了现代，由于西方的介入，这样一个自成一体的东方社会运作机制被打破了，知识分子开始从被打破的机制的缝隙里走出去，看到了西方的真实世界。

严重的是，我们原先赖以治国平天下的"道"也被证伪了。儒家的君君臣臣一套，与我们要发展的现代化毫无关系。但是中国那么大，民族既多且复杂，没有了原来的道统，又没有恒定的宗教，我们靠什么力量把这个国家的各方面力量重新凝聚起来？这个问题，百年来一直是中国知识分子思考的问题。我们变来变去，好多次了，都是"拿来"各种各样西方的思想理论来实践，这期间，除了新儒家企图重返儒家传统以外，一般来说，中国的传统文化少有人问津了，日本的脱亚入欧获得成功就是一个极端例子。现代中国要走向世界，必须要从西方引进一个新的"道统"，重新凝聚中国。我们可以看到，尽管20世纪流行的思想学术内涵不太一样，它们的根源都是从西方引进的。我们总是积极引进最先进的思想理念，过去是英法，后来是苏俄，现在是美国，它的生产力最先进，文明程度最高，总是把这样一个标准作为我们未来发展的方向。而这个标准我们用一个概念来概括，就是"现代化"，也可以说这是一个新道统吧。

那么，从追求、学习到整合来自西方的新道统，实际上也就成了知识分子的专利。其实也不是他们的专利，只是因为在"五四"的时候，这批知识分子出国较早，放眼看世界。用毛泽东的话说，就是"向西方国家寻找真理"。他们到国外，首先看到了西方先进国家是怎么一回事。他们也不见得都学好，就是一知半解，有的学点技术回来，有的学点制度回来，有的学点文化风俗回来，有的实在没有学会什么，就学会点语言回来，他们又觉得这些东西是对中国的现代化有用的。于是成了当时知识分子有资格在广场上启蒙民众的资本。这种资本也可以称作是在营造一个新的道统。当然，很难说真的有一个什么新的道统在那儿，但是有关这个新的道统的幻觉强烈地吸引着知识分子，大家都瞎子摸象似的，从西方抓一点皮毛，都认为这个可以来教育民众、改造中国。这是启蒙知识分子引以为傲的资本。

知识分子的启蒙自觉是在戊戌变法以后逐步建立起来的。19世纪末还是延续着庙堂效忠的传统，比如康有为等人的公车上书，希望通过君权来实现治国平天下。但戊戌变法失败以后，知识界开始有了从士大夫到现代知识分子的转型自觉。康有为、梁启超等人都转向了对民众的思想文化教育。梁启超办了《新小说》，提出"今日欲改良群治，必自小说界革命始。欲新民，必自新小说始"[1]的口号，呼吁小说界革命，中国的现代文学某种意义也是在这个时候开始的。梁启超的目的非常清楚，他提倡小

---

[1] 梁启超：《论小说与群治之关系》，载《新小说》第1号，1902年。

说界革命就是为了"新民"。康有为说得更加赤裸裸:"仅识字之人,有不读经,无有不读小说者,故《六经》不能教,当以小说教之;正史不能入,当以小说入之;语录不能谕,当以小说谕之;律例不能治,当以小说治之。"[1]康有为说得非常具体,他们传播新的思想,就要通过小说来完成。这个思潮以后就慢慢吸引了一大批知识分子在从事通俗文学的创作。所以,我们现代文学其实起点是不高的。它不像什么唯美主义,一开始就把艺术搞得很崇高很神秘,中国的现代小说一开始就是通俗文学。"通俗文学"是我们今天的理解,那时候没有这个概念,因为小说和戏剧从来就是通俗的,他们就把它看成是一种向民众传播思想教育的工具。

当时的士大夫,开始明显地意识到,他们对国家社会所负的责任,今后不能再指望国家统治者来支持了,他们开始把力量放在对老百姓的教育上,就是所谓"开民智"。当时最典型的态度就是严复。严复原来也参与维新,但这时他明白了,"民智不开,则守旧维新两无一可",他就说自己以后"惟以译书自课"。[2]严复后半辈子没有做过什么官,只做过几个大学的校长,还有就是在商务印书馆出版翻译著作,从靠朝廷俸禄、为朝廷服务转换为一个靠版税来维持生活的职业翻译家。用我们今天的话来说,从士大夫变成了现代知识分子。那么,知识分子不再有可能通过政

---

[1] 康有为:《日本书目志识语》,载《日本书目志》,大同译书局1897年。
[2] 《严复致张元济书》,转引自商务印书馆编辑部编印:《论严复与严译名著》,第13页。

治途径实现自己的价值与梦想,他只有利用民间岗位来发表自己的言论,表达他对治国平天下的热情。这个民间岗位,不仅仅是一个职业的岗位。民间岗位有两层意义,一层是职业的岗位,一层是思想的岗位。知识分子的岗位与一般的民间岗位是不一样的。一个鞋匠,也有一个岗位,这个岗位就是为人家做好鞋。可是,知识分子的岗位通常既是一个谋生的职业,同时又会超越职业,成为一种思想传播的平台。教师是知识分子的岗位,一个教师在讲坛上讲课,他除了传授专业知识以外,他还有一种超越专业知识的能力,鼓励大家从精神上追求对人生的认识高度。一个报社的记者或者出版社的编辑,写新闻稿或者编书是他的职业岗位,但他通过他的工作,创造出精神财富,这种财富为全社会所有。知识分子的岗位是各种各样的,但有一个标志是它具有超越本职业的意义,知识分子除了自己的职业以外,还能超越自己的职业,使之成为一种人文精神传播的渠道。

五四新文化运动是知识分子第一次在广场上的操练,通过自己的民间岗位,而不是通过庙堂,履行现代知识分子的职责。五四新文化运动是通过什么渠道来发起的?一个是北大的讲台;另外一个是杂志《新青年》;还有就是学生社团,如新潮社等。它是通过报纸杂志的呼吁、学校讲堂的教育,通过民间团体的行动,把知识分子的阵地——也就是岗位,结合成一个有战斗意义的平台,这就是五四新文化运动,而新文学,是其中最核心的部分。

我们把现代知识分子的转型,与五四新文学运动的产生联系起来看,那么,五四新文学运动已经不是通常说的学生爱国运动，而是整个知识分子阶层从古代向现代转型过程中，必须要寻找一个能够体现自己的新形象、传达出自己新的声音的社会平台，而这个平台恰好被陈独秀、胡适之、蔡元培他们找到了；他们成功地利用了一座学校（学院）、一份杂志（媒体）再加上他们自身拥有的来自西方的思想学术（新的道统），这三个要素结合而构成的一个新的现代的知识分子的岗位，通过五四新文化运动，正式在社会上登台亮相。知识分子的岗位包含了职业和精神两个方面：首先是知识分子的职业，他们写书要换稿费，教书要拿薪水，杂志要投入市场运作，要赚钱赢利；其次，除了职业以外，它还有高于职业的这么一种精神能量。这两者的结合就构成了现代知识分子的民间岗位。

三　周氏兄弟与西方精神源流

我们接下来要讨论新文学思潮。我想以周氏兄弟的作品为代表，来讨论这个文学思潮的某些特征。为什么我们不讨论像陈独秀、胡适之这样一些更有名、更具有原创动力的知识分子作为了解这个运动思潮的代表？一个直接的原因是本文设定的题目就是探讨新文学思潮而不是纯粹的思想文化运动，我们要限制在文学上讨论这个问题。当然陈独秀、胡适在文学理论和诗歌创作上也都自有他们的贡献，但从文学创作来说，周氏兄弟更有代表性。我一向以为，要研究一种创作思潮，不能只看他们的理论宣言，更重要的是读他们的创作，从这一思潮的最有代表性的审美倾向中来把握思潮的意义。周氏兄弟的文学创作及其审美倾向反映了五四新文学思潮的基本倾向和两种发展趋向。

周氏兄弟在"五四"前后的新文学开创时期的文学活动，有许多相近的地方。他们都是从章太炎那一路学术转向新文学，对旧的传统文化充满了批判的热情。在新文学运动中，他们又都是后起者，原先也不属于《新青年》文人集团的主角，一旦登上了文坛，立刻在创作上显示出新文学的真正实绩。鲁迅的小说和杂感，周作人的散文、新诗和文学理论，都是胡适陈独秀他们所不及的。胡适曾经说他们这一帮人在新文学初期"提倡有心，创作无力"[1]，但对周氏兄弟的创作成绩却是承认的。周氏兄弟的创作成就虽然很大，他们走的道路却很不一样。不仅是创作的个人风格不一样，而是在风格背后体现出两种完全不同，但又是同根同源、相辅相成的精神传统。这两种精神传统与五四新文学思潮中知识分子的两种价值取向又是联系在一起。所以，我们通过阅读和研究周氏兄弟的作品，可以大致了解新文学思潮的趋向。

"五四"时期，中国现代知识分子都是通过向西方学习，找来一种哲学、一种思想，或者一种学说，作为中国未来发展的范本。比如，胡适就是把西方的自由主义传统和西方的民主制度看作是中国人努力的一个范本。其他人也是这样，他们习惯于把一个非常实际的目的与西方的某一种学说衔接起来，作为我们今天

---

[1] 胡适：《中国文艺复兴运动》，收胡适纪念馆编印：《胡适讲演集》（中册），1978年修订版，第385页。

的指导方针。这样一来,急功近利的态度是必不可免的,有时为了引进和推广某种学说,免不了有些机会主义的态度。比如鲁迅说过的"拿来主义":"因为祖上的阴功,得了一所大宅子,且不问他是骗来的,抢来的,或合法继承的,或是做了女婿换来的。那么,怎么办呢?我想,首先是不管三七二十一,'拿来'!"[1]这是鲁迅说的,针对"闭关锁国"的保守政策和民族自大症,"拿来主义"是一帖有效良药,但是从吸收西方文化营养的本身态度而言,虽是一种实用主义的态度,仍然是一种急功近利。它不是从根本上来了解中西文化传统的特点及其结合的可能性,当然也不可能对中西文化做出理性的科学的研究,以及尝试其彼此的融合。

在这种情况下,鲁迅和周作人,他们在接受西方文化的时候,都关注了历史悠久的西方传统。尤其是周作人,他对于国内学界狂热学习西方文化的潮流始终保持清醒。他写过一篇文章叫《北大的支路》,他赞扬北大敢于做人家不做的事情,譬如开多种外语课程等,接下来他就说:"近年来大家喜欢谈什么东方文化与西方文化,我不知两者是不是根本上有什么差异,也不知道西方文化是不是用简单的三两句话就包括得下的,但我总以为只根据英美一两国现状而立论的未免有点笼统,普通称为文明之源的希腊我想似乎不能不予以一瞥,况且他的文学哲学自有独特的价值,据臆见说来他的思想更有与中国很相接近的地方,总值

---

[1] 鲁迅:《拿来主义》,见《鲁迅全集》第6卷,人民文学出版社1982年,第39页。

得萤雪十载去钻研他的，我可以担保。"[1] 这段话我觉得讲得非常之好，周作人后面还讲到了中国人应该注意印度文化、阿拉伯文化等等，有的学者认为这是对英美文化霸权的抵抗。[2] 不过那个时候要说英美文化霸权还嫌早了一些，别说法国德国，就连日本文化对我们来说大约也算得上是一霸。周作人对古希腊的文化的研究是贯穿其一生的，因为他真切地认为，欧洲文化的源头在古希腊，要吸取西方文化营养首先就应该从根子上来研究和学习。有的研究者指出，周作人对中国文化深层的内核失望太多，希望从域外文明中多引进未有的营养，并导之以人道的精神。[3] 这种从根本上了解西方文化的态度，在当时一些严肃的知识分子都是能持有的。茅盾好像也说过类似的话，茅盾没有读过大学，也没有出过国，他懂一点英语，到商务印书馆工作后，就觉得自己的知识不够。当时他决心要学西方文化，要从源头学起，从古希腊学起，茅盾早期还编写过古希腊神话的著作。[4] 周作人一生都研究古希腊文化，到晚年还完成一部文学巨著《路吉阿诺斯对话集》的翻译，他说这是他最愉快的工作。其实路吉阿诺斯（又译作卢奇

---

[1] 周作人：《北大的支路》，收《苦竹杂记》，岳麓书社1987年，第212页。
[2] 王友贵：《翻译家周作人》，四川人民出版社2001年，第202页。
[3] 见孙郁：《鲁迅与周作人》，河北人民出版社1997年，第314页。
[4] 茅盾《我走过的道路·商务印书馆编译所》有这样的记载："在当时，大家有这样的想法：既要借鉴于西洋，就必须穷本溯源，不能尝一脔而辄止。我从前治中国文学，就曾穷本溯源一番过来，现在既把线装书束之高阁了，转而借鉴于欧洲，自当从希腊、罗马文学开始，横贯十九世纪，直到世纪末。……这就是我从事于希腊神话、北欧神话之研究的原因……"（人民文学出版社1981年，第150页。）

安)不是古希腊时代人,他是公元2世纪古罗马时期的叙利亚人,但他用希腊文写作,以讽刺的喜剧笔法改写希腊神话故事,对神明多有挖苦讽刺。周作人说这部对话集主要是"阐发神道命运之不足信,富贵权势之不足恃,而归结于平凡生活最适宜"[1]。这其实也是周作人所坚持的人道主义的最本色的特点。

周作人多次翻译过希腊神话,他不喜欢基督教神话,不喜欢古罗马神话,独独对希腊神话情有独钟,但他又以同样的喜欢来翻译那部颠覆希腊神话的《对话集》,这也是一个很有意思的现象,说明周作人对古希腊文化充满了求知的兴趣和研究的态度,而不是盲目地崇拜古典主义者。他对希腊文化的兴趣也是有选择的,比较偏重于理性的民主的求知的传统,我们也可以称其为雅典精神。雅典精神是古希腊的主流,古希腊的哲学家们很早就开始研究科学、民主、理性,进行学理的讨论。古希腊的哲学家都叫智者。他们往往关心的是比较抽象的形而上的问题,探讨宇宙的起源奥秘的问题。这样一种绝对的求知精神,直接推动了科学的发展。周作人关于希腊精神写过许多文章,有的是翻译,有的是介绍,在一篇叫《希腊人的好学》的文章里,他特别讲了伟大的力学家阿基米德(Archimedes,公元前287—前212)的故事,阿基米德发现许多力学原理,帮助自己的城邦击退敌人的强兵进攻,三年后,城被敌人攻破,他正在地上画几何图形,敌兵来

---

[1] 周作人:《愉快的工作》,收陈子善编:《知堂集外文·四九年以后》,岳麓书社1988年,第597页。

了，他急忙阻止敌人，不让他们破坏他画的图形，结果被敌人杀了。科学家对科学研究成果的热爱，超越了任何现实的利害，甚至生命，这就是一种知识分子的岗位至上的精神。周作人也特别地说："好学亦不甚难，难在那样的超越利害，纯粹求知而非为实用。——其实，实用也何尝不是即在其中。"其实阿基米德发现的力学原理还是用在防守城池的战争中，但对科学家本人来说，他的兴趣似乎更在求知本身。所以，周作人最后说，这样的好学求知，不计其功，对于国家教育大政方针未必能有补救，但在个人，则不妨当作寂寞的路试着去走走。[1]我觉得这是非常有意思的话。在另一篇文章里，周作人把希腊精神归结为求知、求真、求美三条，这三条加上《路吉阿诺斯对话集》里所表现的化神为凡人的思想，可以说，对周作人一生的学术思想产生过巨大的影响。

周作人终其一生，在寻找人类文化，或者说，西方文化的源头。我们看到，周作人的小品文，始终是平和、冲淡、学理化的，思想里有一种非常透彻、非常澄明的智慧，而且他从来没有写过什么长篇大论，都是对话或者小品，三言两语，表达智者的一种启示。这样一种雅典式的理性精神，后来也就变成了中国现代文学的一种制约知识分子的倾向：坚守自己的民间岗位，探讨知识与学理，不迷信任何权威，尊重普通人的平凡欲望和世俗尊严，等等。我读过一本研究周作人翻译希腊文学的书，作者把周

---

[1] 周作人：《希腊人的好学》，收《瓜豆集》，岳麓书社1989年，第88、89页。

作人与这种希腊精神的关系分析得十分贴切，他是这么说的:《路吉阿诺斯对话集》"写于早期基督教时期，跟文艺复兴以及之后的知识分子的对神的批判有所不同。卢奇安（即路吉阿诺斯）止于对神的质疑和后人对荷马史诗的在宗教意义上的迷信态度的批判，根本上说，有着将神话还原为艺术作品的作用。他并不像一些启蒙主义者那样暗中期望作神的取代者，作人类的精神导师。因而也没有试图在推倒神坛之后建立新的神坛。卢梭就是这一类启蒙主义者的代表。然而在虚妄的批判精神和叛逆精神一面，卢奇安跟后者是相通的。在一点上，翻译家周作人亦是跟西方古代和现代知识分子神气相通。周作人自己一定没有意识到，启蒙主义已经浸透到他的每一条血管里，包括启蒙主义知识分子难以更换的人类精神导师的道袍。周作人与卢梭们的不同，或许在于他慢慢地不想做那一呼百应的神，只想做一个人。这恐怕主要得益于古希腊文学和古代日本文学"[1]。这位研究者用了一个词"慢慢地"，来说明周作人从"五四"初期的启蒙主义者到后来是有一个发展变化过程，使他"慢慢地"与卢梭式的启蒙主义知识分子——也就是我说的广场的价值取向划分了界限，这个变化，也可以看作是古希腊的雅典精神和古代日本文学对他的潜移默化的影响。

从表面上看，鲁迅与周作人的个人风格不一样。鲁迅没有专门谈论过古希腊的传统。但是，在追寻西方文化源头的意向上，

---

[1] 王友贵:《翻译家周作人》，第274页。

研究者们似乎很少注意到鲁迅最早的一篇小说《斯巴达之魂》，发表在1903年，这篇作品有点像编译的，可能一般学者认为它是翻译作品，很少当作鲁迅的创作来研究。但是至今为止，好像也没有人指出这部翻译作品所依据的原本。[1]鲁迅后来对这部早期作品也抱以少见的羞涩态度。[2]20世纪初的中国知识分子常常是把翻译也当自己创作，因为它表现了作者自己的一种选择和一种提倡。鲁迅在日本的时候，很多署名文章都是编译的，如《摩罗诗力说》就是一个著名的例子。可是，这部小说中所出现的神采飞扬、慷慨激昂的文学语言和民族主义煽情，应该是鲁迅创作中非常独特的现象。

那么，鲁迅为什么要选择这样一个《斯巴达之魂》来表达他的愿望？这也是鲁迅的第一部小说，用文言文写成。斯巴达是古希腊的一个城邦，这个城邦的公民讲究尚武，非常狂热，他们

---

[1] 《鲁迅全集》第7卷收入了《斯巴达之魂》，但没有注明本文是根据何种原本翻译的。日本学者山田敬三的《鲁迅世界》一书中讲到《斯巴达之魂》，指出该书"出典不明，但文中的'愿汝持盾而归来，不然则乘盾而归来'的句子，与《新民丛报》第十三号第五页的'愿汝携楯而归来不然则乘楯而归来'（斯巴达小志）极其酷似，照例应出一典"（山东人民出版社1983年，第74页），但真正的出处仍然没有揭示。而这文中所引的这句话，出自普鲁塔克：《斯巴达妇女的言论》，收其《道德论集》，见裔昭印《古希腊的妇女——文化视域中的研究》转注，商务印书馆2001年，第179页。

[2] 鲁迅在《集外集·序言》里承认这篇小说是他在编杂文集《坟》时自己故意删除的。因为："我记得自己那时的化学和历史的程度并没有这样高，所以大概总是从什么地方偷来的，不过后来无论怎么记，也再也记不起它们的老家。而且我那时初学日文，文法并未了然，就急欲看书，看书并不很懂，就急于翻译，所以那内容也就可疑得很。而且文章又多么古怪，尤其是那一篇《斯巴达之魂》，现在看起来，自己也不免耳朵发热。"（《鲁迅全集》第7卷，人民文学出版社1981年，第4页。）

为了一个理想,一种国家主义的道德观,常常热血沸腾、甘愿牺牲。当时有强大的波斯国侵犯。斯巴达三百壮士出征迎敌,结果都战死了。其中有两个人,因为治疗眼病,得以免死。他们两人意见分歧,一个带着奴隶重返战场,结果也慷慨激昂地战死了。另一个不愿意去死,就回到家里,可是他的妻子正在与情人约会,——据说斯巴达城邦法律规定女性可以自己找情人,也可以与情人生孩子,都是允许的。这大约是好战的斯巴达男人比较容易牺牲的缘故,但后来欧洲的女权主义者都把斯巴达的女性理想化了。这时,那位女权主义先驱者堵在家门口,不让丈夫进去,就说人家都死了,你回家来干吗?这个人嗫嚅回答:我爱你呀。妻子听了就更加生气了,说:你如果真的爱我,就赶快去死吧,否则我去死。于是那女人就用刀自己抹脖子自杀了。这个逃回来的丈夫羞愧之下又重返希腊军队,终于在一场击退波斯国的大战役中也牺牲了生命。但是,当希腊人议论要给他立烈士碑的时候,他妻子原先的情人出现了,他目睹自己情人以死激励丈夫的情景,就说出真相,于是希腊人为那个死谏的妻子立了纪念碑。许多历史著作都记载了这件事。斯巴达精神就这么流传下来,形成古希腊的另一个传统。虽然斯巴达是个小国,但斯巴达精神至今还被人传说,被人们记着。这种精神就是体现了一种狂热的、偏执的、爱国的、自我牺牲的精神,为了一个理念、为了一个信念可以牺牲自己的生命也在所不惜。

　　我查了一些资料,关于斯巴达城邦及其精神的主要依据来自普鲁塔克(Plutarch,约公元46—120)《希腊罗马名人传》里的《吕库古传》，吕库古是斯巴达律法的制定者，普鲁塔克很欣赏他，这个人是个铁腕人物，他在斯巴达取消货币，取消对外贸易，提倡朴素的生活，将男女分开来住，还办食堂集体吃饭，等等，他推广原始的军事共产主义的道德原则，使城邦一度变得很强大。后来的学者公认柏拉图的《理想国》是受了斯巴达的影响。其实柏拉图和他的老师苏格拉底都反对雅典城邦的民主体制，认为其有贵族政治倾向，通常贵族政治与专制制度有相通的地方。鲁迅的《斯巴达之魂》的故事，主要依据是希罗多德的《历史》，这个主人公的名字叫阿里司托戴莫斯，有这么两段记载：

一段是说那个叫作阿里司托戴莫斯（Aristotle，鲁迅译作阿里士多德摩）的逃兵回到家乡后受到蔑视，以致没有一个斯巴达人愿意把火给他，没有一个人愿意和他说话，大家称他为"懦夫"，结果他在普拉塔伊阿的战斗中洗清了所蒙受的一切污名。[1] 另一段记载是说：战后希腊人评功的时候，有人提出阿里司托戴莫斯虽然最勇敢，但他是因为受到责备后，抱着一死的愿望去杀敌，他离开了自己的岗位拼命厮杀，最后成就了伟大功业。但这不算真正的英雄，没有得到光荣的表彰。但历史学家希罗多德说，那是别人嫉妒他才这么说的。[2] 但是很奇怪，所有的蓝本里都没有那个阿里司托戴莫斯的妻子，也没有那个在旁边目睹现场的情人，不知是鲁迅编出来的，还是当时在日本有其他通俗小说作者编的。

---

[1] 希罗多德：《历史》（下册），王以铸译，商务印书馆2001年，第557页。
[2] 同上，第654页。

其实这个烈女并不可爱，情人更加可鄙，创作这两个形象不像鲁迅一贯的风格。所以鲁迅后来读了感到脸红。

不过可以肯定，鲁迅对斯巴达精神是倾心喜欢的。鲁迅后来写的小说里一直有斯巴达精神的成分，比如《铸剑》，就是强调了最后与敌人同归于尽。这个精神，在中国知识分子的骨子里是存在的。中国过去有武侠传统，有墨家传统，而且往往是被知识分子所继承。如所谓"士为知己者死"的伦理，为了对朋友的承诺，宁愿牺牲自己，毫无眷恋。有人称为"儒侠"，既是儒，又是侠，平时饱读史书，一旦国家有难，也能挺身而出，从汉代的张良，到清代的曾国藩，都有这种记载的。在近代中西思潮大交融大撞击时期，很多知识分子都眼花缭乱，觉得凡是西方的都是好的，饥不择食。而鲁迅恰恰相反，在他最初的"拿来主义"里面，恰恰找到了古希腊的源头，他从欧洲最古老的狂热的精神传统中，寻找到了一种与中国传统相契合的精神。这也可以说是无意的，因为后来连鲁迅自己也把它掩盖起来，但又仿佛是有意为之的，是一个潜在的、必然的、不能小觑的倾向，这个倾向包括后来中国的激进主义思潮、左翼思潮，一路发展下来。这种精神，其实也贯穿在新文化运动中的知识分子的追求、奋斗和可歌可泣的牺牲中，那是一种为了一个信念可以自我牺牲的、带有狂热的、偏执的精神。

西方的哲学、历史和政治史的研究者早已经把古希腊的雅典精神与斯巴达精神视为欧洲文化的两种源头。但在中国，似乎很少有人这么来理解西方文化的渊源。公开揭示出这一现象，并引起广泛注意的是顾准遗著。顾准在研究古希腊政治制度的《僭主政治与民主》一文里专门指出:"我们说西欧民主渊源于希腊民主是对的,但是说希腊政治除了民主潮流而外没有别的潮流就不对了。希腊政治史和希腊政治思想史一样有两大潮流汹涌其间,雅典民主的传统,和斯巴达民主集体主义、集体英雄主义……的传统,雅典民主是从原始王政经过寡头政体、僭主政体而发展起来的,斯巴达传统则始终停留在寡头政体的水平上。如果说雅典民主引起了世世代代民主主义者的仰慕,那么,必须承认,斯巴达精神也是后代人仰慕的对象。"[1] 如果从中西文化交流的角度来看,在中国知识分子充满着追求现代性的意义地向西方攫取文化资源的过程中,同样会遭遇到两种传统的资源。在古希腊的源头,所谓的雅典精神和斯巴达传统,在中国现代化过程中的对应性,某种意义上又可以看作是中国启蒙知识分子的广场意识与民间岗位意识的区分标志。我想顾准在困厄中潜心研究这两种精神传统,也是从中国的现实出发的。它们虽然来自西方,但是都跟当时处于时代主流的新文学思潮中的知识分子处境、追求倾向密切相关,跟他们自身的文化素养与教育传统也是密切相关,所以它们就很容易也很快地传播到中国来,与中国知识分子的实践结合成如此密不可分的关系。

虽然,周氏兄弟都是从中国文化传统熏陶中走出来的,可是他们的思想的出发点,他们接受的西方文化,都与西方文化中最

---

[1] 顾准:《顾准文集》,贵州人民出版社1994年,第256页。

古老的精神渊源相关。在这两位作家身上，能比较深刻地、比较集中地反映中西文化在他们身上的结合，而不是那种捡到篮里就是菜的"拿来主义"。他们都是超越了现实的制约，超越了时间与空间，在最根本处挖掘中西文化的源泉的相同之处。这样一种从根本上学习西方文化的精神，即使到今天仍然是最可贵的。

初刊上海《社会科学》2003年第1期

新文学的第一部先锋之作

一　鲁迅为什么要写《狂人日记》

鲁迅的短篇小说《狂人日记》，通常认为是中国新文学的第一篇白话小说，它发表在《新青年》4卷5号，发表时间是1918年5月20日。写作时间略为早些，作者在小说开始的文言部分后注明日期"七年四月二日"，也就是1918年4月2日，小说末尾注明了1918年4月，大致的日期就在这个范围。但是在鲁迅日记里查不到具体记载。

关于《狂人日记》的创作起因，鲁迅讲得比较多。鲁迅在这之前没有写过白话小说，却写过漂亮的文言小说，他早年在日本留学时拜章太炎先生为师，文体上受章太炎的影响，喜欢用一些冷僻的古字，如《文化偏至论》《摩罗诗力说》等论文，还有早年写的《斯巴达之魂》和翻译的域外小说，都是极有个性的文言，朗朗上口，文采飞扬。鲁迅最初不是很热心参与新文学运动，在《〈呐喊〉自序》里他写了自己是怎样被卷入新文化运动的。当时鲁迅在政府教育部门当一个级别不高的公务员，作为一个自负的知识分子，他在自己的工作岗位上深感到无所作为的痛苦，而麻痹自己痛苦的方法，就是埋头抄录自己喜好的古碑，——这也是一种很清高的文人爱好。但有一阵子，他的朋友、参加《新青年》编辑工作的钱玄同先生去看他，看他百无聊赖地抄写古碑消遣寂寞，就劝他为《新青年》杂志写文章，为此鲁迅就写下了一段推己及人的论述：

> 我懂得他的意思了，他们正办《新青年》，然而那时仿佛不特没有人来赞同，并且也还没有人来反对，我想，他们许是感到寂寞了……[1]

明明是鲁迅自己感到寂寞，他却用自己所感的情绪来理解《新青年》的同仁。鲁迅在这段话的前面，有一段回忆他在东京办《新生》杂志失败的经验。其实，几个想入非非的年轻人既想办杂志又缺少资金，失败是难免的，很多文学青年都有过这种遭遇，但是对鲁迅来说，这次失败的经验似乎刺激特别大，他说：

> 我感到未尝经验的无聊，是自此以后的事。我当初是不知其所以然的；后来想，凡有一人的主张，得了赞和，是促

---

[1] 见《鲁迅全集》第1卷，人民文学出版社1981年，第419页。

其前进的，得了反对，是促其奋斗的，独有叫喊于生人中，而生人并无反应，既非赞同，也无反对，如置身毫无边际的荒原，无可措手的了，这是怎样的悲哀呵，我于是以我所感到者为寂寞。[1]

这段话里鲁迅表述了自己对《新生》事件的心理感受的三个阶段：第一个阶段是当初"不知其所以然"，第二个阶段是"后来……以我所感到者为寂寞"，第三个阶段是再以后"感到未尝经验的无聊"。我把这点特别提出来，是为了说明鲁迅对办《新生》失败的经验是在不断回味反思过程中逐渐加入了他对人生经验的认识，而且越来越加重了经验的分量。这次他又一次回味了自己办《新生》失败的经验，并把它涂抹到《新青年》的早期况景之上，所以他不知不觉地用了"寂寞"这个词来描述这种况景。由于经验的沿袭，鲁迅在潜意识里不但把《新青年》看作是当初他办《新生》的理想的一种继续，甚至对其所必然会遭遇的失败的结果也预先考虑进去了。然而当他再次意识到"未尝经验的无聊"时，我们就能理解他与钱玄同的一段对话了：

"假如一间铁屋子，是绝无窗户而万难破毁的，里面有许多熟睡的人们，不久都要闷死了，然而是从昏睡入死灭，并不感到就死的悲哀。现在你大嚷起来，惊起了较为清醒的

---

[1] 见《鲁迅全集》第1卷，第417页。

几个人，使这不幸的少数者来受无可挽救的临终的苦楚，你倒以为对得起他们么？"

"然而几个人既然起来，你不能说决没有毁坏这铁屋的希望。"

是的，我虽然自有我的确信，然而说到希望，却是不能抹杀的，因为希望是在于将来，决不能以我之必无的证明，来折服了他之所谓可有，于是我终于答应他也做文章了，这便是最初的一篇《狂人日记》。从此以后，便一发而不可收……[1]

鲁迅虽然被钱玄同说服而答应为《新青年》写文章，却没有被说服放弃自己所以为"必无"的悲观，他对自己的经验使用了"确信""必无"等词而对钱玄同的乐观主义的斗争精神只使用了"所谓可有"四字，语气的坚定程度是完全不同的。他只是愿意通过写作实践来克服内心深处的"无聊"之感，期待"希望"或许会成功。这就决定了鲁迅参加《新青年》战斗呐喊在思想情绪上与《新青年》同仁是不同质的，他的深刻的悲观主义的怀疑精神与《新青年》同仁们的乐观主义的战斗精神也是不同质的。

追根溯源，鲁迅对中国现实的悲观与怀疑不仅仅来自《新生》的失败经验，他有更加丰富的思想基础和世界性的现代思潮作背景。他在《文化偏至论》里有一句名言："掊物质而张灵明，

---

[1] 见《鲁迅全集》第1卷，第419页。

任个人而排众数。"[1] 所谓"掊物质而张灵明",就是要破除对物质文明的迷信,转而弘扬精神力量;"任个人而排众数",就是对于大多数的庸常之辈的意见要给以排斥,力去陈腐,转而强调天才,强调自己的力量。这是鲁迅在辛亥革命前那段时期的思想,以前的学界都认为这是鲁迅思想处于低谷的时候,反映了鲁迅思想的某种局限,现在有些青年学者对此有不同的解释。[2] 我以为鲁迅早期的这一论断是与他从西方早期批判资本主义体制的现代思潮中获得的信息有关,它恰恰是从中国近代民主思想主流的对立面出发的,而不是随大流的时髦言论。辛亥革命推翻清廷帝制,不就是要引进西方民主体制?民主也就是"众数",而不是少数精英分子说了算。五四新文化运动两面旗帜"德先生"和"赛先生"(民主与科学),民主是指众数,科学就是物质文明。当五四新文学运动兴起,陈独秀高举"民主"与"科学"旗帜的时候,很多人都认识到要反对君主专制,就要提倡大多数人的民主;要反对传统的精神道德,就要强调科学强调物质,这是时代所认同的思想主潮。鲁迅的思想自然也有与主潮相通的地方,否则就不会积极参与建设这一时代共名。但是他又是带着自己很深的怀疑精神参与进来,他在早期论文里有许多很有意思的论断都与时代主潮逆反而行,譬如当时政客杨度提倡用"金铁主义"来救国,

---

[1] 鲁迅:《文化偏至论》,见《鲁迅全集》第1卷,第46页。
[2] 譬如郜元宝在《鲁迅六讲》(上海三联书店2000年)里把鲁迅前期所表述的思想解释为一种"心学"的传统,是相当有见地的。关于我的论点请参考收入本书的《王国维鲁迅比较论》。

所谓"金"指黄金，就是把经济搞上去，"铁"指黑铁，即武器，把军事搞好，靠黄金黑铁就能建立世界的霸权。这话大约就是在今天也还是有人爱听的，但鲁迅认为这些东西是不能真正救中国的，关键还是需要"立人"，那就是强调人的精神力量。他说："人既发扬踔厉矣，则邦国亦以兴起。奚事抱枝拾叶，徒金铁国会立宪之云乎？"对于西方国家的民主体制的价值如何，他也是怀疑的，第一是这种"民主"能不能在中国实现？第二是就是实现了"民主"能不能救中国？鲁迅对此都有自己的看法。他说："古之临民者，一独夫也；由今之道，且顿变而为千万无赖之尤，民不堪命矣，于兴国究何与焉。"[1]

这样的怀疑精神，即使在"五四"时期也没有从鲁迅头脑里完全消除，更不可能由钱玄同的一个充满激情的比喻而完全克服。怀疑里面包含了彻骨凉意的深刻，是鲁迅之所以为鲁迅的鲜明特点。他没有像陈独秀、胡适之那帮人这么乐观，觉得振臂一呼，民众响应，社会就改变了。鲁迅是很怀疑的，他明确地说过，"我决不是一个振臂一呼应者云集的英雄"[2]。但恰恰是在这种怀疑当中，鲁迅就表现出一种独立的思想家的深度。《狂人日记》是一个双刃剑。当五四新文学运动以一种人道主义的、现代文明的力量批判传统礼教的时候，《狂人日记》尖锐地发挥两边的杀伤力：一方面，鲁迅站在五四新文学立场上揭露"吃人"的社会、"吃人"的礼教下的中国人心之黑暗；但反过来，他对"五

---

[1] 鲁迅：《文化偏至论》，见《鲁迅全集》第1卷，第46页。
[2] 鲁迅：《〈呐喊〉自序》，见《鲁迅全集》第1卷，第417—418页。

四"时期知识分子所张扬的人道主义、人性至上、现代文明，也表示了深刻的怀疑。

二　吃人意象的演变

（一）吃人问题的提出——历史上的吃人传统（题叙、第1—3段）

《狂人日记》前面有一段文言文的题叙，说明这本狂人日记的事实来源，这是用非常写实的手法来写的。说有两兄弟，是作者的中学时代同学，他听说其中有一个生病了，有一次回乡时特地绕道去探望，碰到病人的哥哥，哥哥就说，我弟弟过去确实生过病，现在已经好了，"赴某地候补矣"。就是说，那个狂人曾经有一度疯狂，现在病愈了，他就去做官，又重新融入这个正常人的社会，也就是又融入这个吃人者的社会。所以，大家可以看到，鲁迅一开始已经给这个狂人制定了一个很不妙的结局。别看你今天很深刻，明天你一旦恢复理性了，你就"候补"去了。这里，他把一个人的觉醒看成是一场疯狂，由于一场病，他才觉悟到某些真理，但这个东西很快就被抹平了。就像鲁迅后来写的吕纬甫、魏连殳、涓生等人物，差不多都是这样一个结局。《在酒楼上》吕纬甫有一段著名的比喻：他像苍蝇那样飞了一圈又飞到了原来的点上。[1] 鲁迅的怀疑精神和悲观主义使他在处理狂人这样

---

[1] 《在酒楼上》吕纬甫的原话是："我在少年时，看见蜂子或蝇子停在一个地方，给什么来一吓，即刻飞去了，但是飞了一个小圈子，便又回来停在原地点，便以为这实在很可笑，也可怜。可不料现在我自己也飞回来了，不过绕了一点小圈子。"（见《鲁迅全集》第2卷，人民文学出版社1981年，第27页。）

的知识分子的结局时表现得非常老辣,这与"五四"时期知识分子的自信与乐观态度是很不同的。

《狂人日记》里用两套文本,一套文言文,一套白话文,文言文是代表了现实世界的声音,而白话文则是代表了一个狂人的内心世界的声音。这两个不同的文本,反映了两种语言空间,也就是新旧文化的对照。前面的序言是用文言文,非常流畅,但一进入狂人语言就是很欧化的语言了。这也是一种暗示:我们正常的生活当中,语言是非常流畅的,就是一般的文言文,这个文言文谁都能够读;只有当狂人感受到另外一种问题,进入到另外一个思想空间了,他才会进入一个欧化的现代的特殊语境。这个语境被一般世俗认为是狂人狂语。

接下去我们读正文,狂人留下的日记应该是互不连贯的,鲁迅介绍说:"语颇错杂无伦次,又多荒唐之言;亦不著月日,惟墨色字体不一,知非一时之书。间亦有略具联络者,今撮录一篇……"但鲁迅作为整理者将其中有内在逻辑的篇什缀连起来,组成了一个完整的狂人的内心世界,所以我们读到的是鲁迅整理过的狂人日记,而不是原始的狂人日记。这样的话,这个被整理过的日记里,其"狂人狂言"已经寄寓了整理者的心声,它虽然是无意识的产物,但作为整理者的鲁迅却在里面寄托了明确的意图。虽然鲁迅假托是"供医家研究",其实各界都有可能从中了悟某种人生的信息。

这个信息的主题词就是"吃人"。整理者鲁迅是具有清醒的目的来做这份材料的,所以这十三段日记,虽然篇内所记语无伦次，可每篇之间的连接相当有序，其表现外部世界的故事逻辑是完整的，表现内心世界是充分而丰富的。第一段就描写狂人发作精神病时的状况：

> 今天晚上，很好的月光。
> 我不见他，已是三十多年；今天见了，精神分外爽快。才知道以前的三十多年，全是发昏；然而须十分小心。不然，那赵家的狗，何以看我两眼呢？
> 我怕得有理。

这段话是一个神经病者的胡言乱语。但胡言乱语也很有意思。狂人看见月亮光很亮，开始脑子出毛病了。然而他说，"我不见他，已是三十多年"。我们假定狂人三十多岁，就是说，这个狂人三十年来一直处于一个昏暗的世界，而今天他看到了月光，一种突然的感受使他觉悟过来，看到了另外一个空间。因为看到了月光，他精神爽快（其实是精神病患者的精神兴奋了），然后他说，原来以前的三十多年都在发昏。这里的"发昏"既可以暗示环境的黑暗也可以暗示主观的麻木不仁，实际上，就是鲁迅说的那个铁屋子里人都在昏睡，谁都不知道什么时候会死去，可是有一天，也就是钱玄同说的，你唤醒一个人，也许有了毁坏这铁屋子的希望。于是，那天，他被唤醒了，唤醒他的是月光，他开始了拆铁屋的行动。这故事仿佛是鲁迅在思索和回答钱玄同与他讨论的问题，答案暂时还没有。

关于月光的意象，日本学者伊藤虎丸曾经做过比较有意思的研究，他指出鲁迅在狂人的日记里完全没有涉及狂人是如何成狂的过程和原因，而只是将主人公的开始"发狂"作为小说的开端，而作为发狂的契机的"月亮"，则象征着某种超越性的东西。这就是说，主人公是遭遇了某种超越性的东西才引起了"认识主体脱离了赋予它的现实（包括自身在内）"，因此，月光在小说里具有某种象征的意义。[1] 小说在第二段马上就说"今天全没月光"，再以后就变得"黑漆漆的，不知是日是夜"了，暗示了狂人越来越恐怖的心理世界。那么这"超越性的东西"象征什么呢？这当然是一个可以讨论的问题，我想如果结合时代风气的话，应该是暗示启蒙主义者所获得的来自西方的新的思想武器。把启蒙称作"光"是很普遍的意象，古希腊柏拉图说过一个"山洞人"的寓言：山洞里的囚徒都是昏睡无助的，根本看不到外面世界的真相，要把他们松绑和拉出山洞面对阳光，他们也会感到很痛苦。这山洞里的囚徒和洞外举着火光的人，就成了启蒙与被启蒙的关系。[2] 这个关系转化为《圣经》的故事，就是"上帝说：'要有光'，就有了光"。那就是说，启蒙是从"光"开始的。在这里，鲁迅用的是月光，月光照亮了狂人，使狂人由此而觉悟，然后他就精神爽快，"爽快"实际上就是发精神病了。就是说，

---

1 伊藤虎丸：《〈狂人日记〉——"狂人"康复的记录》，王宝祥译，收乐黛云编：《国外鲁迅研究论集》，北京大学出版社1981年，第473页。其中引号内的话是伊藤转引自丸山真男的《日本的思想》。

2 柏拉图：《理想国》第7卷，郭斌和、张竹明译，商务印书馆1986年，第272页。

这两套话语，它是套在一起的，现实意义上他发疯了，精神意义上他是被启蒙了，他觉醒了，他也成了启蒙者。

也有人曾经说，鲁迅这个故事里包含了他的老师章太炎的故事。因为章太炎早期有过癫痫，所以人家称章太炎为"章疯子"。章太炎曾经说过，世人都说我是疯子，我就承认自己是疯子，我就是这个时代的疯子。[1] 章太炎先生是个无所畏惧的革命学者，他说话有点大义凛然的。鲁迅是章太炎的学生，对章太炎一直很是尊敬，到临终前不久，还写了最后一篇文章《因太炎先生而想起的二三事》。所以，有的学者就考据说，《狂人日记》里的狂人的原型就有章太炎的影子，敢于对这个传统社会进行决裂的一种状态。[2]

但如果是这样，这个精神病者应该是一个英雄，一个启蒙主义者。我们通常认为，一个人真理在握，他就有资格教育别人，启蒙主义者就是大众的教师。但是，鲁迅笔下的这个狂人恰恰不是这样的人，他是因为觉悟了而害怕。如果不觉悟，昏昏沉沉和大家混在一起，你吃我，我吃你，谁都以为很正常，可是，他一

---

[1] 章太炎先生在《东京留学生欢迎会演说辞》里这样说："大概为人在世，被他人说个疯癫，断然不肯承认，……独有兄弟却承认我是疯癫，我是有神经病，而且听见说我疯癫，说我有神经病的话，倒反格外高兴。为什么缘故呢？大凡非常可怪的议论，不是神经病人，断不能想，就能想也不敢说。说了以后，遇着艰难困苦的时候，不是神经病人，断不能百折不回，孤意己行。所以古来有大学问成大事业的，必得有神经病，才能做到。"（见陈平原选编：《章太炎的白话文》，贵州教育出版社2001年，第111页。）

[2] 我读过的论著中有陈鸣树先生的《鲁迅小说论稿》举过章太炎的例子，上海文艺出版社1981年，第26—27页。

旦觉悟了，看清了自己周围的环境的真相，他为自己的处境感到恐怖和害怕。这里又是一个悖论，我们把觉悟者等于启蒙者，可是这位觉悟者又是跟恐惧心理连在一起的。恐惧使他与自己的环境血肉与共地联系起来，而不是一个事不关己的外来和尚，可以高高在上地弘扬佛法，气壮如牛。狂人只是这批罪孽深重的凡人中的一个，所以当他发现赵家的狗看了他两眼时，他就说"我怕得有理"。

为什么说"怕得有理"？鲁迅对自己的处境有一种非常经验化的理解。他曾经有一次说：

> 中国的筵席上有一种"醉虾"，虾越鲜活，吃的人便越高兴，越畅快。我就是做这醉虾的帮手，弄清了老实而不幸的青年的脑子和弄敏了他的感觉，使他万一遭灾时来尝加倍的苦痛……[1]

作为启蒙者其实就是最初的觉醒者，如果他真实地感受当时的处境，也同样会对这样一种现实处境抱着恐惧心理。虽然"五四"时期新文化的主要领导者都是很乐观的，但鲁迅却不是这样，他的小说常常给读者带来与那个时代的思想主潮不一致的情感导向。他后来创作短篇小说《药》，就是从《狂人日记》的故事发生开去的另一段插曲，由于顾虑到《新青年》的主将们是

---

[1] 鲁迅：《答有恒先生》，见《鲁迅全集》第3卷，人民文学出版社1981年，第454页。

不主张消极的，不惜用曲笔在悲凉的革命先烈的墓上加了一个花圈，结果是减弱了现实主义的艺术力度。他自己说他并不愿意将自以为苦的寂寞，再传染给正做着好梦的青年。但既然是梦就迟早会醒的，所以，他一直对于启蒙的教育，对于唤起民众，对于自己写那种深刻的文章，都怀有一种难以克制的困惑与矛盾。他害怕把人家唤醒以后，让人陡然感到走投无路的痛苦。我想，这种痛苦首先是鲁迅自己的痛苦，他作为一个先知先觉者，对于社会的弊病和自己在这个社会当中的处境非常清楚。正因为清楚，他感到了绝望的痛苦。他在创作里都将这种痛苦折射到他所描写的对象身上，他笔下的主人公经常是处于深刻的痛苦、绝望和忏悔之中。《狂人日记》里他通过狂人这样一个先觉者、一个启蒙者对自己处境的恐惧（比害怕更深一层的心理），把他所有清醒和狂热的心理都表现出来。

第一段日记是一个引子，紧接着第二段开始，狂人开始对恐惧的探究。这种研究当然也是病态的，他要探究邻居为什么要恨他？于是就找到了以前对古久先生的一本陈年流水簿子踹了一脚什么的，那是狂人在找原因。第三节开始直奔主题，把吃人的问题提出来了。原来最大的恐惧是"吃人"。

第三段开始狂人就说：

> 晚上总是睡不着。凡事须得研究，才会明白。
>
> 他们——也有给知县打枷过的，也有给绅士掌过嘴的，也有衙役占了他妻子的，也有老子娘被债主逼死的；他们那

时候的脸色，全没有昨天这么怕，也没有这么凶。

鲁迅深谙医学上的被迫害狂的心理特点，一下子就把狂人与环境之间的象征性的病象冲突凸现出来，狂人所划定的吃人行列里，没有特指的某个吃人者（即妖魔化的"坏人"），不是后来学者们分析的丁举人鲁四老爷们，而是那些"给知县打枷过的""给绅士掌过嘴的""衙役占了他妻子的""老子娘被债主逼死的"，都是受苦受害的被统治阶级，这些人也不都是传统意义上的"坏人"，狂人说他们原来的脸色没有那么怕，也没有那么凶，就是说他们没有吃人的时候，也是很平常的人。这里有一个很复杂的问题：所谓吃人者是无意识的社会角色，它需要人去扮演或者充当，而不是某些人的固定的社会身份和阶级本性。不是某些人而是所有的人都可能去扮演和充当这个社会角色，也不是所有时间和空间都需要扮演这个角色，而是在一个特定的时间和空间下人会转换成吃人者，就仿佛是演员上台表演，他在台上可能是妖魔鬼怪吃人生番，但一下台卸装后就跟常人一样，吃人是一种社会环境，人人都有份。这涉及群众暴力的问题。鲁迅以前说过"任个人而排众数"，这"众数"就是群众。鲁迅为什么主张排斥众数？他不相信这个东西，在长时间的专制社会里，被压迫被奴役的群众表面上是沉默的，但就像一头沉默的巨大野兽，其内在世界里隐藏着极其盲目的破坏力量，一种暴力倾向。西方马克思主义者在研究德国法西斯的时候把这个问题解释为"法西斯主义群众心理学",法西斯主义的产生是有一个广泛的群众基础的。[1] 这种情况在中国也存在。鲁迅对这种群众暴力非常警惕,他在文章里一再提到。他在《狂人日记》就明确提出来:作为一个先驱,一个狂人,他首先面对的恰恰就是他周围的这些群众。

为什么这样?狂人还要找原因,在后面一段里他找到了历史的原因:

> 凡事总须研究,才会明白。古来时常吃人,我也还记得,可是不甚清楚。我翻开历史一查,这历史没有年代,歪歪斜斜的每叶上都写着"仁义道德"几个字。我横竖睡不着,仔细看了半夜,才从字缝里看出字来,满本都写着两个字是"吃人"!

这是《狂人日记》里被人广为引证的一段语录,为什么普普通通的人都会犯了这个吃人的嫌疑?鲁迅从历史上去找原因。他往上推,推到几千年来的中国历史传统,以证明中国人尚是食人的民族。[2] 后来狂人还把春秋时期发生在齐国的易牙蒸子的故事

---

[1] 奥地利医生、马克思主义者威尔海姆·赖希在《法西斯主义群众心理学》(张峰译)一书里详细探讨了法西斯主义在欧洲的群众基础。他以大量的资料让人信服地认识到:"法西斯主义"不是一个希特勒或一个墨索里尼的行为,而是群众的非理性性格结构的表现。(参见"第三修订增补版序言",重庆出版社1990年,第11页。)

[2] 鲁迅在一封信里谈创作《狂人日记》起因时说:"后以偶阅《通鉴》,乃悟中国人尚是食人民族,因成此篇。此种发见,关系亦甚大,而知者尚寥寥也。"(鲁迅1918年8月20日《致许寿裳信》,见《鲁迅全集》第11卷,人民文学出版社1981年,第353页。)

年代往上推至桀纣时代，当然是因为狂人的缘故，但我想很可能是鲁迅故意让他犯的一个错误，桀纣并非同一个时代的人，这里不过是借喻为一般暴君，但时代往前推到了夏商之间，显然是为了将中国文明与吃人历史并置起来，同时又将吃人传统延续到清末的徐锡麟的被杀惨相，几乎锁定了全部的中国历史。所以我对鲁迅后来说的"意在暴露家族制度和礼教的弊害"[1]之说始终不能得以圆满印象，因为狂人所描绘的吃人意象的内涵要广阔深远得多。狂人读的是没有年代的历史，"吃人"两个字是深藏在历史之中，而满页的"仁义道德"只是遮蔽历史真相的表象，它属于历史的一个组成部分，与历史的吃人实质互为表里。因此，与其说是礼教吃人还不如说中国历史是一部吃人的历史。鲁迅作品里充满了辩证的概念，他把"仁义道德"和"吃人"作为一个对立的范畴结合在一起。这就是我们的历史，这就是我们的道德史。

鲁迅在中国历史上证明"吃人"与后来所漫布开来的所谓"礼教吃人"的主题不是一个层次上的理解。前一个理解具有延伸性，因为"历史吃人"的概念中，历史本身不会吃人，只是说明在中国吃人现象是有传统的；而"礼教吃人"只是被理解为：历史上那些吃人肉者，经常是表面上很讲究"仁义道德"，并不是说仁义道德本身"吃人"，所以这部小说的文本引申不出后来颇为流行的"吃人的礼教"的说法。但是有位老秀才吴虞读了

---

[1] 鲁迅：《〈中国新文学大系〉小说二集序》，见《鲁迅全集》第6卷，人民文学出版社1981年，第239页。

《狂人日记》，立刻写了一篇响应文章《吃人与礼教》，他从历史中找出了齐桓公、汉高祖、臧洪和张巡的例子，那些吃人者有的是霸主、有的是皇帝，还有就是忠臣烈士了。吴虞把礼教与吃人具体地联系起来，举例来说明，中国人的吃人行为是由封建道德观念（礼教）导致的，这里最不能容忍的是唐代的张巡，安史之乱他坚守睢阳城，城中无食，他杀了自己的爱妾，分给士兵们吃，士兵都不忍，他说："诸公为国家勠力守城，一心无二。巡不能自割肌肤以啖将士，岂可惜此妇人？"[1]于是城中风行杀了女人来吃，吃完了又吃老人和孩子，一共吃了两三万人口，结果还是城破人亡，那些被吃掉的人都成了冤死鬼。但是由于这个吃人行为被落实在忠君爱国的大道理上，也就成了值得歌颂的行为了。历史书上把张巡这个吃人魔鬼一直当作英雄来歌颂，文天祥的《正气歌》里就有"为张睢阳齿，为颜常山舌"的名句。为什么？就是因为在中国的历史教育里，所谓的忠君爱国等名节都重重地压在个人之上，仿佛为了国家或者统治者利益这个大目标，就可以轻易牺牲人的生命，个人的生命轻如灰尘微不足道。这当然不完全是礼教的问题，而是国家意识形态漠视个人生命和权利的问题。谁也不会否认人吃人是绝灭人性的兽性的表现，但是一旦被罩上了爱国主义的外衣似乎就合法化了，譬如岳武穆的《满江红》里就有"壮志饥餐胡虏肉，笑谈渴饮匈奴血"的豪言壮语，

---

[1] 此处为吴虞《吃人与礼教》中转引《唐书·忠义传》的话，原载《新青年》6卷6号，现据《吴虞集》，四川人民出版社1985年，第170页。

现在教科书里还在当作爱国主义教材，这不是爱国吃人不犯法的证据吗？所以，吴虞老先生在文章里大声疾呼："到了如今，我们应该觉悟：我们不是为君主而生的！不是为圣贤而生的！也不是为纲常而生的！"[1]我觉得这几句话是说到要害上了，"吃人"看起来是狂人的象征性语言，仔细想起来却是与中国历史上的传统观念联系在一起的，在今天仍有一定的市场。

（二）吃人问题的深化——现实遭遇的吃人威胁（第4—10段）

狂人日记到第三篇的时候，狂人所研究的吃人问题还是与他本身无关的。他发现的只是历史上的吃人传统，并为之感到恐惧而已。但是我们要注意到这个问题提出的背景，鲁迅指出中国历史上有"吃人"传统，吴虞进而指出传统道德观念（礼教）是吃人的，这在"五四"反传统的时代氛围下是可以得到社会认可的，我们把这些口号看作是一种时代的共名。可是随着故事的发展，狂人对吃人问题的研究也一点点深入下去了，狂人与现实环境的冲突变得尖锐起来——他发现在他周围也聚集了一批吃人者，正在密谋要吃人，而这次被吃的对象就是他本人。

从故事表面来看这是一个典型的被迫害狂的心理病例，狂人的周围所发生的事件过程是非常真实的，如果我们用第三人称来改写故事，可以具体地写出狂人的生活状况：某天大哥请医生给狂人诊脉开方，狂人怀疑医生是吃人者一方派来的，他从医生与

---

[1]《吴虞集》，第171页。

大哥的对话中发现他大哥也加入了吃人者一伙。于是问题一下子变得严重起来。狂人因为自身的生命安全受到威胁而万分紧张，吃人不再是遥远的历史所暗示的故事，竟是现实中正在发生的罪恶！

从狂人表述出来的文本里，我们能感觉到在他的周围似乎有一个阴谋吃人的集团：大哥是主要人物，他是家长，象征着家族的权力，而医生何先生与仆人陈老五则是文武两个帮凶，其他模模糊糊的群众都是看客或者也参与其间。但是在狂人不甚清晰的意识里，大哥毕竟还是自己兄弟，是胁从者，他认为在这些人的背后还有一个更大的阴谋吃人团伙，狂人在日记里屡屡用"他们"来称呼这个团伙。由此他意识到一个非常恐怖的环境，他们隐蔽在日常的现实生活中，无处不在，无时不在，但又不能确切地知道，他们到底是哪些人？狂人作为一个战士的姿态在这一部分里充分展现出来，这是一个战士与一群蒙面人的作战，他仔细研究了对方的各种战法，都是通过他与大哥的较量逐步归纳起来的：

第一是从历史上科学上找到吃人的合法依据："他们的祖师李时珍做的'本草什么'上，明明写着人肉可以煎吃；他还能说自己不吃人么？""既然可以'易子而食'，便什么都易得，什么人都吃得。"也就是"从来如此"的东西就是合法的意思，这是"吃人合法论"的老谱。但这里鲁迅又故意强调了狂人所犯的一个知识性错误，李时珍在《本草纲目》里对唐代的一本《本草拾遗》中记载的用人肉治痨病表示了异议，但狂人却误以为李时珍是提倡吃人肉的，用错误的理解来确认历史与科学上的传统，间接地暗示了这传统本身就不可靠。

第二是用无形的威胁来逼迫对方自己消灭自己。"我晓得他们的方法，直捷杀了，是不肯的，而且也不敢，怕有祸祟。所以他们大家连络，布满了罗网，逼我自戕。……他们没有了杀人的罪名，又偿了心愿，自然都欢天喜地的发出一种呜呜咽咽的笑声。"这是"杀人不见血"的做法，把对方逼迫寻了短见，还要给对方加上个罪名："经不起考验。"刽子手的手上一点血腥也没有。

第三种是把对方宣布为非正常范畴的人："我又懂得一件他们的巧妙了。他们岂但不肯改，而且早已布置；预备下一个疯子的名目罩上我。将来吃了，不但太平无事，怕还会有人见情。"狂人举了一个狼子村佃户吃恶人的例子，"恶人"就等同于"疯子"，即非正常范畴的人，可以不受到正常人所需要的法律和道义的保护。这当然也是"老谱"。

鲁迅与形形色色的鬼蜮作战，一向重视研究对方的搞阴谋的手法，并随时公开揭露"捣鬼心术"。狂人的战术也是鲁迅的战术，他所归纳的对手们的捣鬼手段，正是统治集团对人民实行专制、钳制对手的基本手法，鲁迅称之为"老谱"。我们从历史上各种专制统治中都可以找到这些"老谱"的阴影。以德国纳粹迫害犹太人为例：先是从人种理论上强调民族有优劣之分，劣等民族就应该消灭，即为"吃人合法论"；然后用各种残酷的政策手段和意识形态宣传，来摧毁犹太人的自信心和安全感，以致许多人都被逼疯吓傻，自绝于世——天才思想家本雅明就是这样被迫害致死的；最后就暴露出凶残面目，宣布犹太人为不正常的族群，于是就大开杀戒，公开吃人肉了。

鲁迅的深刻处往往表现在这里，他有时候为了揭露所谓正人君子的阴险手法，忍不住用文学词汇来强化效果，如"吃人"就是一个强化效果的修辞，这些夸张的修辞背后却隐藏了代代世袭的血腥的故事。但是鲁迅的深刻并非是狂人的深刻，狂人胡言乱语的深刻里仍然包藏着一种天真和软弱，那就是他对大哥的认识始终是模糊的，不忍心给以充分的揭露，他对大哥加入吃人者的行列感到不可理解，他不明白：大哥吃人"是历来惯了，不以为非呢？还是丧了良心，明知故犯呢"？所以他采取的对策是委婉的"劝转"，于是就有了长篇的劝说。

第十段是这部分的高潮，也是狂人唯一的一次主动出击。他在出击以前是经过了长期的思想斗争，第六段的两行字，可以看作是狂人内心挣扎和思想斗争的痛苦表现。第七段他下了决心要去"劝转"大哥，但是第八段又做了一个梦，经历了一次激烈的自我辩论：从"忽然来了一个人……"开始，到"我直跳起来，张开眼，这人便不见了。全身出了一大片汗"。无疑是一场梦，梦中那个20岁左右的年轻人，相貌不很看得清楚，这是狂人自己的又一个自我，代表着狂人头脑里的传统理性在起作用，企图说服他，不要与大哥摊牌。但是在梦里他仍然战胜了自己的理性，所谓"从来如此，便对么？"

为了说服大哥，他引用了达尔文（Charles Robert Darwin, 1809—1882）的进化观点和尼采（Nietzsche, 1844—1900）的超

人学说，把人要吃人看作是动物进化过程中残留着的原始性，就是说，人是从动物遗传过来的，所以身上还残留了动物的本性。他运用了尼采的一个观点：从动物进化到人，然后到超人（superman，德语是Übermensch，超人就是真人，鲁迅用的是真人，但一般翻译是超人），是人类进化的全过程。人是动物和超人的中间物。这个中间物，既有人性的一面，也有兽性的一面。用进化论来解释，人的身上为什么会残留兽性？就是因为人本来是从动物进化来的，动物本来是要吃人的，人本来也吃人的，这个野蛮的本性还留在人身上，这是人没有办法把它取消掉的，只有慢慢进化，进化到未来"真"的人，即完美的人，那个时候，他才可能达到一个不吃人的纯洁状态。会不会有这个状态还不知道，进化论其实也是乌托邦。

但是狂人的出击没有成功，大哥也没有接受他的"劝转"，第十段的最后狂人笔下又出现了这样一段描写：

> 那一伙人，都被陈老五赶走了。大哥也不知那里去了。陈老五劝我回到屋子里去。屋里面全是黑沉沉的。横梁和椽子都在头上发抖；抖了一会，就大起来，堆在我身上。
>
> 万分沉重，动弹不得；他的意思是要我死。我晓得他的沉重是假的，便挣扎出来，出了一身汗。

这分明是梦的感觉和梦里的情景，所描写的还是一场噩梦，以此往上读，才可明白狂人与大哥的谈话本身也是梦的一部分，节奏上颤颤抖抖，情节上恍恍惚惚，显然不是狂人在现实中的故事。从这么两个梦境的安排中，我们不仅能够了解狂人在发病过程中精神仍然十分紧张，而且了解到狂人在现实世界里与周围环境的冲突根本没有发生。一部《狂人日记》所记载的只是狂人的心理史。

最后一个问题是关于狂人的"劝转"。过去研究者对这个问题有过讨论[1]，大致是因为预设了狂人是反帝反封建的斗士的理念，所以对于他采取的"劝转"的斗争手法颇为不容。在我的理解中，狂人与历史环境的对立本身是通过他的病症来表现，他的坚决与彻底的态度都是与他对历史环境的恐惧联系在一起的，狂人是被迫害狂，不具有对他人的攻击性，他的联想与发作都是由他对外界的恐惧引起。所以，他想用"劝转"的方式来缓和他与环境的冲突是顺理成章的，同时还包含了狂人的另一种心理：当他在幻觉里已经意识到大哥归入了吃人一伙时，他是不能也不想承认这一点的。除了亲人之间的感情使他不愿意面对事实外，我觉得还隐藏了另外一个因素，那就是狂人不能不顾忌到，他与大哥是亲兄弟，他不敢面对的是他是"吃人的人的兄弟"，在血缘里他也保留了吃人者同样的遗传因子。"劝转"也许是他企图改变这一事实的唯一的方法，但是他失败了。

---

[1] 关于狂人的"劝转"，学术界在20世纪70年代末有过讨论。吴中杰、高云认为鲁迅当时思想认识上有和平进化的弱点，这是产生劝转情节的基础。魏泽黎也提出《狂人日记》是以进化论为武器对封建社会进行批判的。(见《1913—1983鲁迅研究学术论著资料汇编》第5册，中国文联出版公司1989年，第651页。)

（三）吃人问题的反思——对人性黑暗的批判（第11—13段）

这是《狂人日记》的最后三段，有点急转直下的味道，情节一下子就有了转折。狂人原来不敢直接面对大哥吃人的幻觉，潜意识里他害怕的正是面对"自己也吃过人"这个曾经有过的经验。但在他企图"劝转"大哥的梦被破碎以后，他终于面对了这个想象中的"事实"：从大哥吃人联想到妹妹的死，又联想到母亲也可能是赞成吃人的，为什么呢？因为中国历史上向来提倡孝道，孝道有一条就是当父母生病的时候，子女可以割自己身上的肉给父母吃，给父母治病。既然孝道提倡这样一种"割股"，那么，父母也理所当然地认可吃人了。这个狂人进一步乱想，想到他的妹妹在五岁的时候就死去了。死去以后，他母亲还在哭，哥哥却说不要哭，哥哥肯定是把妹妹的肉和在菜里给大家吃掉了。读到这里，是不是感到有点恶心了？可是还有更加恶心的事实紧接着出现：那么，你自己吃过吗？按照这个故事的逻辑推到最后，狂人终于发现，"我"也吃过人，虽然是在无意之中，但未必没有吃过人。他想到这里的时候，整个小说就进入到最后高潮，那是第12段。他非常痛苦，连说话都不通顺。中国传统的白话文没有这种语言，如反复"未必"这个词，非常拗口：

　　四千年来时时吃人的地方，今天才明白，我也在其中混了多年；大哥正管着家务，妹子恰恰死了，他未必不和在饭菜里，暗暗给我们吃。

　　我未必无意之中，不吃了我妹子的几片肉，现在也轮到我自己，……

每个人在无意或有意中都在吃别人的肉，可是每个人也有自己充当被吃的义务。这个社会是一个人不断吃人的社会，现在轮到"我"了：

> 有了四千年吃人履历的我，当初虽然不知道，现在明白，难见真的人！

这个"真的人"指的是尼采所说的"超人"。人看猴子，猴子一定是很丑陋的，人与猴子在一起时自我感觉一定很好，因为人要比猴子漂亮和聪明；但他说，如果人不改掉吃人的野蛮性，那么未来"真的人"，看我们这些人时就像现在的人看猴子一样，我们其实也是很丑陋的。所以他就说："有了四千年吃人履历的我，当初虽然不知道，现在明白，难见真的人！"他很羞愧，不能见未来的人。最后第13段，只记录了他的一句非常著名的话：

> 没有吃过人的孩子，或者还有？
> 救救孩子……

这个狂人终于从自己身上发现了一种难以摆脱的原罪。就是说，吃人不是他要吃，也不是出于他的本性，而是历史遗传给他的一种动物本性。他身上有吃人的遗传因子，然后他在无意当中也吃过人。在这个前提下，他就想，现在的孩子可能还没有吃过人,并不是说他们身上没有吃人因子,还是有的,只是还没有发生,没有成为既成事实。所以他说:"没有吃过人的孩子,或者还有?"然后说"救救孩子"。为什么我这么强调?因为我们过去在讨论"救救孩子"的时候,都是把孩子看成弱势群体,似乎是需要我们保护的,保护孩子不让封建礼教吃掉。可是鲁迅不是这个意思。鲁迅是说,我们的孩子也有吃人的可能性,我们要救救孩子,就从"我"做起,开始反省这个吃人的罪恶,然后唤起大家的反省,我们的未来不要再重蹈我们的覆辙。鲁迅在这里涉及一个很深的问题,即"人的忏悔"[1]。

鲁迅这个思想跟当时的时代共名是不太一样的。鲁迅思想与时代共名有相通的地方,他也接受过时代共名,比如反封建、反专制、批判礼教吃人等等,他的小说也是从这些起点开始的。可是当小说的情节按照他自己的思想逻辑一步步推向深入的时候,就穿透了时代的共名。所谓"共名"是指一种时代的主题,它可以涵盖一个时代全民族的精神走向。在"五四"时期,流行着反封建、个性解放、人道主义、爱国主义等思潮,这些思潮一旦成为时代的主题,谁不遵守,谁就是保守派、反动派。这种能够笼住全民族的精神走向,并且可以用二元对立的方法作为识别标志的时代主题,我们称它为"共名"。共名对知识分子的思考既是一种推动,也是一种制约。那么,如何来理解一个好作家与时

---

[1] 关于"人的忏悔",请参考拙文《中国新文学发展中的忏悔意识》,原载《上海文学》1986年第2期,后收《中国新文学整体观》(上海文艺出版社1987年)和《陈思和自选集》(广西师范大学出版社1997年)。

代共名的关系？我觉得这里有双重的含义。通常来说，一个伟大作家是不会回避时代主题的；不仅不回避，他要包容、穿透时代主题，使自己的思想超越时代的共名。《狂人日记》是非常典型的。鲁迅是从承认时代共名开始，慢慢深入挖掘下去，逐渐发展成另外一个主题，甚至是相反的主题。俄罗斯思想家车尔尼雪夫斯基（Nikolay G. Chernyshevsky，1828—1889）讨论托尔斯泰（Leo Tolstoy，1828—1910）的创作特色时，分析托尔斯泰的"心灵的辩证法"。托尔斯泰写《安娜·卡列尼娜》，一开始说，"幸福的家庭都是相似的；不幸的家庭各有各的不幸"，然后说，"奥布浪斯基家里，一切都混乱了"（周扬译文）。他开始是指责这种不幸的、混乱的家庭，安娜·卡列尼娜是去哥哥奥布浪斯基家做和事佬，维护家庭的，但她从这里出发，慢慢就变了，最后她本人变成了一个家庭制度的叛逆者。托尔斯泰细致地描写了安娜·卡列尼娜这样一种心灵的变化过程。车尔尼雪夫斯基把托尔斯泰的这种艺术手法称为"心灵的辩证法"，他能够抓住一种感情向另一种感情、一种思想向另一种思想的戏剧性的变化。托尔斯泰的才华不仅仅表现为他善于描写心理过程的结果，而是关心过程本身，关心那种难以琢磨的内心生活，把人的心理世界从一个极端到另一个极端的演变过程展示出来。[1]我们再来看鲁迅。鲁迅写狂人，一开始狂人就认识到中国历史上有吃人传统，"仁义道德"

---

[1] 车尔尼雪夫斯基：《〈童年〉和〈少年〉、〈列·尼·托尔斯泰伯爵战争小说集〉》，见《俄国作家批评家论列夫·托尔斯泰》，中国社会科学出版社1982年，第32页。

和"吃人"是同一范畴的两面。"仁义道德"表面上是维护人性，实际上是压抑人性的，所谓"存天理，灭人欲"，就是要压制人欲来维护"天理"。这是传统礼教的核心思想。鲁迅把这样的思想与"吃人"现象等同起来，很明显这是维护人性的人道主义思想。可是，鲁迅慢慢深入研究下去，最后他发现人的本性里有吃人的遗传，不仅统治阶级吃人，被统治阶级也吃人，隔壁邻居、哥哥，最后轮到自己也吃人，他最后发现，没有一个人逃脱了吃人的命运。从遗传角度来说，动物进化中还保留了这么一个遗传基因，每个人身上都有黑暗的一面，兽的本性的遗留，也就是我们通常说的兽性。

这是一个很了不起的想法，也是一个很恐怖的想法。开始狂人说"我怕得有理"，只是怕赵家的狗，狗是要咬人的；然后是怕人；最后是怕自己，怕内心深处的野兽本性。这样一种恐惧，认真地去思考，就会觉得这是一个非常严肃的问题，属于"人的忏悔"的范畴。这样的命题在中国历史上是没有的，中国儒家有反省的传统，反省是理性化的思维活动，是对错误的承认和改进。而"忏悔"与反省是不一样的概念。"忏悔"两个字是从佛教过来的，在西方还有更大的基督教背景，基督教的前提就是忏悔。忏悔什么？一种无法弥补的罪恶——由于你的过失，做错了一件不能挽回的事情。忏悔里面不仅有悔过有反省，还有一种无以挽救的痛苦。鲁迅最典型的忏悔文章是《伤逝》，涓生说：

> 我愿意真有所谓鬼魂，真有所谓地狱，那么，即使在孽

风怒吼之中，我也将寻觅子君，当面说出我的悔恨和悲哀，祈求她的饶恕；否则，地狱的毒焰将围绕我，猛烈地烧尽我的悔恨和悲哀。[1]

这就是忏悔。鲁迅对痛苦非常敏感。人如果意识到自己有吃人本性，而且已经吃过人了，想吐也吐不出来，要洗也洗不干净，这叫忏悔，是对人性之罪无以挽回的痛苦。

鲁迅就这么第一个提出了这个严峻的问题。

"五四"时代是人文主义高扬的时代。人道主义和个性解放是那个时代的共同主题，思想提倡个性解放，文学高唱"人的文学"。鲁迅的弟弟周作人，本来没什么名气，后来写了一篇《人的文学》，强调"人的文学"要维护人性权利，一切违反人性的文学都要打倒，他强调"人的文学"是欧洲的文学、人道主义的文学。周作人由此名声大振，成为"五四"时期的著名理论家。《人的文学》的中心思想就是要维护人性，他宣传人是完美的，人是至高无上的。这是我们最愿意听的。但是，鲁迅恰恰就在那个时代唱了反调，他说人的身上有着吃人的遗传，人性有着野蛮的因子。这些思想观念，我想当时读这部小说的人肯定是无法感觉到的。这就是鲁迅对时代共名的一种穿透，他包容了这个时代，又超越了这个时代。但在很长时间里，这样一种超越时代的思想无法被时代所接受，所以社会就停留在第一个层次上，也就

---

[1] 鲁迅：《伤逝》，见《鲁迅全集》第2卷，第130页。

是吴老先生说的"礼教吃人"的层次上,接受了《狂人日记》。

那么,鲁迅这种超越时代的感受是从哪里来的?这个问题恰恰跟19世纪末20世纪初的现代主义思潮有联系。西方人文主义思潮的出现是在欧洲文艺复兴。那个时候,人从无知状态一下子觉醒过来,感受到自己的力量。这个力量主要是通过大批古希腊的出土文物认识到的。当时主要发掘两种文物,一种是大批古希腊文的科学文献。因为古希腊文化在中世纪全部湮没了,出土文物使人们惊讶地发现,原来古希腊的文化那么灿烂,古希腊的哲学、数学、物理学、化学、医学、光学、天文学等等,都为现代科学奠定了基础。有学者说,文艺复兴以后的近代科学,在古希腊已经注意到了。[1]如此辉煌的追求真理的传统,一下子点燃了欧洲人的觉悟,于是出现了像哥白尼、伽利略、布鲁诺等科学家,为了真理,不惜自己被烧死,不惜上宗教法庭。这个精神就是从古希腊传统传下来的,我们可以把它概括为"求知"或者"爱智"的传统。另外一个就是艺术和美的传统。当时发掘了很多古希腊古罗马的艺术雕塑,虽然都是断头断胳膊的,但是它给人整体的感觉非常美。你看,像维纳斯,你很难再去给它装胳膊,它就是一个整体的美。艺术唤起了人们对人体美的自豪,原来我们人是那么美。中世纪的宗教把人都看成是有罪的,是从天国罚下

---

[1] 沃尔夫在《十六、十七世纪科学技术和哲学史》中明确指出:"新时代所承担的许多任务,古代人大都早已注意过了,只是在中世纪遭到漠视。因此,新时代也不得不几乎就是接着古代人继续把这些任务搞下去。"(周昌忠等译,商务印书馆1985年,第10页。)

来的，身体里面是邪恶的。但古希腊这种健康的、崇尚本体、自然美的艺术一下子就点燃了人对自我的自信，只有美的人，才是好的人。所以，欧洲出现了人是至高无上的这么一种精神。

人文主义的哲学思潮对欧洲工业革命以后的经济发展产生了巨大影响，它慢慢地就成为一种社会科学基础。那个时代的人的自我感觉最好。在科学上，牛顿定律探索宇宙运行规律，人以为能够掌握宇宙；在社会上，英国工业革命使资本主义生产力突飞猛进，使人们充满了信心，资本主义生产关系以及法国大革命产生的自由、平等、博爱、人权等观念，都适应当时的生产力发展。那个时候，人们觉得社会矛盾，比如劳资矛盾、失业问题啊，都是局部的矛盾。社会制度已经确定下来了，资本主义的民主制度是最理想的制度。对于自我，由于这样一个从美引申到自我肯定，就觉得人是最完美的，人是至高无上的，人可以代替上帝。

但到了20世纪初，或更早一点，19世纪后期，人这个圆满的理想开始动摇了。19世纪中叶以后，社会主义运动蓬勃兴起，在斗争中发展起来的马克思主义揭露了资本主义制度的不合理性，资本主义社会制度的神话被打破。接下来是爱因斯坦（Albert Einstein，1879—1955）用相对论证伪了牛顿定律，人对宇宙的既定概念被动摇了。接着出现了弗洛伊德（Sigmund Freud，1856—1939）的无意识理论，弗洛伊德认为，人的行为除了受意识支配，还有无意识的支配，就是说人本身还有很多阴暗的充满犯罪欲望的因素，是非理性的，人有自己不可控制的一面。这样一来，人对自我的信心也被打破，原来人文主义所宣扬的"人即上帝"的概念动摇了。人对自然、对国家、对社会、对自我，都失去了绝对的自信。从文艺复兴时期的莎士比亚一直到19世纪的欧洲文学，都是高唱人性赞歌，对人充满了自信，对社会也是有信心的。但是到了20世纪，卡夫卡（Franz Kafka，1883—1924）出现了，整个现代主义运动，包括萨特（Jean-Paul Sartre，1905—1980）、加缪（Albert Camus，1913—1960）的作品里，人都出现了问题。为什么出现这个问题？就是人的信念动摇了。

我们再回过来看鲁迅的《狂人日记》。这个小说发表于1918年，这个时代正是卡夫卡写作的时代，是现代主义风行的时代。鲁迅在对人的认识方面，所达到的深度与世界现代人文思潮是接轨的，与世界现代主义文学是同步的。比鲁迅的作品晚得多，英国诺贝尔文学奖得主威廉·戈尔丁（William Golding，1911—1993）写过一部小说《蝇王》（Lord of the flies）。我们把《狂人日记》与《蝇王》做个比较，《蝇王》所写的就是忏悔的问题、人性黑暗的问题、群众暴力的问题，一个虚假的传说迷惑了所有的人。《蝇王》为此获得诺贝尔奖。可是《蝇王》里所有的主题，鲁迅的《狂人日记》里都包含了。中国现代文学之所以了不起，就是因为它以鲁迅的《狂人日记》为标志，不仅在语言上是一种根本变化，而且在思想内容所达到的深度上，它也远远在世界文学的一般水平之上。

三 《狂人日记》的先锋性

"先锋文学"是一个外来概念，它除了专指某些西方现代主义文学思潮以外，还包含了新潮、前卫、具有探索性的艺术特质。这个词是在20世纪80年代才流行开来，最初是用来形容朦胧诗的美学特征，1985年前后，转向小说形式的探索与创新。所谓"先锋精神"，意味着以前卫的姿态探索存在的可能性以及与之相关的艺术的可能性，它以不避极端的态度对文学的共名状态形成强烈的冲击。"五四"时期没有用这个词来形容文学思潮的前卫性，但在今天，我们对以鲁迅为代表的新文学运动重新审视的话，指出它的先锋性不仅十分恰当，也有利于把握它与当时文学环境之间的关系。当然，宏观地论述新文学运动的先锋性不是我们这门课的任务，但鲁迅的《狂人日记》作为新文学的代表作，我们从这部作品的先锋特质中，大致也能看到新文学运动的这一特色。

在关于吃人问题的探讨中，我们看到鲁迅笔下所呈现的反叛性基本上是延续了《文化偏至论》《摩罗诗力说》的现代反叛思潮的传统，从达尔文、尼采一路而来，达、尼二氏都是西方基督教社会的叛逆，从科学、人文两个方面全面颠覆了基督教文明的超稳定性，而《狂人日记》几乎出自本能地把这一反叛思想融入本民族传统文明的颠覆因素，不仅颠覆了"仁义道德"的传统意识形态，也颠覆了"人之初，性本善"的儒家人性论的基本信条，进而对"五四"时期弥漫于思想领域的来自西方的人道主义、人性论思潮也进行了质疑。这与西方在20世纪初所兴起的先锋文学思潮的锋芒所向基本保持了一致性。狂人在"劝转"大哥的梦想失败以后基本上绝望了,他感到恐惧的是吃人的野蛮特质不但渗透于四千年的历史,而且也弥漫于当下的社会日常生活,更甚于此的是还深深根植于人性本身,连他自己也未必没有吃过人。这才是狂人感悟问题的真正彻底性,彻底得让你无路可走,失去了立足之地。这不是清末谴责小说那样只是在社会的某一层面上揭露生活的黑暗和怪异,而是对整个的社会生活、人生意义的合理性都提出了质疑。这种彻底性正是西方现代主义小说的先锋性的重要特征之一。我们在卡夫卡的小说里根本无法找到现代人的出路究竟在哪里,它是对人的生存处境根本上提出了怀疑。这是雨果(Victor Hugo,1802—1885)与波德莱尔(Charles Baudelaire,1821—1867)之间的根本差异,也是巴尔扎克(Honoré de Balzac,1799—1850)与卡夫卡之间的根本差异。

　　一个从资本主义社会的巨大矛盾中诞生的现代主义者无法像他的文学前辈那样,或者在浪漫主义的理想中,或者在未来的现实世界中寻求安身立命之地,时间和空间都没有给他们提供安置理想的地方,他们只能将所有的绝望凝聚在自己身体内部,让它转化出一种怪异的能量,更加无助、无信心地依靠自己。这就是先锋文学在艺术上总是更加贴近自己生命能量的寻求,企图从自己生命能量中挖掘出更大的潜力的原因之一。在这个意义上理解《狂人日记》的先锋性,那么,仅仅把它理解为彻底反封建的意义是太不够了,它的忧愤和绝望确实要深广得多,同时与旧社会的战斗力也要强大得多。

先锋文学为了表示它与现实环境的彻底决裂和反传统精神，往往在语言形态和艺术形式上也夸大了与传统之间的巨大裂缝，它通过扩大这种人为的裂缝来证明自身存在的革命性，以违反时人的审美口味和世俗习惯来表示与现实的不妥协的对抗。这些现象表面上是技术性的，其实仍然是一种精神宣言。从语言形态和艺术形式的反传统的标志来看，五四新文学运动是个典型的先锋文学运动，但对这种特性的自觉意义并不是所有的人都认识到的，鲁迅是第一个自觉到这个特性的人，所以他的《狂人日记》一发表，立刻就拉开了新旧文学的距离，划分出一种语言的分界。

这里还有一个很重要的现象值得注意。现在有很多人都在有意地强调，《狂人日记》不是第一部白话小说，在它之前早就已经有很多白话小说。什么《海上花列传》《官场现形记》等等，都是用白话写的，有的还用苏州方言呢，白话白到底了。为什么一定要把鲁迅作为白话小说的开山呢？我觉得这里有一个不能匹配的地方，所以我要强调一下：鲁迅的《狂人日记》，开创了一个新的语言空间。这个语言空间，如果我们用一个词来概括它，那不是白话，而是"欧化"。只要把《狂人日记》和任何一篇晚清小说或者民国初年的小说对照读一读就很清楚。白话文只是表示用口语写作，胡适在《白话文学史》里考据中国从周代就有白话文学了。晚清诗人黄遵宪提倡"我手写我口"，到民国时期，胡适就提倡白话诗和白话文，这都是一个口头语的提倡。根据这个口头语,晚清以来大量的小说都是白话文,而且有的用方言。可是在《狂人日记》里能读出浙江口音吗?似乎没有啊,这就是说,鲁迅创作用的不仅仅是白话文,他不是一个"我怎么想,就怎么说,我怎么说,就怎么写"的白话文实行者。他用的是欧洲语言的表现方式,用西方语言的语法结构,来创造一种新的文体,形成了一种现代汉语的雏形。这种语言是有语法的,他的语法而且用得非常拗,就像我前面指出的,狂人用了几个"未必"把句子搞得很难读,就是一个例子。因为精神病人说话可以颠三倒四,缺乏连贯性。它就突出了每一个句子的独立的功能,如:

吃人的是我哥哥!
我是吃人的人的兄弟!
我自己被人吃了,可仍然是吃人的人的兄弟!

还应用大量的补语结构:

你们要不改,自己也会吃尽。即使生得多,也会给真的人除灭了,同猎人打完狼子一样!——同虫子一样!

不仅惊叹号和破折号的应用十分奇特,语言结构上也很奇特,这就是典型的欧化语。

如果把《狂人日记》与之前的旧的白话文学比较一下,就可以发现,虽然白话文学在"五四"之前就出现,但"五四"之前的语体基本上是中国传统的语体。一方面是文言文,像林琴南,他在翻译西方小说的时候,是用标准的桐城派的文言文来翻译的。另一方面还有平民化的白话小说,像用吴方言写的《海上花列传》,用北方官话写的白话小说。这样一些小说,在语体上很难容纳一种新的思想。"五四"以来,或者说中国进入现代化进程以来,其主要的文化精神是一种以西方现代化为标志的改革精神,这种改革精神背后的潜在心理就是要求中国尽快向国际接轨。它势必要冲破中国传统的思维习惯和思维模式,以及考虑问题的方法和看问题的眼光。

当时的知识分子曾自觉地学习欧化语言。按照鲁迅的说法[1],为什么西方人比我们中国人思维严密,就是因为西方语言的语法逻辑比较严密,东方语言的特点是意会的,我们现在解释古汉语的时候,讲究什么主语、谓语、宾语等,这都是按照西方的语法方式去套。西方语言里有一整套逻辑严密的语法体系,可以大句子里面套小句子。这种结构复杂的语言范式,反映了人的思维方式的严密性。比如,一个写文章的人,他对某个问题考察得很具体的话,他会用很多很多形容词,有时候用得很烦琐,这是因为他一定要限定这个词或这个句子。我们学英语最麻烦的就是把握句子之间的逻辑,有时候有好几个从句为一个主句服务。这

---

[1] 按照鲁迅在《关于翻译的通信》里的说法,翻译的目的,"不但在输入新的内容,也在输入新的表现法"。(见《鲁迅全集》第4卷,人民文学出版社1981年,第382页。)因为在他看来,中国语言太贫乏,太不精密,而语法的不精密,就证明思维的不精密。他认为中国现代语言应该引进大量新的成分,包括欧化的语法结构。

种语法在中国古代的文章里看不到。中国文学，语言越短越受欢迎，巴金的语言是最短的，几乎每一句都有主语，这种语言就最流行，因为好读。很多西方的文学作品，特别是法语文学，有时候整整两页翻过去了，主语还没结束，句号还没点下来，它不断地穿插，不断地解释主语，搞得非常复杂。这样一种语法现象，中国过去是没有的。所以那时的知识分子就认为，我们要学习西方，一定要学习西方严密的语言逻辑和思维方式。

欧化语言后来被人批评，20世纪30年代左翼作家提倡大众化运动，觉得欧化是一个不好的名称，是小资产阶级知识分子卖弄知识的一种做派。瞿秋白批评五四新文学的欧化语言是"非驴非马假白话"，大众看不懂。后来语言界都不承认它的价值了。但是我觉得，这是非常重要的一个阶段。这个阶段中，中国的知识分子引进了一种全新的语言概念，非常严密，讲究逻辑，突出思想性。中国传统的语言传达主要靠意会，语言的张力很大，内涵丰富，但是缺乏清晰的逻辑，往往不能用于说理，古人要把道理讲清楚，一开口就要用比喻了，它没有语言本身的逻辑力量来推动。但是鲁迅的语言在中国传统语言的生动性多义性的基础上，融会了西方语言的精确性，《狂人日记》开创了一种新的语言，这种语言我们叫它"欧化语"。现在我们为了维护鲁迅的语言大师的品牌，回避鲁迅语言的欧化现象。其实，鲁迅的语言与"五四"时期一般流行的白话文不一样，与巴金、叶圣陶的流畅语言也不一样，他的语言有时候非常拗口，有一点文言文，也掺杂了西方语言的结构，鲁迅从来不避外来语，他的文章里总是有许多来自日本的新词。

　　这样一个问题，一直到20世纪80年代还在文坛上引起争论。其实写作的语言过于流畅不一定好。语言流畅对学生写作文要求是对的，但是，作为一个大师、一个思想家，他不可能语言流畅。因为他思想不流畅。思想过于流畅往往很肤浅，思想深刻的人不可能流畅，每一个问题都要反复地过细地思考，每一种感觉都觉得难以表达，吞吞吐吐，疙疙瘩瘩，怎么可能流畅？他不断地思考，不断艰苦地写作，才能创造出深邃的思想成果。有时他要用语言表现出思考的过程，那就表现为晦涩艰深的语言。像鲁迅的白话文，他给人最震撼的就是这个。《野草》里晦涩难懂的语言里隐藏着无穷的魅力。我甚至认为，从鲁迅开始，中国的语言进入了一种现代语体，而不是一般的口语。所谓的现代语言，就是尽最大的力量，表达现代人的思维方式，表达现代人所能感受到的思想感情。

　　欧化的句式必然带来欧化的表现效果。鲁迅的文章有时候难读难懂，前面已经讲过《狂人日记》里的狂人言语，打断了语言叙事的连贯性，使每一个句子有了独立的含义。因为叙述者是个精神病人，一句一句独立的句子都是从内心流出来的，似乎让你看见了狂人内心世界的思想流动过程。比如第六段，简单的两行文字：

　　　　黑漆漆的，不知是日是夜。赵家的狗又叫起来了。
　　　　狮子似的凶心，兔子的怯懦，狐狸的狡猾，……

　　第一行内含了狂人的两种感受：对黑暗与时间的感受，和听到狗叫声的感受，这两种感受又产生了第二行的三种联想，这联想没有实指，只是从虚无的黑暗与声音引起的联想，全是心理的活动。这两种感受和三个联想并置为五个形容句的成分，来修饰一个并不显现的虚无的客体——即主体狂人的对立面。每一句话里都有狂人的主观的感受，一种决战前很恐怖的感受都包含在里面。这种无实指对象的心理感受的表达，形成了这个作品明显的象征意义。

《狂人日记》具有鲜明的象征主义手法，象征作家面对现实世界所抱有的复杂心理。这也是我们要注意到的。《狂人日记》包含了"五四"以来的最积极的因素，比如：对人性黑暗的深刻批判，与传统社会的彻底决裂，对语言传统的颠覆，然后是象征主义的艺术手法，这也是当时欧洲文坛上最流行的创作思潮。1920年前后西方世界的著名文学大师，像梅特林克（Maurice Maeterlinck, 1862—1949）、叶芝（William Butler Yeats, 1865—1939）、里尔克（Rainer Maria Rilke, 1875—1926）、瓦雷里（Paul Valéry, 1871—1945）、斯特林堡（August Strindberg, 1849—1912）、卡夫卡等等，都大量使用了象征的艺术手法，有些诗歌就是西方象征主义的代表作。在20世纪第二个十年中，中国最先进的知识分子——鲁迅——所创造的整个文化内涵，是与西方文学精神主流相通的。这就是鲁迅所代表的先锋文学的证明。读《狂人日记》，我们能够举一反三地来看五四新文化运动所达到的最高的精神水平。

初刊《杭州师院学报》2003年第4期

作为"整本书"的《朝花夕拾》

一　作为整本书[1]的《朝花夕拾》

鲁迅的创作——不包括他的学术著作——都是短篇制作，先是发表在报刊上，然后再结集出版，所以，鲁迅的单行本著作，一般称作作品集。作品集所"集"的，是单篇的中短篇作品。这些作品虽然被收录在同一本书里，但作品与作品之间是没有联系的。我们现在坊间流行的作家的中短篇小说集、散文集等等，都

---

[1] 本论文写作的缘起，是笔者在为上海教育出版社主编《初中语文现代文选讲》过程中，重读鲁迅的《朝花夕拾》。本文讨论的"整本书"概念，借用了中学语文教学的一个专门术语。根据中华人民共和国教育部制定的《普通高中语文课程标准》，"课程内容"的学习任务群第一点就是"整本书的阅读和研讨"，规定这个任务群"在必修阶段安排1学分，18课时，应完成一部长篇小说和一部学术著作的完整阅读。重在引导学生建构整本书的阅读经验与方法"。初、高中语文课程都设置了名著导读的书目。《朝花夕拾》被安排在中学七年级上的名著导读书目。

是这一类的作品集。鲁迅的作品集大致也是如此，但是有两类作品集例外。一类是作者对自己在某一段时间里创作的短篇作品结集，赋予了更高一层的意义。如《呐喊》，其收录的短篇作品，创作文体相对接近，思想内涵也彼此相近，由此产生了总体的倾向性：呐喊。"呐喊"不是作品集中某篇作品的题目，而是结合作者的创作环境和时代主题，从作品中提升出来的精神概括，虽然不能涵盖所有作品，至少也能够体现出作品集里主要作品的倾向性。[1]这一类作品集收录的单篇作品，既有独立的意义，又因为同一本书里其他作品的互文性，它的独立意义得到了进一步的强化。[2]另外一类作品集，虽然每一篇单篇作品有独立意义，但是作者对整本书的创作是有规划的，单篇作品结集出版后，又成为"整本书"，而不是一般意义上的作品集。如《朝花夕拾》和

---

[1] 举例：《呐喊》初版时收录历史小说《不周山》，与全书的倾向性不一致；1930年该书重版时，鲁迅把它从《呐喊》里抽出来，后来又改名《补天》，编入《故事新编》，这样《呐喊》《故事新编》作为整本书的内在主题和倾向性都更加趋于完整。关于《故事新编》作为"整本书"的内在结构，请参阅张文江《论〈故事新编〉的象数文化结构及其在鲁迅创作中的意义》，载上海《社会科学》1993年第10期。对此，郜元宝读了本文后补充说："据鲁迅自己后来说，在创作《呐喊》时就有意采集神话传说之类作成小说，与现实题材的创作齐头并进，但真正有意识地独立成书，即提出'新编的故事之一'的总题，是在完成《不周山》《奔月》之后的第三篇《眉间尺》（后改为《铸剑》）。此时即使不是要给成仿吾当头一棒，也会将《不周山》移出《呐喊》了。这样的中途改变思路的轨迹，更能说明鲁迅有意追求'整本书'效果的意思。"——特此录下，补充本文意思。
[2] 举例：《狂人日记》里"吃人"的意象，在《药》和《阿Q正传》里都得到呼应。也就是说，读《呐喊》整本书的"吃人"意象，要比读单篇《狂人日记》的"吃人"意象更加强烈。

《故事新编》。本文着重讨论后一种例外的情况，以《朝花夕拾》为例。

《朝花夕拾》最初是以单篇连载的形式发表在《莽原》杂志上，十篇回忆性散文一气呵成。鲁迅在"旧事重提"的总题目下，每发表一篇都注明"之一""之二""之三"……显然，作者在写作前已经做了通盘考虑，有计划地安排整体内容，先是一篇一篇地写出来集中在一家刊物上连载，然后再结集成书。这种写作方式，在鲁迅创作中是比较少见的。《朝花夕拾》的每一篇散文看上去很独立，有的是怀念一个人，有的是记一件事，也有的是谈一本书，但它们之间有着内在联系，都服从于整本书的完整结构。王瑶先生曾经指出："《朝花夕拾》各篇虽然也可以各自独立成文，但作为一本书却是有机的整体。在鲁迅诸多创作集中，《朝花夕拾》这一特点是不容忽视的。因此，研究《朝花夕拾》不能只把它看作是片断的回忆录，也不能满足于只就各篇作细致的分析，还要注意把全书作为一个统一的机体来考察，了解作者写这一组文章的总的意图和心境，从总体上把握此书的意义、价值和特色，认识它在中国现代散文创作和鲁迅作品中的地位。"[1]

本文要强调的是，认识到《朝花夕拾》的"整本书"性质是一回事，如何围绕"整本书"来开展研究又是另一回事。我们区别一般意义的作品集和以作品集形式出现的"整本书"的重要

---

[1] 王瑶：《论鲁迅的〈朝花夕拾〉》，载《北京大学学报》1984年第1期。

标志，是后者不仅含有明确统一的主题，还有意义完整的内在结构，而且，这一点（内在结构）是书中的任何一篇单篇作品都无法涵盖的。单篇作品的文本细读，无法代替整本书的文本细读。如果忽视了这一点，仅仅把《朝花夕拾》看作是系列回忆性散文的结集，或者是一部"随便谈谈"的回忆录，那么，虽然承认《朝花夕拾》是一本完整的书，依然看不到它所含的内在完整的结构与一以贯之的主题。[1]

二 《朝花夕拾》的教育成长主题

《朝花夕拾》是写一个人由童年、少年到青年的教育成长史。关于这一点，我们把《朝花夕拾》十篇散文作为单篇去读，则无法准确把握；只有把它作为整本书来读，才会清楚地看到，这本书描写了一个典型的中国人的教育成长过程。作家通过自己的童年和青少年时期接受教育的经历，反映整个中国从传统到现代转

---

[1] 在鲁迅研究领域中，《朝花夕拾》的研究相对薄弱。有学者认为其中原因之一，就是研究者多在单篇作品解读上下功夫，缺乏整本书的研究。如王吉鹏等：《穿越伟大灵魂的隧道——鲁迅〈野草〉〈朝花夕拾〉研究史》，吉林人民出版社2002年。该书分上下两篇。上篇为《鲁迅〈野草〉研究史》，共432页；下篇《鲁迅〈朝花夕拾〉研究史》，只有94页。篇幅悬殊。作者承认："《朝花夕拾》问世以来一直运气不佳……表现在以后的七十多年的研究史中，一直被学术界及鲁迅研究界所忽视，视为鲁迅创作的'配角'。研究的论文寥若晨星，从学术意义、内容含量上来说至今还没有一部真正《朝花夕拾》的综合研究专著。"这以后十多年里虽有若干研究成果问世，但总体上说还是不尽如人意。

型过程中教育的变化，及其对一代人成长的影响。这里涉及一系列的教育观点、教育方法、教育材料、教育场所，甚至中外教育的比较，等等，把一个时代的教育状况展示了出来。

我们不妨以此为主线，看看各篇散文是如何服务于"整本书"的教育主题的：

第一篇《狗·猫·鼠》里明确写到主人公（"我"）年龄是10岁上下。那是指发生隐鼠故事的年龄，顺便我们也知道了主人公从阿长那里获得《山海经》的年龄（11岁）。文章还讲到主人公在桂树下听祖母讲猫与虎的故事，听完以后，由树上爬下来一只猫而联想到如果爬下的是一只虎……于是感到害怕，要进屋去睡觉。这个场景应该是主人公更幼小的年纪才会发生，比较合理的推断，大约是发生在7岁开蒙以前。这个猫与虎的故事、与老鼠娶亲的传说，以及长妈妈讲述美女蛇的故事（《从百草园到三味书屋》），都应该是学龄前受的教育，是一个富家孩子最初接受的民间传说。荒诞不经的民间故事让孩子感到有趣，就记住了，这与开蒙后死记硬背帝王将相的《鉴略》（《五猖会》）形成对照。

这篇散文主要叙述了隐鼠得而复失的故事。主人公（"我"）从蛇的威胁下救出一只隐鼠，隐鼠便成为主人公的玩伴。不久隐鼠消失，长妈妈说是被猫吃了，于是他以此解释何以如此憎恨猫。但他很快就自我消解了对猫的仇恨，因为在无意中听到隐鼠并非死于猫，倒是被长妈妈不小心踩死的。这个细节让我联想到另一位现代作家巴金的童年记忆。巴金的回忆录里也写过一次痛苦的童年经验,便是杀鸡事件。[1]孩子弱小无助,本能地亲近小动物,孩子与小动物的生命信息容易相通。小动物的无辜被害,成年人觉得无足轻重,孩子却刻骨铭心,产生了对成人世界的恐惧。

第二篇《阿长与〈山海经〉》。长妈妈送主人公《山海经》的时间,发生在隐鼠故事的第二年(过了一个新年),就是11岁上下。在现代文学作品里,写地主少爷与奶妈保姆之间的情谊,是一个常见主题。这篇散文里,作者描写长妈妈的笔触极其生动,充满感情,但重点在描绘自己获得《山海经》绘图本的喜悦。鲁迅喜欢画画。读《山海经》之前,已经看了好几种描绘动物和植物的图本。他说他"那时最爱看的是《花镜》"[2],还有一本是陆玑的《毛诗草木鸟兽虫鱼疏》,当然不止这两种图书。据周作人回忆,向他提供图书的远房叔祖周玉田,似乎担任过鲁迅的塾师[3],很可能教他读《鉴略》的,就是这位玉田先生。那么推算

---

[1] 巴金幼年时家里养了很多鸡,相传有一只鸡是他特别心爱的,有一天他听说厨师要杀这只鸡,就大哭大闹,所有家长都不理解,连他的慈爱的妈妈也不理解。到了吃饭时候,他发现心爱的鸡已经成为餐桌上的菜肴了。这件事巴金写进自传里。他对人生的一些认识是从那次杀鸡事件开始的。(见巴金:《忆》,《巴金全集》第12卷,人民文学出版社1989年,第353页。)

[2] 本文所引的《朝花夕拾》的版本,均依据《鲁迅全集》第2卷,人民文学出版社2005年,第235—350页。以后引文中凡没有特别指出的,都是这个版本的《鲁迅全集》。特此说明。

[3] 周作人回忆:"鲁迅的'开蒙'的先生是谁,有点记不清了,可能是叔祖辈的玉田或是花塍吧。虽然我记得大约七八岁的时候同了鲁迅在花塍那里读过书,但是初次上学所谓开蒙的先生照例非秀才不可,那末在仪式上或者是玉田担任,后来乃改从花塍读书的吧。"(《鲁迅的青年时代》,止庵校订本,河北教育出版社2002年,第7页。)

起来，作者读到《花镜》等绘图本读物是在7岁到10岁之间。作者对周玉田的描绘特别温馨，扫兴的事情一概不提。[1]因为是周玉田提供了《山海经》的信息，才惹得作者牵肠挂肚、朝思暮想，这本书对作者以后的写作产生过重要影响。作者的百草园生活应该也是在这一年龄段发生的。如果我们依次来看儿童时期鲁迅接受教育的经历，除了私塾读《鉴略》《孟子》等正规读物外，鲁迅的兴趣完全是在自然生活状态下的博物；然后是对动物、植物绘图的临摹；再进入民间传说和上古神话的学习。这是鲁迅认可的一条接受知识的途径，也揭示了晚清社会的官宦人家子弟，在接受正规的封建教育之前如何通过自然生活来获得知识、增长才能的途径。

作者喜欢描画自然界的动植物，或者稀奇古怪的神话人物，不喜欢的是讲教训、讲礼教的故事。第三篇所论的《二十四孝图》，是和《山海经》相对立的读物。《山海经》是主人公向往至极的一本绘图本，《二十四孝图》则是他厌恶的一本绘图本，因为后者讲述的是封建孝道。他对《二十四孝图》反人性的幼儿教育，如老莱娱亲和郭巨埋儿之类的故事，进行了批判。他获赠《二十四孝图》时间最早，说是他"所收得的最先的画图本子"，

---

[1] 周作人回忆："在丁酉年中吧，本宅中的族人会议什么问题，长辈硬叫鲁迅署名，他说先要问过祖父才行，就疾言厉色地加以逼迫。这长辈就是那位老人。那时我在杭州不知道这事，后来看他的日记，很有愤怒的话。"（见《鲁迅的故家》，止庵校订本，河北教育出版社2002年，第101页。）"那位老人"就是周玉田。鲁迅对故家族人的世态炎凉很敏感，《朝花夕拾》里对周玉田却是温情的描写。

时间肯定早于"最初得到、最为心爱的宝书"《山海经》。文章里写道："我请人讲完了二十四个故事之后，才知道'孝'有如此之难。"说明那时的作者还不能阅读，应该是开蒙之前。这之前他已经在家里看过一些宣传迷信的图书，其中就有描绘地狱里的无常、牛头马面的鬼魅图像的《玉历钞传》。作者对民间流传的迷信故事不讨厌，倒是对充满儒家说教的幼儿教育本能地反感。他描写自己不理解，也不喜欢"二十四孝"故事时，不是从成年人的立场做理论批判，而是直接诉诸儿童的厌恶和恐惧心理。连《文昌帝君阴骘文图说》《玉历钞传》等宣传迷信的图书，因为前面有木刻图画，竟也成了学龄前的低幼读物。作者对民间传说里妖魔鬼怪的兴趣，远胜于道貌岸然的伦理说教。他回忆儿时与同学在私塾里苦读《三字经》昏昏欲睡之时，只能靠反复观摩印在教材上的文昌神像来提神。尽管画得像个恶鬼，孩子们仍然喜欢，"他们的眼睛里还闪出苏醒和欢喜的光辉来"。当然不是文昌帝君给孩子们带来希望，而是恶鬼样的奇形怪状唤起了孩子们的"幼稚的爱美的天性"。以地狱和恶鬼形象来抵抗传统教育的孔夫子，这与鲁迅后来提出著名论断"伪士当去，迷信可存"如出一辙，其特点就是不断唤醒人的自然天性和反抗本能，反对扼杀和戕害自然人性，反对把青少年继续培养成专制体制下的唯唯诺诺的精神奴隶。

第四篇《五猖会》。从上一篇民间迷信读物里的鬼神故事，进一步延伸到民间社会的迎神活动。五猖会供奉的是五种瘟神，本来是邪恶的鬼神，但是在现实生活中，这些神慢慢就变成老百姓喜欢的神道了，每年要举行迎神赛会，祛邪避灾。作者幼年时对这一民间风俗极其向往，但正当他兴高采烈地准备和家人一起坐船去看五猖会的时候，父亲突然出现，强令他背书。背什么书？他开蒙时读的《鉴略》，等到把书背出来了，游兴完全被破坏，接着一路上的风景和五猖会的热闹，"对于我似乎都没有什么大意思"了。于是作者痛苦地说："我至今一想起，还诧异我的父亲何以要在那时候叫我来背书。"那一年，作者记下：7岁（1887），他开蒙读书的年龄。这里涉及两种不同的教育方法：是亲身投入民间世界去感受新鲜活泼的文化生活，还是毫无血肉情感地关在书斋里死记硬背——其结果是扼杀了活泼泼的生命感受。这一鲜明对比，在第六篇《从百草园到三味书屋》又循环出现了一次。

《五猖会》写的是民间的迎神活动，紧接着《无常》写一个民间戏曲舞台上的鬼[1]。无常是地狱里拿了阎王令牌勾拿人魂的鬼差。原来被安置在庙里的"阎王殿""阴司间"，专勾人魂，应该是阴森可怕的。但民间迎神赛会把它变成百姓观看的神道，就平民化了，与五猖瘟神的意思差不多。转而又被移植到乡间戏台上，成为民间戏曲里的丑角，还有点受委屈、通人情的表示，插

---

[1] 无常，阴司里勾人魂灵的鬼。鲁迅查阅《玉历钞传》，无常鬼分"活无常"和"死有份"两种。但上海旧时代的寺庙里，无常分黑白两个，上海方言俗称"白和尚""黑和尚"，除了衣着颜色分黑白外，其他装束都相同，白和尚帽子上写着"天下太平"，黑和尚帽子上写着"一见生财"，两者都是可怕的鬼魅，没有鲁迅描绘的那么可爱。所以，我认为鲁迅讲的无常，应该是指目连戏里的丑角。

科打诨,逐渐与普通人拉近了距离。作者可能是取他向恶人复仇的含义。在《朝花夕拾》后记里他发挥了儿时的绘画天才,栩栩如生地描绘了无常勇往直前的形象——"那怕你,铜墙铁壁!那怕你,皇亲国戚!……"从民间读物到民间活动再到民间戏曲,作者揭示了第二条接受知识的途径:民间文化的熏陶。以朴素、正义、温情的民间文化元素,与阴阳贯通、人鬼混杂、凶吉辩证等藏污纳垢的民间美学,来抗衡僵硬有害的封建传统文化教育与死记硬背的传统教育方法。从中我们也可以了解鲁迅之前创作小说《孔乙己》《白光》的初衷。

从作者教育成长经历来看,7岁开蒙是一个时间节点,12岁进入三味书屋接受教育更是一个时间节点。开蒙家塾的教育不正规,微不足道;作者这一阶段的心智成长主要依靠自然生活和民间文化的教育熏陶,百草园(包括百草园里的传说故事)是这一阶段的精神成长的象征。作者把他进入三味书屋拜师受业,看作是对百草园精神圣殿的正式告别,"Ade,我的蟋蟀们!Ade,我的覆盆子们和木莲们……"如此郑重其事地过渡到人生教育的第二个阶段:正规的传统教育。第六篇《从百草园到三味书屋》很重要,因为主人公完成了儿童到少年的过渡,他当年12岁。紧接着第二年他13岁,家里就出了祖父下狱的灾难性事件,从此家道中落。第三年他14岁,父亲病重,他不得不担当起长子的责任,延医买药,出入当铺药房之间。再过两年,他16岁,父亲去世,主人公在忧患中成为青年人了。所以,这篇散文写的是主人公的人生的转折点。前五篇半散文所描写的"我",是一个无忧无虑的富家少爷,他在自然生活与民间文化熏陶下一步一步健康活泼地成长。然而这一篇的后半部分,作者写到自己拜寿镜吾老先生为师,正式接受儒学教育,读《论语》《周易》《尚书》等经学著作。(《孟子》似乎早些年已经读过。[1])但在这里,鲁迅采用了漫画的笔法,描写了他的老师寿镜吾先生的教学活动。据说寿先生是一位博学方正的老师[2],作者的国学基础由此夯实。但是作者只是一笔带过这些教学活动,把更多笔墨用来描写自己身在课堂里读"四书五经",心思却在学堂后园里捉了苍蝇喂蚂蚁,继续着百草园里的游戏。作者回忆道:

> 先生读书入神的时候,于我们是很相宜的。有几个便用纸糊的盔甲套在指甲上做戏。我是画画儿,用一种叫作"荆川纸"的,蒙在小说的绣像上一个个描下来,像习字时候的影写一样。读的书多起来,画的画也多起来;书没有读成,

---

[1] 关于鲁迅早年读书与购书的情况,周作人《鲁迅的青年时代》有专节"避难""买新书""影写画谱""三味书屋"等,都有记录,可供参阅。
[2] 关于寿镜吾先生,因为是鲁迅的塾师,研究者多是强调他的博学方正的一面,但是鲁迅在《朝花夕拾》里分明是用讽刺笔墨勾勒的,表明了鲁迅对这位塾师的态度,完全不同于藤野先生。据当年与鲁迅同时在三味书屋读书的章翔耀回忆:"那时候,《水浒》《三国》《西厢》《列国志》《春秋》《聊斋志异》等都是木版的。看这些书也要等寿先生走开之后,若被寿先生看见的话,就要问:'你看这些书做啥?'要拿来撕破的。"(见张能耿:《三味书屋师生谈鲁迅》,收《鲁迅亲友寻访录》,党建出版社2005年,第190页。)可见,鲁迅对这样的所谓正规教育是不满的,所以他一直强调在课堂里描画小说的人物绣像。鲁迅对传统教育的批判,与寿先生个人品行的优劣无关。

画的成绩却不少了,最成片段的是《荡寇志》和《西游记》的绣像,都有一大本。[1]

据周作人的回忆,鲁迅在这一年去外祖家皇埔庄避难时初获《荡寇志》,开始学习勾描人物绣像。现在鲁迅把这段故事搬到课堂里。鲁迅学习画画,先是描花鸟虫鱼,转而描《山海经》动物精灵,再进而描画绣像人物了。老师在上面讲"四书五经",他在下面看通俗小说《荡寇志》《西游记》,把两本小说的绣像人物描成两大本。我们可以看到两种教育:一种是从上而下灌输儒家经典,另一种是民间通俗小说在自发流行。在这两种教育的交织当中,主人公慢慢长大了。

鲁迅童年时期家里发生的最大变故,是祖父科场作弊案。但这个事件鲁迅在"旧事重提"里闭口不提,倒是仔细写了父亲的病和死。考究起来,祖父案情与作者个人教育成长的关系不大,父亲的病和死却是他长大成人的标志性事件。前者带来的世态炎凉,在后者过程中变本加厉,更有切肤之感。第七篇《父亲的病》里的父亲,已经是第二次登场了。第一次《五猖会》里父亲以维护传统教育的权威形象出现,败了孩子游兴。而在这一篇里,父亲的权威形象垮塌了,《父亲的病》不仅呼应了《五猖会》,也呼应了《二十四孝图》。研究者一般多注意这篇散文对中医的批判,其实仍然是围绕孝道教育展开的两种不同的教育理

---

[1] 鲁迅:《从百草园到三味书屋》,《鲁迅全集》第2卷,第291页。

念。《二十四孝图》以及《〈朝花夕拾〉后记》里作者竭力批判反人性的封建孝道教育,《父亲的病》却塑造了一个真正孝子的自我形象,主人公四处延请名医,搜集偏方,无怨无悔地为父亲治病。这一切都不是"二十四孝"教育出来的,而是发自天性的自然行为,所以作者要强调:"我很爱我的父亲。"他故意用"爱父亲"来代替"孝父亲",以示与传统的孝道划清界限。正因为出自内心的爱父亲,当他看到父亲弥留之际的痛苦喘气,自己又无力回天的时候,忍不住地说:"我有时竟至于电光一闪似的想道:'还是快一点喘完了罢……。'"这种近于罪恶的念头,即使是"一闪念",在封建传统道德里也属于大逆不道。然而作者坦然说了出来,而且坦然地自我辩护:"这思想实在是正当的,……便是现在,也还是这样想。"

　　人文教育与知识教育的根本区别,就在于人文教育的本质,是要把人之所以为人的本性唤醒,使人变得更加美好和完善,其方法是启发而不是灌输,这与从外部灌输儒家信条束缚人性、扼杀人性的孝道教育,是南辕北辙的两种教育理念。那时候的鲁迅还没有去留学,也根本不知道西学。直到后来他学了西医,才听老师讲授医生的职业道德:"可医的应该给他医治,不可医的应该给他死得没有痛苦。"他才发现他的发自内心的爱的诉求,原来与西学是相通的。以人文的标准来对比中西医学和教育,鲁迅选择了西医和西学教育。于是,在鲁迅以往重视并实践的自然、民间两条学习途径外,又浮现出第三条求知途径:新学。向西方学习,这也是中国现代化道路上的大势所趋。

第八篇《琐记》，也是《朝花夕拾》里最重要的一篇，这篇所写的时间跨度大，综合地描述作者在父亲去世后，家道贫穷，不得不离开绍兴，到南京，连续读了两个学校，一个是江南水师学堂，后转学到矿路学堂。尽管作者对这两个新式学校的教育现状并不满意，抱怨居多，但晚清社会正是在这种退一步进两步的徘徊摇摆中，慢慢地走向现代化的教育。作者详细罗列了学校的课程，在今天看来不失为一种珍贵的教育资料。江南水师学堂，一个星期四天读英文，一天读国学，国学读的是《左传》。矿路学堂，用现在的标准看就是一个工程技术学校，这个学校把英文课改为德文课，仍然要读国学，但更重要的是格致（物理）、地学（地质学）、金石学（矿物学），这就涉及自然科学，鲁迅觉得焕然一新。他特别强调说："此外还有所谓格致，地学，金石学，……都非常新鲜。但是还得声明：后两项，就是现在之所谓地质学和矿物学，并非讲舆地和钟鼎碑版的。"《朝花夕拾》的文体多是讥刺反讽，然而这段文字里我们却看到的是自豪。他强调新学与传统教育科目不同，学科内涵也不同，地质学学习的是地理科学，不是看风水；金石学研究的是地下的自然矿物，不是研究古董。作者斩钉截铁地把两种教育的距离拉开了，这里没有"古已有之"的陈旧元素。就在这个新学的学习过程中，最重要的是他接受了西方的人文科学思想。于是就有了下面一段神采飞扬的回忆：

看新书的风气便流行起来，我也知道了中国有一部书叫

《天演论》。星期日跑到城南去买了来，白纸石印的一厚本，价五百文正。翻开一看，是写得很好的字，开首便道："赫胥黎独处一室之中，在英伦之南，背山而面野，槛外诸境，历历如在机下。乃悬想二千年前，当罗马大将恺彻未到时，此间有何景物？计惟有天造草昧……"哦！原来世界上竟还有一个赫胥黎坐在书房里那么想，而且想得那么新鲜？一口气读下去，"物竞""天择"也出来了，苏格拉第，柏拉图也出来了，斯多噶也出来了。……[1]

在这个时候，作者终于从"四书五经"的教育体系走出来了，终于走到了和世界同步的前沿上，他开始放眼世界，认识世界了。1902年，也就是三年后，作者决定去日本留学，也就是今天所说的保送出国。《朝花夕拾》最后两篇，《藤野先生》里鲁迅就讲他在日本接触了医学、西学、科学，他真正认识了世界。最后一篇《范爱农》，他是写在异国的留学过程中开始走上了革命的道路，从科学救国走向民主诉求，这是向西方学习真理的必然道路。然后通过范爱农的故事，又回到了民国初年的中国，虽然两千年封建帝制被推翻了，但中国还是没有发生根本变化，封建专制的幽灵继续在中国大地上徘徊……

我们把《朝花夕拾》当作整本书，而不是当作零散的单篇散文的汇编来读，我们大致可以看到这本书里贯穿始终的叙事结

---

[1] 鲁迅：《琐记》，《鲁迅全集》第2卷，第306页。

构：一个人的教育成长史。教育是叙事核心，成长是叙事节奏，主人公从学龄前到出国留学的完整的接受教育经历，其中包括三个阶段：

第一个阶段是自然状态的学习。他的学习对象是自然界的各种生态、动物和植物；学习方式是临摹、绘画、想象、游戏。学习教材是百草园，是《山海经》。批判的对象是自然界的强食弱肉（隐鼠的故事），是《二十四孝图》里反人性的封建孝道教育。

第二个阶段是民间文化的学习。他学习的内容是民间的迎神赛会、民间戏曲、民间传说故事，以及通俗文艺（小说），学习教材就是民间流行的五猖会、目连戏、《荡寇志》、《西游记》等。批判的对象是传统教育、开蒙读物、中医以及市民文化等等。

第三个阶段是作者走出故乡以后。他接受的是新学，学习内容有外语、理工、科学、《天演论》、新的人文社会科学思想，学习途径是留学，出国后继续学习西医，从事文艺、革命等活动。批判的对象是旧教育制度，清王朝封建专制制度和换汤不换药的民国社会。

三 《朝花夕拾》的典型化与细节虚构

鲁迅在《朝花夕拾·小引》里说：

这十篇就是从记忆中抄出来的，与实际容或有些不同，然而我现在只记得是这样。文体大概很杂乱，因为是或作或辍，经了九个月之多。环境也不一：前两篇写于北京寓所的东壁下；中三篇是流离中所作，地方是医院和木匠房；后五篇却在厦门大学的图书馆的楼上，已经是被学者们挤出集团之后了。[1]

这段话是鲁迅在完成十篇"旧事重提"，并且把它们编辑成书的时候所写，写作时间是1927年5月1日，与第一篇"旧事重提"的写作相距一年两个月又七天，与最后一篇的写作时间仅相距五个月又十二天，应该说，时间都不太久。这段话的前半部分，鲁迅讲了两层意思：第一层意思，《朝花夕拾》所写的内容，都是"从记忆中抄出来的"，也许与实际情况不一样，但他"记得是这样"。这里似乎有很多潜台词：作者写出来的，仅仅是作者记忆中的"真实"，不一定就是现实中的真实。正如弗洛伊德所说的，记忆对于提供给人的印象是有选择性的。人的记忆不可能完全复制现实真实，确实存在"遮蔽性记忆"[2]。鲁迅早年留学时期学过弗洛伊德的精神分析理论，他承认自己的记忆可能不真实，只是主观认为是真实的。这个说法，堵住了以后许多人（包括周作人）对《朝花夕拾》细节不真实的挑剔。但是我对这个说法还有第二层意思的理解：既然鲁迅意识到他的记忆可能存在着不真实，那么这些不真实究竟来自作者无意识的记忆错误，还是有意识的虚

---

[1] 鲁迅：《朝花夕拾·小引》，《鲁迅全集》第2卷，第236页。
[2] 见《日常生活心理病理学》第四章，郑希付译，载《弗洛伊德文集》第一卷《癔症研究》，长春出版社2004年，第196—200页。

构？这涉及《朝花夕拾》整本书的性质，如果是前者，那么《朝花夕拾》就是一部有记忆错误的自传；如果是后者，《朝花夕拾》就是一部自传体的文学创作。

关于这个问题，学术界一直没有能深入地讨论。学界主流的意见，都维护《朝花夕拾》作为文献资料的可靠性和真实性，即使有错，也只是鲁迅记忆偶然发生的错误。这种观点在我看来是值得商榷的。我们把《朝花夕拾》里的细节虚构一概说成是鲁迅记忆错误，这样的错误发现多了，也同样会影响我们对鲁迅记忆的信任。现成的例子就在上引鲁迅这段话的后半部分。鲁迅详细交代了十篇散文的写作地点：前两篇写于北京寓所的东壁下；第三篇到第五篇是在流离中所作，地方是医院和木匠房；后五篇是在厦门大学图书馆的楼上写成的。这第三篇到第五篇的写作时间，分别是1926年5月10日、5月25日、6月23日，离写作《小引》不过一年左右，才46岁的鲁迅应该不会忘记具体的写作场景。我们根据鲁迅日记的记载，鲁迅说的"流离"，先后包括鲁迅三次外出避难：第一次是1926年3月18日惨案发生后，段祺瑞政府拟通缉鲁迅在内的文教界人士，鲁迅于3月29日赴日本山本医院避难，到4月8日回家；第二次是张作霖奉系军队进入北京，鲁迅先去山本医院，后又转入德国医院避难，到4月23日才回家，这期间可能住过医院的"木匠房"；再接着是4月26日，因邵飘萍被杀害事件，鲁迅第三次往法国医院避居，到5月2日回家。三次避难，鲁迅日记里记得清清楚楚，鲁迅晚上虽在各家医院避难，白天照样外出、演讲、写作、应酬等，但《朝花夕拾》第三篇到第五篇散文确实是在结束流离生活以后才写的。试想，如果仅仅一年前的写作地点都会记错，那鲁迅的记忆还有什么信任可言？简直不可思议了。[1]

所以，最合理的解释，鲁迅是故意不用真实的写作地点，为的是突出那一段时光颠沛流离的氛围，使文章产生更加强烈的艺术效果。这段颠沛流离的岁月，虽然不是鲁迅写作《朝花夕拾》里三篇散文的具体时间和地点，却是写作《朝花夕拾》前半部分的社会背景，了解了这样的黑暗背景，就能深切体会鲁迅流离回来才一周时间就写出了咒文一般的《二十四孝图》。鲁迅是文章高手、小说大家，他当然知道怎样的描写能使叙事效果更加强烈，更有感染力。他写杂文语言锋利强悍，刀刀见血；他写小说几笔白描就鬼斧神工凸显出人物的形象。同样在散文创作中，他寥寥数言，就画龙点睛地渲染了场面。关于这段背景介绍，假使作者用类似"前五篇写于北京寓所的东壁下，后五篇里，一篇写于厦门大学国学院的陈列室，另外四篇写于图书馆的楼上……"来交代写作地点，准确当然是很准确，但是文章的意蕴、战斗的氛围、艺术的感染力都消失了，仅仅是一般的陈述事实而已。

---

[1] 学术界最早对这三篇散文的写作地点提出异议的，是林辰先生，他在1944年写作、1945年修改的《鲁迅北京避难考》已经注意到这个问题，但当时鲁迅日记没有公布，仅能存疑。1979年包子衍先生写《〈朝花夕拾〉琐记》，认为这三篇散文都写于"北京寓所的东壁下"。王瑶先生在《论鲁迅的〈朝花夕拾〉》里采纳了林、包的研究结论，他解释说："《小引》记忆有误。林辰云：作者'追忆之顷，只是泛指写于那一段不安的日子而已。'"斯言者诚。林、包的文章均收录于孙郁、黄乔生主编的《回望鲁迅丛书之鲁迅史料考证》，河北教育出版社2001年。

这就涉及一个很尖锐的问题：读鲁迅的《朝花夕拾》，究竟是把它当作文献资料，求其准确性为首位？还是把它当作散文创作，求其艺术感染力为首位？我觉得很多研究者被《朝花夕拾》的回忆录、自传的形式所迷惑，过于相信文本的绝对真实。王瑶先生的观点值得我们重视，他说，读《朝花夕拾》"首先必须考虑到作者是以热烈的内心，显（现）身说法地对青年读者谈自己的经历和感受的，正如鲁迅所说：'倘不热烈，也就不能这样平静的侃侃而谈了。'……不仅如此，要打动读者的心弦，尽管是如鲁迅所赞赏的'任意而谈，无所顾忌'那样，但在内容和写法上还必须适应这样的目的和要求。就内容说，回忆是根据事实的，不能虚构，但是可以选择。鲁迅所写的事件和细节就是经过精心的选择和提炼的，因此常常能够揭示事物的本质，具有很高的典型意义"[1]。根据文学创作的常识，写作一旦经过"揭示事物的本质"而达到"具有很高的典型意义"，那么就很难做到完全的细节真实，它需要作家通过细节改造和虚构，来营造更高层面的艺术真实。我们一般书写自己的简历、小传，当然必须事事有根据，不能虚构，否则有编造历史之嫌；然而我们不会也不应该规定以作家经验为基础的文学创作不能编造细节。鲁迅对《朝花夕拾》的自我定位是：从记忆中抄出来的，但不能保证都是真实的。这就是说，鲁迅从一开始就定位《朝花夕拾》为回忆性的创作。在《〈自选集〉自序》里，他又一次把《朝花夕拾》归为"创作"，

---

[1] 王瑶：《论鲁迅的〈朝花夕拾〉》，载《北京大学学报》1984年第1期。

称之为"回忆的记事"[1]，或者在《自传》里称为"回忆记"[2]。鲁迅晚年曾经明确表示不写自传，也不鼓励别人为他写传记。[3] 由此可见，直到鲁迅晚年，他仍没有把《朝花夕拾》看作是自传。鲁迅始终把自己看作是一个普通作家，平凡人群的一员，他主观上并没有要留下一部自传或信史供后人研究。所以，我们没有理由要求鲁迅的回忆性散文必须做到细节真实，更没有理由去批评鲁迅在写作中使用了文学创作的虚构手法。

周作人一直用歌德的回忆录"诗与真"的提法来影射《朝花夕拾》，把细节失实比作诗意的虚构，这虽然有点刻薄，但符合《朝花夕拾》的写作实际情况。最典型的是《父亲的病》里衍太太的出场。根据周作人的回忆，衍太太的辈分高，在鲁迅父亲弥留之际，不可能出现在这种场合，而且父亲弥留的时候，周作人是在场的。[4] 鲁迅在写作时为了渲染衍太太的添乱，不仅安排她出场，还弄出一堆的旧式习俗，使病人不能平静离世，让作者内

---

[1] 鲁迅：《〈自选集〉自序》，《鲁迅全集》第4卷，第469页。
[2] 鲁迅：《鲁迅自传》，《鲁迅全集》第8卷，第343页。
[3] 鲁迅在1936年5月8日致李霁野的信中说："我是不写自传也不热心于别人给我作传的，因为一生太平凡，倘使这样的也可做传，那么，中国一下子可以有四万万部传记，真将塞破图书馆。"（《鲁迅全集》第14卷，第95页。）
[4] 《知堂回想录》写到父亲弥留的场景："时候是晚上，他躺在里房的大床上，我们兄弟三人坐在里侧旁边，四弟才只四岁，已经睡熟了，所以不在一起。他看了我们一眼，问道：'老四呢？'于是母亲便将四弟叫醒，抱了来。未几即入于弥留状态，是时照例有临终前的一套不必要的仪式，如给病人换衣服，烧了经卷把纸灰给他拿着之类，临了也叫了两声，听见他不答应，大家就哭起来了。这里所说的都是平凡的事实，一点儿都没有诗意。没有'衍太太'的登场，就减少了小说的成分。"（香港三育图书文具公司1980年，第31页。）

心留下永远的创伤。周作人指出谬误，大致上说是符合事实的，但为了维护鲁迅回忆的真实性，周作人的意见遭到研究者的批驳。理由是鲁迅当年已经16岁，又是长子，记忆不会错；而周作人当时才12岁，很可能记错了。但事实上鲁迅在1919年发表的一组《自言自语》里就已经写到了"父亲的病"的相似场面，让作者在父亲临终前大声喊叫的确有其人，那是"我的老乳母"。作者充满感情地叹息："阿！我的老乳母。你并无恶意，却教我犯了大过，扰乱我父亲的死亡……"由此证明，作者在父亲弥留时大声叫喊的场景是真实的，但并非衍太太的挑唆，而是听了"老乳母"的话。照周建人晚年回忆，这个老乳母就是长妈妈。[1]尽管周建人的回忆不一定可靠，但长妈妈的旧规矩多，在老主人临终时让小主人大声叫喊，倒是合情合理。何况鲁迅在《自言自语》里对老乳母的亲切语气，与《朝花夕拾》里对长妈妈的感情如出一辙。至于衍太太这个角色的出现，可以确证是虚构的。周作人认为，衍太太在这个场合出现，是鲁迅"无非当她做小说里的恶人，写出她阴险的行为来罢了"[2]。

我们接着要探讨的是，为什么鲁迅要把长妈妈的角色置换成衍太太，我觉得这与《朝花夕拾》的教育成长主题有关。在两篇

---

1 见周建人口述、周晔编写：《鲁迅故家的败落》，湖南人民出版社1984年，第118页。
2 《知堂回想录》，第31页。周作人几次用"小说""诗"来影射《朝花夕拾》的虚构成分，其实，如果从《朝花夕拾》重在写一个人的教育成长经历的角度看，那与西方文学中以自传为基础的教育小说或成长小说，也没有太大的区别。

"父亲的病"的场面里,鲁迅的忏悔内容不一样。我们不妨做个比较:

> 我的老乳母对我说,"你的爹死了。"
>
> 阿!我现在想,大安静大沈寂的死,应该听他慢慢到来。谁敢大嚷,是大过失。
>
> 我何以不听我的父亲,徐徐入死,大声叫他。
>
> 阿!我的老乳母。你并无恶意,却教我犯了大过,扰乱我父亲的死亡,使他只听得叫"爹",却没有听到有人向荒山大叫。(《自言自语》)[1]

> 中西的思想确乎有一点不同,听说中国的孝子们,一到将要"罪孽深重祸延父母"的时候,就买几斤人参,煎汤灌下去,希望父母多喘几天气,即使半天也好。我的一位教医学的先生却教给我医生的职务道:可医的应该给他医治,不可医的应该给他死得没有痛苦。——但这医生自然是西医。(《父亲的病》)[2]

比较一下这两段话很有意思。《自言自语》是一组《野草》式的散文诗,很有诗意。作者与老乳母的分歧似乎是对人的死亡

---

[1] 鲁迅:《自言自语》,《鲁迅全集》第8卷,第118—119页。
[2] 鲁迅:《父亲的病》,《鲁迅全集》第2卷,第298页。

过程的理解不一样。老乳母的说法是中国民间一般的理解：人死的时候，无常会来勾魂，这时亲人在耳边叫唤，既有送亡灵上路的意思，也有把亡灵唤回阳世的希望，鲁迅在《无常》里写到过这种情况。而作者后来不知从哪里获得另一种说法：人死后，冥界有使者来引渡亡灵，身边亲人的大声叫喊会干扰亡灵听觉，找不到天堂之路了。在这样一组对比里，老乳母承担的角色非常合理。因为这是宗教解说的不同，无所谓对与错、善与恶，对作者来说，老乳母虽然犯了错误，仍然是充满善意的。然而在《朝花夕拾》里作者着重强调的是中西不同的文化、医学和教育的对比，封建孝道教育与整个封建文化是联系在一起的，尤其是当作者站在西学的立场上认为，这是一种反人性、让人活得更加痛苦的道德教育。鲁迅一提起传统文化里的"孝子"两个字，就有切齿之恨。可是他在父亲弥留间也无意中充当了一回这样的"孝子"的角色，悔之莫及。于是他在文章结尾沉痛写道："我现在还听到那时的自己的这声音，每听到时，就觉得这却是我对于父亲的最大的错处。"这样痛苦忏悔的起因，如果放在长妈妈的身上，要么就减轻了忏悔和批判旧道德的分量，要么就与整本书里长妈妈这个人物的善良形象不相协调。那么，换一个人物吧，让下一篇《琐记》里的"坏人"衍太太提前出场，就起到了一石两鸟的作用。

其实，平心而论，在中国传统文化语境下，即使在当下，亲人去世前大声叫喊也是人之常情。衍太太在这个不恰当的时候突然出场，最大的错处不过是"多事"[1]而已，谈不上罪大恶极。周作人说鲁迅把她当作小说里的"恶人"，要写出她的"阴险的行为"，至少在《父亲的病》里只是一个铺垫，更多的细节是在下一篇《琐记》里展开。由此也可确证，鲁迅对《朝花夕拾》各篇散文之间的关系，是做过整体筹划的。《琐记》里鲁迅写了一件至今还是孤证的事件：鲁迅究竟是为了什么原因，这么决绝地离开家乡？当然照常理推测，可以说是因为父亲死后家道中落，也可以说是家族里受人倾轧和欺侮，等等。周作人说，从父亲的去世（1896年9月）到鲁迅出走（1898年闰三月），中间还有一年半的时间，这期间因为周作人被安排到杭州去陪伴祖父，所以关于这段时间家乡究竟发生了什么事他也语焉不详。至于家族里发生纠纷，他是从鲁迅早年日记（今佚）中看到有关记载，鲁迅"很有愤怒的话"，并认为鲁迅在此事上受到的刺激，不亚于皇埔庄避难时期被认为"乞食"的耻辱。但是鲁迅在回忆中抄出的《朝花夕拾》里却一字不提这个事件，反而说了当年对他"疾言厉色的加以逼迫"的长辈玉田很多温馨的好话。可见鲁迅在《朝花夕拾》里并不打算事无巨细地回忆童年经历，而是选择了与教育成长有关的经历进行加工，在他的教育经历里发生过影响的几位先生，他虽然偶有微讽，却没有肆意攻击。对于周玉田欺侮他的事件，或许时过境迁已经释怀，或许当时便不是逼迫他离开家乡的

---

1 我这里说的"多事"，是指一种带有恶意的惹是生非的性格，方言里称这种人喜欢"出幺蛾子""出鬼点子"，喜欢"作怪"，等等。

主要原因。倒是别一件事，周作人并不清楚，其他人也没有提到过，却是鲁迅自己在《琐记》里诉说的：衍太太一边唆使他窃取家里钱财，一边又在外面造谣，说他坏话，使他决心离开家乡。鲁迅写得很清楚——

> 大约此后不到一月，就听到一种流言，说我已经偷了家里的东西去变卖了，这实在使我觉得有如掉在冷水里。流言的来源，我是明白的，倘是现在，只要有地方发表，我总要骂出流言家的狐狸尾巴来，但那时太年青，一遇流言，便连自己也仿佛觉得真是犯了罪，怕遇见人们的眼睛，怕受到母亲的爱抚。
>
> 好。那么，走罢！
>
> 但是，那里去呢？S城人的脸早经看熟，如此而已，连心肝也似乎有些了然。总得寻别一类人们去，去寻为S城人所诟病的人们，无论其为畜生或魔鬼。

在鲁迅的笔底下，这样的表述不能不算是相当沉痛的控诉。我们从文字透露出来的情绪中可以感受到，鲁迅这回被伤害得非常厉害，以致迁怒于所有的S城人。他与整个S城人尖锐地敌对起来，甚至不惜倒向畜生或魔鬼的立场。这种情绪里隐含着刻毒的报复快意，我们不能不推测，这个流言传得相当广，让他感到在家乡无法再待下去。那个时候鲁迅不过18岁，刚刚成年，涉世未深，他还没有受到启蒙教育，还没有做好狂人那样的战斗准备,他诉说无门,只能落荒而逃。但这个埋藏在心底里被伤害的情结,是一定要宣泄出来的。时隔28年,鲁迅终于爆发,而爆发的引线竟是女师大事件牵连出来的一系列被流言家们制造的"流言"。"倘是现在,只要有地方发表,我总要骂出流言家的狐狸尾巴来。"这句插入语表明了鲁迅把现在时的战斗与过去时的受伤害连接起来了。[1]衍太太这个人物在鲁迅个人成长史上扮演"恶人"角色的原因也就昭然若揭了。

《朝花夕拾》里,鲁迅终于找到了用"骂出流言家的狐狸尾巴"的方式来报复衍太太的机会,他竟把衍太太的"搬弄是非"描写成腐朽道德文化的产物。除了制造流言外,她还有两件劣迹:一件就是《父亲的病》中的添乱,还有一件是发生在鲁迅幼年时受过她的猥亵教唆——衍太太向儿童出示春宫画。在封建道德范畴里"孝"与"淫"都是与生命、繁殖、性事最为接近的伦理概念。从正向阐释,两者是一组对立的道德范畴,但从负向理解,两者也可能是一体两面的混合物(如封建道德观里"不孝有三,无后为大"为多妻制、蓄妾制直接提供了理论依据)。其实,亲人临终时的叫喊与对儿童提前做性教育本身都没有什么十恶不

---

[1] 鲁迅与陈源的论战中,陈源在《剽窃与抄袭》暗示《中国小说史略》抄袭日本盐谷温的《支那文学概论讲话》,鲁迅深受伤害。十年以后,《中国小说史略》译成日文出版,鲁迅还耿耿于怀地说:"'男盗女娼',是人间大耻事,我负了十年'剽窃'的恶名,现在总算可以卸下,并且将'谎狗'的旗子,回敬自称'正人君子'的陈源教授,倘他无法洗刷,就只好插着生活,一直带进坟墓里去了。"(《〈且介亭杂文二集〉后记》,《鲁迅全集》第6卷,第465—466页。)可见怨毒之深。究其根源,应与青少年时期受到衍太太的流言所造成的精神创伤有一定的联系。

赦的过错，鲁迅通过衍太太这个形象所要表现的，则是封建道德文化中的虚伪、烦琐和猥琐的元素，让人感受到身处脏兮兮的文化环境里，本能地产生厌恶。由此也可以看到，鲁迅始终是在正反两种教育观念和道德观念中描写人的受教与成长，既是腐朽的封建教育，也是孩子成长的文化环境。在教唆看春宫事件里，鲁迅第一次写出了主人公（"我"）的朦胧的性意识的产生；在父亲的临终前的叫喊，又一次写出了自己在错误中认识到生命的代谢和生死的转换，以及宗教感的确立。总之，衍太太是《朝花夕拾》里的重要反派人物，鲁迅对她的安排出场都经过精心构思，这个人物身上的有些"恶"的功能，是善良浑厚的长妈妈所无法取代的。

还有就是《藤野先生》。这也是一篇名篇，鲁迅本人非常重视，出版日文版《鲁迅选集》时，鲁迅特意致信译者，希望他能把《藤野先生》选录进去。[1]这说明鲁迅对这位日本老师怀有极大的尊重，也希望在日本的朋友和读者能够读到这篇文章。但是现在经过日本学界的深入研究，发现这篇散文中许多细节描写与事实不相符合，以至于日本学者提出了《藤野先生》究竟是不是"创作小说"的疑问。[2]依我的看法，尽管《朝花夕拾》是回忆性

---

[1] 原信为日语，《鲁迅全集》译成中文为："《某氏集》请全权处理。我看要放进去的，一篇也没有了。只有《藤野先生》一文，请译出补进去"。（《341202，致增田涉》，《鲁迅全集》第14卷，第328页。）

[2] 大村泉：《鲁迅的〈藤野先生〉一文，是"回忆性散文"还是小说？》，《鲁迅：跨文化对话——纪念鲁迅逝世七十周年国际学术讨论会论文集》，大象出版社2006年，第288页。

散文的连缀，但首先是文学创作，作者的细节描写都是服从于总体艺术需要，要求书写的细节比现实生活的真实情况更加强烈和具有感染力，所以，鲁迅写他所爱的人物，像长妈妈、藤野先生等等，竭尽全力去歌颂和赞美，有些部分达到了抒情与叙事的高度结合，就像他在小说里塑造的狂人、祥林嫂、阿Q、闰土、孔乙己等形象一样，成为现代文学人物长廊里让人难以忘怀的艺术典型。我们考察《朝花夕拾》的细节真实，首先要考察它是否达到了更高形态的艺术真实，而没有必要纠结于是不是生活中的事实。

我们不妨选《藤野先生》文本中几个有争议的细节来做分析：

第一是关于"日暮里"车站："从东京出发，不久便到一处驿站，写道：日暮里。不知怎地，我到现在还记得这名目。"现据日本学者考证，日暮里车站建于1905年，鲁迅是在1904年9月从东京到仙台去读书，当时还没有日暮里车站（当然不排除1905年以后鲁迅在东京和仙台之间来回时对这个站名留有印象）。[1] 我感兴趣的是作者为什么特意要加上这么一句："不知怎地，我到现在还记得这名目。"我觉得这句话是作者下意识添加的，显然他写到"日暮里"三个字的时候并没有把握记忆是否真实，就追加了这么一句来强化当时的氛围，营造一种真实感，让人们相信这印象是真实的。因为"日暮里"三个汉字很符合作者在日本留学时的种种灰暗心情，文本里就会产生比其他车站名称更强烈的艺术力量。

第二是关于施霖的缺席："仙台是一个市镇，并不大；冬天冷

---

[1] 转引自陈漱渝：《〈藤野先生〉中的"史"与"诗"》，载《人民政协报》2014年3月24日。

得厉害；还没有中国的学生。"现据日本学者发现，当时与鲁迅一起来仙台的还有一个中国留学生，名叫施霖，也是浙江人，他上了第二高中大学预科二部，一度与鲁迅住在同一个宿舍。据说当地报纸就仙台最初到来的两个中国留学生做过详细报道。[1] 鲁迅在散文里只字未提施霖，给人的感觉他就是唯一的中国留学生。我以为这就是典型化艺术的最好例证。鲁迅写不写施霖都不涉及这篇散文内容的真实性。然而现在这样处理确实使文本现场显得干净利索，突出了作者初到仙台的孤独氛围以及"物以希为贵"的一系列新奇的经历。

第三是藤野先生的出场。强调了"物以希为贵"以后，鲁迅就写他初到仙台时受到了学校的特别照顾："我到仙台也颇受了这样的优待，不但学校不收学费，几个职员还为我的食宿操心。我先是住在监狱旁边的一个客店里的……饭食也不坏。但一位先生却以为这客店也包办囚人的饭食，我住在那里不相宜，几次三番，几次三番地说。我虽然觉得客店兼办囚人的饭食和我不相干，然而好意难却，也只得别寻相宜的住处了。于是搬到别一家，离监狱也很远，可惜每天总要喝难以下咽的芋梗汤。"这"一位先生"在鲁迅的描写下显得过度热心，帮了倒忙，鲁迅没有点名，他就是恩师藤野严九郎[2]。那么，鲁迅为什么不把这个细

---

[1] 渡边襄：《鲁迅与仙台》，解泽春译，载《鲁迅与仙台——鲁迅留学日本东北大学一百周年》，中国大百科全书出版社2005年，第48页。

[2] 当时藤野严九郎担任新生班级的副班主任，关心留学生的生活饮食可能也是职责以内的事情。

节当作藤野先生的出场描写，而轻轻一笔带过，仿佛与藤野先生无关似的？

　　这里涉及《朝花夕拾》各篇互见的典型化创作手法。在上一篇《琐记》里主人公是受到衍太太流言的伤害，几乎是带着仇恨离开S城的。作者写到，他对于S城人的面孔心肝全看透了，宁可堕落兽道或者魔道，也不愿意与S城人为伍。主人公这种决绝的态度是他与旧世界彻底决裂、转而接受"新学"的起点，要求彻底更新"人"的品质，建立"新人"的教育机制。他带着这样决绝态度从绍兴到南京、东京，转而又去仙台，这样前后六年时间。这过程中他同时遭遇了两种力量的交锋。一种是下降堕落的力量，仿佛就是S城的扩大版，可以这样来推理："南京也无非是这样""东京也无非是这样"……凡是有大清国人存在的地方，都无非是"这样"了；但在另一方面，确实有一股新鲜的、生气勃勃的力量，虽然弱小，却不断地上升，这就是鲁迅说的"走异路，逃异地，去寻求别样的人们"[1]。从《琐记》到《范爱农》，作者几乎是一气呵成的。创作笔墨始终围绕着两种力量的冲突而展开，让主人公置身于时代的激烈冲突之中，一边是旧势力咄咄逼人，逼得他狼狈逃离，另一边又是新的时代信息在深深吸引着他，去学习、追求进而获得升华。而表现这冲突的创作方法，显现出欲扬先抑的特点：主人公一方面对于置身环境的不满与嘲讽，另一方面却在新的希望中酷酷地成长。当"我"为了躲避清国留学生的平庸和无聊而跑到仙台求学，就是取它地处偏僻气候

---

[1] 鲁迅:《〈呐喊〉自序》,《鲁迅全集》第1卷, 第437页。

寒冷，没有大清国盘着辫子的留学生。所以作者在《藤野先生》的文本里故意不介绍施霖的存在，突出"我"一个人的孤独而清净；主人公初到仙台时，也带着习惯性的思维方法，用以前（在绍兴、南京、东京等地）的孤独者的偏见来看待仙台的人们。在换住宿的细节描写中，作者仍然用的是微讽口气，但无恶意，后来慢慢地从藤野先生的认真教学中发现了人与人之间有着真正的平等之爱、互相帮助、自我牺牲等精神，终于在藤野先生身上看到了"别样的人们"的真实存在。在主人公离开家乡"走异路"的苦苦寻找中，确实找到了人生道路上的一个闪亮路标。藤野先生应该什么时候出场，其实是有讲究的。如果藤野先是以副班主任的身份出场，固执地要为主人公换住宿，自然也可以从好的方面去描写，那么这样一来，藤野先生对中国留学生的关怀是比较全面的、生活化的，甚至表现出一点婆婆妈妈的性格。然而鲁迅把这个细节隐去，直接从藤野先生进课堂上课开始写起，着重描写他对课堂笔记的审读和修改，强调藤野先生在学术领域是一位严师的形象，集中笔墨来凸显藤野先生的"小而言之，是为中国；大而言之，是为学术"的崇高襟怀。不同的书写，艺术效果也是完全不一样的。

我们从上面三个例子[1]来看，无论是添加了"日暮里"三个

---

1 关于《藤野先生》的细节失实，还有一个疑问就是处决俄探的幻灯片问题，但因为这方面虽然研究成果比较深入，但最终还是没有确证东北大学医学系细菌学教室保存的幻灯原版片里究竟有没有鲁迅所说的那张俄探枪毙的片子，所以，本文不做进一步的讨论。有关情况可以参考渡边襄的《鲁迅与仙台》。

字，还是隐去了施霖的真实存在，或者虽然写了藤野为他换宿舍的故事，却又姑隐其名，轻易带过，鲁迅都是有具体的艺术考量。当然不是作者的记忆错误，也不是随意的信手拈来，我们如果仔细考量这些所谓"不真实"的细节描写与全篇文本的关系，都不能不感受鲁迅作为文学大师的语言特点：鲜明而有力，像刀刻在石头上的浮雕一样，给人带来极为深刻的印象。这都是不能为了迁就所谓的细节真实而任意改动的。唯须改变的是我们自己的阅读习惯，不要轻易地把作家描绘的细节都当作真实发生过的信息运用到作家的传记研究里去，至少也应该做一番认真考证以后才能相信。

总体来说，作为整本书的《朝花夕拾》可以让我们读到许多从单篇散文里很难读出来的新的元素。它的一以贯之的教育成长主题，以童年记忆为核心的散文连缀形式，以及略带虚构的典型化细节塑造，成就了一部中国现代文学史上第一流的艺术作品。在原创艺术上，《朝花夕拾》有着不容忽视的独立价值，它不仅仅是一部自传作品，仅供研究者研究的文献资料汇编。关于这一点，我们研究鲁迅的学者有必要进一步给予重视。

2020年5月26日于海上鱼焦了斋
初刊《杭州师院学报》2021年第1期

论鲁迅的骂人（外三篇）

一 梁实秋

近读一本捷克人写的书[1]，说到了被遗忘所吞噬的历史现象——其自然是指1968年苏联侵捷事件，他认为，在今天使千万人惊心动魄的事件到了明天一切都会变得模糊不清，最终被消灭得干干净净。——这位捷克作家的观点是否对头，担忧是否多余，都不是本文的题目，笔者读到这段议论而生出联想的，是一段与之完全无关的历史：鲁迅骂梁实秋的一桩公案。

历史总是要被遗忘的，但怎样遗忘却来自人们集体的意愿。（我之所以不说个人，因为个人对历史的遗忘与否，是微不足道的。唯有这种感情上升为一个时代的文化心理，它才会成为民族的集体遗忘，新神话的编造者才有可能成功。）就说梁实秋吧，

---

[1] 米兰·昆德拉:《不朽》，王振孙、郑克鲁译，（台北）时报文化出版企业有限公司1991年。

倒退十几年前的文学史上，梁实秋的名字是与"资本家的乏走狗"的恶谥连在一起的，这是鲁迅与梁实秋在1930年发生的一场论争的结果。由于这个恶谥，梁实秋在其他方面的贡献都被人为地遗忘了。但近十年来风水转了，随着梁实秋的著作在大陆相继出版，特别是他与韩菁菁的晚年情书公开发表，人们对这个名字的感情色彩渐渐变了，或曰为雅舍的小品文大师，或曰为莎士比亚的翻译大家，或曰为一幢容易失火的"老房子"，等等不一。梁实秋的面貌变得复杂起来，再也没有人说他是"乏走狗"了，偶尔有人提起，也隐隐地表示同情，总觉得鲁迅当年骂人骂过了头。

这当然不能责怪新的遗忘笼罩下的一代读者，因为一个在台湾的雅舍里谈吃谈喝，怀旧思乡，并且春心未已的老人，获得各种人不同角度的好感，也是很自然的事。若有人企图重提那桩论争公案，也只是笼统地知道梁实秋当年提倡白璧德主义，讲人性论，反对文学的阶级性，反对硬译，如此而已。这就该被骂为"资本家的乏走狗"，而且还是"丧家的"么？

不理解正显示了遗忘的力量。遗忘将1930年鲁迅同梁实秋争论的历史背景虚化了。事实上鲁迅之所以骂梁实秋"乏走狗"并非是因为其上述文学主张，——凡此种种，鲁迅都有过正儿八经的论文或者杂文，譬如《"硬译"与文学的阶级性》《文学与出汗》等来做答复，其方式是讨论的、争鸣的和批判的，虽也措辞俏皮，含有一些嘲讽，却没有辱骂对方的意思。然而唯独那篇脍炙人口，因而也特别出名的《"丧家的"资本家的乏走狗》[1]才用了完全不同的口气和方式。很显然，这是别有原因的。这原因在今天似乎已被人遗忘，但在鲁迅的杂文里又是讲得清清楚楚的：是梁实秋在答复左翼人士对他的批判时，采用了很不光彩的手段。

今查《新月》第3卷第9期上，梁实秋一连发表三篇短文，除了在理论上的反批评，还夹杂了对手为共产党的暗示，譬如：

> 革命我是不敢乱来的，在电灯杆子上写"武装保护苏联"我是不干的。——《答复鲁迅先生》
>
> 如何可以到××党去领卢布，这一套本领，我可怎么能知道呢？——《资本家的走狗》
>
> 这篇小说的作家已于1920年2月14日下午七时随同鲁迅先生发起"自由运动大同盟"。——《无产阶级文学》

无须多引，这寥寥几句中都可看到，梁实秋在论争中不断暗示对手是"共产党"，是"领取苏联津贴"，或是"自由运动大同盟"成员，等等，这就有点心怀叵测了，就像前些年的文学批评里，给对手扣上一顶"资产阶级自由化"的帽子一样，在20世纪30年代的恐怖时期被称作"共产党"是要杀头的。梁实秋此

---

[1] 本文以及后两篇文章中论及鲁迅杂文篇目，均引自《鲁迅全集》（全16卷），人民文学出版社1982年。不再另注。

举虽非告密，但在客观上起了提醒统治者，并进一步想利用统治者的权力和屠刀来消灭论敌的作用，这才是鲁迅拍案而起、怒不可遏的原因，也正是鲁迅在走狗称号上再加一个"乏"字的用心所在。

中国有些文痞之"乏"，往往表现在这里。所以笔者要说：梁实秋活该。

二　王平陵

前几天偶翻复旦大学编写的《中国现代文学词典》，里面竟有王平陵的消息。条目是这样写的："原名王仰嵩，江苏溧阳人。早年就读于杭州省立第一师范学校，毕业后，在沈阳美术学校、溧阳同济中学、南京美术专科学校任教。1920年创作小说《雷峰塔下》。1924年主编《时事新报》副刊《学灯》，并为《东方杂志》撰稿。1928年任上海暨南大学教授，又主编《中央日报》副刊《大道》与《清白》……"下面是关于他发起民族主义文学运动、与左翼文艺相对抗等等，不必抄下去了，条目后面还附着长长的著作目录，计小说九种、剧本三种、散文六种、诗集一种。

王平陵的名字现在早已不为人知，只有读《鲁迅全集》的注释，才知道他是一个"国民党御用文人"。记得多年前曾读过一本他写的关于三民主义文艺理论的小册子，是抗战时期出版的，单调的宣传加之无味的言语，一看便知其面目可憎。但后来偶然翻阅20世纪20年代的《学灯》，竟发现有他写的一篇介绍实证主义美学的文章。当时有点疑惑，原来这种人还读这些书。现在条目记载的这么多创作著述和早年的教书经历似都可证明，王平陵确实同时并存着两个身份：一个新文学作家和一个御用文人。如把这两个身份合称，也可说是一个吃国民党官饭的知识分子。

吃官饭就得打官话，即便有知识也无法例外。20世纪30年代国民党暂时取得了政治上的统一，进而企图在意识形态上结束"五四"以来知识分子开创的自由局面，用"民族主义文学"来钳制思想，实行舆论一律。然而控制知识分子的工作还须知识分子自己来做，王平陵就这样成了国民党文艺政策的喉舌。现在当然无法猜测王平陵最初下海的心情，总之，后来渐渐地，成了官家的人了。一些别人看来顺理成章的事情，在他眼里总觉得不顺眼，或是非我族类吧。

于是有了鲁迅与王平陵的论争。

其实说"论争"是抬高了的。当时的情况是鲁迅用笔名写了一篇短文，叫《不通两种》，批评国民党御用报纸的新闻"不通"。王平陵马上嗅出了其中味，他写了《最通的文艺》，先是揭发鲁迅用笔名写文章，接着又使出了惯用的上纲上线战术：鲁迅既然认为报纸上的新闻"不通"，那一定是说"恭颂苏联"才是"最通的文艺"。这一"发挥"正包藏了祸心：20世纪30年代恭颂苏联跟20世纪50年代的批评苏联一样，足以构成政治罪名了。这种战术有点像马路上两个人吵架，甲说公共厕所太脏（也许是事实），乙马上出来指责：你否定公共厕所，就是提倡随地大小便，就是违反卫生法，就是……这样的推理无往而不胜。不过不平等的论争本来就无是非可言，王平陵即使成了胜利者也不稀罕，每每读王平陵这篇文章，总会让人想起《水浒传》描写的那位洪教头在柴进庄上比武，林冲戴着枷锁，他却有能耐把棍子舞得像风轮一般。

不过，鲁迅对王平陵气壮如牛的指责连批判都省得，他只用了四个字回击："官话而已。"

> 第一篇原题为《重提一桩旧公案》，初刊上海《文汇读书周报》1991年9月28日；第二篇原题《文人与官话》，初刊香港《大公报》1992年3月21日，后来组成第一组《鲁迅的骂人》，收随笔集《羊骚与猴骚》，上海人民出版社1993年

再论鲁迅的骂人

这几天算是上了伏，天气猛地热了起来。电脑不能用，写字只能改为手工操作。但朝北的黑水斋像一间天然桑拿浴室，手臂放在稿纸上，没多一会儿就湿了一大片。窗外的云时聚时散，做出一副将要下雨状，可是只听说外地哪里发了大水，哪里刮了龙卷风，而我们头上的那片云还是那样不死不活的沉闷。既然写不成字，就去读书吧，但是久久徘徊在自己的书架前，竟生不出一点读书的好心情。平时自以为深刻，尽买一些厚重的书，这会儿用手端着也觉得累，而薄一点轻一点的书，现成的只有两套：一套鲁迅的书，还是20世纪70年代没有注释的单行本；另一套周作人的书，岳麓版的单行本，都是虽然薄读起来则不轻的文字。想了一想，还是取下了鲁迅的杂文集。

现在谈鲁迅也似乎讨人嫌。大约在一个讲消闲、宽容、费厄泼赖的时代里，人们只能把落水狗当作宠物养起来，而像鲁迅这样专讲打落水狗的人只要多至五十个，就有人来惊呼：哎哟，我的天！在一个十二亿人口的社会里，有五十个鲁迅就要呼天喊地，可见不受欢迎之极。但这还是客气的战法，更有人跑出来说：你们要学鲁迅吗？鲁迅也很"聪明"呀！他不仅做过北洋政府的官，还住过半租界，拿过日本特务的经费出自己的书——虽然最后一条的根据是"台湾一些书中诽谤性的说法"。说这话的王朔先生很费厄泼赖地表示，鲁迅虽然很聪明，但不妨碍他的伟大。我相信王朔说这话未必是反讽，也许他还真心羡慕，鲁迅怎么既能"聪明"地做官拿日元，又能无损其伟大。所以当我读到《鲁迅研究月刊》上有人撰文驳斥时，反倒觉得有点迂，至少不该破了王朔先生意识深处里的梦。因为若以"聪明"论人，王朔先生乃真聪明，他曾以市井口吻骂人骂世，既获得知识分子的看重，又获得普通市民的青睐，可惜这种骂人骂世的真意，只在小聪明的境界上；缺的正是更高境界的风骨理想，也许现在的聪明人正对着这种境界嗤之以鼻，但鲁迅，实实在在的，他的伟大并不是因为他的"聪明"（不管聪明不聪明，鲁迅都有权选择他自己认为合适的生活方式和立言方式），而正是来自这种为今天的聪明人所不齿的风骨和理想。

比如说鲁迅的骂人吧，确实是惹人讨厌的，不但当时的正人君子深恶痛绝，今天讲宽厚的长者或少者也常常不以为然，认为如今文坛纷争正是其谬种流传。其实套一句老话：使无公在，不知有几人称帝称王。正因为有了鲁迅的骂人骂世，才照出了种种鬼魅者的原形，使后来那些又做婊子又想立牌坊的混混儿感到了作伪的困难。同样，鲁迅也写过"消解崇高"的文字，如那首打油诗："大家去谒灵，强盗装正经，静默三分钟，各自想拳经。"鲁迅说这首诗来自南京民谣，而谒灵，在民国时代大约可以算作最崇高的事情了，这与王朔先生用顽主的态度来消解伪崇高伪理想有相似的地方，这也是王朔学到了鲁迅"聪明"的地方，但接下来呢？王朔先生的骂世背后，只不过是顽主们的无赖，而鲁迅的民谣中却耸立起知识分子的伟大批判精神。"聪明"或许可以理解为一种处世立言的策略，但如果一味地陶醉在小手段小成功的聪明里沾沾自喜，不但顾不得向更高的境界追求，反而害怕、嘲笑、厌恶别人向更高境界追求，那就变得很不聪明了。

鲁迅从未认为自己的文章应该不朽，但他很明白，只要他所针砭的社会现象、文化现象不消亡，那他的文字就永远会被人所爱或所憎。他早就说过，《三国演义》《水浒传》至今流传，那是因为社会还有三国气水浒气的缘故。那么，在今天我从书架上取下鲁迅的书来读的时候，掠过心头的真不知是悲是喜。

读鲁迅的杂文似乎也需要一些心情。比如现在，被鬼天气热得有气无力而想发发牢骚又找不到对象的时候，是读鲁迅的最佳时刻，本来，在良辰美景、花好月圆下读鲁迅未免自讨没趣，在春风得意、财大气粗时读鲁迅，也会生出一点的错觉，以为鲁迅真是盛气凌人的"英雄"。记得小时候念过一篇语文课本，说有人问鲁迅鼻子为什么长得扁，鲁迅说，大约是碰壁太多的缘故。

先是以为鲁迅说话幽默，后来读了鲁迅的传记才知道是苦涩，鲁迅一生几乎是在失败中度过的，从个性上说，他是毫无英雄气的：20世纪20年代他对一副"创造"脸的创造社人唯恐避之不及；在1927年的大屠杀中又被吓得目瞪口呆；30年代以来，在国民党的文化专制政策的高压下、在一群叭儿狗似的文痞追逐下以及同一营垒的战友明明暗暗的中伤下，真是心力交瘁。只要想一想，连徐懋庸这样乳臭未干的毛头小青年都敢上门去教训他，还有什么英雄气可言？读着那些短短的杂文，无论称颂它们是匕首也罢投枪也罢，都像是一个不停地追求、探索的生命不断被逼入绝境，一次次划过粗粝的陡壁时发出破碎的摩擦声，每发出一声，生命就损伤一次。只活了五十多岁的鲁迅，就是这样将生命留在了他的那些看似骂人的文字里。只有懂得这种在强权、无耻和怯懦的环境中生活并决心与之搏斗的人，才能真正地理解高贵生命的痕迹价值所在。

鲁迅的文字，实在与胜利者无缘，与强权者无关，与投机者无情。那些愤愤不平的尖锐文字，本来是失败者不甘示弱地抗争，后来一旦被权力在握者利用，那又当别论了。现在不明历史的年轻人对鲁迅的全部知识均来自那个大革"文化命"的年代，在那个年代里，鲁迅被权力者渲染得异常可怕，被鲁迅骂过的人，个个都陷入万劫不复之中，比如像"四条汉子"；可是被鲁迅称赞过的人呢？比如胡风、巴金，似乎也没有因此逃过了迫害。但这种打鲁迅牌的闹剧产生了恶劣后果，就是让今天的年轻人误以为，凡是被鲁迅骂的人，都有点委屈，都值得同情以至推崇。他们根本就不了解，鲁迅是在怎样困难的背景下才发出这诅咒声的。

比如说章士钊吧，他早年和后来确实做过许多值得称道的事情，不说早期的"反满革命"，就以20世纪30年代以大律师身份在国民党法庭上为里外不是人的陈独秀辩护一事，其义胆侠风就足以使半个多世纪以后的人吓死愧死，所以，在平庸时代里的良民是没有资格批评章士钊这样的文化伟人。但我还是想说明一下，尽管章士钊保护陈独秀一案值得名垂青史，尽管后来他成了菊香书屋的座上客，甚至他当教育总长时在女师大学潮一案中是否光彩也可以暂且悬置起来，可是，他与鲁迅的那场官司，错的仍然是他。当时章是教育总长，鲁迅是教育部佥事（也就是从陈源到王朔咬住不放的"做官"），章是鲁迅的顶头上司，两人的冲突一开始就处在不平等的位置上。且不说学生运动是否应该支持的曲折是非，女师大的学潮起先并不激化，周旋于学生与教育部的也不是鲁迅而是周作人，但章于4月到任，5月即激化了学潮，他支持女师大校长杨荫榆整顿校风、开除许广平等六名学生自治会干部，这才有了鲁迅等七教员发表宣言反对杨校长的做法，但鲁迅还是采取了合法的斗争方式，只做些代学生草拟教育部呈文和发表宣言之类的事，章士钊则利用手中的权力将鲁迅免职，以断绝鲁迅的生活来源。以后引出一系列的官司，只能说是章咎由自取。鲁迅曾起诉章士钊将他"无故"免职，章辩护说是有"故"的，但到底什么"故"却支支吾吾说不清楚，这在精通法律的章来说也是破天荒的事。其实"故"自然是有的，不过不好说出口而已，其故之一是鲁迅支持了学生运动，别的教员他管不了，鲁迅是他属下的佥事，自然觉得好欺，但鲁迅当时所做的都是公开的合法的斗争，他抓不住什么把柄；其故之二，就更上不了台盘，鲁迅当时虽然不满章士钊的做法，却也可能有所顾忌，并无直接批评章的文字，只在一篇随笔里，拿他的名字开了个玩笑。起因是有家报纸发新闻时将章士钊的"钊"字错印成"钉"字，鲁迅借题发挥，回忆以前读书时有个教员将学生名字里的"钊"字错念成"钧"，引起学生嘲笑而开除学生的事，文章写得很含蓄，但隐约地表达了对章支持杨荫榆开除学生的不满。章本来也经历过大风大浪，应该是个豁达的人，可是一朝权在手就变得不那么费厄泼赖了，为一篇略有不敬的文章而眦眦必报，也足见其人胸襟的狭小，再公报私仇敲掉对方的饭碗，为人如何就更加可见一斑。

虽然套用王朔先生的话，章士钊并不因此而影响其一生的伟大，但反过来也不能因为其一生的伟大而掩盖了他在女师大事件上的错误。现在人们只看到鲁迅被免职后发出的怨毒之音而不见章士钊的玩弄权术，还以为他只会研究柳宗元，或者只是在伟人过生日的时候陪着聊聊天，那可就错了。

在鲁迅的笔底下，骂得最惨的大约是"叭儿狗"这个词。起先是用来骂《现代评论》上说"闲话"的陈源，后来是泛指各种各样向官家献媚的帮闲文人。

在《论"费厄泼赖"应该缓行》里，鲁迅这样形容这种动物：它虽然是狗，又很像猫，折中，公允，调和，平正之状可掬，悠悠然摆出别个无不偏激，唯独自己得了"中庸之道"似的脸来。……所以应该先行打它落水，又从而打之。这种描述可谓是借题发挥，对狗来说是不公平的，鲁迅对陈源恨之入骨，怎么骂都可以，但不必殃及不识字也不会提抗议的叭儿狗。

　　至于陈源与鲁迅的一场公案，倒是值得再说说。近年来随着女作家凌叔华落叶归根和《西滢闲话》重新出版，陈源的名字又开始被人注意起来。此人自幼在英国读书，1922年才26岁学成归国，担任北京大学的外文系教授，又是留英学生主办的《现代评论》周刊的骨干，以写"闲话"而著名。1929年出任武汉大学文学院院长，几年后赴欧洲，长期担任国民党政府的外派文化官员。作为一个自由派知识分子，陈源可能在英语教育和中外文化交流方面有着独特的贡献，但说到文学方面，能在文学史上留下来的，也就是一本《西滢闲话》和两三种翻译。其实像这样偶然在文坛上客串一下的教授并不少，如果不是曾与鲁迅有过一番恶战，恐怕早已被治文学史的人遗忘。可是前不久偶尔听到一个说法，说有人问及陈源后来为什么没有创作，陈源回答是被鲁迅骂得伤了心，决心远离文坛了，似乎他写不出东西倒应该由鲁迅来负责。陈源1970年死在英国，那时中国正忙着"搞革命"，大约也不会真有人去英国与陈源谈创作，这个说法多半是好事者想当然编出来的。且不说陈源与鲁迅吵架时除了几篇闲话并无创作，也不说鲁迅虽然是陈源死敌但仍然对他太太凌叔华的创作甚加好评，仅以当时双方的对骂而论，吃亏的仍然是鲁迅。如果说到被骂得伤了心，也应该是鲁迅而不是陈源。

后来因为要神化鲁迅,总把鲁迅说得所向披靡,其实鲁迅与人干仗也有受伤的时候,与陈源战就是一个例子。鲁迅是绍兴人,素有刑名师爷的传统,为文老辣尖刻,锐如寸铁杀人;而陈源是无锡人,此地亦有诨名,即刁无锡恶常州之"刁",他写的"闲话",文句正与古奥难读的章士钊相反,是软绵绵、糯笃笃的标准江南白话,但读起来弦外有音,绵里藏针,有点阴丝丝的味道。这两人的文字撞在一起,可谓是棋逢敌手,如果今有好事者编一本《文坛相骂集》,把他们的文章编在一起让人来读,一定十分好看。我有一位朋友写了研究陈源散文的文章,花大篇幅去介绍闲话里有哪些反帝反军阀的言论,其实是不必的,看陈源的闲话就是要看他阴丝丝地嵌在字缝里的"骨头",这点本事在女师大学潮的论战里就充分表现出来。

女师大学潮刚开始时,矛盾的焦点是学生反对校长的教育方针。待到杨荫榆开除六名学生,引出七教员的宣言反对杨校长,这时与杨荫榆有同乡之谊的陈源出来说话了。他先摆出与己无关的模样说"女师大的风潮究竟学生是对的还是错的,反对校长的是少数还是多数,我们没有调查详细的事实,无从知道"。这自然显得很公平,然后又说,女师大现在闹得太不像话,"旁观的人也不能再让它酝酿下去,好像一个臭茅厕,人人都有扫除的义务"。(注意:这里把女师大比作"臭茅厕"的轻薄比喻,也是陈源的典型语言,正如传言他私底下敢说"现在女学生都可以叫局"。)那么,如何扫除呢?他笔锋一转指向了刚刚发表的七教员宣言:"以前我们常常听说女师大的风潮,有在北京教育界占最大势力的某籍某系的人在暗中鼓动，可是我们总不相信。这个宣言语气措辞，我们看来，未免过于偏袒一方，不大平允……这是很可惜的。我们自然还是不信我们平素很尊敬的人会暗中挑剔风潮，但是这篇宣言一出，免不了流言更加传布得厉害了。"这是典型的陈源战术：先说自己公允，可惜别人偏袒，然后把一场学潮歪曲成浙江籍教员与无锡籍校长的派系之争，暗示学生背后有人唆使，有长胡子的后台。这不但把鲁迅、周作人等教员一网打尽，还栽赃栽到了前任校长许寿裳身上。更妙的是，明明是他在散布这种流言，却装出一副悲天悯人的样子，一而再再而三地声明自己不相信这个自己造出来的流言。后来"文化大革命"中凡学生中间出了事，总要在教师中找后台，抓长胡子摇鹅毛扇的人，大约正是从这儿沿袭来的老谱。但陈源的"阴丝丝"也正表现在这里：他只向权力者提供了一个抓长胡子的思路，而捏造的证据却是用相反的方式传递出来，一面说一面又大摇其头：不相信呃不相信。万一以后冤案昭雪，他又会说：我早就不相信呃不相信。

　　这还不至于对鲁迅有所伤害，更刁毒的是陈源的另一篇闲话《剽窃与抄袭》，文章里阴阳怪气地说："我们中国的批评家有时实在太宏博了。他们俯伏了身躯，张大了眼睛，在地面上寻找窃贼，以致整大本的剽窃，他们倒往往视而不见。要举个例子么？还是不说吧，我实在不敢再开罪'思想界的权威'。"这番话的背后自有文章，陈源早在私底下散布流言，说鲁迅的《中国小说史略》是抄袭了日本盐谷温教授的《支那文学概论讲话》中关于小说的一部分。当然这种流言是不能落在文字里的，所以一面用"整大本的剽窃"来诬陷，一面又故作神秘欲言又止，暗示出"思想界的权威"。万一鲁迅追查起来，又抓不住任何把柄打不了官司。这个流言才是对鲁迅有致命伤害，直到十年后，《中国小说史略》被增田涉译作日文出版，鲁迅还耿耿于怀地说："'男盗女娼'，是人间大耻事，我负了十年'剽窃'的恶名，现在总算可以卸下，并且将'谎狗'的旗子，回敬自称'正人君子'的陈源教授，倘他无法洗刷，就只好插着生活，一直带进坟墓里去了。"从其怨毒之深足见其受伤害之深了。

只有了解了鲁迅在与人论战中常常处于劣势，常常受到伤害，才能了解鲁迅为什么在骂人的时候总是那么狠辣决绝，那么不留情面。大凡在战斗中获胜的一方总显得比较有风度，有雅量，更有心情来讲费厄泼赖；而让失败者受伤害者也来讲宽恕和雅量，那只有佛和耶稣那样的宗教家才做得到。而鲁迅不信宗教，他垂死的时候依然宣布：我不宽恕！

然而鲁迅的魅力也确实在这儿。他似乎也知道自己文字的使命在于抗争一切对他的伤害，不管这种伤害来自哪方。他曾很自负地说过："我自己也知道，在中国，我的笔要算较为尖刻的，说话有时也不留情面。但我又知道人们怎样地用了公理正义的美名，正人君子的徽号，温良敦厚的假脸，流言公论的武器，吞吐曲折的文字，行私利己，使无刀无笔的弱者不得喘息。倘使我没有这笔，也就是被欺侮到赴诉无门的一个；我觉悟了，所以要常用，尤其是用于使麒麟皮下露出马脚。"读鲁迅的人大凡都能读到这股凝聚在文字里的怨气,正是这股发自丹田的怨气构成了鲁迅杂文的特殊的力度。鲁迅也深深珍爱这股属于他自己的气,他一面嘲笑人们以"公理"维持者自居的荒唐,一面也不断警惕人们对他这股怨毒之气的利用。这就是他为什么在支持了孙伏园办《语丝》后,当孙得意地把他比作"炸药"时他会那样的生气;为什么他会断然拒绝李立三要他用真名发表文章骂蒋介石的要求;还有,为什么在他生命后期会与周扬等左联领导人的关系搞得那么僵。

到上海以后,鲁迅的生活环境和写作环境有了很大变化,使他的这种个人性极强的战斗经受了考验。王晓明兄的《无法直面的人生——鲁迅传》[1]里相当深刻地描写了鲁迅晚年的心理状况:孤独、易怒、猜疑和绝望。这种心理变化不仅仅是一个老人的生理衰退所致,更多的是来自外界社会的压迫。现在经常听人提起这样的问题:假如鲁迅活到解放以后会怎样怎样。其实这是用不着操心的,因为旧中国这块可恶的土地根本就没有让鲁迅活到解放以后的可能。只要稍稍翻一下鲁迅在20世纪30年代的书信,就不难看到他是在怎样的环境下生活。国民党一党专制下的上海远比北洋军阀时期的北京恶劣恐怖,鲁迅与章士钊战,与陈源战,虽然战得苦烈,终究还是个人与代表权力的个人之间的对垒。章士钊虽会弄权撤鲁迅的职,但一经打官司,法院还不得不判鲁迅胜诉。到了国民党时代,鲁迅的对立面成了整个政权,王平陵等

---

1 王晓明:《无法直面的人生——鲁迅传》,(台北)业强出版社1991年。

人只是权力的一个符号，许许多多叭儿狗式的文人也都是面目不清的符号，成了政权下的一道道阴影。鲁迅不仅无法与政权打官司，而且代表着权力的法律与屠刀一起会主动打上门来，逼着他东藏西躲、神经过敏。试想一下，一个人整天处于特务的监控、盯梢、威吓之中，过着半地下的幽闭生活，他的书被查禁和销毁，他的文章即使用了笔名发表仍然受到粗暴删改和攻击，他的书信刊物在邮局里被没收和检查，与他接近的书店和杂志社被警告和恫吓，他的朋友（甚至年纪比他轻的朋友）一个个莫名其妙地失踪或者公开被枪杀，还有关于他的谣言又不停地流传……这让一个生着重病又需要用笔写了文字去换钱来养家糊口的老人，能不陷于疑神疑鬼、孤独易怒的精神状态么？如果他不是这样以极端的形式挺身出来作狮子吼，那么，他明白地意识到他也只能"赴诉无门"了。

鲁迅曾经愤怒地揭露国民党的官方意识形态的凶残，他说：统治阶级对文艺的积极的建设，就是派了上海市的一位政府委员和一位警备司令部的侦缉队长去当文艺刊物的主持者。这大约是指民族主义文学刊物《前锋月刊》和《前锋周刊》用了朱应鹏和范争波当编辑和撰稿人。其实朱应鹏是画家，多少尚能画几笔，范的专业虽是在侦缉队里抓人，还是能写个把长篇小说和翻译外国作品，至少算个业余文学爱好者，而且他们不过是把持了一两个刊物提倡和宣扬自己的货色，还没有坏到靠打小报告和告密卖人血。到了官方提倡的民族主义文学作品没有人读，卖身投靠的文痞一露脸就臭的时候，像范争波这样的侦缉队长兼业余文学爱好者也找不到了，那只有赤裸裸的流氓用铁锤来敲书店的橱窗玻璃或者赤裸裸的手枪来要你的命了。

不知道现在讨厌鲁迅骂人的人有没有了解这些背景，不过这也许是一种苛求，在一些据说是"怀旧"的电影里，20世纪30年代的上海到处是黄包车、铜盆帽、烟花女子、拆白党、红头阿三、安南巡捕、花园洋房、梧桐树、"好花不常开"等怪胎的辉煌，即使恐怖也是黑社会里老大和老二抢一个妓女的恐怖，难怪读起鲁迅的书，就以为他一个人在这么令人陶醉的东方"魔都"里呼天抢地似的骂大街。真不会幽默！

鲁迅在20世纪30年代的一些骂人文字里，骂得最有意思的是骂国民党的图书杂志审查委员会。这个官方控制意识形态的文化机构寿命不长，但联系其从成立到倒闭的前前后后过程，是很好玩的故事。

本来国民党的文化官员多少也有几个留洋学生，会涂鸦几笔字画，风流几个女人，像个文化人的模样。他们当然也有检查书报的责任，但有时是将手里的屠刀当作达摩克利斯剑高高地举在那儿，让书店老板、书报编辑以至作者一个个都吓得腿肚子发软。鲁迅曾经不无讽刺地说过："一个朋友说，现在的文章，是不会有骨气的了，譬如向一种日报上的副刊去投稿罢，副刊编辑先抽去几根骨头，总编辑又抽去几根骨头，检查官又抽去几根骨头，剩下来的还有什么呢？我说：我是自己先抽去了几根骨头，否则，连'剩下来'的也不剩了。"但这只是一种理想境界，事实上那时的知识分子还没有经过后来的政治运动，还没有学会自己改造自己，鲁迅当然是不会抽去自己的骨头，编辑们（如《自由谈》的黎烈文等）也没有抽掉文章的骨头，那些检查官本来想学学陈源的"阴丝丝"，既抽了人家的骨头又不负具体责任，可这样一来就得挨板子了。于是只好从后台走到前台，这就有了1934年3月的"中央党部禁止新文艺作品"的目录，禁的全是左翼作家的作品。鲁迅为了保存这份难得的现代文学史的第一手资料，让国民党的嘴脸永远钉在中国文化的耻辱柱上，就将这份被禁书目抄在他的《且介亭杂文二集》的后记里。其实国民党在20世纪30年代查禁的图书远不止这一次，这在有关资料文献里早有记载，这里姑且不说，有趣的事还在后面。因为凡被查禁的图书，都是当时最畅销的书，书店老板要靠这些书来赚钱，报刊要靠这些左翼知识分子的名字来吸引读者，总不能为了党国的利益大家都饿肚皮。于是就有人提出，干脆，由官厅来负责审查图书和报刊，在文化专制政策下，与其让书店老板和编辑来做难人，还不如建立起一个游戏规则，让官方自己来承担这个责任。这在当时只是一个道听途说的传闻，由鲁迅把它记在书信里，到底有没有这回事还得找到证据才行，但国民党的"图书杂志审查委员会"确实是成立了，时间是1934年5月25日。图书审查人员不仅仅有烫卷发抹口红的摩登女郎，到底也有几个真懂文艺、专会挑"骨头"的猎犬，比如那位写新感觉小说而出名，后来被国民党一系特务派去做汉奸，又被国民党另一系特务真当作汉奸暗杀掉的小说家穆时英，就当过其中一名审查官。

鲁迅在书信和杂文里不止一次地表彰那些文化鹰犬效忠主子的丰功伟绩，这也不必多说。有意思的是，鲁迅在一段论述里居然对这些检查官表示了同情和理解，他说："至于审查员，我疑心很有些'文学家'，倘不，就不能做得这么令人佩服。"那么，这些"文学家"为什么不好好地写文学作品，而要去干这种特务勾当呢？鲁迅不无"谅解"地说，他们大约也是为了"饭碗"吧："要吃饭也决不能算是恶德，但吃饭，审查的文学家和被审查的文学家却一样的艰难，他们也有竞争者，在看漏洞，一不小心便会被抢去了饭碗，所以必须常常有成绩，就是不断的禁，删，禁，删，第三个禁，删。"每当我读到鲁迅的这段议论，总会禁不住发笑，在重复读"禁""删"这两个字的时候，眼前总要浮现出检查官一副疲惫不堪的怪模样，一面机械地读着密密麻麻的书稿，老眼昏花，一面用颤抖的手握着红笔乱涂乱画，那些左翼理论和名词他们又看不懂，但看不懂也要装着懂，平心而论倒不是真的效忠党国防止洪水猛兽，只怕是螳螂捕蝉黄雀其后，再被人参上一本敲掉饭碗。鲁迅幸灾乐祸地引用了国民党《中央日报》上关于"中央图书杂志审查委员会工作紧张"报道中的材料，说"平均每日每一工作人员审查字（数）在十万字以上"，工作量确实是相当的大，一天下来，这些两眼发黑的审查官一定会用手捂着隐隐发痛的胸口，像旧京剧里的蒋干那样，如怨如诉地说：曹营里的那口饭真难吃。

不过这口难吃的饭到底也没能吃得长久，一年后，因为《闲话皇帝》事件惹翻了"友邦"，审查委员会的机构终于以"失责"罪被撤销，时间是1935年7月8日。

初刊北京《鲁迅研究月刊》1996年第9期

三论鲁迅的骂人

一点说明

本文之所以要用"三论"做题目,是因为笔者在前几年曾经做过《鲁迅的骂人》和《再论鲁迅的骂人》两组随笔,都是有感而发。第一篇写于1991年底,那时软性读物流行一时,梁实秋的小品与情书改变了人们原来从教科书里获得的"乏走狗"的印象。鲁迅一生积怨甚多,宿敌成行,其中最负恶名的是梁实秋,如今最被人同情的也是梁实秋。我于是作了一点文字,重提这个旧公案,为了说明人们已经忘记了当年鲁迅痛斥梁实秋为"乏走狗"的真正原因,是因为梁实秋在文章里暗示了对方是拿卢布津贴的共产党,这就有了想借当权者之刀来镇压对手的嫌疑。其实这也不是从梁实秋开始的,自林纾写《荆生》起就包藏了这样的祸心,也算是中国现代文人的一种内功。那篇短文以"梁实秋活该"为结语,很使有些厚道的朋友以为是伤了忠厚,然而对我来说,这一声"活该"却成为一个题目,诱惑我去探询历史上某些被遗忘的黑洞。但是这个题目我做得并不顺利,倒也不是那些被骂者不那么"活该",只是在太平盛世中要去回想一些恐怖记忆,不但需要环境的刺激,也需要一种心境来感应,环境与心境的错位常常使我写不出一个字。所以第一次研究"鲁迅的骂人",就在接着写了一篇谈国民党御用文人王平陵的"官话"以后罢笔不辍。两篇短文合在一起,用了《鲁迅的骂人》作为标题收进我的编年体文集《羊骚与猴骚》。几年过去,大约是1996年春夏之际吧，社会上开始流行起宽容与多元，舆论似乎又波及鲁迅提出的"费厄泼赖应该缓行"的名言，有人把鲁迅描述得很可怕，以为中国如果出了五十个鲁迅，那就不得了！仿佛中国的宽容局面将被这位一生都在追求精神自由的知识分子所毁灭。对于这种颇为蛊惑人心的说法，我是不以为然的，于是又写出了一组再论"鲁迅的骂人"的随笔。我想说明的是，纠缠鲁迅一生的骂人与被骂的事件中，受伤害最烈的恰恰是鲁迅本人，只是时过境迁，那些争论的背景与环境都已被人遗忘，唯留下了鲁迅独战无物之阵的身影，事情就朦胧起来。就像是两个人打架，你一拳我一脚旁观者看得清清楚楚，但忽然将其中一个做隐身人处理，虽然拳脚犹在，但人们能看见的，只剩下另一个人单方面地舞动拳脚，判断自然就容易出错。这组随笔谈了鲁迅与陈西滢、章士钊以及20世纪30年代民族主义文学和图书杂志审查委员会的斗争，我忍不住地说："试想一下，一个人整天处于特务的监控、盯梢、威吓之中，过着半地下的幽闭生活，他的书被查禁和销毁，他的文章即使用了笔名发表仍然受到粗暴删改和攻击，他的书信刊物在邮局里被没收和检查，与他接近的书店和杂志被警告和恫吓，他的朋友（甚至年纪比他轻的朋友）一个个莫名其妙地失踪或者公开被枪杀，还有关于他的谣言又不停地流传……这让一个生着重病又需要用笔写了文字去换钱来养家糊口的老人，能不陷于疑神疑鬼、孤独易怒的精神状态么？如果他不是这样以极端的形式挺身出来作狮子吼，那么，他明白地意识到他也只能'赴诉无门'了。"这些话我在今天边抄边读，似乎犹嗅到历史的血腥味。不过这以后，研究鲁迅骂人或被骂的论说渐渐多了起来，有关的资料集出版了好几种。在我手边的，就有《恩怨录：鲁迅和他的论敌文选》和《被亵渎的鲁迅》两种[1]，当然还有别的。我做文章的习惯是，某题目一成显学便不再参与议论，也就匆匆收摊。

又过了几年，鲁迅再一次成了热门话题。这回是《收获》杂志推出"走近鲁迅"的栏目引起的。本来，要走近"鲁迅"只能是走近一个平凡而真实的鲁迅，而不是以往政治权威借助钟馗打鬼的工具鲁迅，也不是现在高高端坐在虹口公园[2]里接受儿童献花的偶像鲁迅。在世纪交替之际，中国的文化遗产最重要的是什么？应该如何去接受和继承这笔遗产？这是每个文化人都应该认真思考的问题，我有时候总会情不自禁地感到庆幸：幸而中国20世纪文学有了鲁迅，就如欧洲的20世纪文学有了卡夫卡。后者在高度发达的现代文明中真实地感受到了压抑与绝望，而前者对本国精英们梦寐以求的西方现代化的样板抱着深深的疑虑。似乎只有鲁迅才敢说："有我所不乐意的在天堂里，我不愿去；有我所不乐意的在地狱里，我不愿去；有我所不乐意的在你们将来的黄金世界里，我不愿去！"一种哪儿也不向往，没有第二的空间也没有第二的时间，就只是牢牢地粘在现实的土地上，与种种鬼魅死缠烂打，并由此升腾起中国知识分子的良知与灵魂。这样的鲁迅，也就是在这样的国度里才可能成长起来。中国的文学长河，

---

1 李富根等主编：《恩怨录：鲁迅和他的论敌文选》，今日中国出版社1995年；孙郁编：《被亵渎的鲁迅》，群言出版社1994年。
2 现改为鲁迅公园，在上海市虹口区。

因为处于这时代普遍的尴尬里，分支多而涣散，但鲁迅所开拓的，恰恰是本色然而也是坎坷的一条航道。鲁迅从来没有把自己当作真理的化身为读者指点迷津，相反他总是以自己的困惑和内心痛苦来现身说法，揭示认识中国前景之困难。所以今天的中国还需要鲁迅，不是因为鲁迅曾经在历史上发挥过作用，恰恰是在今天，鲁迅的精神（包括他的困惑和迷茫）依然是帮助当代知识分子认清中国社会的本质以及中国人的生存环境的重要依据。可是我不能不遗憾地看到，鲁迅研究领域确实有许多所谓的研究者正掮着莫名其妙的"维护鲁迅"的大旗，把鲁迅继续定格在一种符号的框子里，使他与现实隔离开来。我一直不明白我们的专家为什么不能接受一个因丰富生动而说不尽的平民鲁迅？如果普通大众（包括知识分子）不能七嘴八舌地任意议论对鲁迅及其作品的好恶，那么，怎么使今天的大众（包括知识分子）来关心鲁迅和接近鲁迅？又怎么使鲁迅从高高的政治偶像的框架里走下来，走进平民社会，来继续倾听和表达乘凉闲话中的阿金们的家常哀乐？

　　我不喜欢也不赞同王朔、冯骥才两位先生的言论，作为一名研究中国现代文学的专业人员，我看到的是作家们不够严谨的自由发挥和故作惊人之谈，但他们并无恶意，只是很坦然地说了自己对鲁迅思想和作品的理解。如以作家最低限度的言论自由而论，他们也有表示自己对鲁迅的看法的权利；如以杂志的编辑艺术而论，开设一个旨在更有效地普及鲁迅精神的栏目，即使以标新立异之说，以期引起读者界的注意，也是理解之中的事情。如果一味发表那些研究鲁迅的学术论文和颂扬之词,已经汗牛充栋,还需要《收获》这样一家文艺性杂志来做什么?记得几年前王朔明知故犯地在北京一家报纸上传播鲁迅拿日本人津贴的谣言,似乎也没有今天那样引起鲁迅专家们的愤怒,我当时写《再论鲁迅的骂人》正是有感于学术界的麻木迟钝而发的。不过我以为学术界的争论应该通过正常的学术批评来展开。现在的文人除了林纾、梁实秋那一招内功外,又添了新招,就是利用传媒去炒作。我翻看了前些时候的许多报纸杂志,都把正常的学术活动炒成沸沸扬扬的运动,又是声讨会又是发通电,剑拔弩张,搅得周天寒彻。也曾有一些记者朋友来采访过我,要我发表看法,都被我拒绝了,我始终觉得学术研究到头来总该是寂寞的事情,又何必要搞得像赶庙会那样热闹?

如果说,中国社会的奇特政治一度把鲁迅当作打鬼的钟馗来使用,那是因为鲁迅像钟馗那样,确实有过与各种鬼魅做殊死搏斗的经历与业绩,但是,后人因此而把钟馗涂抹成面目狰狞的神明来唬人,不准别人议论,或者,干脆宽容到把钟馗扫地出门而与鬼魅们称兄道弟握手言欢,那么,后人似乎也沾染鬼魅气了。于是,我又动起写关于"鲁迅的骂人"的念头,没有别的意思,只是想继续探究一下,鲁迅在他那时的生活环境中是如何骂人和为什么要骂人。七年前,我在《羊骚与猴骚》的序言里说过当时的写作计划:"关于鲁迅骂人的一组,本来想好八篇,计谈梁实秋、王平陵、章士钊、成仿吾、周扬、徐懋庸、新月派和现代评论派,想探讨一下鲁迅为什么骂人以及中国文人性格中的缺陷。

结果才写了两篇，风气忽然大变，原来的心情不知不觉消失了，再也写不出那样曲里拐弯自以为得计的文字，于是这组系列也就中断。"几经捡拾，现在这个题目只剩下计划中的成仿吾、周扬和徐懋庸三题了。这回总算是勉强做完，将前后连贯起来，可以称之为"三论"。

成仿吾

也不是鲁迅对创造社的人都有偏见，但他不喜欢成仿吾确是事实。新文学社团在成立之初，几乎都有一套齐全的班子：诗人、小说家，还有一个批评家。创造社异军突起的时候，成仿吾就充当了那个批评家的角色。他天性好斗，写了一篇《诗之防御战》，把五四新文学的主将全得罪了，用郭沫若的话说，他是一阵"黑旋风"（也就是今天所谓的"黑马"）。他还写过一篇批评《呐喊》的文章，说鲁迅的小说集可以分成两部分，前半部分是"再现"的艺术，后半部分是"表现"的艺术。创造社早年推崇"为艺术而艺术"和浪漫主义，很鄙薄自然主义式的写实方法。在创造社的词典里，"再现"即自然主义，就是没有想象力，鲁迅前期大部分的小说，如《狂人日记》《阿Q正传》等全属于这一类；而"表现"才能体现主体性对创作的介入，才是真正的艺术，以此推理，《呐喊》里真正能"进入纯文艺的宫廷"的唯有神话小说《不周山》。还有，作为批评家的成仿吾思路相当奇怪，比如他称赞《端午节》这篇小说，却要特地说明："他（指鲁迅）那想表现自我的努力，与我们接近了，他是复活了。"似乎在暗示鲁迅是受创造社的影响才有了进入"艺术之宫"的机会。但是我想，这些批评虽然荒唐仍不失为一家之言，还不至于会引起鲁迅的特别反感，虽然鲁迅一再嘲笑成仿吾的"纯艺术"的观点，并在《呐喊》再版时半是赌气半是恶作剧地删去了《不周山》；虽然据郭沫若说周作人曾经刻薄过成仿吾是"苍蝇"（周作人早期在小诗与散文里确实都写过苍蝇，至于是否影射成仿吾一说，却也拿不出具体的证据）。

即使是鲁迅嘲笑成仿吾的"把守纯艺术之宫"，也不是在成仿吾做批评家的时候，而是在他成为"革命文学"论者以后。成仿吾是个老实人，他一旦投靠了谁都会死心塌地效忠主子：他第一次批评鲁迅的小说不够"艺术"，自以为是效忠于"艺术宫廷"。他第二次批评鲁迅是在1927年初，正在效忠于广东革命政府，当时郁达夫曾写《广州事情》敏锐觉察到广东的新军阀势力，而他却一片赤诚地写了《完成我们的文学革命》，把五四新文学老将鲁迅、周作人等一网打尽，罪名是"趣味主义"，而且把他们归入"讨赤的首都"派（也就是北伐的对象），其用心极为良苦。但是几个月以后，国民党发动清党，成仿吾改换门庭，从日本搬来了一批日共福本路线的追随者，开始了"革命文学"的鼓吹——思路却是一样，第三次把鲁迅当作了一块"资产阶级"的老石头，要用"十万两无烟炸药"去轰炸。三次转向，每次都是拿鲁迅的人头开刀，以示对新主的忠诚，这也是令人深思的怪现象。

读鲁迅对"革命文学"论者的答辩文章《"醉眼"中的朦

胧》和《我的年纪气量和态度》，只觉得鲁迅失去了昔日与西滢战、与长虹战时的凌厉风格，语气里充满了委屈和不解，还夹杂了对未来的恐惧。本来，鲁迅携眷从广州来上海定居，还想与在上海的创造社诸人（郑伯奇、郭沫若等）联手恢复《创造周报》，这显然是放弃旧嫌，共同对付国民党新军阀势力的良策。那时一定是成仿吾去日本搬兵的时候，等到兵搬来了，新的理论也搬来了，他们认定时代已经进入了无产阶级领导革命的新阶段，因此文化上也应该来一个无产阶级的新"五四"。当他们靠一套从日本贩过来的"革命文学"理论建立了新的话语权，老石头就理当搬掉。于是，非但"联合"没了下文，还要教训、批判、辱骂："有闲阶级""落伍者""资产阶级""封建余孽""法西斯蒂"……呜呼！鲁迅几乎没有正面与"革命文学"论战，他只是反复揭露创造社"前年招股本，去年请律师，今年才揭起'革命文学'的旗子"；进而揭露成仿吾"总算离开了'艺术之宫'的职掌，要去'获得大众'，并给革命文学家'保障最后的胜利'"。这样的资料排列对今天不了解文学史背景的读者来说真是不知所云，而鲁迅却命中要害地打击了那种吕布式的投机善变和"极左倾的凶恶的面貌"。鲁迅尖锐地发问："倘若难以保障最后的胜利，你去不去？"过了三年，鲁迅的心态稍稍稳定，但他对成仿吾依然耿耿于怀。在一次著名的讲演中，他又提到了成仿吾："好似革命一到，一切非革命者都得死，令人对革命只抱着恐怖。……这种令人'知道点革命厉害'，只图自己说得畅快的态度，也还是中了才子+流氓的毒。"

鲁迅曾说：他对青年人的攻击，往往是"给我十刀，我只还他一箭"。但这支"箭"之锋利，胜过十刀无数。成仿吾等"革命文学"论者对鲁迅的谩骂虽然又多又毒，现在却早没有人再提起，而"才子+流氓"的称呼，却变成一种形象的代名词，铁铁地箍在了成仿吾等创造社成员的头顶上。虽然，成仿吾在以后的革命实践中克服了吕布式的习性，老老实实地吃了许多苦，也做了许多有益的工作。但"革命文学"论者所具有的品质——一是聪明善变，二是变了以后立刻拿别人的人头当作讨好新主的投名状——这样的人品与行为，大约都可以用得上这个光荣的尊号：才子+流氓。

周　扬

如果仔细追溯鲁迅与"革命文学"论者以及后来与周扬等人的冲突，他们在理论上的分歧实在是很小，倒不是说双方的理论水平都很高，恰恰相反，双方都没有具备多少深刻的理论。早期的"革命文学"论者的理论武器大都来自苏俄的"拉普"一派和日本的"纳普"一派，从今天的立场看都是充满了"左倾"幼稚病的狂热与宗派主义；而鲁迅等人，则是从苏俄早期的文艺政策中，吸取了托洛茨基、卢那察尔斯基等人的文艺思想，其实两派理论都不是真正的马克思主义的文艺理论，多半是纠缠在如何从事文艺运动的政策和路线——这也给后来的中国左翼文学理论带来了几乎是不可克服的缺陷，即始终是以文艺政策的思路来取代对马克思文艺理论基础的建设。而且，这些有关的文艺政策也是别人的政策，只要别人的态度一变，他们马上就陷入窘况，自己来打自己的耳光。日共"纳普"清算藏原惟人与中国左联清算钱杏邨就是这类自打耳光的例子。不是左联成员的胡秋原不识其中三昧，仗着自己读过普列汉诺夫的理论，也去凑热闹帮着清算钱杏邨，结果反而惹来一身羊膻，被套了一顶"托派"的帽子。左派的耳光只能左派自己打，别人想插一手当然是咎由自取。这历史的经验值得注意。所以我说，左翼文艺运动内部并没有真正的理论分歧，如果说有"分歧"也是不上台盘的，多半纠缠在人事的感情与宗派上。——这个问题说起来枝蔓太复杂，还是暂且不提也罢。

不过从这里可以大致了解鲁迅在左联时期与周扬等人的矛盾所在。所谓左联内部的周扬派和鲁迅派（注意："鲁迅派"是我杜撰的名称，当时被人叫作"雪峰派"或者"胡风派"）你死我活地恶斗半个世纪，究其原因实在是不足以与外人道。从史料看，周扬从未公开说过鲁迅的坏话，但他是以清君侧的态度，与冯雪峰和胡风不共戴天，而冯、胡虽然后来都败在周扬的手下，但从他们的回忆录来看，对周、鲁的矛盾也都语焉不详。鲁迅在私下和公开的信件里早已斥周扬为"奴隶总管"，还以"鸣鞭为唯一的业绩"，但具体的原因也说得不多。冯雪峰回忆他在1936年从陕北去上海与鲁迅见面，鲁迅第一句话就说："这几年我给他们摆布得可以！"尽管冯雪峰特别强调了鲁迅这句话的可靠性，我仍然有些怀疑——至少，鲁迅是绍兴人，用绍兴方言的结构怎么也说不出这句话的原汁原味，"……得可以"的补语结构不合南方人的用语习惯。但是鲁迅话里的这层意思是不会错的，鲁迅说的"摆布"，含有"被耍"的意思，也就是现在上海人的口头禅"白相我"。鲁迅性格多疑，与青年人合作总是警惕被人利用来当招牌或当枪使，但他更痛恨的是自己营垒里的青年人作弄他。田汉化名绍伯写《调和》一文攻击鲁迅，理由是鲁迅有一篇文章和被鲁迅骂过的杨邨人的文章发表在同一本杂志上，便攻击鲁迅搞"调和"，"为杨邨人氏打开场锣鼓"。这似乎毫无道理，经鲁迅诘问，田汉解释说他是故意冤枉鲁迅的，为的是想刺激鲁迅愤怒起来去攻击杨邨人。假如田汉的自我辩解是真诚的，那么难怪鲁迅要怀疑："去年（1934）下半年来，我总觉得有几个人……恶意地在拿我做玩具。"所谓"做玩具"，也就是"摆布"的意思，看来这样的事件不止一次。据说"绍伯"事件发生后，另一个左联领导人夏衍哈哈大笑，说老头子又发牢骚了。头子而且"老"，牢骚而且"又"，真是一派作弄名流的玩笑态度，使鲁迅感到又窝囊又沮丧。

但问题的实质还不在于此。我一直不明白的是，既然鲁迅如此在意别人对他的利用，可经历了"革命文学论争"以后建立起来的左联，本来就含有把鲁迅作为一面旗帜（也就是另一种招牌）的意思，阅世如此老辣的鲁迅难道还会不明白么？徐懋庸后来说，他本来是佩服鲁迅的，但是"我只有一个想法，关于路线政策问题，总是共产党员比较明白，鲁迅不是党员，而周扬却是的。因此我要跟党走"。这也是公开的秘密，左联直接受到中共的领导，在鲁迅之外还有具体领导机构，类似今天文艺团体里的党组。鲁迅不是党员，只是在单线听取汇报后提出一些建议而已。他在左联创建初期提出把老朋友郁达夫团结进来，但郁达夫很快就被清除出去，而且主持这个会议的正是创造社的元老郑伯奇。这种摆摆样子的事情都不给鲁迅面子，还在乎其他事关大局的决策吗？我不知道鲁迅总共参加过几次具体的左联会议和活动，如果不是后来瞿秋白隐居上海期间与鲁迅亲密交往，共同发挥了重大作用的话，鲁迅在左联里的实际作用实在令人怀疑。我想这也是鲁迅对瞿秋白满心感激、称其为"人生知己"的重要原因吧？

周扬是后来居上成为左联领导的，但他不是创造社旧人，与鲁迅没有宿怨。他在左联的潜在对手是冯雪峰，而冯雪峰因为与鲁迅的关系比较好，把鲁迅也卷到纠纷里面去了。现在可以查到的最初的纠纷起因是周扬主编的《文学月报》上发表芸生的骂人诗《汉奸的自供》，诗是骂"自由人"胡秋原，里面居然有"放屁，□你的妈，……当心，你的脑袋一下就会变成剖开的西瓜"这样的流氓语言。冯雪峰觉得太过分，就请鲁迅出面写文章纠正一下，鲁迅后来说是"从公意做过文章"，大约就是指他奉了冯雪峰的意思去写的《辱骂和恐吓决不是战斗》一文，那是直接批评周扬的文章。按理说鲁迅是左联的领导，批评左联成员的某些不好倾向是很正常的，但周扬非但不接受鲁迅的批评，不做自我批评，反而发表了首甲（祝秀侠）等四人的反驳文章，指名攻击鲁迅的文章是"带白手套革命论的谬误"，"是极危险的右倾的文化运动中的和平主义"，等等。鲁迅本来就对成仿吾式的"极左倾的凶恶的面貌"持有警惕，一看"辱骂和恐吓"又在左联中阴魂重现，自然感到寒心。后来他对朋友说："我真好像见鬼，怕了。"这里"见鬼"是南方人的口头禅，意思是莫名其妙受了骚扰的祸害。但我想问的是，冯雪峰身为左联领导，为什么自己不直接批评周扬，却要把鲁迅扯进去呢？而周扬又为什么连这么小的一件事都不肯认错，偏要与鲁迅对着干呢？很显然，在周扬的眼里，鲁迅作为左联领导的地位是虚的，冯雪峰这个后台才是实在的，由此也能猜测出冯、周之间的隔阂之深。鲁迅无意间成了冯雪峰的屋上"鸟"，爱之恨之都是间接的、无辜的。

鲁迅经常说周扬是白衣秀士王伦，就是《水浒传》里那个气量狭小的头领，后来被林冲火并掉了。鲁迅一定是在什么场合领教过周扬睚眦必报的小动作，但从现有的资料看，周扬与鲁迅的正面冲突一次也没有。周扬作为左联的实际领导人，他对鲁迅不尊重甚至潜在敌意的态度肯定影响了周围的人，包括田汉、廖沫沙、徐懋庸等与鲁迅发生过冲突的人。周扬一直把他与鲁迅的隔阂归咎于第三者的挑拨离间，但他从未在自己身上寻找失去鲁迅信任的原因。只要比较冯雪峰与周扬对待鲁迅的态度就不难看出两人的不同：冯雪峰对鲁迅的利用远甚于周扬，但他是有意识地接近鲁迅，并以学生、邻居的身份一边学习鲁迅，一边诱导鲁迅去做各种事情，甚至捉刀代笔。鲁迅不会不明白冯雪峰利用他来掩护做宣传，但鲁迅似乎是乐意的，即使勉为其难也努力去做；而周扬却相反，他俨然以地下革命者和左翼文坛领袖自居，平时深居简出，有事要么约鲁迅出去谈话，要么通过第三者去传话，有时是请茅盾，有时指派叶紫或者徐懋庸。鲁迅对周扬这种傲慢态度自然不会感到痛快,他屡屡讽刺周为"元帅",甚至说:"我本是常常出门的,不过近来知道了我们的元帅深居简出,只令别人出外奔跑,所以我也不如只在家里坐了。"人与人不能常常见面交换意见,有些隔阂与误会就不容易消除,这恐怕不是谁能轻易挑拨出来的。

　　回顾鲁迅与中共的关系,可以说是相当深刻的。中共第一代领袖仲甫先生、守常先生,都是与鲁迅共同发起新文化运动的战友;中共第二代领袖瞿秋白政治失意后,把鲁迅当作严师诤友,亲密地并肩作战;接下来是冯雪峰做着中共与鲁迅的沟通工作,更是以私淑学生的身份;而周扬,无论从党内的资历还是党内担负的责任来说,都是初出茅庐的后生,可他那种"一朝权在手,便把令来行"的"元帅"做派不能不让鲁迅反感。鲁迅批评周扬的三个绰号:一是"元帅"——指他深居简出,态度傲慢;二是"王伦"——指他气量小,不能容人;三是"奴隶总管"——指他"顺我者昌,逆我者亡"的宗派情绪和打击手段,几乎都事出有因,击中要害,但也未失分寸。可是这一切并未引起周扬的警觉和悔改,他一味指责别人挑拨离间,自己仍一如既往沿着这三个标记做下去,与鲁迅的隔阂自然也越来越大。左联成员真正被鲁迅信任的人本来就不多,先是柔石、冯雪峰,后来是胡风,等到这些人死的死、散的散以后,只剩下一个徐懋庸了。徐为人骄横,仗着与鲁迅的特殊交情就擅自写信,阐述了周扬的意见。终于,矛盾总爆发了。鲁迅根本没有把徐懋庸当作对手,他一再说徐的信是代表了周扬"一群"的意见,因此,他在复信中通篇指责的也是周扬"一群",在那封信里,鲁迅痛斥"四条汉子",点名周起应,确实是言重了。

徐懋庸

如果鲁迅的《答徐懋庸并关于抗日统一战线问题》根本不存在,那么鲁迅与左联的矛盾始终都在暗室里操作,不会暴露于光天化日之下。如鲁迅所指出的:"在左联结成前后,有些所谓革命作家,其实是破落户的漂零子弟。他也有不平,有反抗,有战斗,而往往不过是将败落家族的妇姑勃谿,叔嫂斗法的手段,移到文坛上。喊喊嚓嚓,招是生非,搬弄口舌,决不在大处着眼。"这样的传统至今不绝,但绝不会正大光明地公开出来,放在冠冕堂皇地位上的总是另外一套话语。由于徐懋庸的冒失惹事和鲁迅的病中火气,使这场积压多年的矛盾总爆发了,也使以后长达三四十年的文坛纠纷此起彼伏,成王败寇轮流转。徐懋庸在鲁迅去世后撰一副挽联,曰"敌乎友乎,余惟自问;知我罪我,公已无言",倒是不幸成了以后几十年文坛斗争的谶言。

周扬等人在事后总是把徐懋庸的信解释成是他个人的行为,但鲁迅绝不这样认为,他在给老友杨霁云的信中说:"写这信的虽然是他一个,却代表着某一群,试一细读,看那口气,即可了然。因此我以为更有公开答复之必要。"还傲然地说:"投一光辉,可使伏在大纛荫下的群魔嘴脸毕现。"语气上是十分认真的。换句话说,也可以理解作鲁迅以徐懋庸的信为由头,正式宣布与周扬等人的决裂。其时左联已经解散,鲁迅的意见没有得到充分的尊重，也就是说，那个名存实亡的联盟已经无声无息地结束了。而鲁迅作为这个团体名誉上的领袖，在无人理睬的状态下理所当然要表一个态：从"革命文学"论争以来他与左联的关系也已经画上了句号。

围绕着鲁迅与左联的关系，就有纠缠不清的两个口号之争、中国文艺家协会和《中国文艺工作者宣言》之争等等，已经有许多回忆录和研究文章讨论，本文不再挑起这方面的话题。我只是想提供另外一种解释历史的可能。在我所读的有关鲁迅研究的文章里，多半把鲁迅的晚年写得颇为凄凉，似乎鲁迅晚年与周扬等人的矛盾使他再度陷入了《野草》时代的绝望境地。鲁迅的一生，始终被一种斯巴达之魂的精神笼罩，带有狂热的奋不顾身的理想主义色彩，他一生都在寻求中国社会最激进的力量结成联盟，去从事知识分子实际的广场斗争。早年的光复会，中年的五四新文学运动以及国民革命，晚年的左翼文化运动，都可作如是观。但反之，热烈之切，也常常伴随着失望之深，鲁迅的深刻就在于他既不断地与最激进的力量结盟，又不断地超越他的盟友，使自己总是处于精神上的"荷戟独彷徨"的境界。这样理解鲁迅晚年的思想状况总的来说是不错的，但我觉得鲁迅作为一个知识分子的另外一面，似乎还没有被人充分注意到。

那就是，鲁迅始终在独立地寻求一种知识分子在中国民间的生存方式。在他与周扬等左联领导人关系恶化以来，他一直在寻求中国知识分子的生存空间和斗争形式。他没有像有的研究者想象的那样绝望，而是在充分认识恶劣的生存环境的前提下，独辟蹊径地尝试新的生存方式和道路。这就是我在本文一开始所讲的，当鲁迅拒绝了地狱天堂和黄金世界以后，他没有陷入消沉和孤独，而是对生根于现实土壤的知识分子岗位的重新发现与界定。我们已经注意到，1935年萧军、萧红来到上海，鲁迅明确不希望他们加入左联，认为还是在外围的人能做出些成绩，一到里面就"酱"在纠纷里了。事实上当时鲁迅身边已经团结起一批非常优秀的青年作家，除了胡风、聂绀弩、周文等左翼作家外，还有一批民间出版社和刊物的青年编辑，如良友图书公司的赵家璧，文化生活出版社的巴金、吴朗西，编辑《译文》的黄源，编辑《文季月刊》的靳以，编辑《中流》的黎烈文，编辑《作家》的孟十还，等等，而在这批年轻的作家和编辑周围，又团结了一大批文学新生代。这批青年人对现实环境抱着强烈的批判和抗争态度，但又都是以自己的写作、翻译、编辑、出版等为岗位，来履行知识分子的立场和社会责任。这些青年知识分子的政治理想各不相同，与鲁迅也有亲疏的差别，但这个以鲁迅为中心的进步文学阵营在上海文化领域已经成为一股不可忽视的现实存在。

这个新崛起的新生代在鲁迅拒绝参加周扬们组织的中国文艺家协会以后第一次浮出海面，就是由巴金和黎烈文起草了《中国文艺工作者宣言》，鲁迅领衔签名，初步展示了他们的存在。虽然对巴金、黎烈文等人来说并没有自觉的群体意识，他们签名发表宣言以后就分散了，没有进一步组成新的团体，但这个信息被老练的政治工作者冯雪峰注意到了。他曾对茅盾说，胡风他们要搞一个文艺工作者协会，要茅盾多动员些人参加进去，以冲淡它与周扬的"文艺家协会"之间的对立。看来，冯雪峰是希望把这股真正以鲁迅为灵魂的生气勃勃的青年群体发动起来，为他所用的。只是鲁迅的过早去世使这股力量迅速涣散，可其中一些主要骨干力量在抗战的实践中各自发扬了鲁迅的精神。事实上，周扬也注意到了这个群体的存在，尤其是这个群体直接妨碍了他在解散左联后组织中国文艺家协会的计划，他把所有的怒气都转移到鲁迅周围的新生代作家身上。所谓"胡风之诈，黄源之谄"，巴金无罪可言，便把西班牙的安那其主义之"反动"栽到他头上，徐懋庸信件里的那些人身攻击的话，显然是受到了周扬们观点的影响。因为别人的情况我不太清楚，关于徐懋庸与巴金的关系，原先应该是并无恶交的。徐在劳动大学读书时，另一个安那其主义者，也是巴金的朋友吴克刚是他的法语老师，因此他对安那其主义是有所了解的。这封信被鲁迅公布以后，他唯一感到遗憾并表示歉意的，就是对"许多并不卑劣的安那其主义者"，可见他给鲁迅信中的话并不全是他的意见。在鲁迅的公开信发表以后，周扬等都批评徐"无组织无纪律"，破坏了他们"同鲁迅的团结"，徐很不服气，他说："信虽然是我自己想写的，但其基本内容不是你们经常向我灌之又灌的那一套么？不过我把它捅出去而已。"因此，似也可以说，这封信正式传达了周扬"清君侧"的基本思想。

当然，徐懋庸在这个事件中栽了跟斗，虽然客观上也有替罪羊的作用，但也要归咎于他的青年人的蛮横性格。徐懋庸受到周扬的重视，不仅让他当左联的执行书记，而且在左联解散后他是即将成立的中国文艺家协会的最年轻的理事,主编《文学界》。虽然用今天的眼光来看这不算什么官衔,但对一个追求进步的左翼青年,也不是完全无动于衷的名誉。他在乎它,才会对鲁迅拒绝参加协会而使工作陷于瘫痪而耿耿于怀,才会迁怒于胡风、巴金、黄源等人,甚至不惜人身攻击。这里很难说没有个人野心与名利的成分在作怪。徐懋庸不缺才华和勤奋,缺的是一种中国文人所宝贵的"德",也就是所谓"贵有自知之明"和"君子有所不为"的对己对人之道。他与鲁迅稍微建立了一点信任,就急于用尽用足,甚至想去解决他力不能及的事情,结果适得其反,这是缺乏自知之明;他为了效忠周扬,不惜用教训的口气来刺激鲁迅,更有甚者,在鲁迅的公开信发表后,他不顾旁人劝阻,还进一步发表答复,公开谩骂与攻击鲁迅,这就违反了"君子有所不为"的道德。徐懋庸留给后人的教训,远不仅是事件本身的意义。

初刊上海《收获》2000年第6期

赵先生一百岁
——四论鲁迅的骂人

赵景深先生一百岁,中文系开了一个会,纪念赵先生。前来参加会的大多是赵先生生前教过的学生,看上去,赵门弟子也已是"尘满面,鬓如霜",令人唏嘘不已,而更年轻一辈的教师和记者,都已经不知道赵先生为何人了。

我在二十多年前走进复旦校园的时候，赵先生已经不常到学校里来走动了，因此也无缘见到赵先生。唯一的一次上淮海中路四明里赵府谒见先生，是陪同从北京来的贾芝先生前去的。那天赵先生夫妇坐在小桌边兴致勃勃地打牌，我趁他们谈话的时候去参观了赵先生的藏书，他们谈些什么我完全没有印象。所以我本来是没有什么资格来纪念赵先生的，只是兼了系主任的差才不得不要准备在纪念会上的发言。为此我还是很认真地读了赵先生的资料，于是才有了一些不合时宜的想法，这些想法不能放入正式的发言里，但我还是愿意把它写出来，了却一桩历史的公案。

其实赵先生的名字我是早已知道，那是在鲁迅的著作里读到的，赵先生把milkway译作"牛奶路"，不仅受到鲁迅的冷讽热嘲，还被瞿秋白骂为赵老爷，视为梁实秋一伙。这到底是有些冤枉。然而其冤不在于是否译错了"牛奶路"，而在于他的一篇论翻译的文章被左翼作家误解他是出于攻击左翼文学运动的动机，所以才会有鲁迅把梁实秋、赵景深、杨晋豪排出"祖孙三代"的谱系[1]。这样的谱系在鲁迅笔下出现或只是师爷笔法的一种偶然，但后来到了"文革"时期，那真是在劫难逃了。相传赵先生在"文革"中被红卫兵关押在一个学生宿舍里，看管他的人出去了，就把他捆在床上，有人在外面敲门，赵先生在里面回答："没有人。"来访者感到奇怪："你不是人吗？"赵先生大声回答："我不

---

[1] 鲁迅《几条"顺"的翻译》："在这一个多年之中，拼死命攻击'硬译'的名人，已经有了三代：首先是祖师梁实秋教授，其次是徒弟赵景深教授，最近又来了徒孙杨晋豪大学生。"（见《鲁迅全集》第4卷，人民文学出版社1981年，第342页。）

是人，我是牛。"其所受伤害可见一斑。[1]

我曾经读到学界关于赵先生的"牛奶路"究竟有没有译错的讨论，私下里以为这是不必要认真的，虽然"牛奶路"因为通俗而广为人知，但问题的症结却不在那里。鲁迅批评赵景深其实是鲁迅与梁实秋围绕"硬译"问题争论的延伸，因此要解释赵景深先生与鲁迅的旧案，就必须从梁实秋说起。20世纪20年代末，随着左翼思潮的兴起，大批马克思主义文艺理论著作被半生不熟地译成中文泛滥一时。这些译作，多半是一些苏联十月革命以后流行的文学理论和文艺政策，主要是普列汉诺夫、托洛茨基、卢那察尔斯基、波格丹诺夫等人的著述，而真正的马恩文艺论著大约要到1932年以后才被瞿秋白用又顺又信的白话文翻译进来。这些本来就不很明晰的理论加上从日文转译，其译文语言有许多可以商榷之处是很正常的。但出于对左翼思潮的恐惧和反感，以梁实秋为代表的反对派把反对无产阶级文艺理论与批评译文的文风联系起来，并以鲁迅的译文为攻击靶子。鲁迅的长篇论文《"硬译"与"文学的阶级性"》正是反驳梁实秋的批评的。但鲁迅的论文也是用双刃剑的方法，将译文问题与思想问题分开来进行反批评的。平心而论，在用语一向尖刻的鲁迅杂文里，这篇文章的讨论意识算是比较强的。鲁迅对自己的"硬译"并没有一味地袒护，只是承认自己的译文是为了让自己和同一营垒里的青年弄明白一

---

[1] 吴中杰：《应世尚需演戏才——记赵景深先生》，见李平、胡忌编：《赵景深印象》，学林出版社2002年。

些道理，是为了解剖自己的。他诚恳地说："自然，世间总会有较好的翻译者，能够译成既不曲，也不'硬'或'死'的文章的，那时我的译本当然就被淘汰，我就只要来填这从'无有'到'较好'的空间罢了。"[1]

鲁迅的这篇论文的文本今天读来含义非常丰富，既有应对梁实秋的批评，也流露出对左翼作家们围剿他的怨恨，也有自己努力跟上时代步伐所体尝的辛酸。他虽然讨厌新月派的绅士做派，但也没有上纲上线，最明显的例子，当梁实秋说到鲁迅先前译厨川白村的译文似乎好读些，现在译的苏俄文艺理论却比天书还难懂时，鲁迅解释说，那是"因为梁实秋先生是中国新的批评家了的缘故，也因为其中硬造的句法，是比较地看惯了的缘故。若在三家村里，专读《古文观止》的学者们，看起来又何尝不比'天书'还难呢"[2]。这段话说得很有意思，这里所用的"硬造的句法""比'天书'还难"等词都是梁实秋批评鲁迅时所用的词，而鲁迅也间接地同意了这些说法，只是认为梁先生作为新文学批评家，他不以厨川著作的译文为难懂，而以无产阶级理论的译文为难懂，那是出于语境是否熟悉的缘故。因此从论争中很难说鲁迅对自己的翻译方法是固执己见的。

但这并非是说鲁迅关于译文的争论完全出于政治需要，有关译文的原则鲁迅是很清楚的，并始终坚持的，那就是宁可不顺，

---

1 鲁迅：《"硬译"与"文学的阶级性"》，见《鲁迅全集》第4卷，第210页。
2 同上，第200页。

但不能曲译,即不能给读者传达错误的信息。所以他明白地说:"我自信并无故意的曲译,打着我所不佩服的批评家的伤处了的时候我就一笑,打着我的伤处了的时候我就忍疼,却决不肯有所增减,这也是始终'硬译'的一个原因。"[1]也是出于这个原则,他对于那些把曲译(顺译)看在硬译之上的翻译主张深恶痛绝。他对梁实秋、赵景深翻译观的批评都是集中在这一点上。梁实秋在《论鲁迅先生的"硬译"》中的高论是:"部分的曲译即使错误,究竟还给你一个错误,这个错误也许真是害人无穷的,而你读的时候究竟还落个爽快。死译就不同了:死译一定是从头至尾的死译,读了等于不读,枉费时间精力。况且犯曲译的毛病的同时决不会犯死译的毛病,而死译者却有时正不妨同时是曲译。所以我以为,曲译固是我们深恶痛绝的,然而死译之风也断不可长。"[2]鲁迅对这种"爽快"说给以了反复的讽刺和批判。

把这些前提弄清楚以后,我们就不难理解鲁迅对赵景深的反感了。赵、鲁两人本来不仅没有大的冲突,而且拐弯抹角地说还有些热络的机缘。1927年赵景深从广州来上海,任开明书店第一任总编辑,正是春风得意之际。作为圈子中人,他于10月5日与开明同仁上门拜访鲁迅,虽未遇,鲁迅还是慎重写进日记。一周后,鲁迅访开明书店与赵相遇(12日),接着在书店老板请客的饭局中曾有相见(18日)。这阶段他们的关系似乎是应酬性的,到了第二年才有所进展。1928年7月2日,徐霞村办杂志需要稿子,

---

[1] 鲁迅:《"硬译"与"文学的阶级性"》,见《鲁迅全集》第4卷,第210页。
[2] 载《新月》第2卷第6—7合刊。

赵景深仗着认识鲁迅,在中午冒着暑气带徐去鲁迅家约稿,鲁迅接待了他们却没有给稿,日记中记"突来索稿",似有不快意,由此也见赵景深的"见人熟"性格。熟悉鲁迅交际性格的人都知道,鲁迅一般比较喜欢认真执着的人,而不喜轻俗浮夸的"海派",所以从这段日记中也似可看出两人性格的差异。但这以后在同一年里,赵景深与鲁迅的关系还是进入了最为密切的阶段,赵景深为发表小泉八云的文章向鲁迅借阅《百孝图说》并有所请教,鲁迅热忱地满足了他[1];鲁迅为编《奔流》向赵景深打听这一年世界上纪念托尔斯泰的消息,赵景深也很快就把有关信息提供给鲁迅,鲁迅写进了《奔流》的编后记[2]。两人的交往虽限于工作和学术的范围,但情感上似乎更为融洽了。1930年赵景深出任李小峰主持的北新书局总编辑,并娶小峰妹为妻,鲁迅前往婚礼祝贺。北新以出版周氏兄弟的著作而闻名,关系非同一般,但其时因为版税的纠纷刚过,双方关系正处于黯淡时期,赵景深的加盟北新以及新任"驸马",似乎可以冲淡一些阴影。但是紧接着就是赵景深的《论翻译》在1931年发表,一下子与鲁迅的关系就恶化了。于是"牛奶路"也出来了,"赵老爷"也出来了,鲁迅对赵景深的怒气令人咋舌。这以后,赵景深还写过许多信给鲁迅,但直到鲁迅去世前夕,都不曾知道鲁迅有过什么回音。

1931年2月6日赵景深先生写作《论翻译》,发表于3月出版的

---

[1] 《鲁迅致赵景深信》,见《鲁迅全集》第11卷,人民文学出版社1981年,第639—640页。
[2] 鲁迅:《〈奔流〉编校后记(七)》,见《鲁迅全集》第7卷,人民文学出版社1981年,第176—177页。

《读书月刊》上,文章是为吴曙天的一本讨论翻译问题的文集写序,文中一开始就写道:"我以为译书应为读者打算,换一句话说,首先我们应该注重于读者方面。译得错不错是第二个问题,最要紧的是译得顺不顺。倘若译得一点也不错,而文字格里格达,吉里吉八,拖拖拉拉一长串,要折断人家的嗓子,其害处当与误译相差无几。"[1]读者很容易将这段话与刚发生论争的梁实秋的言论联想。其实这只是一篇敷衍性质的序言,文章里赵先生表达了一些零星的翻译主张,诸如人名的译法等,这段关于顺的翻译并非是深思熟虑的产物,但其中关于错与顺的关系就好像梁实秋讨论曲译和硬译的关系一样,暴露出他们在翻译中对大众口味的迁就态度,而对于译文的准确性缺乏足够的重视。

鲁迅坚持备受诟病的硬译原则,主要是反映了鲁迅对中国语言的一种态度。他说过,翻译的目的,"不但在输入新的内容,也在输入新的表现法"[2]。因为在他看来中国语言太贫乏、太不精密,而语法的不精密,就证明思路的不精密。他认为中国现代语言应该引进大量新的成分,包括欧化的语法结构。他后来翻译果戈理的《死魂灵》时还是坚持这种观点。他把阅读外国书比作到国外去旅行,总是要看到一些异国情调。也就是说,他希望读者从翻译著作中读到与中国本土文化所不一样的因素,并由此感到陌生、新奇、刺激,进而不满足于本土而思考改进。所以他主

---

1 赵景深:《论翻译》,见《文艺论集》,广益书局1933年,第258页。
2 鲁迅:《关于翻译的通信》,见《鲁迅全集》第4卷,第382页。

张要保持原作的本来特色。他认为一个洋鬼子总是让人看不惯，但"为了顺眼起见，只能改换他的衣裳，却不能削低他的鼻子，剜掉他的眼睛"，如要真的削鼻剜眼，那他坚持"宁可译得不顺口"[1]。由此可见鲁迅的硬译原则并不完全着眼于翻译的技术和行销，而有着更大更远的目标在，与此相比那些念念不忘于达顺或者爽快的翻译理论，显然不是在一个层次上思考。

从当时的论争背景看，赵景深的翻译主张的提出，显然是不合左翼作家和鲁迅的胃口的，而且当时存在着一股借着批评左翼翻译语言而否定左翼思潮、否定无产阶级文艺理论的思潮，赵的翻译主张引起好斗的左翼作家的注意是必然的。从论争的过程来看，这场论争与当年左翼人士与梁实秋的论争有点相似，鲁迅开始没有参与，起先是由一个化名为"摩顿"的人写了《论〈论翻译〉》在左翼刊物上发表，把赵景深的翻译主张归纳为"不管错不错只问顺不顺"，并给以批评。论争虽然围绕了翻译的技巧和主张，没有引出意识形态的问题，但批评的要害是明显的，摩顿尖锐地指出："赵先生自己喜欢只求'顺'而不求'不错'乃是赵先生个人的自由，谁也管不了，然而赵先生把他这主张公布出来，而且要求译者们承认他这主张，而且又对于专心苦心求'不错'而不免牺牲了若干'顺'的译者们下攻击，却有点于理不'顺'。"[2] 我注意到这里使用"下攻击"的对象是个复数，不免有"下战书"的含义。如果左翼作家对赵景深先生有所误解，也就

1　鲁迅：《关于翻译的通信》，见《鲁迅全集》第4卷，第382页。
2　摩顿：《论〈论翻译〉》，载《文艺新闻》第15号，1931年6月22日。

是误以为赵的翻译主张的提出是针对了左翼作家,因为当时确实还有梁实秋和杨晋豪的攻击存在。摩顿的文章是有代表性的,围绕了这个话题其他报刊也开展了讨论。

赵景深先生对摩顿的批评做出了强烈的反应,他在《与摩顿谈翻译》的答辩文章里劈面先说:"我何必说这些嘲笑的话呢,况且你用的是假名!"以后又进一步讥刺地说:"新兴文学理论是想深入民众的,似乎不应该离得民众太远罢?"[1]赵景深先生并不否认他认为翻译有些小错误没关系,但首先要让人看得懂,他举了严复、苏曼殊等人的例子来说明信达雅三项原则中"达"是最主要的。平心而论,双方的翻译主张都只是把其中一点夸大到全部的意义,出现了"宁可……不要……"的句式,都有点教条和偏执,这本来是一种学术或者技术方面的争论,也无伤大雅。问题在于赵先生明知对方是左翼作家,当时是处于秘密的地下活动状态,却在争论里一再发出嘲笑和暗示。他引起鲁迅和其他左翼作家反感的也许不是"牛奶路",却是揭发摩顿用的是"假名"。这情况与当年梁实秋暗示对方是取了卢布津贴一样,是左翼作家最为恼恨的禁忌。

于是,报复真的来了。先是《文艺新闻》上有这样的花边消息,标题是《鲁迅感慨系之,茅盾欣然首肯》,全文如下:

> 自赵景深与摩顿在本报上讨论了"翻译问题"之后,兹探得关于北(疑"此"字之误)的消息两则,及读者来稿

---

[1] 赵景深:《与摩顿谈翻译》,载《文艺新闻》第17号,1931年7月6日。

一篇：

　　十七号赵景深答摩顿论《论翻译》一文中，有"你用的是假名！"一句话，闻鲁迅读到此文时，即云"幸亏这时候用的都不能是真名，否则赵景深又那能这么旁若无人的胡说霸道呢？"而鲁迅此语又辗转到茅盾，茅则欣然曰："此是至理名言！寄语摩顿，即以此语答复赵君够了。"盖鲁茅二人均不以赵论为然也。[1]

这篇短文写得错字连篇，语言不通，典型是道听途说的小报记者作风，但是其中的意思却是不错的，鲁迅作为深谙中国政治险恶之道的左翼盟主，对于公开揭发左翼身份的对手一向心存警惕，不幸赵先生在这个禁忌上受到鲁迅的怀疑，则永世不得翻身矣。尽管赵景深马上对此做出解释，似乎已经来不及了。11月左翼作家李俊民发表《从翻译论战说拢来》的总结性文章，借着批判杨晋豪的文章，对梁实秋、赵景深、杨晋豪等做一揽子批判，大致归纳了对方的意图三种：一是把主张普罗文学者都归入"天书"译者的拥护人；二是一切普罗的文艺理论和社会科学论文都是"天书"；三是赵景深的所谓揭露"假名"的意图是暴露对方是左联身份。文章里有一段至为关键的话，是警告杨晋豪企图暗示论争对手是普罗作家的行为："将这种反对'宁达毋信'的主张功绩一起给普罗文学的人们，或许他们也不至于不愿意接受。

---

[1] 载《文艺新闻》第19号，1931年7月20日。

但，在现在这种在别人身上加上一个徽号就可以根本解决他的生命的时代，那么我劝晋豪先生：最好不要用这种笼统的'分类'，否则，鲁迅先生答复梁实秋先生的那种'借此种手段以济文艺批评之穷'的说话，在这儿倒很可以借用的了。"[1]这里所引用的鲁迅的话，也就是著名的"'丧家的'资本家的乏走狗"的政治定性，可见在整个翻译问题论战中，左翼作家始终是有组织有计划的整体性行为，而不是单个人的恩怨行为。在李俊民的暗示里，显然也包括了对赵景深的警告。

值得注意的是，在这场混乱的论争里，鲁迅起先并没有什么动作，赵景深的《论翻译》发表于1931年3月出版的《读书月刊》上，左联的外围刊物《文艺新闻》于6月22日出版的第15号上发表了摩顿的《论〈论翻译〉》，开始对赵先生进行批判，而李俊民那篇总结性的意见《从翻译论战说拢来》发表于11月30日的《文艺新闻》。这期间我们没有读到鲁迅关于翻译问题的文字。

鲁迅批评赵景深的文章《几条"顺"的翻译》《风马牛》同时发表于12月20日出版的《北斗》杂志，是一气呵成的产物。之前，瞿秋白在12月5日给鲁迅写了著名的论翻译的长信，信中严厉批判赵景深先生，上纲上线到极为可怕的地步，甚至连带把赵景深扯出来做例子的严复翻译也挖苦一番。鲁迅把瞿秋白的那封信分两期连载于他主编的《十字街头》第1、2期，出版时间分别是12月11日和25日。接着于12月28日作复信，为严复的译文辩护，

---

[1] 李俊民：《从翻译论战说拢来》，载《文艺新闻》第38号，1931年11月30日。

同时也批判了"赵老爷",认为严、赵两人为"虎狗之分"。瞿的文章再一次可以证明,批判赵景深是左联的整体性行为,至于瞿秋白在幕后参与了多少工作,是否是主要策划者,都值得进一步研究。事实上,在鲁迅尚未发表批评赵景深的译文之时,瞿秋白以至左联成员已经把赵景深称作"赵老爷",作为主要的箭垛。瞿秋白的一段批判的话至今读来还会令人毛骨悚然。相比之下,作为左联盟主的鲁迅对这场围剿活动是有些迟疑的,他用长庚的笔名在左联刊物《北斗》上发表的两篇挑错的短文,应是为响应瞿秋白的信而写的,而且态度也不像对待梁实秋似的严厉。他所用的杂文战法还是像当年《估〈学衡〉》那样,以其人之道还治其人之身,半是玩笑半是战斗。所谓的"牛奶路"和"半人半牛怪",我以为都是为了响应瞿秋白提出的"我们揭穿赵景深等自己的翻译,指出他们认为是顺的翻译,其实只是梁启超和胡适之交媾出来的杂种……"[1]的战斗任务。我想,在当时所有的扣政治大帽子的左派作风里,在当时从瞿秋白到李俊民都把赵景深当作第二个梁实秋似的"特殊走狗"(瞿语)的时候,鲁迅那种通过挑剔赵的译文错误来说明其所谓的"顺"其实是不负责任的翻译态度,也许是最为和风细雨、平和讲理的批判了。1931年鲁迅和北新书局的老板李小峰一直保持着密切联系,来往书信大都是围绕了出版著作、计算版税甚至购买图书等事项,但似乎并未与赵景深直接来往。最奇怪的是,当鲁迅编辑那几年的杂文集时,依

---

[1] JK(瞿秋白):《论翻译》,载《十字街头》第1期,1931年12月11日。

然把同时编成的《三闲集》和《二心集》都交给北新书局出版，里面也保存了对赵景深先生的批判文章。但北新似乎没有这样的雅量，只接受了出版《三闲集》而把《二心集》退了稿。鲁迅曾在给别人的信里说到此事："近辑一九二八至二九年者为《三闲集》，已由北新在排印，三〇至三一年者为《二心集》，则彼不愿印行——虽持有种种理由，但由我看来，实因骂赵景深驸马之话太多之故，《北斗》上题'长庚'者，实皆我作。"[1]

拉拉扯扯抄录各类史料，写到这里大致可以把赵景深先生的"牛奶路"风波前因后果讲清楚了，但不仅是我的敲键盘的手酸了，我也感到索然无味。本来还想抄录几段瞿秋白与鲁迅在翻译问题上的不同观点，现在也懒得再抄下去。其实关于翻译要"顺"的想法，瞿秋白是赞成的，鲁迅也没有全力反对，只是从梁实秋赵景深的嘴里说出就变得不一样了。瞿秋白口口声声说左翼作家提倡的"顺"与赵景深的"顺"是不一样的，也等于是说语言还是有阶级性的，这种由险恶的生存环境带来的偏激的精神状态，正是我们今天重温历史风波所要吸取的教训吧。我想，只有把这件历史旧案的来龙去脉叙述清楚了，才是对赵先生一百岁的最好纪念。

2002年6月22日修改毕

初刊《香港文学》2002年9月

---

1 《鲁迅致台静农信》，见《鲁迅全集》第12卷，人民文学出版社1981年，第91—92页。

现代知识分子岗位意识的确立

一　为什么要读《知堂文集》

周作人一生编过许多散文集，大多是编年体的文章结集，《知堂文集》却是他亲手编辑的一本自选集。1933年由上海天马书店出版，20世纪80年代在上海书店出过影印本。2002年河北教育出版社推出止庵策划的"周作人自编文集"系列，《知堂文集》亦在其中。止庵在《关于〈知堂文集〉》的序文中有如下评说："三十年代初，周氏在完成文章路数变化的同时，还对自己此前的一个时期（从'五四'或更早些时候算起，不妨称之为周作人创作生涯的前期）加以总结，讲演《中国新文学的源流》是为一例，几种自选集性质的作品（除本书外，还有《儿童文学小论》《周作人书信》和《苦雨斋序跋文》）的编辑出版又是一例。后者之中，又以《知堂文集》最具代表性质。这里打算展现的，与其说是'过去的东西',不如说是'留下的东西',体现了作者此时(从某种意义上讲是真正进入了成熟期)的一种自我意识。"[1]

五四新文学传统中,鲁迅以外的另一个重要的流脉,是以周作人为代表的。关于这个流脉很难命名,曾经有人从政治标准出发,参照鲁迅所代表的新文学左翼文化传统,就把周作人的传统称之为右翼文化传统[2],这是有失公正的。不过差异确实存在。鲁迅和周作人,虽然同是五四新文化运动的开创者,但他们所获得的思想资源和文学资源是不一样的,他们追求的目标也不一样。由于这样一种差异,鲁迅与周作人的文学实践发展到20世纪30年代就形成了新文学传统的两大流脉。

鲁迅的文学实践是从褒扬古希腊斯巴达精神出发,在中国特定的启蒙主义的环境里形成一个激进的战斗传统。这个传统,大概从抗战以后一直被文学史研究者解释为新文学发展的主流,它包括知识分子对社会运动的热烈关注与真情投入,对一切被认为是"邪恶"的现象进行无情的批判;同时,他们对一般的大众是采取比较复杂的启蒙态度。鲁迅在这样一个传统里面,他本人是处于一种非常复杂的状态。如果我们通读鲁迅在20世纪20年代的一系列创作就能看到:全身心地投入社会运动,并且在这个社会

---

[1] 止庵:《关于〈知堂文集〉》,收《知堂文集》(止庵校订"周作人自编文集"系列),河北教育出版社2002年,第1—2页。

[2] 舒芜《周作人概观》做过这样的结论:"在中国,在三十年代,就是有这样的右翼文学家,形成了一个与左翼对垒的阵营,他们的精神领袖就是周作人。"(舒芜:《周作人概观》,湖南人民出版社1986年,第70页。)

运动当中发挥一个启蒙知识分子的战斗立场——这是当时许多知识分子的共同立场，是现代知识分子开创的一个战斗的传统——但是，鲁迅个人当时真是心力交瘁，非常痛苦。鲁迅在《野草》里多次讲到"虚妄"。他是个作家，可是他认为要用文字来改造社会实在是没有力量、虚妄的，这种急功近利的文学态度使他长时间在文学领域找不到一个适合的安身立命的工作岗位。所以，在动荡的中国社会发展过程中，鲁迅总是密切注意社会上最具有革命性、前卫性的社会思潮和社会力量，总是主动向最先进的革命团体伸出手去，希望能够通过选择先进的社会力量来实现对社会现状的改造。可是他每一次选择后总是不免失望，这种失望使他心灵上蒙了一层挥之不去的"虚妄"色彩。鲁迅的伟大就在于，他一方面感受到虚妄与绝望；另一方面，他恰恰又在感受绝望中提出了反抗绝望的命题。在《野草》里他强调过匈牙利诗人裴多菲的一句著名的话：

绝望之为虚妄，正与希望相同。[1]

但丁在《神曲》里写地狱之门上刻着可怕的铭文："你们走进这里的，把一切希望捐弃吧。"[2] 地狱里的灵魂能够充分意识到希望的虚妄性，而鲁迅在《野草》里多次写到，连绝望也是虚妄

---

1 见《鲁迅全集》第2卷，人民文学出版社1981年，第178页。
2 但丁：《神曲·地狱篇》，朱维基译，上海译文出版社1984年，第19页。

的，所以地狱也不能成为他的灵魂的安憩之处。他这种对绝望的反抗和怀疑，和他这种不断选择的人生态度是相统一的。如果一个人完全看不到虚妄，看不到绝望，他就是一个盲目的乐观主义者，可以高高兴兴地为一个连他自己也不知道的什么东西去战斗和奉献；而相反的态度，如果对绝望和虚妄没有持一种冷静的批判的态度，那么，他很可能就会被虚妄压垮，完全放弃了人生的追求。

这两种态度都不属于鲁迅。鲁迅的人格伟大就在于他不回避，他敢正视生命的必然的死亡，但他生命的本能是在抗拒这么一个最终结果。一个人的生命价值，就在于他不断抗拒死亡的结果，生命就有这样的能量。比如地球引力使万物都是往下坠，可人就是想飞，人就是会想象飞机，想象到月球，要摆脱地球引力的控制。人与鸟不一样，鸟有翅膀但不是天生想飞的，而人想飞是与自己的本质抗衡。这种与本质抗衡的过程，是人类生命最伟大的运动过程。这种抗衡也推动了我们人类社会的发展。一个人的生命是有终结的，可是这种抗拒终结的能量，在精神上就变成了恒久的爱情，在生理上就形成了快乐的繁殖。生命的遗传本能由抗衡死亡出发，逐渐形成生命哲学的传统，整个人类就不断地往前走。这是很悲壮的，但在悲壮中非常有力量。鲁迅，我觉得，他是感受到这样一种力量。鲁迅经历了中国在20世纪前期发生的所有大事件，如反满、共和、"五四"、北伐、左翼运动等等，鲁迅每一次都是在自我选择中有所追求，可是每一次选择以后，他总是看到结果还是这样，每一次都有失望。——但问题在于，他仍然在不断地选择和探索，"路漫漫其修远兮，吾将上下而求索"。这是凝聚在中国知识分子的"知其不可为而为之"的传统中，凝聚在现代知识分子的启蒙传统中的一种精神力量。

这个传统的另外一面，出现了鲁迅的弟弟周作人的流脉。可以说是一种另类的传统。无以命名，暂且叫作"爱智"，——以古希腊为起源的欧洲文化传统中，存在所谓"爱智"的渊源。其所关注的是比较抽象层面上的奥秘，这与启蒙不一样。启蒙，我曾经把它界定成"广场"的价值观念，它的事业、它的追求，必须在广场上才能完成。启蒙者面对社会，教育民众，推动现实社会的发展。但爱智者是在另一个层面上谈论价值取向，就像阿基米德，他研究几何图形，这个东西对他来说是至高无上的，这是他追求天地万物奥秘的动力，至于这个动力与现实世界发生什么关系，与当时的战争有什么联系，是另外一个问题，爱智者与现实功利保持了一定的距离。周作人对"爱智"传统的追求是自觉的，这也是雅典精神的一种表现。他在《夜读抄》的后记里引自己一封信里的话说：

> 自己觉得文士早已歇业了，现在如要分类，找一个冠冕的名称，仿佛可以称作爱智者，此只是说对于天地万物尚有些兴趣，想要知道他的一点情形而已。目下在想取而不想给。[1]

1　周作人：《〈夜读抄〉后记》，收钟叔河编：《知堂序跋》，岳麓书社1987年，第67页。

止庵在解释《知堂文集》所代表的文章路数变化时也特地引用这一段话，说："这实际上也是周氏希望通过编选《知堂文集》展现给读者的形象。总而言之，葆有一己情趣，吸纳各种知识，坚持文化批判，如此而已。"[1] 周作人与鲁迅一样，在20世纪20年代末的时候已经意识到光靠文学不可能解决中国社会急切进步的问题，像欧洲那样经过文艺复兴运动带来文化上的更新，再进而推动社会进步的缓慢发展过程，已经是等不及了。但周作人与鲁迅的价值取向也是在这里开始分岔，当鲁迅固执地走向社会进步力量，以求更加贴近社会现实，进而展开与社会近距离的肉搏战时，周作人却固执地站在文学门外，在文学以外的民间社会找寻自己的工作岗位。换句话说，他要寻找一种新的价值取向来取代"五四"知识分子所设定的广场的价值取向。这同样是在虚妄中有所坚持的表现。但他们所表现的方法和立场是不一样的。所谓"民间岗位"，是我从古代手工业的行会演变过来的一个概念，它首先与职业有关，即每种职业都应该有它自己的传统道德和价值标准，它可以独立地对社会发生作用，产生出有用于社会的价值。这当然不是一个短兵相接、针锋相对的战斗传统，周作人把它称为"爱智"，也就是说，他可以从人类的智慧（知识）传统里求得一种价值取向，作为安身立命之地。

中国现代知识分子要从传统士大夫的庙堂价值取向转向民间岗位的价值取向，是一个极为艰巨的转变。与五四新文学所造

---

[1] 止庵：《关于〈知堂文集〉》，收《知堂文集》，第3页。

就的知识分子广场的价值取向不同,"广场"是从"庙堂"派生出来的,其价值取向虽然对立,但没有根本的差异;而民间岗位意识不仅仅对士大夫的庙堂意识是一种解构,对知识分子为中心的启蒙的广场意识也构成一种颠覆。这首先要求知识分子从"广场"的意识形态战场撤离下来,回到普通的民间社会,去寻求和建立以劳动为本的工作岗位;其次是要承认,他在普通岗位上的精神劳动有足够的价值,可与庙堂的经国济世相提并论。第一个意识到这种自觉的是王国维,他在论文《论哲学家与美术家之天职》里说过:"今夫人积年月之研究,而一旦豁然悟宇宙人生之真理,或以胸中惝怳不可捉摸之意境一旦表诸文字、绘画、雕刻之上,此固彼天赋之能力之发展,而此时之快乐,决非南面王之所能易者也。"[1]这段话不仅仅高扬了哲学和美学的作用,更要紧的是王国维把哲学和美学所获得的价值与政治上的南面王相提并论,我以为这是价值取向变换的一种标志性的意识,而中国现代知识分子也正是在这种思想前提下真正地形成了。如果说王国维是自觉实现这种价值取向转变的第一人,那么,周作人是第二个自觉者;王国维的价值取向的转变多少是依仗了康德的现代美学思想,周作人则是把吸收的触角伸向更远古的西方文化源头——古希腊,因此他的思想和文字里始终容纳了人性的温润与从容,并具有一定的实践性,这些特点终其一生也没有大的改变。

---

[1] 王国维:《论哲学家与美术家之天职》,收周锡山编校:《王国维文学美学论著集》,第36页。

周作人的民间岗位意识并不是突变完成的，有一个渐变的过程。"五四"前期，他以著名的文学理论和对旧道德旧文学的批判赢得人们的尊敬，成为新文学运动的一员猛将，那时他承担的社会角色是广场上的启蒙主义者，所发表的言论也大抵是时代共名规定的话语，正是因为反映了时代的需要，这些文章和观点一直是文学史上的经典之言。所以，像周作人这样的新文学运动的重要角色，想改弦易辙，从"五四"启蒙主义的广场上撤离出来谈何容易，更何况他是自觉到这种撤离的必要性以后的自觉转移。周作人这种转换的轨迹可以上溯到1921年前后的提倡"美文"，完成于1928年的呼吁"闭户读书"。这八年间周作人写的文章非常多，也非常丰富和复杂，粗粗读他的文章未必能梳理出一条线。但在这期间周作人的价值取向和人生道路都发生了剧烈的变化。为什么说"从美文到闭户读书"？就是说，这个变化是早就发生了，但是到了20世纪20年代末，他把这样一个变化公开表现出来。这以后他就转向了非常纯粹的小品文写作，真正形成周作人的散文风格和美学境界是在他的后期，30年代以后。那以后周作人的散文基本上是停留在一个成熟的风格境界，他的学问追求，他的散文格局、美学境界，基本上定型了。所谓的成熟阶段也就意味着不发展了。从"五四"开始一直到20世纪20年代末，大概十几年的时间，是周作人的散文从不成熟到成熟、从启蒙的广场意识到民间岗位意识的一个发展时期。发展时期的作品肯定是不成熟的，有的很幼稚，有的很片面，有的可能时过境迁失去了阅读的意义，也有的是因为价值取向转变了不再为作者喜好和珍惜。但在这样一种非常繁复的变化过程当中，仍然有一以贯之的主线，这个主线到了20世纪30年代以后慢慢就变成了稳定的风格。而许多杂质，许多本来不属于他的东西就慢慢淘汰了，在《知堂文集》里没有被保留。

那么，哪些文章被删除了呢？第一类是那些表述时代共名的文章。一般来说，作家开始写作的时候，急于要进入主流，难免趋时，因为自己还没有话语权，就不得不借助时代的共名来说自己的话。周作人在"五四"时期写了许多文学理论和文学批判的文章，比如《人的文学》，就是一篇表述时代共名的文章。那个时代普遍追求人道主义，追求人性解放，周作人的《人的文学》获得很大的名声。可是在他自选的《知堂文集》里，这些文章就没有了。因为它们不是代表他自己的言说方式，我们把周作人20世纪30年代那种谈鬼、谈鱼、谈读书的文章，与《人的文学》比较一下，就能发现两者很不一样。所以，像《人的文学》这一类文章他都没有选进《知堂文集》，虽然关于人的权利和人道主义的立场他是始终坚持的。

还有一种，即兴的时事文章。周作人曾经也是一个坚持启蒙立场的知识分子，也曾经不断抨击社会上的各种腐朽现象。在20世纪20年代周作人异常活跃，批评社会的深刻性和尖锐性并不比鲁迅差。哪怕有时是以温和的态度表现出来，骨子里却是对当时社会批判得非常尖锐。我举一个例子，女师大事件。当时在批判女师大校长杨荫榆、"现代评论"派陈西滢和教育总长章士钊的斗争中，周氏兄弟的战斗杂文所向披靡，非常出彩。但是鲁迅的文章都保留下来了，现在我们都觉得鲁迅很厉害，其实周作人也同样非常尖锐，击中陈西滢要害的也是周作人。周作人当时写过一篇文章，揭露了陈西滢的一件私事。陈西滢看到女学生起来闹事很恼火，他因为是无锡人，女师大的校长也是无锡人，出于同乡的帮忙，他就攻击那些女学生，说现在女学生都可以去"叫局"。周作人把这个话捅了出来，公开在报纸上抨击陈西滢。陈西滢非常狼狈，这一下把这个留洋绅士的龌龊心理暴露出来了。陈西滢气急败坏地抵赖说过这个话。这说明周作人当时说话比鲁迅更随意，所谓"满口柴胡"[1]。那样一个人到后来完全变了。20世纪30年代以后，这类文章我们看不到了，他都没有编到集子里去。

止庵先生把《知堂文集》看作是周作人创作的前期与后期（成熟期）分界的一个标志，是很有见地的，《文集》选录他以前的诗歌、散文、翻译等各类文章44篇，新序1篇，计45篇。分别选自《自己的园地》《雨天的书》《泽泻集》《谈龙集》《谈虎集》《永日集》《看云集》《过去的生命》等文集和诗集，连序在内只有4篇短文是新写的。周作人通过自选文章结集出版，公开向读者宣布他的新的价值取向已经确立，他要对自己以前走过的路做总结：删去什么保留什么，意味着他的人生道路应该改变什么和

---

[1] 周作人揭露陈西滢的文章是《闲话的闲话之闲话》，载《晨报副刊》1926年1月20日。现收陈子善等编：《周作人集外文》（下），海南国际新闻出版中心1995年。论争经过可以参考倪墨炎：《中国的叛徒与隐士：周作人》，上海文艺出版社1990年，第194—198页。

坚持什么。[1]为了强调他的这个态度，他特地写了一篇短文叫《知堂说》：

> 孔子曰，知之为知之，不知为不知，是知也。荀子曰，言而当，知也；默而当，亦知也。此言甚妙，以名吾堂。昔杨伯起不受暮夜赠金，有四知之语，后人钦其高节，以为堂名，由来旧矣。吾堂后起，或当作新四知堂耳。虽然，孔荀二君生于周季，不新矣，且知亦不必以四限之，因截取其半，名曰知堂云尔。[2]

这是《知堂文集》序后的第一篇文章，篇幅很短，等于是篇序言，它强调两点：一是不懂的东西再也不说（知之为知之，不知为不知），还有就是，不该说的东西也坚决不说（言而当，知也；默而当，亦知也）。那么，什么叫"不该说"呢？他为《知堂文集》写的序里，又说了一段这样的话：

---

[1] 周作人在《知堂文集》里完成知识分子价值取向的转变，也体现了时代的变化与大多数知识分子开始认同这种岗位意识有关。证据之一是同时间（1932）出版的《开明文学辞典》里对"Inteligentia"（知识阶层）一条的解释："一般谓知识阶级之意。本为俄国罗曼诺夫王朝所有的一特殊阶级，有相当教养，也有若干资财，可以没有一定的职业而生，在社会的上位，常堕于逸乐，为高等游民。现则指以精神劳力为职业取薪水的人，如公署书记、学校教师、小官吏、律师、技师、医师等，从事于自由的职业，报酬比工人优，但也被资本家榨取。此不能成为阶级不过是阶级中的一层。他们的利害关系，是不一致的。"明显掺入了职业岗位的意识。（见章克标主编：《开明文学辞典》，开明书店1932年，第344页。）

[2] 本文所引用的《知堂文集》，收止庵校订"周作人自编文集"系列，此处见第3页。后文出自该书的引文，不另作注。

打开天窗说亮话，我的自然科学的知识很是有限，大约不过中学程度罢，关于人文科学也是同样的浅尝，无论那一部门都不曾有过系统的研究。求知的心既然不很深，不能成为一个学者，而求道的心更是浅，不配变做一个信徒。……略略考虑过妇女问题的结果，觉得社会主义是现世唯一的出路。同时受着遗传观念的迫压，又常有故鬼重来之惧。这些感想比较有点近于玄虚，我至今不晓得怎么发付他。但是，总之，我不想说谎话。我在这些文章里总努力说实话，不过因为是当作文章写，说实话却并不一定是一样的老实说法。

周作人的文章念起来总有些笨拙的感觉，但很有趣味。他首先要辨别自己的身份认同，表示自己这也不是那也不是，也就是前面引过的"文士早已歇业"的意思。文士即知识分子、学者的同义词，他拒绝了那个五四新文化运动中最光荣的称号。但他保留了两点：一是从妇女问题出发，表示了对社会主义学说的同情；其次是对历史倒退的警惕，也就是"故鬼重来"的担心。那时是20世纪30年代初，正是国民党在镇压中建立起新的集权政府，进一步在意识形态上提出了反对五四新文学的自由主义传统，强调国家集权的民族主义主张，进步的文化力量与腐朽复古的文化势力之间的斗争再次激化起来，社会主义思潮是被官方认为与苏俄政权联系在一起的激进思潮，当在取缔之列。周作人貌似平和的语言中，从妇女问题出发肯定了社会主义是现世唯一的出路，再次揭露了当前的复辟思潮，这就是他在当时的"坚持"和政治立场。周作人对左翼文化运动不屑一顾,羞于为伍,但他的思想澄明,观点明确,在此可略见一斑。1949年周作人给中共领袖写信申诉自己早在"五四"时期就从妇女问题赞成社会主义,倒也未必是表功,确有其思想的一贯轨迹。[1]他还强调自己一贯说老实话,只是因为时代不允许说真话,才用比较曲折的方式说出来,但仍然是他心里想说的话。我们后面还要讲到他的一些文章,他讲了很多遍:这个时代不适合再说这个话,我就不说了。但不说不代表不知道,我是知道的,只是不说而已。所以,周作人的"知堂"本身有保守的一面,有想说而不敢说的意思,但另外也是一种挑战的意思,就是说,我虽然不说我还是知道的。正因为这样,他在选《知堂文集》的时候,把以前那种他认为是言而不当的、不该说的,统统删掉了。由此我想起时隔半个世纪以后巴金老人在《随想录》里又一次重复了这个意思,要坚持说真话,至少保持沉默而不说假话。历史时有惊人的相像之处。年轻人往往看轻这种承诺,觉得说真话有何难?不过是胆小怕事罢了。这实在是不知轻重的人才会说的风凉话,真正要说真话谈何容易。

二 几篇散文的解读

《知堂文集》是周作人自己选编的,它的取舍和编排都很有

---

[1] 见周作人:《一封信》,收陈子善主编:《知堂集外文:四九年以后》,岳麓书社1988年,附录三。

意思。序后第一篇就是《知堂说》，可以当作序来读。后面连续三篇诗文都是回顾自己生命的历程。第一篇叫《过去的生命》，是一首诗。这是周作人1921年生了一场大病以后写的，这场病对他的人生道路起了很重要的影响。1921年1月到9月他几乎一直在病中，患的是肋膜炎，他先在家里休养，后来去了医院，最后到西山，在那里疗养了一段时间。他病得很重的时候，一直感觉到自己的生命在体内流失，生命一秒钟一秒钟在离开自己，那种敏锐的感觉，他把它写下来，就是这首诗。诗很短：

> 这过去的我的三个月的生命，那里去了？
> 没有了，永远的走过去了！
> 我亲自听见他沉沉的缓缓的一步一步的，
> 在我床头走过去了。
> 我坐起来，拿了一枝笔，在纸上乱点，
> 想将他按在纸上，留下一些痕迹，
> 但是一行也不能写。
> 一行也不能写。
> 我仍是睡在床上，
> 亲自听见他沉沉的他缓缓的，一步一步的，
> 在我床头走过去了。

周作人的传记作者很重视周作人的这次生病。钱理群在《周作人传》里指出这场病是"周作人思想、情绪从高潮跌入低潮的

转折点。而这精神历程的陡转又是与时代的转变相适应的"[1]。这个病对周作人的人生道路来说是关键性的转折。人生有时候就是这样，一个人或者顺着习惯，或者顺着社会，稀里糊涂地生活着，觉得本该如此。但是，突然碰到一个"坎"的时候，大吃一惊，以后就停顿一下，会思考一些问题。这是人生常有的觉悟，而导致人生转折的，往往是一场大病、一个噩梦，或者是某一桩事件，使人惊了一下，以后就由此而悟，开始反省自己的人生。周作人的人生转折就是1921年的一场病。这场病对他来说，改变了他后来的人生道路。

这场病以后，他写了一篇文章《胜业》。这篇文章非常短，而且我注意到，后人编的周作人文章选本里都没有收这篇文章，说明在今人的眼睛里，这篇文章是不重要的。可是，周作人自己却是把这篇文章作为他的人生道路转变的一个起点。《文集》第一篇是《知堂说》，接下来三篇短文章写自己过去的生命，然后开始讲他对人生道路、事业方向的选择，他就选了《胜业》（1921）、《沉默》（1924）、《伟大的捕风》（1929）、《闭户读书论》（1928）。这四篇文章写于不同的时期，经他的手一编排，就完整地表现出他对于自己的道路的一个认识。

（一）《胜业》（1921）

这篇文章很短，不妨全录：

---

[1] 钱理群：《周作人传》，北京十月文艺出版社1990年，第239页。

偶看《菩萨戒本经》，见他说凡受菩萨戒的人，如见众生所作，不与同事，或不瞻视病人，或不慰忧恼，都犯染污起；只有几条例外不犯，其一是自修胜业，不欲暂废。我看了很有感触，决心要去修自己的胜业去了。

或者有人问，"你？也有胜业么？"是的，各人各有胜业，彼此虽然不同，其为胜业则一。俗语云，"虾蟆垫床脚"。夫虾蟆虽丑，尚有蟾酥可取，若垫在床脚下，虾蟆之力更不及一片破瓦。我既非天生的讽刺家，又非预言的道德家；既不能做十卷《论语》，给小孩们背诵，又不能编一部《笑林广记》，供雅俗共赏；那么高谈阔论，为的是什么呢？野和尚登高座妄谈般若，还不如在僧房里译述几章法句，更为有益。所以我的胜业，是在于停止制造（高谈阔论的话）而实做行贩。别人的思想，总比我的高明；别人的文章，总比我的美妙：我如弃暗投明，岂不是最胜的胜业么？但这不过在我是胜。至于别人，原是各有其胜，或是征蒙，还是买妾，或是尊孔，或是吸鼻烟，都无不可，在相配的人都是他的胜业。

这篇文章写得曲里拐弯，同样的一句话，如果换了鲁迅来写，早就直截了当地说出来了，周作人却不会直接说出来，他总是要引很多东西，把自己的意见、自己的观点都隐藏在别人的话里边。他经常说，别人的思想总比我的高明，别人的文章总比我的美妙，所以我就说别人的话。这形成周作人文体的一个特色,就是"涩"。他的散文风格愈是成熟愈是涩,成熟期的散文几乎没有自己的话,都是不断地抄书,借前人的话来隐晦地表达自己的意思。而且不仅涩,还"迂",说话风格迂回曲折,迂回是"涩"的基础,同时本身也是一种文体特色,好像话总是说不清楚,总是含含糊糊的,你要了解它不容易,但又觉得曲曲折折里都是话,话里有话的意思,这在文体美学上形成了一种"丰腴"的特点。一般涩的文体总是比较干枯,而周作人的文体涩而丰腴,这是非常难得的。《胜业》也是这样,因为它太涩,所以就不被人重视。

"胜业"本来是一个佛教用语,周作人把它移植到世俗的生活里来,也就有了指自己的专业的意思。他分析自己:既非讽刺家,又非道德家;既不能做十卷《论语》,又不能编一部《笑林广记》供雅俗共赏,那么,——"高谈阔论,为的是什么呢?"这句话是关键,我理解这是周作人对"五四"时期发表言论的一个反省。五四新文学运动初期,周作人是赫赫有名的理论家,发表过《人的文学》《平民的文学》《论"黑幕"》等等,都是非常尖锐也非常极端的文章。在《人的文学》里,他罗列了十种中国传统中"非人"的文学,其中把《西游记》《聊斋志异》《水浒传》分别归入"迷信的鬼神书类""妖怪书类""强盗书类"等等,统统骂倒,痛快是很痛快,但把古代文学价值都抹杀了。周作人早期就是很偏激的一个人。可是他在1921年的时候,对自己前几年发表的这种狂妄言论表示了反省。他把这些文章统称为"高谈阔论",否定了这种高谈阔论。然后接着说了一句非常有意思的话:

> 野和尚登高座妄谈般若，还不如在僧房里译述几章法句。

我喜欢这句话，从读佛经谈胜业开始，终于牵出了"野和尚"的意象。像一个野和尚不懂装懂登上高座，大谈什么般若经，这在知识分子中间是很普遍的现象。你本来就不是科班出身下过苦功夫，却要登高座妄谈佛经，这是胡说八道。与其胡说八道，还不如老老实实地到僧房里去翻译几章佛经，比较务实一些，能做点实际的工作。这个比喻，虽然是自嘲，可是对"五四"时期启蒙知识分子的广场意识是一个击中要害的批评。为什么这样说呢？中国的知识分子心理上有一个士大夫情结，士大夫学的是所谓"道统"，修身养性治国平天下。这些东西是相通的，如果你中举了，似乎审案破案也能做，经济建设也能管，水利也能修，杭州的白堤苏堤不就是那些当官的士大夫主持修筑的吗？现代社会也是这样，你在某一个领域出了名，人家就把你当作明星偶像，偶像应该什么都懂，什么都可以批评的。而你也会觉得自己有这种责任去指点江山，激扬文字，于是大而谈战争，小而谈时装，结果就变成野和尚妄谈般若。这种现象在中国社会实在太多了，五四新文学运动就是这样。开始提倡白话文，后来批判传统文化，打倒孔家店，再进而讨论整个中国问题，最后就发展到——胡适去鼓吹好人政府，陈独秀去组建政党搞革命，一个个都分化了，天下兴亡仿佛都在他们身上。而周作人在当时，就是在别人都往前走的时候，他是往后退了。他觉得，有些东西已经超出了自己力所能及的范围，超出了所"知"的范围。在这种情况下，周作人强调自己的"无知"，他不是什么都懂的，也不是野和尚。周作人这个话是针对五四新文学运动中自己营垒的分化而言的。

　　周作人认为自己与其妄谈般若，还不如老老实实去翻译一些自己认可的、有价值的东西。因为周作人外语很好，他明确地说："所以我的胜业，是在于停止制造（高谈阔论的话）而实做行贩。"行贩就是贩卖，把西方的学术思想翻译介绍到中国来。当知识分子站在启蒙的立场上发表言论，他往往就是从西方学到一点知识，认为这是中国现代化一定要遵循的真理。那么，当他把这样一个东西拿到中国来进行启蒙、普及、宣传的时候，他往往站在高处。启蒙是一个金字塔，知识分子像柏拉图所说的"哲学之王"，站在最高处。知识分子坐在这个位置上，就非要无所不知，什么事情都要他来表态和判断。所以很多知识分子，他一旦发现自己的理想、自己的主张、自己的思想，包括自己的学问，都已经跟这个时代产生距离的时候，就会变得非常焦躁。这种焦躁往往推动知识分子不断地朝一个激进的方向去发展，通过更加激进的运动，来掩盖内心的焦虑，有时候就使他干脆变成另外一种类型的人。鲁迅当时也是很焦躁的，他在一首诗里写"两间余一卒，荷戟独彷徨"，就是这个意思。但是，周作人却是一个不焦躁的人。周作人在那场大病以后就想清楚了，他在自己还没有来得及焦躁的时候，就已经发现了这个弊病。所以他说，与其野和尚去高谈阔论，还不如在僧房里翻译，他就这样找到自己的工作了。这个工作也就是"民间岗位"。老老实实找一份职业，退出启蒙者、导师的高高在上的社会地位，安心做一个普通岗位上的工作人员。这样，人就把自己放了下来。每个知识分子都可以按照自己的能力大小，来做自己能做的工作。这样的工作也就是他的"胜业"。

这个转变，我们可以从两个方面来理解。以前的研究者认为，周作人原来是五四新文学运动的激进分子，但到那个时候开始走向保守，走进书斋去了。我认为，这不是一个前进和后退的问题，而是一个价值取向转换的问题，是从广场的价值取向转向民间岗位的价值取向。"转换"不是在同一个价值取向上的前进和后退。作为一个知识分子，他在广场上，他有启蒙的功能；他到了民间岗位上，仍然具有启蒙的性质，仍然有知识分子的关怀，只是他的价值取向变了，他的工作性质也改变了。

有了这样的转变自觉是不是就意味着他将放弃知识分子的责任和现实批判精神呢？我觉得不是的。周作人的《胜业》写于1921年，而在整个20年代他一直积极参与社会斗争，女师大事件，国民党清党事件，他都参与了对统治集团的批判。《胜业》所显现的这个转换里面还是兼了知识分子的两重性，就是说，广场意识和民间岗位意识的双重价值取向。读文章的最后一句，仍然表明他是一个社会批判型的知识分子。他说，翻译只是他的胜业，"至于别人，原是各有其胜，或是征蒙，还是买妾，或是尊孔，或是吸鼻烟，都无不可，在相配的人都是他的胜业"。这完全是一种嘲讽，非常有意思。关于"征蒙"，指的是当时有名的军阀徐树铮的一个"壮举"。段祺瑞执政的时候，徐树铮曾经出使外蒙古去说服那些蒙古王爷，让外蒙古重新回归中国。本来外蒙古跟中国也是若即若离的关系，这件事在当时曾被北洋政府大吹大擂——不过后来也没有实现。徐树铮是军阀中出了名的枭雄，当时孙中山曾经赞扬他是"班超转世"。但是，周作人却很轻蔑地把这个"征蒙"与"尊孔"（可能是影射袁世凯），以及阔人买妾吸鼻烟放在一起加以讽刺。作为"五四"时期的知识分子，他对徐树铮的外交业绩不屑一顾。这里可以看到，周作人的这篇文章里仍然有社会批判的意义。这篇文章虽然短，可它是一个宣言，周作人在此宣布了自己的转换：以后不再高谈阔论，不再做启蒙型的知识分子，只是在爱智的传统上确立自己的工作岗位。

当然，周作人转换后的"胜业"并不止翻译。他的"胜业"究竟是什么？从后来他所做的几方面的工作来看，是翻译古希腊和日本的文化、文学著作，中外民俗研究和小品文写作。周作人从20世纪20年代开始，到60年代去世，不管在什么环境下——日本统治时代他任过伪职，国民党时代他做过囚犯，50年代以后，他是一个半囚犯，直到最后在"文革"中被红卫兵残酷毒打而死——这三个方面的工作他一直坚持着，没有停止过。

（二）《沉默》（1924）

《沉默》是一篇解释周作人为什么会转向的散文创作。周作人的文章写得非常委婉，他先引用了林语堂讲的一个故事："林玉堂先生[1]说，法国一个演说家劝人缄默，成书三十卷，为世所笑。"这是一个幽默的故事，所以他说，"我现在做讲沉默的文章，想竭力节省，以原稿纸三张为度"。于是开始讨论何谓"沉默"。周作人是个学问家，他完全是从学理上来讨论这个概念，但同时他又是一个关注现实的知识分子，所以论述中总是关注到现实问题。

他首先界定"沉默"是来自宗教的神秘主义，接下去就讨论"沉默"的好处。他讲了两点好处，一点就是不说话，比较省力，一说话就要伤精神，所以还是尽量少说话为好。这当然是打一个过门，主要是引出沉默的第二个好处——省事。为什么省事？他就说："古人说'口是祸门'，关上门，贴上封条，祸便无从发生。"这个话可能与陈独秀有点关系，因为他们俩本来是好朋友，可是在反对基督教同盟问题上出现了分裂，他发现人与人之间要真正地沟通其实是很困难的，即使是朋友之间。当然这里也不否认可能还有另外一些暗示，即借着祸从口出的意思，暗示那个时代不太平，权力者开始走向高压了，知识分子如果保持沉默的话，就不会惹祸。这个说法里其实有很大的现实意义。

周作人喜欢正话反说，他另有一篇文章《碰伤》（1921），非常激烈。他在文章里举了当时教职员和学生在新华门请愿被警察镇压的事实，当时报纸怎么报道这个事件的？说是在骚乱过程中学生不小心被"碰伤"了。周作人抓住这件事说，他把警察想象

---

[1] 即林语堂。

成一种穿着盔甲的怪物，学生根本不能去碰他，你如果"碰"了他，碰伤是你自己的事。不是警察把你打伤的，是你自己不小心碰上去受伤的。周作人说碰伤在中国是常有的事，至于完全责任，当然由被碰的去承担。接着他就说，希望人们再也不要去请愿了，"例如俄国，在一千九百零几年，曾因此而有军警在冬宫前开炮之举，碰的更厉害了。但他们也就从此不再请愿了。……我希望中国请愿也从此停止，各自去努力罢"[1]。这段话中的省略号是周作人自己加的，在1921年的背景下它意味着什么，不难理解。周作人编《知堂文集》时照样把它收进去，似乎看得出他的激进思想在当时并没有完全改变，只是他的语言温和含蓄，一般人很难读出其中的激进味道。正话反说是周作人散文的又一大特色。《知堂文集》里倒数第二篇，是有名的《三礼赞》，那时已经是白色恐怖，他写了《娼女礼赞》《哑巴礼赞》《麻醉礼赞》，都是正话反说。《娼女礼赞》是说资本主义制度下妓女的职业是高尚的，有了这个职业，不仅满足了资本家的需要，还可以为资本家的淫乱背十字架。《哑巴礼赞》是赞扬哑巴不说话，怎么都不会惹祸。这与《沉默》的意思也差不多。

再回过来读解《沉默》。表面上看，他是说再也不愿像野和尚那样"登高座妄谈般若"了。那么，为什么不高谈阔论呢？为什么沉默呢？他说：

---

[1] 周作人：《碰伤》，收《知堂文集》，第60—61页。

善良的读者们，不要以我为太玩世（Cynical）了罢？老实说，我觉得人之互相理解是至难——即使不是不可能的事，而表现自己之真实的感情思想也是同样地难。我们说话作文，听别人的话，读别人的文，以为互相理解了，这是一个聊以自娱的如意的好梦，好到连自己觉到了的时候也还不肯立即承认，知道是梦了却还想在梦境中多流连一刻。

这段话很关键，他流露出真实的思想了。前面说的什么省力啊、省事啊，都是反话。这里涉及他心灵深处的一种悲观：他发现知识分子说的话是没有用的，人与人之间很难理解，启蒙知识分子将西方的民主、自由、人权等概念引进中国，可是在中国的老百姓当中一点反响都不会有。所以他觉得，人与人的沟通是极为困难的，知识分子写了文章发表了，自己很高兴，觉得人家都理解了，这只是一种在梦中自娱。真正问题是，梦太美好了，有时候，你明明知道这是梦，可还想在梦里多流连一会儿。这是非常深刻的启蒙知识分子的悲观，不仅周作人有，鲁迅也有。鲁迅在《药》里悲愤地写到，夏瑜自己要砍脑袋了，还在监狱里拼命说服狱卒起来革命。可是，正是他劝的那些人，有的在杀他的头，有的在打他的血的主意，卖人血馒头。人与人之间的隔阂是非常深的，特别是那种先知先觉的知识分子，他把认为是致命的、最重要的道理告诉大家，可是，没有人相信。这是非常悲哀的事情。鲁迅也强烈感觉到这点，但鲁迅的个性是知其不可为而为之。我们读《野草》，可以感觉到他那种坚忍不拔里也包括沉默的战法，周作人要比鲁迅消极，他觉得没有必要如此坚持，既然讲了人家都不听，还讲它干吗？

他后面有一段比喻，写得非常有意思。他说：

> 我们在门外草地上翻几个筋斗，想象那对面高楼上的美人看着，（明知她未必看见，）很是高兴，是一种方法；反正她不会看见，不翻筋斗了，且卧在草地上看云罢，这也是一种方法。

周作人早先是很起劲翻筋斗的，他编的论文集子里，一本《谈龙集》，一本《谈虎集》，都是充满了知识分子的现实战斗精神。这两本是他最尖锐的文集。到后来，他发现"谈"了也不管用，也就不谈了，紧接着一本集子就叫《看云集》，躺在草地上看云去了。他这儿说"卧在草地上看云"就是这个意思。他说：

> 我是喜翻筋斗的人，虽然自己知道翻得不好。但这也只是不巧妙罢了，未必有什么害处，足为世道人心之忧。不过自己的评语总是不大靠得住的，所以在许多知识阶级的道学家看来，我的筋斗都翻得有点不道德，不是这种姿势足以坏乱风俗，便是这个主意近于妨害治安。这种情形在中国可以说是意表之内的事，我们并不想因此而变更态度，但如民间这种倾向到了某一程度，翻筋斗的人至少也应有想到省力的时候了。

这段话，他是用一个比喻的方法，写启蒙知识分子在当时的处境。"五四"时期《新青年》的同仁们都是乱翻筋斗的人，周作人自己就是翻得很起劲的一个。他认为这没有什么坏处，对世道人心的改造和建设是有益的，即使在一些道学家和警察看来有伤风化也无所谓。因为"五四"时期知识分子的言论本来就是与当时的政府、当时的道学家、保守派之间相对立，他认为这是意料之中的，"我们并不想因此而变更态度"，大家注意，他用了一个"我们"，周作人很少用"我们"这个词的，这里却用了一个复数，很显然，不是指他一个人，而是包括了"五四"时代的那一群启蒙知识分子。

可是，"如民间这种倾向到了某一程度，翻筋斗的人至少也应有想到省力的时候了"。启蒙知识分子的对象主要是大众，只要他的话对老百姓有用，那些来自庙堂的各种反对声音他是无所畏惧的。但问题是，如果他说出去的那些话连老百姓都不懂，都不认为他这样做是对的，这一倾向到了民间有一定的程度，那么，他说，就应该想一想省力的事了。

这表面上看是周作人的一种悲哀，实际上正说明了"五四"时期知识分子广场价值的一种尴尬处境。知识分子广场价值概念，像两面有刃的刀一样，对庙堂，他是抗衡庙堂的压迫，对民众的愚昧、民众的不觉悟，他是要批判的，所以，作为广场上的知识分子，他非常紧张，战斗意识非常强，同时也感到非常累，非常失望。鲁迅经常产生这样一种感觉。鲁迅为什么要不断地与最有力量的、最激进的组织联合？就是因为知识分子要一面抗衡庙堂，一面教育、批判民众，这种压力是非常大的，作为一个个人主义的知识分子,他必须要与现实中的某一种力量紧密结合才能发展。而周作人呢,他正好相反,退回到书斋里去。他放弃了两面受敌的处境,退守到自己的"民间岗位"。从五四新文化运动的历史来看,往前走的知识分子,往往总是往庙堂方向靠,或者就是革命的、反庙堂的,其实也是在庙堂的范畴里,陈独秀、胡适、鲁迅,都是往这个方向走。周作人是往后退,退到民间去寻找一个工作岗位,做他自己的事情。这样,他的工作就不再以广场的启蒙为指归了。

这篇散文很短,但他讲的内容却很多,从沉默的定义开始,讲到沉默的好处,再讲对沉默的看法,而最终,扯出了一个大问题,即当时知识分子所面临的尴尬处境。这个处境不仅仅是周作人意识到,很多知识分子都意识到。20世纪20年代革命文学起来以后批判"五四",瞿秋白批评白话文"非驴非马",指出那种非驴非马的白话文实际上是欧化文。这种来自西方的思想和文体,对中国老百姓不能产生直接的关系。作为革命的知识分子,像瞿秋白,就要求进一步突破自己,进一步向民众去深入,于是就出现了"大众语运动",出现了所谓"为第四阶级服务",最后就变成毛泽东在延安提出的"为工农兵服务"。另外一种努力就是周作人,他看到知识分子启蒙的失败,看到知识分子来自西方话语与民众之间缺乏沟通,缺乏了解,他只能回过头来,通过他自己开拓的民俗学的研究,来沟通他与中国民间的关系。就是说,避开了广场这样一个价值取向。这篇文章虽然短,但是把他转向的原因,包括这个转向背后所隐藏的深刻的悲哀,都展示出来了。

(三)《伟大的捕风》(1929)

《伟大的捕风》写作时间比较晚，与《沉默》相隔五年。但周作人把它排在《沉默》之后是有意图的，他想以此补充《沉默》的一些观点。1929年周作人的散文风格已经基本成熟，其博学、晦涩、迂回、丰腴等文笔特色都充分显示出来。这篇散文与《沉默》相比，意境更加深远，态度也更加积极，而且流露出周作人散文中少有的热情。他起先就引了《圣经》里传道者的话：

> 我最喜欢读《旧约》里的《传道书》。传道者劈头就说，"虚空的虚空"，接着又说道，"已有的事后必再有，已行的事后必再行。日光之下并无新事"。这都是使我很喜欢读的地方。

"虚空"就是"空虚"，"空虚的空虚"，如同鲁迅所说的"绝望之为虚妄，正与希望相同"。虚无，本身也是虚无的，一切都是虚无，而这个虚无的观念也是虚无的。为什么？因为在阳光底下没有新鲜的东西，我们每天看到的事情都是以前做过的，已经有的事情今后还会有，历史是一种不断地循环，不断地重复。

我查了《圣经》的《传道书》，这段话很优美，我把它当作诗的体例排列：

> 传道者说：虚空的虚空，虚空的虚空。凡事都是虚空。
> 人一切的劳碌，就是他在日光之下的劳碌，有什么益处呢。
> 一代过去，一代又来，地却永远长存。

日头出来，日头落下，急归所出之地。

风往南刮，又向北转，不住的旋转，而且返回转行原道。

江河都往海里流，海却不满。江河从何处流，仍归还何处。

万事令人厌烦，人不能说尽。眼看，看不饱，耳听，听不足。

已有的事，后必再有。已行的事，后必再行。日光之下并无新事。

岂有一件事人能指着说，这是新的。那知，在我们以前的世代，早已有了。

已过的世代，无人纪念，将来的世代，后来的人也不纪念。

……

我专心用智慧寻求查究天下所作的一切事，乃知神叫世人所经练的，是极重的劳苦。

我见日光之下所作的一切事，都是虚空，都是捕风。

弯曲的不能变直。缺少的不能足数。

我心里议论，说，我得了大智慧，胜过我以前在耶路撒冷的众人。而且我心中多经历智慧，和知识的事。

我又专心察明智慧，狂妄，和愚昧。乃知这也是捕风。

因为多有智慧，就多有愁烦。加增知识的，就加增忧伤。

之所以要把这传道者长长的一段话抄下来，不仅仅是语言很优美，更主要是希望能够完整地把握周作人引文的含义。断章取义总是危险的，周作人开头引的两句话都极富智慧，他自己也连用了两次"喜欢"这个词，我还以为周作人是很赞同《圣经》里的意思。但读了全文后，发现不对了，在宗教家的彻底的悲观厌世的人生态度面前，周作人却显现出少有的世俗的热情与批判精神。他把传道者的这段话活用了。

怎么理解"已有的事后必再有，已行的事后必再行。日光之下并无新事"？《圣经》把自然界的现象与人类历史的现象都归结一种虚无缥缈的"循回"，有点像《红楼梦》里的"好了歌"，一切都在自然历史的循回中而微不足道。但是周作人没有进一步去发挥它的悲观的态度，而是把消极的循回观念引向积极的批判精神。他借题发挥继续引经据典，把"日光之下并无新事"与两种复古的言论联系起来："中国人平常有两种口号，一种是人心不古，一种是无论什么东西都说古已有之。"这两个口号都来自文化复古派的心理。周作人提起"人心不古"只是虚晃一枪，而主要在"古已有之"上做文章。他首先批判了那种说"潜艇我们古代也有""轮船我们古代也有"的复古言论，他说，所谓"古已有之"，就是说中国古代什么东西都有，可是有什么呢？当然不是潜艇轮船，而是我们今天认为的坏东西。"古已有之"的都是坏东西，像魔鬼一样，像遗传的病菌一样，一直纠缠到我们今天。

周作人是谈鬼高手，他有许多文章都是谈鬼的，而且谈得很有人情味。但在这里他却把"鬼"与民族劣根性联系起来，采取了严厉批判的态度。他说："世上的人都相信鬼，这就证明我所说的不错。普通鬼有两类。一是死鬼,即有人所谓幽灵也,人死之后所化,又可投生为人,轮回不息。二是活鬼,实在应称僵尸,从坟墓里再走到人间,《聊斋》里有好些他的故事。此二者以前都已知道,新近又有人发现一种,即梭罗古勃(Sologub)所说的'小鬼',俗称当云遗传神君,比别的更是可怕了。"他明明要讲梭罗古勃的"小鬼",却偏要先讲一大堆死鬼活鬼,知识特别丰饶,这是周氏散文的丰腴性。"小鬼"是俄国作家梭罗古勃写的同名小说里的一个角色,小说里的"小鬼"与遗传好像还不是一回事,它反映了人内心深处的"恶"的因素[1],但周作人却对这个

---

[1] 《小鬼》今译《卑劣的小鬼》,刁绍华译,辽宁教育出版社2000年。在《撒旦的蜕变——译者前言》中,译者这样介绍"小鬼"形象:"小说情节进展到中间的时候,突然出现一个'小鬼'。彼列多诺夫搬到新居的当天,'不知从何处跑来一个没有固定形状的小畜牲——灰色的、行动敏捷的小鬼。只见它笑嘻嘻,哆哆嗦嗦,围着彼列多诺夫转来转去。他向它伸出一只手,它就迅速地溜掉了,跑到门外去了,或者钻到柜橱底下去了,可是过了一会儿,它又出现了,哆哆嗦嗦,逗弄人——灰色的,形象模糊,动作敏捷'。从此以后,这个'又脏又臭,既让人厌恶又叫人恐惧的'小鬼一直伴随着彼列多诺夫。他害怕这个'阴险毒辣的家伙',竭力想要摆脱它,念驱邪咒语,用斧子劈,但无济于事,小鬼照样随时随地地出现在他的眼前,讥笑他,捉弄他,引起他无限恐惧。最后,彼列多诺夫终于在小鬼的引诱下纵火烧了正在举行化装舞会的公共俱乐部。这个小鬼虽然是彼列多诺夫神经错乱时出现的幻觉,但从艺术表现上来看却是彼列多诺夫的'同貌者',是他的内心状态的外化,是他的精神世界高度概括的物质化。二者彼此补充,互为镜子。这一艺术处理手法来自费·陀思妥耶夫斯基的长篇小说《卡拉马佐夫兄弟》中德米特里在梦魇中与小鬼对话的场面。"在小说里,彼列多诺夫是个嫉妒、猜疑、恐惧的心理折磨下的精神错乱者,终于成为杀人犯。作家梭罗古勃认为,这是潜在于人的精神底层的犯罪意志的总爆发。所以,小鬼似乎象征了他灵魂深处的犯罪欲望也是我所谓的"恶魔性因素"。("恶魔性因素",请参阅拙作《试论阎连科的〈坚硬如水〉中的恶魔性因素》《试论张炜的〈外省书〉与〈能不忆蜀葵〉中的恶魔性因素》,收《当代小说阅读五种》,复旦大学出版社2010年。)

"小鬼"另有解释,他把梭罗古勃的"小鬼"引到了挪威著名的戏剧家易卜生(Henrik Ibsen,1828—1906)的《群鬼》,把两者联系起来。

《群鬼》是易卜生的名著,它直接写了遗传对人的影响。主人公是一个贵族太太阿尔文夫人,她的丈夫放荡腐化,患梅毒而死。阿尔文夫人含辛茹苦把儿子送到巴黎接受教育、培养成材,并且对外竭力树立丈夫的正面道德形象。她捐造了一个孤儿院,并选择丈夫去世十周年的纪念日那天开幕。儿子也从巴黎赶回来,似乎一切都很圆满。但她最后才知道,她唯一的儿子,因为他父亲遗传的梅毒已经病入膏肓。阿尔文夫人深受刺激,她好像看到满舞台都是鬼,于是就说了这么一段话:

> 我眼前好像就有一群鬼。我几乎觉得咱们都是鬼,……不但咱们从祖宗手里承受下来的东西在咱们身上又出现,并且各式各样陈旧腐朽的思想和信仰也在咱们心里作怪。那些老东西早已经失去了力量,可是还是死缠着咱们不放手。我只要拿起一张报纸,就好像看见字的夹缝儿里有鬼在乱爬。世界上一定到处都是鬼,像河里的沙粒儿那么多。[1]

这个故事今天来看也没什么意思。遗传因素当然是很重要的,但遗传是不是重要到足以影响人的命运,也很难说,我们现

---

[1] 这段话引自潘家洵先生翻译的《群鬼》,收《易卜生戏剧四种》,人民文学出版社1978年,第246页。周作人在《伟大的捕风》中的那段引文也是潘家洵先生的译文,但潘先生后来有过修订。

在科学上对DNA遗传因子的研究就是要解决人自身的问题。剧本的意义是把生物学上的遗传因素与社会学上的民族文化积淀联系起来,强调的是一种旧时代的病菌,它不会随着旧时代的消失而灭亡,而是会像遗传的病毒一样,遗传到下一代,遗传到后来的世界。所以,在新时代中,仍然能够看到旧时代遗传下来的病毒。周作人也是强调这一点,他是持批判态度的,所以他把梭罗古勃的"小鬼"形象也扯进去了。"小鬼"象征人的心理犯罪欲望,也就是人的恶魔性,易卜生讲的是遗传也包括社会的陈旧思想,为了把这两者沟通起来,周作人又扯进了法国社会学家勒朋(Gustave Le Bon,1841—1931,周作人译作吕滂)的观点。勒朋在研究民族发展心理学和集体无意识等领域很有名,可以说是弗洛伊德的精神分析理论的先驱,也可以说是鲁迅、周作人等中国知识分子批判国民性的理论依据之一。他的《民族进化的心理定律》一书讨论了遗传与民族发展的关系,在他看来,死去的无数祖先是今天活着的人类民族的原创,现在的人不仅在生理结构上继承了祖先,思想情感(文化)上也是继承于他们,"在一民族之生存上占重要地位非生者而乃死者,死者乃其道德之创造人,又为其行为之无心的主动人"[1]。周作人斩钉截铁地说,我们参照勒朋的《民族进化的心理定律》,就"觉得这小鬼的存在是万无可疑"的了。

这样一个思想,周作人在这篇散文里说得很清楚了——我们

---

[1] 勒朋:《民族进化的心理定律》,张公表译,商务印书馆1935年,上海文艺出版社1991年影印,"译者序"第2页。

今天所面临的一切问题，实际上都跟旧时代有关，旧时代的那种病毒，在我们现代的时代里面都会存在。下面就开始讨论现代的"鬼"了。阿尔文夫人不是满舞台看到的都是鬼吗？他就说：

> 无缘无故疑心同行的人是活鬼，或相信自己心里有小鬼，这不但是迷信之尤，简直是很有发疯的意思了。然而没有法子。只要稍能反省的朋友，对于世事略加省察，便会明白，现代中国上下的言行，都一行行地写在二十四史的鬼账簿上面。画符，念咒，这岂不是上古的巫师，蛮荒的"药师"的勾当？但是他的生命实在是天壤无穷，在无论那一时代，还不是一样地在青年老年，公子女公子，诸色人等的口上指上乎？

他这段话非常深刻。鲁迅说过满纸仁义道德的字缝里是血淋淋的两个字"吃人"，周作人说这个话几乎和鲁迅是一样的意思。二十四史，他称为"鬼账簿"，鲁迅把它称为"陈年流水簿子"，意思一样。那鬼账簿上满载的那种野蛮的、迷信的、鬼气的东西都是象征符号，它象征了一个野蛮的迷信时代（所谓的画符、念咒等等），直到今天还在流行。

然后他就拿自己做例子："即如我胡乱写这篇东西，也何尝不是一种鬼画符之变相？"这里涉及周作人散文里另外一个特征，就是自我消解。这是反启蒙的知识分子特点。启蒙知识分子认为自己说的话句句是真理，他要教育大众应该怎么做，而周作人却轻蔑地把这种启蒙比作是现代的画符念咒。中国人相信符咒：符就是符号，真实的东西早就没有了，它留下了一个符号，这个符号能够指代背后一个有生命力的东西，符号本身没有生命；咒语也是一种符号象征，通过某种声音来驱逐妖魔鬼怪，或者达到某种现实的功利目的。人们对符咒过于迷信，对名教过于迷信，就会出现鬼画符。中国人过去非常相信文字的，以为一篇文章或者一个口号就可以影响现实中人的生命。说到底，还是对符咒的迷信。

那么，周作人把这样的东西跟他自己联系起来是什么意思呢？我觉得他是顺手反讽了广场上的启蒙知识分子。启蒙知识分子站在金字塔上面，下面都是芸芸众生，他在那儿讲什么光啊，真理啊，以为老百姓都听懂了。而周作人却认为，这实际上也是一种画符念咒呀，知识分子总是过于相信各种外来的名词、概念、术语、理论、口号、主义，以为一个新名词新概念来了就可以解决很多实际问题，其实只是鬼画符而已。整个这一段说的还是与《沉默》一样，在讨论启蒙知识分子的无能为力。

最后一部分周作人却提出了积极的主张。他又转回到历史循回了，他说："已有的事后必再有，已行的事后必再行，此人生之所以为虚空的虚空也欤？传道者之厌世盖无足怪。"既然历史就是这么一代代遗传下来的，既然现在的事情没有什么新鲜，过去都已经出现过的，那么我们今天的努力不都是虚空吗？但是，他接着又引了传道者的另外一段话：

他说，"我又专心察明智慧狂妄和愚昧，乃知这也是捕风，因为多有智慧就多有愁烦，加增知识就加增郁伤"。话虽如此，对于虚空的唯一的办法其实还只有虚空之追迹，而对于狂妄与愚昧之察明乃是这虚无的世间第一有趣味的事，在这里我不得不和传道者的意见分歧了。

周作人曲里拐弯到这里才终于说出他自己的意见了。由于前面他对传道者的话做了积极的批判的引申，所以到这里与传道者分道扬镳是顺理成章的。传道者认为现实生活中一切都是虚无的，没有什么好讨论的，对于智慧和知识没有必要去追求，因为智慧知识越多，你的烦恼就越多。过去中国老庄也有这种说法，人一识字忧患就来了。但是对于这一点，周作人却不认同。这个分歧露出了他作为人文知识分子的本来面目，所有的消极悲观都一扫而空。周作人是崇仰古希腊爱智精神的。他认为，人间是虚无的，人类是愚昧的，可是对这种虚无和愚昧的研究却是有意义的，我们必须直面这虚无和愚昧，这是"这虚无的世间第一有趣味的事"。这也是周作人的典型语言，他从来不说"有意义的事情"或者说"有价值的事情"，而总是说有趣味、有意思。他想说的是，虽然民众很愚昧，我们启蒙也没用，可是我们对这种愚昧的、没用的东西的研究，本身是有趣的。为什么鬼画符没用？为什么没用的东西大家会那么相信？人为什么愚昧？为什么这种愚昧会持久地保存下去？这问题本身是有意思的，研究这个东西是很有趣的。这就不是虚空的虚空了。

按照周作人一般的写作习惯，文章到这里也可以完了。但这篇散文却体现了周氏少有的感情色彩，下面的话比较啰唆，也很动情——他引了丹麦的文学批评家勃兰兑斯（Georg Brandes，1842—1927）评论法国作家福楼拜（Gustave Flaubert，1821—1880）的一段话，说福楼拜的性格里有两种成分组成："对于愚蠢的火烈的憎恶，和对于艺术的无限的爱。这个憎恶，与凡有的憎恶一例，对于所憎恶者感到一种不可抗的牵引。各种形式的愚蠢，如愚行迷信自大不宽容都磁力似的吸引他，感发他。他不得不一件件的把他们描写出来。"读着这段话，仿佛周作人又回到了"五四"做斗士时代的精神风貌。我们这里也可以看到鲁迅的精神，鲁迅在写国民性的愚昧时，也有这样一种恨爱交加的地步。他对阿Q就是这样。鲁迅对这样一个愚昧的灵魂充满了感情。他痛恨阿Q愚昧到了这个程度，一定要把他写出来，把他的灵魂挖出来鞭挞。但挖掘到最后，这个愚昧的灵魂对鲁迅来说变成一种不可抗拒的吸引力，使他如此精致地来表现一个人类的愚蠢典型。所以，阿Q就变成一个不朽的艺术典型，变成艺术上至善至美的东西了。这是非常辩证的。

那么，周作人引用这段勃兰兑斯的话，其实是回到了知识分子的责任。他把批判国民性和民族的劣根性的任务转换为一种观察和研究，这是民间岗位上的知识分子的责任与启蒙知识分子的不同："察明同类之狂妄与愚昧，与思索个人的老死病苦，一样是伟大的事业。"这话很有意思。思索人的老死病苦，这是释迦牟尼的事情。那个印度王子什么都有了，他就想不通几件事，再有钱的人，哪怕你是个王子，也解决不了，一个人要老的，要死的，要生病的，还有人心的那种苦。释迦牟尼想的是人类最普遍最大的事情，永远都不可克服的老死病苦。那么，周作人就把知识分子的工作，定位在研究人类的愚昧和狂妄，这与释迦牟尼研究人的老死病苦，被认为是一样的伟大。然后，他说：

> 积极的人可以当一种重大的工作，在消极的也不失为一种有趣的消遣。虚空尽由他虚空，知道他是虚空，而又偏去追迹，去察明，那么这是很有意义的，这实在可以当得起说是伟大的捕风。

风是很虚空的，一阵吹过来都没有的，可是，去追寻这个虚空的意义，追寻这个虚空的过程，他认为是非常伟大的。虽然他认为启蒙在现实中没有意义，可是，研究人类的愚昧和狂妄，在自己的岗位上做实验派用场，比如一个作家，他可以把它转换为艺术的材料；一个思想家，他可以把它转换为思想的材料。这样一来，画符可以研究，念咒可以研究，迷信可以研究，鬼也可以研究，所有的东西，都可以把它放到一个科学的、学术的、艺术的空间，我们都可以去观察它、研究它。这样，他就解决了一个绝望与希望的关系。本来是一个虚无的东西，可是，还是有研究的意义和价值，那就把它定位在自己岗位上加以利用。这个立场，我以为还是揭示了一个人文知识分子的民间立场。

周作人引了法国思想家帕斯卡尔（Blaise Pascal，1623—1662）《随想录》里的一段非常著名的话：

> 人只是一根芦苇，世上最脆弱的东西，但他是一根会思想的芦苇。这不必要世间武装起来，才能毁坏他。只须一阵风，一滴水，便足以弄死他了。但即使宇宙害了他，人总比他的加害者还要高贵，因为他知道他是将要死了，知道宇宙的优胜，宇宙却一点不知道这些。

周作人又一次强调了人的至高无上性——人虽然像芦苇那样软弱无用，但是他会思想，所以他比天地万物为优。他就这样为他的民间岗位确立了工作范围：它的功能是什么？它的价值是什么？他明明知道有些东西是虚无的，但他不因为虚无而像通常说的"看破红尘"一走了之。周作人不是这样，他确立了自己的岗位，确立了自己的工作范围和工作意义，来完成他的工作。

（四）《闭户读书论》（1928）

《闭户读书论》是一个标志，标志了周作人价值取向的彻底改变，也明确地宣告他与现实的不妥协。因为前有清代文字狱，后有国民党政权的专制，常常让人以为"闭户读书"是一种消极的、妥协的、软弱的自我保护措施，遭遇的误解和批评也特别多。"避席畏闻文字狱，著书都为稻粱谋"，是清代诗人龚自珍批判当年士大夫精神状态的名句。

这篇文章写于1928年。前一年，国民党武力统一半个中国，建立了相对统一的国家政权。由于国民党的政权是靠枪杆子夺来的，它在治理国家以及文化建设等方面也相应地企图建立大一统的专制天下,"五四"以来形成的以自由主义、个人主义为基础的知识分子文化格局面临了严峻挑战。面对来自国家的压迫,各种知识分子都有自己的立场,比如鲁迅,他就在这样的挑战面前,勇敢地参加了共产党领导的左翼文艺运动,参加了反对派运动。还有陈寅恪,就是在那个时候写了著名的纪念王国维的碑文,竖立在清华大学的校园里面,提出了"独立之精神,自由之思想"[1]的口号。他的意思是,国民党统一了中国,你可以建立你的政权,但是,我们知识分子有我们的操守,我们有自己的独立精神、自由思想,学术与政治是两股道上走的车。他这是为纪念王国维先生而写的。王国维,据说是因为北伐军有燎原之势,他恐惧中国文化的彻底毁灭,跳进昆明湖自杀身亡。当时人们流行一种说法,王国维是为了殉溥仪而死。这是不通的,溥仪不是崇祯,他自己都不寻死,为什么王国维要去为他陪葬呢?没有道理。于是后来有各种猜疑流传开来。陈寅恪先生就及时指出:王国维殉的不是溥仪,不是旧的朝廷,而是中国的文化传统。革命葬送了这样一种文化传统,王国维作为古老文化的最后一个守门人,就随同这个文化一起死了。就像恩格斯评价但丁是中世纪最后一个诗人,王国维大约也算是中国古典时代的最后一个诗人了,古典时代结束了,中国将进入现代,那些接受传统教育的知识分子应该怎么办?当时陈寅恪只有三十多岁,他不像王国维那样去寻死,但他必须要划出一个界限,就是:我做我自己的工

---

[1] 陈寅恪先生这个口号最初见于《清华大学王观堂先生纪念碑铭》(1929)。

作，在这个范围里，要维护的就是"独立之精神，自由之思想"。

后来证明陈寅恪先生也没有离开过自己设定在民间的工作岗位，他一生的学术成就无人可及。周作人的"闭户读书"宣言其实也是这个意思，但他比陈寅恪更要介入社会，这个时候他还抱有对国民党清党的强烈愤怒。他发表这篇文章，本意是抗议国民党的屠杀，说的全是反话，又是正话反说、绵里藏针的叙说风格。

这篇文章写得非常有意思。他一开始就绕来绕去地谈灵魂的有无，说唯物论盛行灵魂说就消失了，中国人过去是讲轮回的：二十年后又是一条好汉，所以大家可以不怕死。可是现在有了唯物论以后，大家不相信鬼了，死了就死了，一失足成千古恨，再回头已百年身。所以大家还是爱惜生命好。那么，你的生命怎么来安排呢？他狠狠地批判了现状，他说，只有两种人是不烦恼的，一种是做官的人不烦恼，还有就是有钱的人，虽然也有烦恼，但可以用各种方法来消遣，比如抽鸦片、嫖娼、赌博什么的，以此打发时间。否则的话，一个正派的人面对如此黑暗的社会真要活活气死。周作人很幽默的说法，骨子里却很尖锐。他说："这些不满和不平积在你的心里，正如噎隔患者肚里的'痞块'一样，你如没有法子把它除掉，总有一天会断送你的性命。""痞块"大约就是指癌症，人因忧患而不发泄，容易生癌症。但如果随意发泄呢？就更加危险："假如激烈一点的人，且不要说动，单是乱叫乱嚷起来，想出一口鸟气，那就容易有共党朋友的嫌疑，说不定会同逃兵之流一起去正了法。"这段话里激愤之气溢于言表，周作人青年时期满口柴胡的"流氓鬼"又出来了,"乱叫乱嚷""鸟气"都出来了,而且"共党"后面加"朋友","正法"前面连带"逃兵",都是对现实中残酷事件的影射。我们可以通过字缝行间的暗示来想象周作人在白色恐怖底下坚持说真话的勇气。

文章写到最后才说到了读书的意思,但他也不是真讲读书,锋芒还是针对了现实。他说我们这些读书人既不是官也没有钱,又消除不了烦恼,所以只有一个办法:读书。读什么书呢?他建议说,应该读历史。你去看历史上的这些群鬼,在我们今天生活中都重现出来。这个时候,历史的循环论占了上风。

关于循环论我想多说几句,因为这影响到后来周作人一系列人生道路的选择。循环论是中国传统思维方式。西方人的历史计算法是从公元即耶稣诞生日开始,是一个直线发展的日期表。这样来看历史,历史是线性发展的,所以西方人容易相信进化论。而中国人的历史是讲轮回的,以甲子纪年。这样来看历史,讲来讲去都是六十年。中国人的思维方法也是循回的,这又跟佛教的轮回说似乎有些关系,人的生命也是生生死死,不断地循环。所以"二十年以后又是一条好汉";男女相爱不能终成眷属也没关系,来世还可以成夫妻。在历史观上就发展成一个大循环,国家政权也在这个循环之中。开国皇帝兴兵打下天下,慢慢地一个朝代进入昌盛、兴衰、战争、崩溃,于是又一个开国皇帝起兵,再从头开始运转。儒家的士大夫阶级之所以重视气节,就是因为气节这个东西通常无法坚持。我举一个例子,东北满族当时算是异族,清兵入主中原以后,明朝亡了,士大夫一个个都慷慨激昂,叫嚷着要保持气节，谁去做清廷的官，谁就是卖国贼。最著名的故事就是《桃花扇》。其实这种气节很无聊。没过几年，到第二代、第三代，连几个著名的抗清遗老也松口了，他们说，我们这一代因为生在故朝，有故主之恩，现在的孩子生在大清国，那就是大清国的臣民了，所以他们应该去应试博得功名。中国的士大夫就是这么圆滑，忠君爱国的气节也是可以变的。由于有这么一个历史循环的概念，中国人对历史看法也很虚无。周作人就是受这么一种思想影响，这种影响有积极的一面也有消极的一面。

周作人研究晚明史，他重复说过很多次，中国在20世纪20年代末的现实，与晚明史实在太相似了。晚明历史最激烈的斗争是太监魏忠贤的阉党与士大夫集团东林党的斗争，朝廷采取特务制度，监视、迫害、屠杀知识分子，很多坚持说真话的人，对国家有贡献的人，都被杀完了。等到崇祯皇帝上台，能干的人才奇缺。以后激化了社会矛盾，朝廷调兵力镇压农民起义一败涂地，国力不断下降，最后是李自成进京、清兵入关，明朝就彻底亡了。当时周作人从晚明历史看到了现实的影子：一方面，国民党的特务政治，钳制言论自由，迫害知识分子，正直的知识分子不敢说话；另一方面苏区红军闹暴动，国民党军事镇压，重新爆发战争；然后又有日本人虎视眈眈，准备侵略我国东北三省，又面临一个被入侵的危险。周作人对日本的侵略野心是很警觉的。他把国民党时代这样一个形势跟明末历史对照起来，他在另一篇文章里说，现在我们演一出晚明的戏，演员都不用化装，站在台上去说的就是当时的话。[1]于是他就把自己看成是明末一代不敢说话的知识分子，所谓公安派、竟陵派，这一批人追求的是个人的性灵自由，而不去管国家盛衰了，这样一批人也就保留了文化的脉络。周作人认为，"五四"就是公安、竟陵等文化流脉的再现。周作人在很多文章里说到这个意思。

他有一段话表达了他读史的内心恐惧：

> 历史的人物亦常重现于当世的舞台，恍如夺舍重来，慑人心目。此可怖的悦乐为不知历史者所不能得者也。通历史的人如太乙真人目能见鬼，无论自称为什么，他都能知道这是谁的化身，在古卷上找得他的元形。

我们这里要注意他的用词，"可怖的悦乐"是指什么？这是周作人写出了自己读史的心情，——他发现了"群鬼"再生，历史上的故事又重新发生了，他由此感到恐怖，又感到了一种快感，他把自己比成了神话里的太乙真人，能够看出现实中所有事物的真相，不过是历史上的故伎重演而已。所以他接着说："浅学者流妄生分别，或以二十世纪，或以北伐成功，或以农军起事划分时期，以为从此是另一世界，将大有改变，与以前绝对不同，仿佛是旧人霎时死绝，新人自天落下，自地涌出，或从空桑中跳

---

[1] 周作人在《历史》里说："假如有人要演崇弘时代的戏，不必请戏子去扮，许多脚色都可以从社会里去请来，叫他们自己演。我恐怕也是明末什么社里的一个人……"（见《永日集》，收止庵校订"周作人自编文集"系列，第134页。）

出来，完全是两种生物的样子：此正是不学之过也。"循环论的深刻之处是看到了历史的延续性和可复制性，所谓的"历史新纪元"都是靠不住的。20世纪中国政治舞台上已经无数次宣布"新纪元"来了，但最终发现，"来了"的仍然是历史的群鬼。

从《胜业》到《沉默》到《伟大的捕风》，再到《闭户读书论》，这四篇文章完整地展示了周作人从"五四"到20世纪20年代末的一个心路历程，所以他把这四篇文章按照他自己的思想顺序编在《知堂文集》的前面，宣告了自己人生道路的转向和新的价值取向的确立。

三 对周作人散文的语言艺术的感受

周作人的散文并不是现在的青年读者所喜欢的，这不仅仅是因为年代相隔太远，主要是他的文体不通俗、不流畅，非常苦涩，而且越到后来越是难读。但这种难度只是话语的隔膜不是学术程度上的隔膜，只要你一旦进入了周作人的特殊语境和认识世界，这些困难就消除了。不过青年人的文化修养与知识背景所限定，大约也是无法喜欢周作人的文章。周作人在现代文学史上有着特殊的地位，但是由于他思想的深邃与表述的特别，所表达的言论观点不肯随波逐流，独特的人生体味亦非流行思想与文化潮流所能理解，遭遇孤独与寂寞也是必然的。这自然妨碍了对周作人散文价值的认同。新文学史的主流本身是一种被时尚的流行文化思潮所左右的产物，它在近一个世纪的文学运动中已经规范和划定了固定的审美模式与知识谱系，西方化和政治化的流行观念基本上锁定了研究者思路，他们的西化的知识谱系与言语习惯都不能体会周作人散文的绝妙好辞。我有时觉得读书也要有缘分，有的人一读就读进去了，有的人苦苦用功也无济于事。不过我还是想讲讲周作人的散文的基本的语言艺术，我只讲讲自己的感受，没有什么普遍的意义。我喜欢周作人的散文语言艺术有两个特别之处：一个是文体的迂回，另一个是文体的丰腴。

先说迂回。迂回就是吞吞吐吐，不爽快，有点啰唆。这怎么会成为一种文体特色呢？我想这与周作人的写作背景有关系。如果换了一种背景，也许就是缺点。周作人还有些文章没有收进他的《知堂文集》，他后来决心不谈文学了，把文学方面的议论文字都删去了。他有些文艺短论是很重要的，譬如《美文》《个性的文学》等等，他在1921年提倡"各人各有胜业"时，有一项建议就是关于"美文"的提倡。周作人提倡的美文与我们今天所理解的美文不一样。我们理解的美文是文字的优美、意境的优美，等等，而周作人说的美文，是指心灵自由，能够准确表达自己的文化处境及其感受的文体。他在《个性的文学》里强调了所谓的"个性"概念："个性的表现是自然的"，"个性是个人惟一的所有，而又与人类有根本的共通点"，"个性就是在可以保存范围内的国粹"（即民族性）。[1]就是说"美文"不是形式主义的文体，

---

[1] 周作人：《个性的文学》，收许志英编：《周作人早期散文选》，上海文艺出版社1984年，第268页。

而是体现个性自由的文体；也不单单是指英国随笔的模仿，它还将穿起"国粹"的外衣，那其实就是以后的小品文模式。我们读周作人本人所醉心的小品文，并不会觉得它是唯美的，或者是形式的，它只是一种自由的、个性的、随心所欲又弥散着灵气的文体。这种自由精神是在言论极不自由的中国现实环境下滋生出来的，所谓任意而谈无所顾忌的语丝文体，不能不受到严厉的压迫和管控。周作人的散文风格是在北洋军阀和国民党政权的连续大屠杀中形成并走向成熟的，其文体也不能不带有鲜明的时代痕迹。我们从刚才分析的几篇散文就能感受到，作为有良知的自由知识分子，他面对时代的血腥气不会没有话要说，但是不能够直截了当地说，于是自由的个性受到压抑，就仿佛是鲁迅说的，在石头底下长出来的植物只能是曲曲弯弯的，在专制时代知识分子的良知要准确地表达出来，也不能不遭遇到巨大的言说困难。这是第一层的原因；还有第二层的原因是前面我们所分析的，周作人自身在五四新文学高潮中养成的启蒙知识分子的立场和广场型的价值取向都遭遇了挑战，他通过反省而改变了价值取向，转向民间岗位，这使他对于"野和尚登高座妄谈般若"的自信也丧失了。前一层原因是客观的限制，后一层原因是主观上的限制，双重限制使他说出来的话不能不吞吞吐吐，但又由于周作人的学识渊博，表达一个想法常常引经据典，曲里拐弯，正话反说，就形成了一种很特殊的文体。读他的文章好像一脚踩在棉花地里，软绵绵的，不知道里面到底藏着是什么宝藏。然而它会吸引你一边读一边想一边体会，不断地与作者进行思想和语言的交流。如

《闭户读书论》是从唯物论盛行和灵魂说消失说起，讲到人生烦恼，讲到几种消除烦恼的做法，然后才讲到读书，读什么书，为什么，等等。等刚弄明白一点意思，短短的文章也戛然而止了。回味一下，感到趣味正在这种迂回的行文表达。

迂回的特点不仅仅在行文过程，还体现在内容上的迂回曲折，在周作人的散文里，主要体现在言说本身的自我消解。周作人的文章读起来特别绕，常常后一句是前一句的转折，不断消解前面的意思，或者提出相反的意思。我们读下面一段，也是《闭户读书论》里的：

> 记得在没有多少年前曾经有过一句很行时的口号，叫做"读书不忘救国"。其实这是很不容易的。西儒有言，二鸟在林不如一鸟在手，追两兔者并失之。幸而近年"青运"已经停止，救国事业有人担当，昔日辘轳体的口号今成截上的小题，专门读书，此其时矣……

这段话有三个转折，每一句都可以是对前一句的消解。"其实"句是消解"读书不忘救国"的口号，"幸而"句是纠正西儒的偏见。他的文章就是在句子的翻来覆去的表达中推进。自然，我们可以把这种不断自我消解的修辞方法看作是周作人反启蒙意识的反映，但从审美接受上确实是产生了一种迂回曲折的美感。读周作人的文章从未有一览无余的感觉，很简单的一个道理也不会让你简单地接受，总是在接受意义的同时更多的是接受了他传送过来的趣味。

与迂回相关的，就是丰腴，俗称肥胖，这本来也是不符合审美要求的，现代的美人标准是以骨感为美。但由于曲曲弯弯的表达和引经据典的阐述，周作人的文体变得非常饱满。周作人标榜他的散文的"苦涩"味，按理说苦涩的意味应该在文体上显得清癯才对，但是偏偏周作人的苦涩带出了丰腴的感觉。关于这一特点，其他研究者也说起过。最早是河南大学的任访秋先生引用苏东坡评价陶渊明的诗"质而实绮，癯而实腴"来评价周作人的散文，"癯而实腴"也是说看上去很清瘦其实很丰满的意思。后来舒芜、刘绪源都引用了这个说法。但是我一直觉得周作人的"苦涩"是做出来的，有意而为之的一种招牌，当然不能排除他内心有孤独寡合的一面，思想有高深独立的一面，修养有阳春白雪的一面，但这与审美境界上的苦涩还是有区别的，他的苦涩有时候是刻意追求的境界，不是他的本来之性。我喜欢的周作人恰恰是他世俗的一面，安心于朴素简单的生活方式，对世俗文化风习的浓厚兴趣并给以丰富的理解，对生理上独异特性的体谅与生命中异端表现的尊重，敢于冒传统道德和世俗偏见之大不韪，仗义执言，为异端的权利做辩护，等等，这都是我所喜欢的周作人，他有这样一种与世俗无间亲密的感情和本性，就不能不在文体上显现出真正的丰腴性。

丰腴在美学上值得炫耀的，大约不外乎一是知识的渊博，二是细节的丰富。这两点周作人都做到了。他的每一句话都是后面跟着一大堆的中外典籍作后盾，仿佛是带领了千军万马，为的是攻克一个小小的城池。在知识渊博这一点上，周作人的散文不在钱锺书的《管锥编》之下。所不同的是周作人是"五四"一代的知识分子，他的写作时代还是能让他曲曲折折地吐露一点自己的观点，人文立场相对要鲜明一些；而钱先生的写作时代大约连曲曲折折、吞吞吐吐的机会也没有了，只好学金人三缄其口而存默，把自己的想法隐蔽得连自己也觉察不出来，一般人误以为他是在为读书而读书，为引摘而引摘。然而知识渊博使周作人的散文不仅仅在论说时旁征博引，在描述事物现象时也常常一再引用古今中外掌故或奇闻，使叙述变得趣味盎然。随便引一例，在《闭户读书论》里有两句话讲到自杀：

倘若生在上海，迟早总跳进黄浦江里去，也不管公安局钉立的木牌说什么死得死不得。结局是一样，医好了烦闷就丢掉了性命，正如门板夹直了驼背。

这两句话里至少有两个细节都是附加上去的，第一句里说的是跳黄浦江自杀，可是他后面紧接着加了一句"也不管公安局钉立的木牌"云云。也不知道当时的黄浦江边有没有这样的木牌，但我相信是有的，而且也曾经有过记载，才会引起周作人的注意。他信手拈来就成了一句反讽。第二句是关于门板夹驼背的民间谚语，他也随手用上了，文章的趣味马上就出来了。周作人文体的丰腴与这种细节的丰富性有关，他的每一个观点刚说完，一定会紧接着举出细节来，使他的观点更加丰满更加有趣。通篇文章都是这样的手法，读上去就觉得很丰厚。

所谓丰腴，用在人体上就是身上的肉长多了，这本来没有什么可以夸耀的。但写文章不一样。周作人文章里的句子，总好像是从前一句话的缝隙里生长出来的，就像上面所举的例子，"也不管……"这句话是从前一句的内容里引申出来，并非必要，但也绝不多余。这就是句子的丰腴性，如果没有这样的从前面句子缝隙里生长出来的句子，文体就显得干净利落，但也显得简单枯涩。仅以上例为题，如果取消了"也不管……"句和"正如……"句，意思照样成立，表达略显干净，但也失去了许多的趣味，也就不再是知堂散文了。所以，我觉得苦涩只是周作人所表达的一种曲高和寡的人生境界和欲言又止的政治环境，与文体没有直接的关系。

我们的文本分析就到这里。周作人的每篇散文都可以做认真的文本细读，他涉及的文化历史知识特别多，你真正进入了周作人的散文世界，仿佛是进入了一部浩瀚的百科全书，让你感受不尽思想与知识的乐趣。但还不仅仅是这些，周作人首先是一位人文知识分子，他对中国现实所思所言，至今仍然闪耀着智慧的光芒，我读周作人的书，每每拍案叫绝，就仿佛是把眼前的人生道路一下子就透彻地点明了。这种启发完全不是指导性的，而是让你感受到智慧的魅力，知识的魅力，让你感受到人文传统的传承的伟大力量。

初刊《杭州师院学报》2004年第1期

关于周作人的传记

钱理群兄：

  正读着大作《周作人传》，又收到倪墨炎先生的《中国的叛徒与隐士：周作人》，你们的书几乎同时出版，虽属巧合，也不失为一种缘分。窗外冷雨如丝，淅淅沥沥地落在阳台上，为室内增添几分寂静。桌上的茶水已凉，两本传记都翻开着，一本放在膝头上，一本取在手里面，一章一章对照着读下来，也不觉得怎样的重复和枯燥。这也许是你们俩的秉性不同，研究思路与专长亦相异的缘故吧。

  有人说，一部优秀的传记著作里，传主不但要复活本来的精神面貌，还应该起"借尸还魂"的功能，将作者的生气也焕发出来。所以传记不是纯客观的材料展览，它需要"对话"，作者与传主间的一种高层次的精神对话。在你这部书里，这对话岂止是两个知识分子？无论是你，还是知堂，都不是孤单单地面对面站着。你是属于这样一类知识分子：一方面清醒地追求自己的个性价值，另一方面又从不肯把这种追求看成是个人的行为，或者说，个性的追求也是通过集体的行为来表现的。你在书中扉页上的题词——"谨献给我的同学及同代人"——便是一个证明，在你的笔下，周作人也不是孤立的，你力图从他身上揭示出一代人——20世纪中国的自由主义知识分子是怎样在残酷的政治斗争中痛苦地挣扎，寂寞地沉落。这将是两代人的共同话题：在"五四"一代的知识分子悲剧里，熔铸了你和你的同代人在20世纪80年代的严肃思考。

周作人是现代文学史上最没有传奇色彩的传奇人物，他的一生基本上是在书斋里度过的，平平淡淡，因为那一段不光彩的历史，他的名字总是与某种暧昧的阴影联系在一起。生前黯淡，身后寂寞，但作为一个哲人的堕落，其内心隐秘就像斯芬克斯之谜一样诱惑着许多研究者，也许正是出于这种探索动机，你在传记里有意把传主思想化了，我直到读完这本书，才发现它的真正传主不是周作人的肉身，而是人格化了的灵魂，它并不需要故事细节，也没有什么戏剧性场面，你剖析的是一条被隐藏得很深的心路历程。传主的心灵、思想、感情都一一被抽象出来，汇积成汪洋恣肆的精神长河，在各类因素的互为渗透、互相消长的演变中磅礴地淹没全书。我同意你的思路，因为中国自由主义知识分子的悲剧，是从其精神痛苦中揭开序幕的。

在四十万字的《周作人传》中，前四章叙述了周作人出生到"五四"前夕的生活，材料相当丰富，刻画也算细腻，但因为那段时期是周作人登上人生辉煌点之前的准备阶段，太详细了反倒有些琐碎。最后两章是写周作人抗战胜利后进监狱和1949年以后的晚年光景，由于这是他精神萎靡时期，按照你的"精神传记"的体例，又难免写得过于匆忙。而第五章到第八章——"五四"到抗战，就是周作人一生最饱满也是最复杂的时期，精神长河呼啸奔腾，是这部传记最见功力的篇章。说句笑话，我在读这些文字时也"投入"了，眼睛好几次发潮，内心有一股感情被汹涌唤起。我关心的是书中对这样两个问题的探索：一是周作人在"五四"退潮时期以怎样一种心理基础去完成由叛徒向隐士转化；二是周作人在沦陷区里怀着怎样一种心理准备下水事伪。对于这两个问题，我向来有自己的想法，现结合你的探索一并写出，以求赐教。

第一个问题。周作人在"五四"后期的转化，不是个别的行为，它体现了一代自由主义知识分子的共同悲剧。周作人完成这种转化的心理背景要复杂得多，远不是能用"叛徒与隐士"，或如他自己概括的"流氓鬼与绅士鬼"的冲突所能涵盖。像周作人那样的一代知识分子是很难忘记五四新文化运动初期的辉煌的，尽管他中年以后心仪王充、李贽、俞理初，那都是后来的事情。20世纪初的中西文化撞击培养出周作人这样一批接受了西方民主思想的知识分子，他们在中国文化史上破天荒地不依赖政治力量发起一场旨在改变中国社会性质和文化素质的运动。不像康、梁那样去搞宫廷变法，也不像孙文那样去从事推翻政权的活动，他们找到了一个新的领域——文化领域，在这里他们感受到前所未有的自如，发挥了前所未有的力量。肆无忌惮的批评，挥斥方遒的勇气，就像神话中突然获得了神力的人一样，他们为自己身上释放出如此大的力量惊诧不已。这股神力，不是别的，正是"人"的观念的发现，或可说是建立在个性基础上的人道主义。由于个性解放是作为一种思潮进入中国的，所以个人主义本身成为知识分子集体的理想主义。但是，这样的文化背景是来自西方文化史的传统，与中国现时的文化背景绝不吻合，正当"五四"一代知识分子为罗曼·罗兰等欧洲知识分子所标榜的精神独立宣言激动不已的时候，中国现实的政治斗争因为激化而迅速瓦解了这个西方式的文化阵营——知识分子要对中国改革发言，还不得不依赖于政治的力量，无论像吴稚晖、蔡元培、胡适，还是像陈独秀、李大钊以及稍后的鲁迅，他们对政治力量的选择目标不同，但通过政治来实现改革中国的理想以至实现自身价值的思维方式是一样的，他们都不属于我们通常说的"自由主义知识分子"的范畴。20世纪20年代新文化阵营的分化，是当时的政治对文化干预的结果，大多数知识分子在这次分化中都向传统的文化模式回归了，而唯有在这种背景下，我们才能理解周作人一类人的苦衷，当时除了政治分野上的两军对垒以外，还发生了另一种分化，那就是知识分子所面临的选择：到底走通过政治力量来实现自身价值的道路，还是坚持在文化阵地上的个人主义？

只有拒绝了对任何一种政治力量的依赖，坚持用个人主义的立场和观点去批评社会，推动社会的进步，这样的知识分子才是自由主义知识分子。但是从自我价值的确认到用个人的影响去推动社会进步之间,并不是一步就能够跨过的,这中间有个环节,就是价值观念的转化,即知识分子的价值究竟在哪里?这个问题,"五四"一代的知识分子并没有解决好,他们无论是否走具体的政治道路,基本思路都没有走出传统的轨道:认为唯有对政治、对社会进步发挥作用,才是知识分子的价值存在。近年来学术界引进过一个关于知识分子的定义,知识分子是指"以某种知识技术为专业的人","除了献身于自己的专业以外,同时还必须深切地关怀着国家、社会以至世界上一切有关公共利害之事,而且这种关怀又必须是超越于个人的私利之上的"。这道理自然是不错的,但中国知识界的认同中难免有偏向。因为西方自有它们的文化背景,他们强调知识分子关心公共事务的前提,已经包含了"献身专业"的传统。从古希腊哲学起,西方的学者就有一种超越本体、对永恒真理的探索热情,就像阿基米德对数学的献身热情。在西方知识分子心目中,知识本身就是力量,具有足以抗衡宗教和权力的价值。记得过去读过一本书,说伽利略在宗教法庭上被迫认错,但他说,尽管我可以认错,地球照样是绕着太阳转的。如果不是出于对知识能够超越宗教与权力的绝对信任感,17世纪的人绝说不出这种无畏的话来。近代知识分子与职业政治家的区别之一,是他们首先在专业上创造了巨大的价值,他们是用另外一种价值标准(知识即理性精神)来参与社会公共事务。如果忽略了知识是知识分子的前提,仅以"关怀国家、社会和一切公共事务"作为知识分子的标准,未免是皮相之见,因为在中国,除了政治以外向无其他价值标准。在封建社会中,知识技术非关经国大业，无法引起权力者的重视，更不要说能在价值观上与皇权分庭抗礼。中国知识分子来源于"士"的传统，探究"士"的本来意义，它总是与某种政治阶层联系在一起的，一开始就会有与生俱来的政治价值。传统的知识分子唯攻读经济之道，通过仕途，才能实现自己的价值。这种心理积淀，在20世纪初的一代新文人身上远未消除，而且当时的社会也未给他们留有转变的机会，由于新的价值观念和标准都未建立，当中国的自由主义知识分子一旦拒绝了对政治力量的依附，他们就失去了对社会发言的影响力，唯一可做的，就是退回书斋去过默默无闻的寂寞日子。像刘半农、钱玄同等人，都曾经是风云一时的人物，但他们后来在语言学、音韵学方面的工作与价值并未再被社会重视，人们只记得他们曾经在新文化运动初期作为一名战士的价值。这样就很自然地把他们划到了"落伍"的行列。周作人应该说是这一群人中唯一在价值转换中获得成功者，他在拒绝了政治力量以后，奇迹般地在自己的专业——散文创作上建立起新的独创的价值标准：美文。即便是他的批评者，也无法否定他是一流的散文家。但即便如此，周作人为他的选择仍然是付出了沉重的代价，他的散文中一再流露的苦涩之情，正源于此。

基于上述认识，我在读第五、六、七这三章时就特别感动，你写出了一代自由主义知识分子如何在风雨如晦的政治斗争下痛苦挣扎的经历。"小河的忧虑""信教自由宣言"的风波，这两章可以说是了解周作人思想发展的关键，前一章节写周作人对新文化运动发展的可能性后果产生的隐忧，后一章节则写出了这种忧惧成为现实，自由主义知识分子第一次在政治力量面前显示出独立的行动。如果说这是周作人对左的政治力量的拒绝，那么，"卷入时代旋涡中""在血的屠戮中"等章节，又写出了周作人同右的政治力量的斗争，一个自由主义知识分子的形象，正是在这种特立独行的行动中形成的。

然而自由主义知识分子在中国一旦形成也即意味着失去，因此他们的苦涩心境唯有在充分理解他们的基础上才能给以准确的把握，寂寞的沉落本来是痛苦挣扎的结果。我觉得你在第七章里很成功地传达出这种心境，你是出于同那一代知识分子同样的价值观念来再现这种心境的，它表现为对新文化初期的中国知识分子黄金时代的强烈追慕，周作人们在追怀，你在追慕，两种情绪浓浓地织在一起，才使你写出像"五十自寿诗""风雨故人来"这样的精彩篇章。"五十自寿诗"是中国文坛中的一桩公案，过去一向被左翼批评家指责为"五四"一代精英"由叛徒变隐士"的铁证，否定居多，后因公布了鲁迅的"讽世"之说，激情稍平，但"群公"的肉麻相，照旧不得原谅。而在你，独独在那"群公相和"中看出的是："这是中国一代自由主义知识分子对于自我内心的一次审视。"在"风雨故人来"中，你居然把周作人的书斋生活写得如此有生趣，寂寞的苦读成了非凡的精神对话："周作人冷落的苦雨斋经常'高朋满座'了，时有朗朗的笑声飞出窗外，惊破满院的寂静；更多的则是会心的微笑，每当宾客散尽，周作人就连忙把这会心之处，连同微笑，一齐记录在纸上……"历来认为周作人这一阶段的散文创作趋于枯竭，不过充当了"文抄公"的角色。而在你的笔下,读书是有生命的读书:拒绝了政治力量的依附,恐惧着"小河"的泛滥,周作人在精神上转向中国文化传统,企图从文化传统中寻求安身立命的支撑点,并以他在散文创作的价值,打开一个批评社会、关怀公共事务的局面,继续履行自由主义知识分子的使命。

周作人这种努力自然是失败了,原因是抗战的爆发终止了他成为一个真正的自由主义知识分子。

接下来的问题,我们可以探讨周作人沦为汉奸的心理因素了。关于这个问题,大作与倪墨炎君的《叛徒与隐士》都做了一些解释,相比之下,你的责备更加苛刻与严厉。你是接着前一个话题引申出来的,你说:"学而优则仕,读书求仕这本是中国儒家知识分子的传统道路,'五四'以后,又有知识分子从政这一条道。应该说,这条道本身并无可非议,在某种程度上,知识分子总要通过各种途径将自己的思想转换为现实。这其中就包括有从政这一条路。问题是,历史的事实总是这样:文人一为吏,知识分子一从政,总要被异化,工具化,失去个体的自主与自由,即鲁迅所说,一阔脸就变,周作人戏剧性的角色转换,以及由此产生的悲喜剧,即是一个典型。"这可谓是"诛心"之论。围绕这一思想,你不断从道义上责备周作人的汉奸言行和对"五四"传统的背叛,你指出:"周作人参与开创的'五四'传统一是爱国救亡,一是个体自由,现在周作人于这两者都彻底背离,说他'堕入深渊'即是由此而来。"我完全理解你的悲愤,但这种指责是过于情绪化的。倪墨炎君在解释这个问题时态度比较平和,多从材料出发，做了不少具体的分析，如对周作人几次参加华北治安演化运动的表现，毕竟与其他汉奸有不一样的地方，对周作人提倡"中国思想问题"与日本主子的意图之间的差异，对周作人帮助过革命者特别是李大钊烈士遗孤的事情，对周作人在这一时期的文学活动和保护教育设备和图书，等等，都有了比较详细的说明，这为我们进一步研究周作人提供了重要资料。

我这么说，绝没有要为周作人做汉奸一事辩解，倪墨炎君也没有这个意图，因为这是一个事实，谁也否定不了。令人感兴趣的是构成事实背后的原因，像周作人这样一个自由主义知识分子怎么会甘心沦为汉奸又终生不悔？是怎样一种心理支配着他？倪墨炎君曾归咎于他思想上的"历史循环论"，不错的，周作人一向看重晚明那一段历史，一向认为今天就是崇弘时代的重复：风雨飘摇的明王朝就是国民党政府，李自成张献忠等于土地革命时期的红军割据，日本占领了东三省，伪满洲国又死灰复燃，祸国殃民的特务政治犹如东厂，大批的知识分子如东林党人惨遭杀戮，清醒之士躲进艺术的象牙塔中讲性灵、崇自由……而自己也不过是"复社"里的一个人。于是他说，"假如有人要演崇弘时代的戏，不必请戏子去扮，许多脚色都可以从社会里去请来，叫他们自己演"。从这种历史循环论看时事，得出中国必败的绝望是可想而知的，抗战爆发，周作人不愿随其他人南迁而留守北京，除了家庭原因外，也是有思想根源的。但问题是读明史即使读出了中国必亡于日本，未必就要去当汉奸，明末士林中有顾亭林、黄宗羲、王夫之，当然也有钱谦益，历史已为他们安排了各自的位置，难道周作人还不知道么？

所以我想，讨论这个问题必须跨过一个概念，即所谓气节。我们批评周作人事伪，依据就是他丧失了民族气节，我们在评论顾、钱诸人的功过，着眼点也在气节，因为钱谦益贪生怕死，没能为大明朝守节。但是在周作人的道德观念里，气节的概念本不存在，他在1949年给周恩来（一说是给毛泽东）写的《一封信》里，大谈自己最初对共产主义的认同来自妇女解放问题，这是事实，有"五四"时期发表在《新青年》上的《随感录·三十四》为证，但周作人显然醉翁之意不在酒，马上笔头一转，从批评"夫为妻纲"转到了批判"君为臣纲"："所谓忠节、气节，都是说明臣的地位身份与妾妇一致，这是现今看来顶不合理的事。在古时候，或者也不足为怪，但是在民国则应有别，国民对于国家民族得有其义分，唯以贞姬节妇相比之标准，则已不应存在了。我相信民国的道德唯应代表人民的利益，那些旧标准的道德，我都不相信。"他还特意地说明，"我的反礼教的思想，后来行事有些与此相关，因此说是离经叛道，或是得罪名教，我可以承认，若是得罪民族，则自己相信没有这意思"。这封信虽出于为自己辩解，但对了解周作人的思想的发展环节是很重要的，因为他自己所辩解的，很符合他一贯的想法，并非强辩。我过去对周作人事伪的思想动机做过一些猜测，待这封信公布，才算得以证实，所以我很重视它。但我发现对这封信所表达的思想，你恰恰没有给以充分的注意，是否认为其大节已失，自辩也无济于事了呢？

其实，否定礼教与气节，正是中国自由主义知识分子的一个思想特征。所谓"节",抽象的说是志气与节操,没有什么不对的地方,但具体运用"气节"时,通常是指为一个虚名而牺牲实在的价值,或为已过去者牺牲现在的实有,这是以个性为基础的人道主义者们所不能容忍的。在个人主义看来,小到女人为亡夫守节,大到臣子为忠君爱国的虚名守节,都是用一种空洞的名义来压制个性,甚至是毁灭个人的生命,这根本是反人性的。封建社会里通常的情况是男人活着的时候并不把女人当作人看,一个朝廷盛兴的时候皇帝也没有把治下的臣民当作人看,不过是当作一个私人之物占有着,一旦到自己完蛋了,就希望那些私人占有物统统陪葬,要么砸碎也可以,总之是不甘心落入他人之手。反之,那时代的男人绝不会为女人守节,主子也绝不会为臣仆守节,纵有类似的事发生,也不被认为是守节。史可法失守扬州,自知明朝将亡,便战死殉身,这是守节;项羽兵败,无颜见江东父老而自刎,江东也随即落入刘邦手中,但谁也没有说项羽是为江东父老守节。其主宾关系极为鲜明,本义上就包含了不平等的关系,所以一代知识分子莫不以反守节为战斗使命之一。但到20世纪30年代中期,民族矛盾上升,国内统治者在宣扬爱国主义与民族主义的时候,不免又大谈气节,大谈文天祥、史可法,偷梁换柱地把一套忠君爱国的封建伦理道德捧了出来,这只能是对当时的统治者有利。在周作人这样的悲观主义者看来,当时的中国社会如此黑暗落后,中国的政府如此腐败残忍,其失道寡助,败局已定,凭什么要人们去为它守节;同样意思的话鲁迅也说过,出处一时想不起了,你一定记得,大意是说,不要在宣传做异族奴隶的苦难时，让人觉得倒不如做本族统治者的奴隶好。周作人曾嘲笑那种"愧无半策匡时难，惟余一死报君恩"的不中用、没出息的家伙，认为劫难临头，与其为一种虚名而死，倒不如投身苦难中做一点实在的事情，也即是"舍身饲虎"的意思，这种思想由20世纪30年代发展到抗战，他不愿跟随国民政府南下逃难，苦住北平，以致下水事伪，都是有其不得不然的原因的。

这只是从一个自由主义知识分子的思想根源处看他们对气节的态度，再进而论之，中国的统治者也明白得很，气节不过是用来哄下面一些呆子的，当不得真。真正的思想道统里也不怎么认真地对待这个问题，《左传·襄公二十五年》记载崔杼弑齐庄公一事，当时发生两件事。一是负责记载历史的太史兄弟数人，坚持要把"崔杼弑其君"五字写入史册，一个一个都被杀死，但他们忠于史德，前赴后继，终于让崔杼也无可奈何了。另一件是当时的宰相晏婴闻庄公死，便跑去"枕尸股而哭，兴，三踊而出"（《史记》说他"伏庄公尸哭之，成礼，然后去"）。哭后他依然做他的官，为新主服务。有人责问他，他看看天空，说："婴所不唯忠于君，利社稷者是与，有如上帝。"他并不去守节。这两件事《左传》都持肯定态度，太史兄弟的献身是为了说真话，坚持一个真理，他死得其所；晏子不死是因为他把国家利益看得比君主高，政治家应为国家人民做事，不必在乎守不守节，他不死也是应该的。这段史料把这层道理讲得很清楚。古人所谓"圣达节，次守节，下死节"（《左传·成公十五年》），把死节作为下策。达节者，不过是不拘常格而已，即便是孔子本人，也有过这种"达节"的行为。《论语·阳货》载：公山弗扰以费畔，召，子欲往。子路欲阻其行，孔子曰："如有用我者，吾其为东周乎？"我过去读这段话，百思不解其意，想不通孔子怎么会这样，为了做官竟想去投靠乱臣贼子。人到中年后，多少有些懂孔子的苦衷了，想不想做官是另外一件事，至于讲到做谁的官，如果跳出名分的圈子，各国诸侯又何尝真有"为东周"的可能性？真命天子与乱臣贼子，不就是以胜负而定论的么？

这样，周作人事伪前的思想脉络基本可理清了，如果说，历史循环论是从消极的一面解说了周作人，那么，超越气节的思想传统是从积极、进取的一面去解释的。北大南迁时，周作人由历史循环论得出了中国必败的看法，不愿把自己的命运拴在他早已绝望了的国民党政府的成败之上，同时，他对于当时民族救亡力量也是不信任的，再加上家室拖累（当时许多人都曾抛妇别雏，周作人居然无法做到这一点，我猜想除了他被自己一手造就的苦雨斋的安静环境异化以外，羽太对他的制约也是一个重要缘故，周建人在《鲁迅和周作人》一文中说过周作人夫妇之间的一些事情，我没有不相信的理由，因为家庭对一个现代中国人的制约，有时会胜过国事的力量）。周作人又仗着自己是日本通，对日本人的进驻不会有什么恐惧，所以他决定留北平苦住，准备当一个沦陷区的现代遗民。可是当日军占领以后，北平作为沦陷区的北方中心，政局相对稳定，政治措施相继推行，文化侵略政策也步步相逼，不容周作人不与当局虚以周旋，如出席"更生中国文化建设座谈会"和"保护北大理学院校产"等事，虽性质不同，都可说明这段时期他与敌伪周旋的情况。但到了他赖以为生的中华教育文化基金董事会编译委员会南迁，元旦遇刺又是雪上加霜，连燕大教职也不敢担任的时候，他的经济发生了恐慌，这才使他不得不重新考虑自己的出路。元旦的刺客未必就是日本特务，但他既然被对方当作猎取之物，威胁的阴影总是笼罩"八道湾"，作为一个个人主义者，他并不想为国家民族的名分去牺牲个人的生命，这时候，"圣达节"的思想会是他最好的下水理由。周作人岂不知道后方文化界为他下水而愤怒、而声讨的情况，但他所谓"我不相信守节失节的话，只觉得做点于人有益的事总是好的，名分上的顺逆是非不能一定"的辩解，在那个时候是最能烫平他心中的惭愧与知罪感了。

顺便说一下，我在你写的《周作人传》里还注意到另一种原因，这属于个人品性上的问题，就是在表面上潇洒淡泊的周作人身上，依然有很庸俗很小气的一面，按现在的话说，是"上不了台盘"的性格。你的《传》写得很细，列举的一些事我过去都不甚注意：一件是1929年他女儿若子病死，周作人连续两天在《世界日报》上大登广告，来搞臭误诊的山本大夫名誉，这广告我过去从刘半农杂文中看到过，但未曾注意其因果，现知情后感到是大可不必的事；第二件是20世纪30年代周作人与胡风等左翼青年发生过争论，这本无可厚非。可是到60年代，胡风被迫害入狱，周作人竟在《知堂回想录》中称其"专门挑剔风潮，兴风作浪"，加以诬蔑，这行径虽有当时风气使然，但落井下石，实在与当汉奸一样下贱。我过去读《知堂回想录》未曾注意，这次读你的

《周作人传》才知道有这么一回事，令人叹惜；第三件是敌伪时期，周作人因受倾轧而下台，迁怒于汉奸朱深，待朱深病死，他在日记里幸灾乐祸，也实在是小人之为。类似事情还有一些，把周作人性格的另外一面：斤斤计较、睚眦必报，甚至有些"破脚骨"的无赖和绍兴师爷的刁蛮，都暴露无遗，这虽属于性格上的小疵，但计较小利者，眼光难以长远，胸襟难免狭隘，平时在理性制约下无足轻重，但在人生道路的关键抉择之时，理性失去判断价值之后，它就会起重要的作用。思想上的超越气节与性格上的实利主义，我觉得是周作人下水的重要原因构成。

周作人本身是个自觉的自由主义知识分子，即站在个人主义的立场上，一面在专业领域创造美文的价值和自身的地位，另一面又以这价值和地位为资本对社会做批评。虽然这批评是以讽世的形态出现，但20世纪30年代他对中国社会现状所持清醒态度，是没有疑问的。下水以后，他开始提倡"道义事功化"，虽然是精神上的自我麻痹，但也不能怀疑其真诚性，如他给周恩来的信中所说："我想自己如跑到后方去，在那里教几年书，也总是空活，不如在沦陷区中替学校或学生做得一点一滴的事，倒是实在的。"这话的前提是他起始并没有打算这么做，但事伪以后，既然形势逼迫他出来做事，那他就接受伪职，在自己职权范围内做一点一滴有利教育的事。这种思想应该给以充分理解，因为它概括了沦陷区出任伪职的人员中相当普遍的思想。这自然是指天良未泯的人员。然而周作人有比一般人更高的理想境界，那就是他在《中国的思想问题》《中国文学上的两种思想》《汉文学的传统》所表达的中国自由独立的文化传统，那就是儒家安邦利民的民生主义，有这种思想传统在，中华民族不会亡。或者说，亡的仅是国民党政府，而非中华民族。周作人将文化的涵盖面高于政治以至政权，是有历史依据的，中国汉民族在历史上经五胡十六国之乱，金、元入侵，以及满族进关，但中国文化不但未亡，还同化了异族，使中华民族生生不息地发展下去。在周作人看来中日战争在军事上政治上胜败已定，而从文化上说，孰胜孰负还未可知，所以虽事日而鼓吹中国的思想传统，这也是周作人一贯的思想。早在他留学日本时期，他在《论文章之意义暨其使命因及中国近时论文之失》的文言长文中就表达了这种思想，他认为"国民性"（nation其实指民族）有"二要素"，"一曰质体，一曰精神，质体之者，谓人、地、时之事"，然而"质虽就亡，神能再造。或质已灭而神不死者矣"。他从古代埃及虽亡国而文化尚存的例子，又从古代精神不绝来说明近代希腊复兴的例子，证明他对当时东欧的预见：现在亡国的东欧各国，精神尚存，因而抵抗不止。这些思想用在敌伪控制下的中国，就是所谓"古的中国超越的事大主义"，自然会与日本侵略政策相抵触。作为一个出任伪职人员的此时此地心理来说，这样做也多少能平衡过去。记得几年前我在太原访常风先生，常风先生告诉过一件事，抗战胜利时，沈兼士任国民党在北平的文化接收大员，周作人曾对常风表示：他认为沈兼士可以派他到日本去负责清点从日本归还的文物工作。可是第二天他就被国民党政府以汉奸罪名逮捕入狱了。可见他在被捕前并没有把自己与一般汉奸等同起来，自以为还有功于文化教育。倪墨炎的《叛徒与隐士》中写到了周作人出任伪职期间对国共两党的地下人员都有过帮助，但事后在法庭上周作人并未举例为自己辩护，反复所举的就是《中国的思想问题》等文章以及保护校产，这是一个相当令人深思的现象，我想周作人不会忘记这些事情，尤其是在病笃乱投医的当时，也没有什么不便说的地方，他之所以不说，我猜想是他并不把这些政治行为看作是他分内的职责。那些事不过是说明他非死心塌地的汉奸而已，唯思想文化上的工作，才是他经过认真思考而选择的，是敌伪时期作为一个自由主义知识分子唯一可做的工作。尽管这文化的工作，特定条件下也包含着政治的含义。

两本传记都把周作人这一时期提倡"道义事功化"与他以前作为自由主义知识分子的言论比较，认为他在思想上有了一百八十度的变化。我倒不这样看，因为儒家思想本身就有两面性，所谓达则兼济天下，穷则独善其身，他在20世纪20年代末的白色恐怖下看破政治斗争的残酷，称"苟全性命于乱世"，如闭门读书，从民俗等方面着手清理中国文化，并写作闲适小品来重新确定自身价值所在；在事伪以后，虽非自愿，但既然在位，倒也不妨"济"一下"天下"，在职权范围中将"道义"事功化，这时期他大谈保存中国文化传统，强调为人生的文学，都源于此。两者在周作人身上是一剑之两刃，互为表里。但问题是这样一来，周作人的身份也改变了，他不再是个不依靠政治力量来证明自己价值的自由主义知识分子，而是兼有双重的身份：官僚与知识分子。作为知识分子，他依然企图利用自己的专业来证明不依赖于政治力量（官场）的价值，如关于"中国的思想问题"，中日文化的研究，散文和读书随笔的写作，都是以一个学者、作家的身份从事的；但作为官僚他又不能不按上面的调子唱，这些官话或以伪教育督办的身份，或以官方的头羊身份来发表，自然是臭气熏人，但他自己也不怎么看重，即使在他做官得意的时候，这些文章讲话也照例不收入编年文集，可见他心中是非甚明。这是专制时代知识分子的悲哀。日军占领下的北平伪政权，不过是刺刀下的傀儡，不要说被统治下的人民没有任何民主自由可言，即便是那些官僚，又何尝有丝毫权利？近读Hannah Arendt的The Origins of Totalitarianism[1]，著者指出权威政府与独裁政府的区别在于前者的国家政治结构犹如"金字塔"，政治权力立于整个政治结构顶端（即中央政府），以下一层一层的政治权力机构都拥有程度不同的权力，越到底层，权力越小；而独裁政府则是集权力在一个统治者手中，其他所有人（指政治权力机构中成员）均受这个独裁者压迫，因此，所有人都没有权力，都不过是独裁者意志的傀儡。"在这个政体里，权力与权威荡然无存。被统治的子民根本没有任何机会组织成团体参与公众事务，政体权威……只是来自赤裸裸的暴力工具。"我想用来描述周作人时代所处的政治背景，是极适合的，不过那个独裁者非个人，而是日本主子，而汉奸的大小组织虽然沐猴而冠，却没有任何主权可言，在位时就必须听从

---

[1] 汉娜·阿伦特，德裔美国政治理论家，曾师从海德格尔、雅斯贝尔斯，主要著作有：《极权主义的起源》《论革命》《人的境况》等。《极权主义的起源》现已有中译本，林骧华译，生活·读书·新知三联书店2008年出版。

主子的命令行事，上台下台也随主子的意图而行。这处境与封建社会正常皇权下的官僚机构意义并不一样，因为中国封建社会除了皇权以外，知识分子心中还有一种道统存在，即儒家文化的思想传统，知识分子往往先是接受了这套思想传统再去做官，所谓"学而优则仕"，一个正派的知识分子绝不是无原则地做官，而是依据了圣贤的学说在去践约忠君报国，通过政治途径实现知识分子理想。因此，当皇权与儒家道统一致的时候，君臣相得益彰，也是明君贤臣的时代；一旦皇权落在昏庸荒唐之辈手中，违背了儒家道统，大臣即会依据道德的标准来反对皇帝（所谓"文谏死"，正是这种矛盾尖锐的产物）。儒家思想传统中一向有君轻民贵、社稷重于君王的民主性因素，它使知识分子在选择皇权时候有一定的自由性。可是在侵略军占领下的伪政权，除了服从做一个侵略政策的过河卒子，没有任何个性自由可言。所以周作人一旦误上贼船，就不可能再是一个自由主义知识分子，甚至连双重身份也不可兼得，"反动老作家"事件就是一个信号。你在传记里用一个概念来描写此时此境的周作人，特别传神，那就是"官僚化思维"。身在官场，犹能保持人的清醒，然而官僚化思维形成，使人的心理素质、情绪都官僚化了，再改也难。你在第八章第二节里写了周作人如何从生活上、感情上、心理上向官僚化蜕变，令人感慨系之。本来"官僚知识分子"与"自由知识分子"是两个截然对立的概念，它们不可能统一在周作人的身上，但他既然进入这个政治机器，他就必须按照这个机器的操作运转，不可能再随心所欲，"欲看山光不自由"，再想赖在苦茶斋里保持一个自由主义知识分子的高风亮节，难矣。

你的论述给我一个启发，周作人一生的道路，叛徒与隐士的对立远不能概括其全貌，因为这两者就如同他自己所描述的"两个鬼"那样，都是自由主义知识分子的两面，而且做"隐士"或"绅士鬼"，与堕落为汉奸也没有必然因果关系。在他身上，真正的悲剧性的对立是自由主义知识分子与官僚知识分子的对立，这才是知识分子在专制时代的一个失败，不仅对周作人个人有意义。

你的书中还有许多精彩的分析，如根据周作人的日记，分析他与乾荣子的情感关系，与羽太的不和，等等，虽尚语焉不详，却是犁开了周作人研究中一片空白的天地，从家庭、恋爱的难言之隐放手研究周作人的散文创作及其研究学问的兴趣，也许能揭示这位现代哲人更深层的心理世界，是一个相当有趣的题目。

罢了，一封信写了好几个白天与晚上，思维若续若断，不觉现已东方发白了。

弟思和

1990年12月19日于上海太仓坊
2011年3月修订
初刊北京《中国现代文学研究丛刊》1991年第3期

现实战斗精神的绝望与抗争

一　关于巴金的《电》

以巴金的创作而言，重点分析《激流三部曲》或者《寒夜》才是理所当然的，而我特意选择了《爱情的三部曲》中的《电》，似乎有些不合常规。《电》的影响无论如何也不能跟《家》相比，现在读它的人一定也没有那么多，这是一部逐渐要被人们遗忘的作品。

我先要说说这部小说的遭遇。巴金在1933年12月写完，作为《爱情的三部曲》的第三部，但出版时遇到了重重困难。巴金把前四章寄给上海的《文学》杂志，那是当时最有盛名的文学刊物，可是排好了前两章后，国民党的图书杂志审查委员会在审查第一批清样时就禁止发表，为了逃避检查，巴金把它改名为《龙眼花开的时候》，还改变了小说里的人物名字，以"欧阳镜蓉"的笔名发表于北平的《文学季刊》上。为了障眼,他还特地用"竟容"的名字写了一篇散文,故意把自己写成一个在香港生活的人。但是在1935年3月上海良友图书印刷公司出版单行本时,书稿还是被删去了许多内容,开了口口口天窗。后来巴金又把《雾》《雨》《电》合成一部书,以《爱情的三部曲》之名出版。[1]

在当时的评价中,这部小说也是有争议的。我可以举两位当时的名家的评论:一位是老舍,他专门为《电》写了一篇书评,以作家风格而言,老舍与巴金是很不相同的,他对《电》的评价是:

> 这篇幅不甚长的东西——《电》——像水晶一般地明透,而显着太明透了。这里的青年男女太简单了,太可爱了,可是毛病都坏在这"太"上。这篇作品没有阴影,没有深浅,除了说它是个理想,简直没有法子形容它。他的笔不弱,透明到底;可是,我真希望他再让步一些,把雪里揉上点泥![2]

另一位是茅盾,他还是在《电》以《龙眼花开的时候》只发表了上半部的时候,就发表了评论。他说:

> 作者的文章是轻松的,读下去一点也不费力,然而自然而然有感动人的力量;作者笔下没有夸张的字句,没有所谓

---

[1] 《爱情的三部曲》1988年收入人民文学出版社出版的《巴金全集》第6卷。本讲中有关《电》的引文,都是依据这个版本,不再一一加注。
[2] 老舍:《读巴金的〈电〉》,收陈思和、周立民选编:《解读巴金》,春风文艺出版社2002年,第176—177页。

"惊人"的"卖关子"的地方,然而作者的热情喷发却处处可以被人感到。这两点,我以为是这位作者的特长。

他的批评意见是:这里有些活生生的青年男女,可是这些活人好像是在纸剪的背景前行动——在空虚的地方行动。他们是在一个非常单纯化了的社会中,而不是在一个现实的充满了矛盾的复杂的社会中。[1]

两位作家的话都说得很轻松,但把这部小说的优点和弱点大致都指出来了,我们也可以从中了解这部小说发表时的一般反映。1949年以后出版的文学史和研究论著中,对这部作品持批评的态度为多。尤其是在1958年发生的巴金作品讨论中,有人就说小说里的主人公都是极端的个人主义者,是反集体的无政府主义者,根本找不到正确的革命道路。[2] 还有人说,这部作品中的人物都是悲观失望、思想空虚无聊的,虽然反映现实黑暗有真实的一面,但作品中的个人主义、无政府主义会对年轻人思想起到腐蚀作用,等等。[3] 这些主导性的舆论影响了这部小说在文学史上的命运。

巴金的小说创作,有两个比较著名的系列,一个是"家庭系列",从《家》《春》《秋》到《憩园》《寒夜》,另一个是"革

---

1 茅盾:《论〈将军〉、〈春雨〉、〈电〉》,见《解读巴金》,第170、173页。
2 见李希凡:《谈〈雾、雨、电〉的思想和人物》,载《文学研究》1958年第4期,收贾植芳等编:《巴金专集》(2)(中国当代文学研究资料),江苏人民出版社1982年。
3 见武汉大学中文系三年级巴金创作研究小组:《论〈爱情三部曲〉》,收贾植芳等编:《巴金专集》(2)。

命系列",从《灭亡》《新生》开始,到《爱情的三部曲》,等等。这两个系列的作品随着时代的变化,命运很不一样。前一个系列,因为可以扣住"反封建"的主题,评价越来越高;而后一个系列,由于巴金特殊的思想信仰,评价越来越低,成了一种忌讳。巴金在中年以后写过许多创作谈,介绍自己创作各种小说的体会,可是对《爱情的三部曲》讳莫如深。20世纪五六十年代,他写过一本《谈自己的创作》,从《灭亡》一直谈到《寒夜》,就是跳过了《爱情的三部曲》。"文革"以后,他又写了一本《创作回忆录》,对《爱情的三部曲》还是避而不谈。国外的很多研究者对巴金抗战以后的作品给予比较高的评价,尤其是《寒夜》,法国人评价很高。巴金后来谈自己的作品时,就说《家》《憩园》和《寒夜》是最好的三部。[1] 但这些说法与他之前的说法大相径庭。30年代他写《〈爱情的三部曲〉总序》,一开始就说得明明白白:"我不曾写过一本叫自己满意的小说。但在我的二十几部文学作品里面却也有我个人喜欢的东西,例如《爱情的三部曲》。""这部小说(指《电》——引者)是我的全部作品里面我自己比较喜欢的一本,在《爱情的三部曲》里面,我也最喜欢它。"[2]——当时,《憩园》《寒夜》都还没有创作,巴金当然有权利更喜欢以后创作的作品。但是,巴金后来避而不谈《爱情的三部曲》并非因为对它没有感情,而是外界环境发生了变化,他一直找不到恰

---

[1] 《〈爱情的三部曲〉总序》的一个注释,见《巴金全集》第6卷,第4页。
[2] 《〈爱情的三部曲〉总序》,见《巴金全集》第6卷,第3—4、37页。这两段话与初刊文略有差异,后一段中的"比较喜欢"在初刊文中是"最喜欢"。

当地谈论它的语言。直到1987年底编印全集的时候，在给责任编辑的信（即这一卷的代跋）中，他才小心翼翼地用"理想主义者"这个不犯时忌的词来称呼《爱情的三部曲》的人物原型，他说："他们每个人身上都有使我感动的发光的东西。""他们身上始终保留着那个发光的东西，它就是——不为自己。"但是谈到具体的信仰和革命活动时，巴金还是比较谨慎，似乎对以前的批判还心有余悸："有人批评我写革命'上无领导，下无群众'，说这样的革命是空想，永远'革'不起来。说得对！我没有一点革命的经验。也可以说，我没有写革命的'本钱'。我只是想为一些熟人画像……""我所写的只是有理想的人，不是革命者。"[1]说到这里，有一点非常明确了，巴金吞吞吐吐要避开但又避不开的东西就是他早年的"信仰"，即安那其主义（也就是无政府主义），《爱情的三部曲》写的就是一群安那其主义者的革命活动。

巴金早年是一个安那其主义者，"五四"时期很多著名的知识分子，如李大钊、毛泽东、陈延年等，早期也曾经信仰或研究过安那其主义。安那其（Anarchy），原是指一种没有经过治理的状态[2]，中文最普遍的是译作"无政府"，这个词比较生动，但也容易引起误解。我看到另外有人译作"无治"，无政府主义也叫无治主义[3]，含有一种还原到原始的、自然的、非人治的生存环境的意思。中国初期的安那其主义者把这一理想与中国老子的思

---

1 上述引文均引自《致树基（代跋）》，《巴金全集》第6卷，第479、480页。
2 Anarchy的希腊词源是άναρχία，表示一种without a chief or head的状态，中世纪拉丁语为anarchia。
3 吴克刚：《一个合作主义者见闻录》，中国合作工作社印，非卖品。

想、俄罗斯托尔斯泰的理想都解释成同一根源的思想学说,大概也是出于这样的理解。所以我觉得译作"无政府主义"不很准确,还是称"安那其"比较好。这是一个非常独特的国际社会的反抗思潮,有过很长历史的演变过程。"五四"以前它在中国非常盛行,但到了20世纪20年代,一方面是马克思主义在中国蓬勃发展,吸引了更多的革命青年,另一方面安那其运动被新老军阀所镇压,1927年以后,安那其运动在中国已经彻底失败了。

巴金自称是五四运动的产儿,但他在五四新文学运动的社会思潮里,主要接受的是安那其主义的社会反抗思潮。他当时才15岁,读了两本宣传安那其的小册子,一本是克鲁泡特金的演讲《告少年》,鼓吹青年要参加社会主义运动;另一本是波兰戏剧家廖抗夫的剧本《夜未央》,写俄罗斯民粹派革命的故事,剧本里也是充满了爱与死、自我牺牲等英雄浪漫故事。巴金就是这样被鼓舞起来参加了四川的安那其团体。以后大约十年的时间,他从四川到上海、南京等地,一直从事安那其运动,成为这个运动中比较重要的代表人物。[1]1929年初,巴金从法国回国的时候,还雄心勃勃地写了一本安那其主义的理论著作,叫作《从资本主义到安那其主义》,讨论安那其理想如何取代资本主义社会制度。但

---

[1] 万树平教授在《美国学术界对中国无政府主义和巴金的研究》一文中综合了美国有关无政府主义研究成果以后指出:"就我所见到的一些无政府主义刊物,凡是谈到中国无政府主义运动的,就必然提到巴金。"他得出结论说:"作为无政府主义者和作家,巴金(芾甘)对中国革命做出了重要的贡献,巴金是中国无政府主义运动后期(1927—1949)的重要代表。"(见《解读巴金》,第359、360页。)

是过了不久,他发现中国的安那其运动已经沉寂了。这一时期,他陷入极其孤独的境地,这种孤独带给他恐慌和灰暗的情绪,在20世纪30年代初的散文小说中,他一遍一遍诉说自己的绝望、痛苦、孤独……有一篇散文《我的心》[1],他写自己在梦里与他妈妈的对话,要妈妈把他的这颗心"收回去"。就是说,他拒绝这个现实生活,对这个现实充满了恐惧。为什么有这种态度?就是因为他的安那其信仰在那个时代已经完全失落了,用现在时髦的话说是"信仰危机"。不是说他不相信安那其主义了,而是安那其主义运动已经被镇压下去,已经不存在了。以后怎么办?他只有通过不断地写小说来宣泄自己的痛苦,宣泄自己失去理想的绝望。巴金的第一部小说《灭亡》就是写安那其运动中的革命知识分子的活动,他通过小说里人物的悲剧性遭遇来发泄他对这个社会的愤怒和抗议,这一点能够与当时社会的革命思潮呼应,为众多读者所喜爱,但是巴金自己并不愿意当个作家,他甚至不断地写文章批评自己,认为写作是在浪费自己的生命。[2] 巴金就是在这种悲观心理的恶性循环中越陷越深。我曾经在《巴金传》里写过这么一段话:巴金在文坛上的魅力,"不是来自他生命的圆满,恰恰

---

[1] 巴金:《我的心》,见《巴金全集》第12卷,人民文学出版社1989年。
[2] 例如,在《灵魂的呼号》中,他说:"我却以为还有一个比艺术更长久的东西。那个东西迷住了我,为了它我甘愿舍弃艺术。艺术算得什么?假若它不能够给多数人带来光明,假若它不能够打击黑暗。"(《灵魂的呼号》即《〈电椅集〉代序》,见《巴金全集》第9卷,人民文学出版社1989年,第294页。)又如他在《我的梦》一文中,虚拟了两个人的对话,不断地质问"文章和话语有什么用处?把生命花在这上面是一种浪费"。(见《巴金全集》第12卷。)

是来自人格的分裂：他想做的事业已无法做成，不想做的事业却一步步诱得他功成名就……巴金的痛苦就是巴金的魅力，巴金的失败就是他的成功"[1]。他越是苦恼，就越拼命写作，拼命发泄，越是这样，他在文学上的名声就越大，结果让他更加感到孤独和苦恼，心里全是黑暗。到他晚年，我有一次接受一家杂志社的委托去对他采访时，他还在说："我并不想做一个作家，搞文学不是我的初衷，我是想做些实际的事，对国家人民更有用。"他一直希望通过他的社会实践来实现自己的人生理想，这个理想的内核就是安那其。

讲到这里，可以回答为什么选《电》这部作品了。我还想谈一点我私心的体会。二十多年前，我还在复旦大学读书，与同学李辉一起研究巴金的著作，合作撰写一批研究论文，就是后来出版的《巴金论稿》。当时就有一个疑团存在我的心里：巴金是个信仰安那其主义（无政府主义）的作家，无政府主义在"文革"中被描绘成凶恶的反动思潮，在国际共产主义运动中它是马克思主义的敌人，国内呢，把一切打砸抢流氓分子全说成无政府主义者。我觉得奇怪的是，为什么一个信仰无政府主义的人会写出那么充满革命朝气的小说，为什么能显现出那么崇高的人格理想？为什么会在读者中产生那么大的影响？带着这些疑点，我去找安那其主义的书来读，中国的外国的，大约能找到的都读了，这才发觉安那其主义完全不是教科书和宣传册里描绘的那么可怕，它

1　拙作《人格的发展——巴金传》，（台北）业强出版社1991年，第137页。

只是一种人类的乌托邦理想。我们现在已经看不到这些理想实现的可能性了，但是它所揭示的社会问题和矛盾冲突仍然是存在的，只是冲突的方式已经变化了；它所追求的乌托邦的理想仍然会对这个世界的弱势群体具有吸引力。美国有位左派历史学家德利克教授说过一段很深刻的话，他说："在一个文化环境里，如果将霸权看作是社会、政治组合一个理所当然的原则，那么无政府主义决不是一个容易思考、写作和谈论的课题。"[1]对此我深有同感。在全球化的世界趋势下，我们恐怕无法回避世界霸权对人类和平生活的威胁，但这种威胁却被另外一个对抗霸权的力量、被命名为恐怖主义的运动所掩盖，这些问题构成了世界知识分子最重要的争论话题。新的话语、思想、理论层出不穷，但是，我想说的是，许多接近原始正义的理论，许多基本的概念，早在一个世纪前的安那其主义中已经重复了无数遍。虽然当年的历史真相已经被重重的时间灰尘所蒙蔽，但文学创作却鲜活地保留了历史的蛛丝马迹。《电》就是这样一部对人类梦想的文学追怀，它在中国文学史上很特别，因为它是对中国安那其主义的革命与理想的一次描述。在俄罗斯文学中，有许多伟大作家都描写民粹派运动和民粹派革命家（民粹运动与安那其运动有一定的联系），可是在中国的现代文学史上，《电》是唯一的一个完整描述中国安那其主义运动的文本。

---

[1] 转引自万树平：《美国学术界对中国无政府主义和巴金的研究》，见《解读巴金》，第353页。

二 解读《电》的几个问题

(一)《电》的创作背景

1929年巴金从法国回到上海,那时候他是一个虔诚的安那其主义者,他的第一部安那其小说《灭亡》已经在国内引起了轰动,人们都在打听"巴金"是谁?他怀里揣着刚刚译完的安那其理论名著《人生哲学:其起源及其发展》(克鲁泡特金著),准备贡献给国内的安那其运动,同时,他自己还在着手写作《从资本主义到安那其主义》,可谓是踌躇满志。可是中国国内等待他的是什么呢?运动与主义早已烟消云散,安那其主义的提倡者都转身变成国民党政府的"元老",像吴稚晖、李石曾、蔡元培、张静江等等,都成为新政权的既得利益者。一批青年安那其主义者不想屈服于现实,放弃了社会运动和公开对抗,他们离开大城市,到福建的厦门、晋江、泉州一带和广东新会一带,从事乡村教育、工会、农会等工作,这也是一种民间岗位的建立。唯有巴金还孤独地游荡在大城市的文坛上,他既不愿意向权力集团屈服,也不准备在民间寻找一个工作岗位。在这段时期,他多次南下福建广东,表面上是去看望旧友新知,其实也暗暗含有考察他们工作实绩的意思。他曾经深深地为那些埋头工作的理想主义者所感动,但最终他还是没有选择这样一条道路来奉献自己。他把这种敬意转化为艺术的想象,表达了自己的全部感情,那就是《电》。

《电》是一部奇异的书,它混合了作家的政治理想和梦幻似的激情,作家把自己的失意转化成一种英雄主义的想象,并把这种想象安放在福建闽南一带埋头于民间实践自己理想的安那其主义者的身上。

如果说,安那其主义的理想使这部书放射出奇异光彩,那么,正是因为我们对安那其主义的隔膜,才造成了对《电》的阅读冷淡。巴金自己闪烁其词地说过:

> 在《电》里面这样的地方是很多的,这些在一般的读者看来也许很平常,但是对于我却有很大的吸引力,并且还是鼓舞的泉源。我想只有那些深知道现实生活而且深入到那里面去过的人才可以明白它们的意义。[1]

什么叫"深知道现实生活而且深入到那里面去过的人"?显然巴金希望《电》的读者能够对作品所表现的思想背景有所了解并能在思想上沟通,这样才能真正理解他所表达的这些人的思想和感情。

我们在小说一开始可以读到,一群青年安那其主义者聚集在闽南一个古城,环境有点像泉州或者厦门,他们中有的在工会组织工人运动,有的在妇女协会从事妇女运动,有的主编报纸发表社论,也有的在学校里从事养蜂事业,等等,他们都有自己的工作岗位。他们互相爱护,充满友谊和关怀,在第一章里,随着吴仁民(《雨》里的主人公)到达他们那里,作家就描绘了一派快乐的气氛,感染着每一个读者:

---

[1] 巴金:《〈爱情的三部曲〉总序》,见《巴金全集》第6卷,第8页。

> 吴仁民说:"我想不到你们在这里过得这么快活!"
>
> 高志元说:"我不是写信告诉过你吗?你看我到这里以后人都变了。"

这两个人物都是《雨》里的悲剧角色,那是在上海的书斋里,他们陷入了无休止的辩论与空谈,最后一事无成。而现在,他们在南方一个小城市里,在一群志同道合的青年人中间,快乐地从事着实际的为理想而奉献的工作。

(二)关于安那其的理想

安那其运动是一种比较激进的社会革命运动,它代表了人类的乌托邦理想,它幻想人类社会不再需要国家、不需要政府,没有剥削,没有压迫,人人过一种自由自在的生活。19世纪国际社会主义运动崛起以后,这个运动很快融入社会主义运动当中,成为整个欧洲社会主义运动的一个组成部分。概括来讲,安那其主义的理论大体有两个方面:一是反对任何国家形态的压迫,认为这种压迫就是强权,安那其就是要反强权反专制;二是崇尚个人自由,它认为人生而自由,社会没有任何理由去侵犯一个人的自由。这个想法与人道主义基本交叉,主要是从卢梭、斯蒂纳等思想家一路过来的。但是它把许多问题推到了极端。它反对任何形态的专制,反对国家机器施行暴力,强调一切革命都需要自己觉悟,需要自愿的牺牲。安那其组织都是小团体,没有一个强大的组织,只是靠个人的理想和激情去反对资本主义世界,如此怎么可能去抗衡组织完善、力量强大的资本主义国家机器？所以，它往往体现为一个人跟整个世界作战，他无法战胜这个世界，容易陷入绝望。这种世界性的压力迫使有的安那其主义者选择了极端的反抗方式，就是我们今天说的恐怖主义行为。原先产生在安那其运动中的恐怖主义是一种带有国际主义的反抗体制行为，有其深厚的国际政治背景和哲学上的道德理想。读《电》这部作品有助于我们了解恐怖主义的历史，它不是那种空泛的理论，而是直接的感性的艺术表现。反过来说，理解安那其主义与恐怖主义，也是解读《电》的关键。

安那其主义有两个传统，一个是以巴枯宁为代表的阴谋暴动和民粹派革命的传统；一个是蒲鲁东的合作经济思想和克鲁泡特金的伦理学传统，又叫作安那其共产主义。先说第一个传统，俄罗斯的革命家巴枯宁在欧洲发动了多次武装起义，那种起义都带有阴谋色彩，组织一小撮人搞暴动，或者就是搞暗杀，俄罗斯的民粹派基本上也是采取这种以暗杀和自我牺牲为主要手段。安那其思想在20世纪初传入中国，最初介绍进来的主要就是巴枯宁的破坏主义和俄国的民粹党人的故事，当时也成为革命党人用来反对清政府，反专制争自由的一个思想资源，其主要的手段也是搞暗杀。[1]比如著名的无政府主义者李石曾、刘师复、汪精卫等都从事过暗杀活动。另一个传统是克鲁泡特金的传统，他更加强调

---

1 关于无政府主义在中国的传播情况，请参见葛懋春等编：《无政府主义思想资料选》的"编者前言"，北京大学出版社1984年。

人道主义和道德力量。巴金是在"五四"以后接受安那其主义影响的，这两种传统对他都有点影响。但对于暗杀活动，巴金历来就有不同的看法，巴金曾经明确宣称，他是一个克鲁泡特金主义者，强调安那其主义不仅是一个政治活动，同时也是一个人格的发展过程，他更强调人格和道德伦理的完善。这也是安那其主义者非常重视的地方。比如刘师复等人发起的心社，对社员有一些约定，如不食肉，不饮酒，不吸烟，不用仆役，不坐轿和人力车，不做官，等等。李石曾、汪精卫等人拟定的《进德会会约》也有不狎邪、不赌博、不置妾、不作官吏等约定。[1]安那其主义者都是维护个人自由的，但他们也逐渐认识到要想取得革命的成功，个人的人格和道德的完善、个人对群体的奉献和牺牲精神也很重要。1928年，远在海外的巴金苦译克鲁泡特金的《人生哲学：其起源及其发展》也正是有感于中国革命缺乏崇高的理想，他特别提出过：

> 克鲁泡特金说，俄国革命之所以失败，不能创造出一种基础于自由与正义底原理上面的新社会制度，大概是因为缺乏崇高的道德理想所致。中国革命之所以弄到现在这样的地步，在我看来，也是因为没有崇高的道德理想。[2]

---

1 见《心社趣意书》《社会党缘起及约章》和《进德会会约》等文献，均收《无政府主义思想资料选》。
2 巴金：《〈人生哲学：其起源及其发展〉（上编）译者序》，见《巴金全集》第17卷，人民文学出版社1991年，第102页。

克鲁泡特金所强调的互助、正义、自我牺牲道德三要素，对巴金的影响特别大。我们看到巴金笔下的革命者都有一颗反抗专制、反抗压迫的心，有着自我牺牲和献身的热情，有着道德的纯洁、为人的正直善良和灵魂的高贵。这就是巴金与安那其主义两个传统之间的关系。

（三）敏是《电》里的主要英雄

《电》是巴金的《爱情的三部曲》的第三部，与《激流三部曲》不一样，《雾》《雨》《电》三部中篇的内容并不连贯，主要人物也不一样，但小说所描写的故事的性质有某种连贯性，即隐隐约约地暗示所写的是同一个社会团体的成员之间的故事。按道理，取名叫《革命的三部曲》更恰当些，之所以叫《爱情的三部曲》，一是因为那时国民党实行文化专制主义，用"爱情"比较容易让审查官通过。但巴金写这些知识分子恋爱的故事，是希望通过这些故事反映出他们背后那个广大的群体，就是巴金过去所接触的那个无政府主义的群体。

根据巴金的解释，《雾》和《雨》的主要故事是爱情纠葛，《雾》的主人公周如水，《雨》的主人公吴仁民，他们都是由于性格上的缺陷，遭遇了一场失败的爱情，周如水跳江自杀，吴仁民则落荒而逃。而《电》不是。《电》的故事发生在闽南，小说从吴仁民由上海来到这里写起，故事头绪繁多，人物也一大群，按巴金自己的说法："《电》里面的主人公有好几个，而且头绪很多，它很适合《电》这个题目，因为在那里面好像有几股电光接连地在漆黑的天空中闪过。"[1] 许多人物一闪而过,那么《电》有没有主人公呢?实际上是有的。过去评论者多认为是李佩珠,因为她才是"近乎健全的性格"。但我认为,这个主人公是敏。作品十章,有九章写到了敏,他才是《电》中贯穿始终的一个人物,整个《电》写了敏如何从一个本来内心很平和、很软弱的青年人,一点一点变成了一个绝望的恐怖主义者,他充当了像我们今天说的"人体炸弹",最后是抱着炸弹去炸一个镇守厦门旅长的汽车而死去的。

敏还有一个"前传",那就是在《雨》与《电》之间,巴金插入了一个短篇小说《雷》,这是《爱情的三部曲》的一个附录,它的故事与《雨》同时发生,在闽南古城,主要写了敏的绝望心理的产生。所以读《电》前先要读《雷》,两个故事联在一起,敏的历史就完整了。《雷》写了三个人:德、敏和一个女孩子慧,这三个年轻人在一起搞革命。德是一个性格有些粗暴但很成熟的革命者,而敏比较幼稚,也比较软弱。两个男人同时遭遇了慧,这个女孩子很喜欢德,可是德却认为革命者恋爱会妨碍革命,所以拒绝恋爱。慧在不能得到德的情况下答应与敏同居了。敏很单纯地爱着慧,但他凭直觉知道慧并不是真的爱他,他总是向德诉苦,因为他把德当作兄长一样,其实德的内心也很爱这个女孩子,有一次终于与慧发生了性关系。可随即他又很痛苦很后悔——最后在一个非常紧急的情况下,为了救敏他自己牺牲了。

---

1 巴金:《〈爱情的三部曲〉总序》,见《巴金全集》第6卷,第29页。

他的痛苦无法解决，只求一死来换取心理平衡。这是一个典型的革命加恋爱的故事。

把《雷》放在《电》的前面读，就可以把握《电》里的真正主人公仍然是敏。在《电》里，敏已经是一个精神发生变异的人，他亲眼看到自己的朋友德为了救他而死，心理上越来越不能承受内心负疚的重压。在《电》的第一章，他的精神就处在高度紧张的极端状态。当时吴仁民刚刚来到，朋友们在一起聚餐，非常融洽地谈着彼此的情况，大家都很高兴，像慧所说的那样："我们的生活里是需要快乐的。"敏来了，他一出场、一开口，就带着一股冷气，整个欢乐的气氛都被打破了。比如大家在一起很随便地谈论活到七八十岁时该是怎样，这本来是一个充满憧憬的轻松话题，敏却冒出一句"我就不预备活到那个时候，我只希望早一天得到一个机会把生命献出去"，并说："死并不是一件难事。我已经看见过好几次了。我记得很清楚。"这话很扫兴的，但是巴金写道："他最不能忘记的是有一次他处在危险的情形里，一个唤做德的朋友来救了他，德牺牲了生命让他逃掉。……他看见躺在血泊里的尸体。他觉得生和死的距离在一瞬间便可以跨过。"这就呼应了《雷》的故事，这种沉重的记忆像大山一样压在他的心头，让他喘不过气来。并不是他热爱死，而是一个活泼泼的朋友死在他面前，他驱除不掉恐怖记忆的阴影。巴金笔下的这些英雄人物并不是天生的冷面杀手，恰恰相反，他们对这个世界和朋友充满了爱，但死亡不断威胁他们，日胜一日的恐惧促使他们对这个世界越来越仇恨，直至精神崩溃。《电》里面的敏，比《雷》

的时候成熟得多，巴金也写到了他内心的坚定，这种坚定包含着一种从容赴死的决心。所以他才会有这样不断的追问："我的轮值什么时候到来？"在第五章，朋友们谈到敏的时候，已经感受到他精神状态的不正常，甚至觉得应该好好地劝他一番。但他们也清醒地意识到：

> 这没有用。敏现在很固执。他知道的不见得比我们少。但是他的性情——他经历过了那许多事情，再说，这样的环境也很容易使人过分紧张。
>
> 敏也许比我们都热烈，比我们都勇敢。这是一个悲剧。生活的洪炉把他磨练到这样。……

（四）敏的失败也是安那其的失败

如果他们生活在一个民主体制下面，知识分子在自己的岗位上宣传自己的理想是不会遭遇太多压迫的，不幸的是当时的中国处于军阀混战，成者为王、败者为寇的强权时代，专制体制的最大特征就是容不得来自知识分子的批评，统治者天然地仇视和恐惧知识分子团体的力量，也就是仇视和恐惧理性的力量。即使知识分子在自己岗位上的神圣庄严的工作，在统治者眼中仍然是一种巨大的潜在威胁。于是，压迫接踵而来。

《电》描写了中国安那其的失败，这种失败与其他国家的和平反抗运动的失败相差不多，知识分子和平的宣传运动遭遇到统治集团的残酷压迫，渐渐地把他们逼得无路可走。《电》一共十章，情节变化很快，气氛非常紧张，人物性格也非常鲜明，写得干脆利落。在第一章吴仁民到来引来了阵阵欢笑以后，笑声再也没有了。第二章开始就有了一个巨大的阴影，码头工会的明被捕和营救，第三章明虽然被释放了，但他是带着被拷打折磨的巨大伤残回来的，心灵受到巨大的创伤，恐怖的回忆一直徘徊在他的精神世界，小说用分镜头的手法，一边写屋子里的明在垂死挣扎，一边写屋子外边的广场上工会组织的演讲集会，并招来了警察的镇压，最后明死了。对敏来说，这是继德死以后的第二次巨大刺激。

小说的第四章中，随着明的死，安那其主义者们展开了激烈的讨论：要不要报复统治者的压迫？巴金通过这些人的交谈和辩论，将各自的观点和分歧写出来，也映照出了各自的内心和性格。明在死之前充满着对战友和生的留恋，也始终忘不掉拘留所留给他的恐怖印象。但是强权统治者用恐怖手段迫害人民时从来不认为这是恐怖，而当人民反抗的时候，这种暴徒、恐怖、犯上作乱等罪名才被落实。明的死把敏的精神逼上悬崖，他觉得没有了退路："没有一次牺牲是白费的，没有一滴血是白流的。抵抗暴力的武器就只有暴力！""这就是我们的报酬。我们和平地工作，人家却用武力来对付我们。"大家劝他忍耐时，他反问道："那么要毁灭一个势力，究竟需要多少人牺牲呢？"他说："你不觉得等待比任何折磨都更可怕吗？我很早就等着我的轮值。我要找一个痛快的机会把生命交出去。"作者描写他眼里喷着火的表情，痛苦地用力搔头发的样子，还有那种痛恨和慷慨的样子，表现出他内心的强烈骚动和不安，他的心被鲜血刺激得快要疯了。于是他叫嚷着,"我的血每夜每夜都在叫。我知道这是那些朋友的血。他们在唤我。我眼看着好些朋友慷慨地交出了生命。他们为了信仰没有丝毫的犹豫。我不能够再做一个吝啬的人"。

但事实上,现实的恐怖威慑的考验远远超出了一个恐怖主义者的内心理性力量,紧接着的第五章里,报社又被封杀,雄与志元慷慨就义,志元是高唱着日本恐怖主义者古田大次郎就义前的歌声被押解而去的,敏本人也遭到了追捕。不要以为,敏是一个十分粗鲁和什么都不顾的人,巴金写到了他本性的善良和内心复杂的一面,写他在危急中不顾惜自己的安全,却满含友情地劝吴仁民保重,就在他决定献身行动时,内心充塞的并非全是仇恨,而是真挚的爱。他脸上飘着苦笑,留恋地望着屋里的每个人——

> 敏热烈地一把握住她的手,感激似地说:"你们原谅我……我真不愿意离开你们。"他的眼泪滴到佩珠的手腕上。

巴金努力让读者觉得,敏不是那种活得不耐烦的亡命徒,他们只是服从一种律令,不得不死而已。巴金这样写道:"这个决心是不可改变的。在他,一切事情都已经安排好了。这不是理智在命令他,这是感情,这是经验,这是环境。它们使他明白:和平的工作是没有用的,别人不给他们长的时间,别人不给他们机会。像雄和志元那样的人也不能长久地留在他们中间。他的轮值是不会久等的。"这样一个善良的人却要做出恐怖的事情,《电》

始终在这种矛盾缠绕中。作者进一步写到了敏的内心的复杂情感，他也有犹疑："慧，我问你，你有时也想到死上面去吗？你觉得死的面目是什么样的？"……"有时候我觉得生和死就只隔了一步，有时候我又觉得那一步也难跨过。"敏恳切地说。他的面容很严肃，他仿佛看见在他的面前就立着一道黑暗的门。他应该踏进里面去，可是他还不能够知道那里面是什么样的情形，他还因为这个感到痛苦。

这是人的本能的恐惧，没有不怕死的人，只是形势将人逼到不容自己怕死的地步。敏的最后一道催命符是他的好朋友方亚丹的死，方亚丹的性格、长相以及成熟，都是重复了几年前的德，巴金故意把方亚丹与德写得非常相像，这种感觉敏本人也一再感受到。但终于，方亚丹也在一次意外的追捕中牺牲了，他是被人当作敏而捕杀的，当时他沉着应战，严惩了叛徒，自己也牺牲了。仿佛是德的惨剧又一次重现，方亚丹的死进一步刺激了敏，不容他多做考虑，他必须去献身才能求得心安。在这个特殊时刻，他内心紧张，神智有些恍惚，像从周围的世界中超脱出来似的，巴金写到了敏的灵魂的自我辩白：

"他跟德一样，连他的相貌也跟德一样，"他痛苦地在心里说。他的耳边忽然响起了那个熟习的声音：

"现在是不行的，现在还轮不到你……不是个人，是制度。"

他觉得有无数根针刺在他的心上，痛得他整个身子抖起来。他的脸上又起了痉挛。

他在心里说:"怎么又轮到你呢?你同我不是一样的人吗?"那个躺在血泊里的尸体马上在他的眼前出现了。他想象着:那个人怎样躲在黑暗里拿了白朗宁准备开枪,又怎样受伤倒下去,爬起来再放了一枪。他仿佛看见一缕一缕的血丝从他的身上冒出来。

"你是不会死的,"他好像在安慰谁似地低声说,没有人听见他的话。他已经离开那两个学徒往前走了。

他的脚步下得很慢,好像在等待什么人似的。他时时埋下头,不愿意让人家多看见他的脸。但是那个思想还在追逼他。

"我们现在不需要暴力,它会毁掉我们自己。"那张长脸又在他的眼前出现了,嘴张开,说出了这样的话。跟着这句话响起了枪声。于是那张脸马上消失了。

"你——你为什么——"他想问一句话,但是他只吐出了这几个字,声音很低。"我太激动了,"他这样想,就伸出另一只手在眼睛上擦了几下。

能够看出来,他内心的斗争非常激烈,他清楚自己的过激行为会给组织带来危害,并且起到的作用也很有限,但他不断地在说服自己,为自己的献身找到心安的理由,理智与情感在搏斗,求生的本能与赴死的决心在较量,接下来作者从人物的内心世界跳出来,看似对客观环境的描写,但表现的却是非常主观的敏的内心感觉：

> 这是一个很好的晴天，一切都沐浴在明媚的阳光里。马路上非常拥挤，依旧是那么多的行人，闹的，笑的，静的，跟平常没有两样；但是在敏的眼里看来他们都是陌生的，好像跟他隔了一个世界一般。
>
> 一辆黄包车过去了，接着又是一辆。后来就有六七个女人挑了担子在他的身边走过。她们的发髻上插满了红花，下面露出一对赤足，汗珠沿着鬓角流下来。
>
> "她们不知道，"他低声地说，不觉怜悯地笑了。

街上的平和、自在，反衬出他内心的紧张。"隔了一个世界一般"，是内心紧张对外界的一种感受，仿佛灵魂已经出窍，仿佛脚步已经踏在阴阳界上了，这个世界已经开始与他没有关系，他一个人在街上神情恍恍惚惚的。这段描写也从侧面衬托出世界的美好和敏献身的悲壮。接下来是一个逆转和更进一步的刺激：他发现自己被盯梢，虽然甩掉了，但恐惧和紧张再次加速了他行动的决心，所以看到旅长的汽车开过来的时候，奋不顾身冲了上去——

> 汽车逼近了，一下子就飞跑过来。他忘了一切地冲出去，他做得那么快，没有人来得及阻止他。他的眼睛里就只有那辆汽车，别的一切都看不见了。他甚至没有看清楚车里

的人脸。他疯狂似地把袋里的东西拿出来在汽车前面的地上一掷。

(五)巴金对恐怖主义者的描写和评价

在《电》里,巴金非常仔细地写了敏的接近疯狂的内心历程。恐怖主义者的悲壮在于,当他发现面对强大的专制体制不能有效地应对时,只有以自己的死来换取内心世界的平衡。如果我们舍弃了前面的一系列过程而单独地描写恐怖主义,那么,恐怖主义就会成为没来由的疯狂;如果把恐怖主义放在一个深远的历史背景下,展示它是如何从正当追求人的权利到悲愤绝望,再到疯狂的过程,那么我们对已经发生的许多悲剧事件会有另外一种看法。事实上,任何在世界范围内发生的阶级的民族的矛盾,不从根源上理解问题,不从强者的贪婪与残暴中看到问题的根本所在,一味谴责与镇压弱者的绝望的反抗是解决不了问题的。巴金对恐怖主义有过深入的考察,他写过探讨恐怖主义的论文《无政府主义与恐怖主义》,就专门讨论了这两者的关系。他认为恐怖主义心理发展有两个阶段:第一个阶段是"一命报一命",指简单的自我防卫性的报复行为;第二个层次是"以死报死",即我把你杀了,我也以死来报偿,这是主动的攻击性行为。巴金解释说:"我们既不能活着,使得人们彼此相爱,使受苦的多数人过幸福的生活,那么,我们可以牺牲自己的生命来破坏那制度或维持那制度的人,使得'憎'早点消灭,'爱'早日降临。"这不是简单的报复,而是这个人本身求死。在强大的专制体制的压力下,个人觉悟到了要反抗,只有通过自己的死来完成对世界的宣战,表明他跟这个世界的对立。报复通常在乎的是对立面的死,比如像小说里的敏因为当时国民党的一个旅长杀了他的朋友,他要去杀这个国民党旅长,这个报复的目的在乎对方的死,他要把对方消灭掉。这也是中国传统文化里的报仇思想。可是到了恐怖主义第二个心理层次的时候,他根本不在乎对方的死,他在乎的是自己死,用自己的死来刺激这个社会,向世界宣战,那就会出现炸百货大楼、炸剧院等恐怖主义活动,这些被炸死的人跟他毫无关系,他是对世界绝望了,他觉得自己如果平庸地被世界消灭了,像一个蚂蚁死掉一样,那他的生命就一点意义都没有,所以必须要发出一点声音,那这个声音只有通过死来完成。19世纪到20世纪初在法国有大量这样的恐怖主义者,左拉在著名的长篇小说《巴黎》里就描写过一个,他想去炸毁圣心大教堂。目前世界上这两种恐怖主义都有,中东以色列和巴勒斯坦的冲突,很多恐怖事件都是互相报复的行为,即一命报一命,但也有一些,像"9·11"事件、莫斯科医院事件等等,它是无对象的,就是要通过死人来唤起世界的关注。在这个时候恐怖主义进入到失去理智控制、比较危险的疯狂境界,而且一旦与宗教、民族等问题纠缠在一起就复杂了,几种非理智的力量同时聚集在一起产生的恐怖主义就非常可怕,这与当年安那其主义思潮中的恐怖主义已经不可同日而语。

巴金在作品中对两种恐怖主义者都有描写。巴金以一种崇敬的情感来写这些人,他崇尚的"殉道者"就是那种不怕死、为了理想献身的人，他曾赞叹这些人："他自己甘愿受尽无穷的苦痛，牺牲他个人的幸福的生活，来为将来的人建立爱的世界，虽然他的炸弹未必就能有益于爱的世界的建立，然而这种崇高的人格，血和泪结晶的心情，谁也不能不承认是人间最优美的。"巴金虽然同情他们，却并不赞成这种行为，他尤其不赞成安那其主义者把恐怖主义当成实现理想的手段。他说："有许多同志要用暗杀手段来实现无政府主义或以为无政府主义的实际运动只是暗杀，这在我看来是不合无政府主义的原理，对于无政府主义，对于民众并无好处。要实现无政府主义的，除了有组织的群众运动外，并无其他的路可走。"[1]他是把安那其的精神理想与实际策略严格区分开来的。在《电》里，除了敏，巴金还写了吴仁民、李佩珠、方亚丹等革命者，目的就是通过这几个人对敏的行为的质疑，形成一种讨论和思辨的艺术氛围。巴金在小说里一再强调：是制度的罪恶，而不是个人的问题，你消灭一个人，对这个制度是没有意义的。不仅没有意义，而且因为这样一种恐怖主义的行为，它必然带来强权方面更加残酷的报复和迫害。在《电》中巴金也写到了这种过激行为给这个组织所带来的危害。由于统治者的镇压与革命者暴力行为的反抗，推波助澜，最后导致了矛盾的尖锐化，报馆、工会、妇女协会、学校都被查封了，人也被抓了起来。这个故事最后是以这样一个革命运动的失败而告终的，这也是恐怖

---

1 以上均引自巴金：《无政府主义与恐怖主义》，见《巴金全集》第21卷，人民文学出版社1993年，第253、256、252页。

主义在中国的失败。

《电》是一个比较完整的安那其主义和恐怖主义的文本：第一，这个作品（包括《雷》）写了敏从一个软弱的人一步一步地走上恐怖主义，最后自我牺牲的这么一个心理历程，写出了一种绝望的性格；第二，它通过敏的自我牺牲的暴力行为，实际上表达了恐怖主义所包含的两种意义，既有复仇的意义，也有以死报死的心理；第三，它通过这样一个恐怖活动的最后失败，以及他的同志们对他的批评，表明巴金自己对于这样一种恐怖主义行为不赞成的立场。

（六）《电》的抒情性

《电》是巴金《爱情的三部曲》的最后一部，为什么用"爱情的三部曲"这个名字呢？巴金当时主要是受了屠格涅夫的影响，屠格涅夫的小说中，战争，革命，俄罗斯宏大的历史、文化背景等等，都是通过一个小小的客厅，尤其是通过男女贵族的恋爱来表现的。爱情就成为描写人物以及人物与社会关系的一个必要的中介。巴金曾翻译过屠格涅夫的《父与子》《处女地》等作品，他写《爱情的三部曲》很明显留下学习屠格涅夫的痕迹。小说里人物的很多活动也都是在客厅里，大家坐在一起开会、辩论，然后通过男女青年的爱情生活来折射出某些人的个性。巴金自己曾写过很长的一段话来解释创作意图：

为什么要称这为《爱情的三部曲》呢？因为我打算拿

爱情作这三部连续小说的主题。但是它们跟普通的爱情小说完全不同。我所注重的是性格的描写。我并不单纯地描写爱情事件的本身，我不过借用恋爱的关系来表现主人公的性格。……而且我还相信把一个典型人物的特征表现得最清楚的并不是他的每日的工作，也不是他的讲话，而是他的私人生活，尤其是他的爱情事件。……一个人常常在"公"的方面作伪，而在"私"的方面却往往露出真面目来。所以我们要了解一个人的真面目，也可以从他的爱情事件上面下手。不用说，我也知道每日的工作比爱情更重要，我也知道除了爱情以外，还有更重要的题材。然而我现在写这三本描写性格的小说，却毫不迟疑地选了爱情做主题，并且称我的小说为《爱情的三部曲》。[1]

巴金虽然用"爱情"作为掩饰革命的幌子，但他绝不是一个写爱情的圣手，可是弥漫在他艺术世界里的却有另外一种"爱"，那就是追求同一理想的朋友之间的情谊。在巴金的笔下，这是人生可遇而不可求的缘分，他自己也非常看重。在《〈爱情的三部曲〉作者的自白》中，巴金在一个注释中明确地指出：

　　我写死，也为了从反面来证实信仰的力量。其实我还写了一件很重要的东西，而为你所忽略了的。这是"友情"，

---

[1] 巴金:《〈爱情的三部曲〉总序》，见《巴金全集》第6卷，第15页。

或者"同志爱"(Camaraderie)。我特别喜欢《电》,就为了这个。使《电》发光彩的也是这个。信仰是主。用死来证实信仰,用友情来鼓舞信仰,或者用信仰鼓舞友情。因为有友情,所以没有寂寞,没有忿恨,没有妒忌。[1]

在这种情感里面,所有个人的情感问题都解决了,彼此是相濡以沫的新型关系。小说里有一段关于李佩珠与吴仁民相爱以后的描写:

佩珠把脸掉向他,热烈地说:"为什么我还要吝惜我的嘴唇?也许明天我就会离开这个世界,离开你!"她把嘴伸上去迎接他的俯下来的嘴。两个身子合在一起,也不动一下,电筒的光灭了。

"不会的,你的轮值不会来得这样早,"仁民梦呓似地说。

"这个轮值是不会有什么早迟的。假使我明天就死去呢?"佩珠梦呓似地回答。

"我会在心里记着你,我会哭你。我会更努力地继续你的工作,"他感动地说,热情在他的身体内充满了。

"仁民,我没有留恋,我也不害怕,我可以受一切的打击。也许明天这个世界就会沉沦在黑暗里,然而我的信仰绝

---

[1] 巴金:《〈爱情的三部曲〉作者的自白》,见《巴金全集》第6卷,第475页注释1。

不会动摇……"她愈说下去,她的声音愈低,"过一会我们就会离开了。就在这个时候,这个时候……你的嘴唇……你的手……它们是那么有力……那么有力……我不怕……我有信仰……吻我……"她含糊地说着,慢慢地,慢慢地她的声音便低到没有了。

他们终于直截了当地表达出"爱"了,但与此相伴的似乎并不是幸福感,而是死亡的压迫。爱有使对方幸福的意愿,但也有生命短暂、幸福必须抓住的担心,他们在最热烈、最幸福的时候,是想到生命的"轮值"何时到来,是继续工作的承诺。在"我不怕……我有信仰"的后头是"吻我",爱与死、工作与信仰交织于一体,这是巴金笔下那些革命者的爱。"爱"到这里普泛开来了,由两个异性间的情感扩大到人性的一种不可抗拒的力量,尽管他们都在压抑着,但终究会爆发出来,更重要的是它还扩大到事业和信仰上。除了爱情与事业取得了和谐,吴、李两个人恋爱之外还有一种更大的爱始终包围着他们,那就是集体的爱,有着共同信仰的同志间的爱。从吴仁民这个角度感受更是非常明显,巴金为这部作品而醉心不已的地方也正在这里。在第一章,作者就写出了大家在一起的欢乐活泼的气氛,刚刚到来的吴仁民立即被这种气氛感染了,他羡慕地感慨:"我想不到你们在这里过得这么快活!"特别是在出现困难的时候,大家兄弟般地互相爱护,共同面对风雨,坦诚讨论问题,就像李佩珠说的:"和你们在一起我什么打击都可以忍受,你应该晓得在我的胸腔里跳动的，不再是我一个人的心，却是你们大家的心。和你们在一起，任何大的悲剧，我可以忍受。"

这显然已经超出了安那其主义的个人英雄主义的思想境界，恐怖主义的孤独和冷酷被集体主义的团结和温暖所取代。巴金的那种特有的抒情气质和明净笔调，在描写爱情中体现得非常充分。《电》中的人物，面对一个复杂的世界，表现出的是单纯的孩子的心理，他们经常会哭哭笑笑，说孩子气的话。这不是矫情，反而显示出作家的一种天真。巴金始终抱有一种非常单纯的心理来描写这个团体。李佩珠与吴仁民两个人一边相爱，一边说，"我不怕……我有信仰"。今天的人绝对不会这样说。可是，他们两个人是凭着信仰走到一起的，而那个时候，信仰遭到了摧残，周围的同志都被杀害了，在孤独当中，在痛苦当中，甚至于在恐惧当中，在无所依靠当中，他们两个人相爱了，拥抱在一起，他们这样说，此时此地，是有一种力量的。而今天因为时代变了，大家都没有信仰，也就不会那么说，巴金的单纯就在于他有安那其主义的信仰，他对自己的信仰类似于虔诚的教徒对自己的宗教。如果今天一个基督徒说这样的话也会很自然。有这种信仰支撑着，哪怕到了非常孤独、非常痛苦的时候，他往往也会蹦出一句话来——"我不怕……我有信仰"。

《电》的文笔也非常干净，没有拖拖沓沓。小说发表以后，老舍就写评论称赞说:《电》是一部"充满着浪漫气味的作品带着点古典主义的整洁完美"。什么叫古典主义？就是指意境非常干净，文字非常简练的一种艺术。老舍说这个作品"像水晶一般地明透"[1]。一个个故事，一个个人物的命运，非常简单，人的心理、人与人的关系、人与世界的关系，都非常干净，非常透明。当然，我们今天反过来说，文学需要复杂一点，污浊一点，暧昧一点，朦胧一点，那才是好文学。但是读巴金的作品要换一个角度，他的创作就像一篇童话，干干净净，一洗如水，他展示了另外一种魅力。文学创作本来就是多元的。这种作品当然不适合历尽风霜的老年人看，但是对那些充满激情的、对理想还怀有朦胧追求的、对世界还说不太清楚、希望有一个清晰的图景来展示他们前景的年轻人来说，这样的文学，巴金的作品是值得他们看的。

但是，这个作品恰恰又是把人类世界当中最复杂、最阴暗、最绝望的暴力行为放到一个童话世界当中。这是一个怎样的境界？法国作家左拉创作的长篇小说《巴黎》《萌芽》里都出现过法国的安那其主义者，那些人都是眼光发绿，心情非常阴暗，对世界充满了仇恨。可是在巴金作品里，他把人类当中最复杂、最阴暗、充满了暴力和血腥倾向的一种人，放到一个童话似的世界里面去，放在一个明亮的环境里面去。巴金很少有阴暗的、污浊的小说，他的艺术世界一直是很明亮的，像你在冬天的下午走到阳光充足的公园里，红是红，绿是绿，阳光明媚。但是巴金的主调永远是阴暗的、忧郁的，他写的人物一直是很痛苦，很绝望，很愤怒，而且一个个都去找死。这就非常奇怪。既然很明亮，那

1　老舍：《读巴金的〈电〉》，收《解读巴金》，第178、177页。

应该是很开心了，可是他在这里给你一个非常大的反差。这种反差仍然构成了一个丰富的、文学的内涵。所以我说，《电》是一个成人的童话。

三 《电》中的知识分子精神立场

我想在这里先解释一个概念：现实战斗精神。这个概念在20世纪80年代现代文学研究领域用得很普遍，现在已经不大流行了。现实战斗精神是指"五四"以来知识分子紧张地批判现实、干预社会的一种精神原则，它是贯穿了"五四"启蒙文学和左翼文学的基本文学精神，鲁迅正是最卓越的代表。后来我们一般说继承鲁迅的战斗精神，多半也是指这样一种精神原则，即一个好作家，首先应该对社会现状的阴暗面和消极面执行批判的使命，应该以自己的创作来推进社会进步。这样一种文学观念和知识分子使命在过于严酷的社会环境下很难坚持，但作为一种与社会堕落力量相对抗的积极向上的力量，它与社会所保持的张力，是这个社会走向真正的民主和进步的重要保证。但是要坚持现实战斗精神需要有两个必要的前提：一个是现实环境允许这样的战斗性有生存的余地；另一个是战斗者有坚定的必胜的信念。如鲁迅当年相信进化论，相信青年人必要胜过老年人，他才会理直气壮地去批判陈旧古老的社会现实，寄希望于未来。如果一个启蒙者连自己的信仰也怀疑了，那么战斗就未必能够理直气壮，战斗精神也将无从谈起。从鲁迅到巴金，是五四新文学的现实战斗精神传统从高潮走向衰落的过程，巴金的创作正体现了现实战斗精神的极端化以及蜕变。

巴金是一个坚定的安那其主义者，是有信仰的，正如他写的，"我不怕……我有信仰"，这个"我不怕"与"我有信仰"之间是有省略号的，表示说这话的人有一个很大的犹豫。其实他是很怕的，他很孤独、很痛苦，在犹豫当中他靠"我有信仰"来鼓起自己的勇气。在巴金作品里，一个个人物都是有理想的，可是这个理想在现实生活却毫无疑问是失败了。安那其主义在中国20世纪20年代就失败了，其实它在全世界都是这样，"无政府"碰到政府注定要失败，当年法国、西班牙的安那其主义，俄罗斯的民粹派等等都被镇压了。一批安那其主义者流亡到美国，以为美国是一个比较民主的社会，可是到了美国以后照样都被镇压，其中最著名的一件事，就是两个意大利侨民——凡宰特和萨珂，两个信仰无政府主义的工人领袖，被美国政府用莫须有的罪名抓起来，然后上了电椅被杀害。这件事对巴金的刺激非常大。美国政府到现在还是禁止无政府主义的，如果在美国找工作，说信仰马克思主义问题还不大，如果说信仰无政府主义，恐怕连工作也找不到。这就是说，在全世界范围内，无政府主义这个运动，它是代表了最无助最孤独的底层人们的一种想象，那种想象在现实世界不可能胜利，注定要失败的。

我们在《电》这个文本里就可以看到，他们这批人永远说"我不怕"，但最后全部瓦解了，工会、妇女协会、报社、学校都被摧毁，这样一批知识分子靠革命暴力的方式去完成追求理想的过程，实际上是失败的。这种失败就促使了一批知识分子深思：

既坚持自己的理想，又如何能够使这种理想真正地在社会上发生作用？在20世纪30年代，这是一个盘旋在很多知识分子头脑里的问题。那时有人就觉得在镇压以后还是应该继续反抗，不断地寻找新的目标，很多更年轻的人就是读了巴金的书开始反抗，投身到革命的实际运动当中去。因为安那其运动和当时中国共产党领导的革命运动，在某种方式上很相似的，青年向往一个没有剥削、没有压迫的社会，最后就转向革命了。这也许并非是巴金的初衷，但巴金的作品，对于这样一个不义社会的批判或者反抗，或者更软弱点说，那种诅咒，是有煽动力的。他自己很愿意他的作品能够指出一条道路或者说能够展示一种前景，他的每篇小说都在努力展示，可是展示出来都是失败，因为现实生活没有安那其主义取得成功的一个例子。巴金是面对了一个深刻的矛盾，他自己后来也改变了。

1935年以后，巴金出任了文化生活出版社的总编辑，他的心境也慢慢地平静下来，创作的数量开始少了，但在艺术上更加精致。他主要从事编辑工作。巴金在中国现代出版史上是很有贡献的，文化生活出版社出的书可以说囊括了20世纪30年代以后中国新文学作品的半壁江山。巴金和他的朋友们是按照安那其的理想，不追求个人利益，每个人都是义务的，利润投入再生产的资金里。文化生活出版社的主要成员都有工作，有的在银行里做事，有的搞翻译，巴金本人是作家，靠版税生活的，他们没有拿过出版社的利润，是义务工作。这样一个模式也是理想与实践结合的模式，可以说，知识分子找到了一个与现实相结合的实现自己人生理想的岗位。

我非常看重巴金的这个岗位。我常常觉得，一个知识分子，如果在社会上没有一个稳定的、明确的岗位，很难发挥他的作用。特别是在现代社会，他只有找到一个适合自己的工作岗位，在这个岗位上慢慢地实践自己的理想，才能以人格的力量慢慢地影响他人，推动社会的进步。像《电》里面的那些人都有岗位的，亚丹在小学里教书，还养蜜蜂，也有的是报馆里做编辑，像雄和志元，等等，都很从容。而恰恰是那些没有岗位的流浪型知识分子，比如敏，这一批流浪者，在社会上不断流动，又无所适从，在他们身上很可能发生很多暴力的事情。巴金用他自己的社会实践和文学创作所展示的图景，启示我们去思考知识分子在进入现代社会以后如何实现自己理想。

今天我们重读巴金的小说，会发现他的小说里包含了很多问题，只是我们还没有充分地认识到它们的意义。现在很多人认为巴金已经过时，似乎巴金小说只讲反封建，这种认识是不对的。巴金小说里所描写的很多问题其实就发生在我们今天，比如恐怖主义的问题，能说离开我们很遥远吗？从巴金本人来说，他作为一个安那其主义者，他有自己的立场。我不说这个思想理论，可是他这种立场不是没有可取之处的。他的立场就是永远站在穷人一边，站在弱势群体的立场，他的最终理想是认为政府、国家这样的权力机器都应该消失，那也是我们人类最根本的理想，最根本的期待。这样的理想到底能不能实现，不是我们今天讨论的问题，我想说的是，人类的精神里永远要有这么一种高尚的东西，永远要追求平等、自由，人不压迫人，人不剥削人，人人都应该快活地生活。不论哪个国家，哪个民族，哪个种族，这些都是永远要追求的。今天很多理论家可以很傲慢地说,现在早就不谈共产主义了,现在我们都在求务实、奔小康。其实这只是一个人,或者一届政府的短期目标。作为人来说,我们每个人都有自己的短期目标,但是,人身上永远有一种高于其他动物的、实现终极关怀的本能和精神,到最终,它就是一个最高的理想,就是追求人与人之间的绝对的平等,人人都快乐自由。巴金说,他的理想很简单,就是"每个家庭都有住宅,每张口都有面包,每个心灵都受到教育,每个人的智慧都有机会发展"[1]。这个话听起来好像哄小孩子,很多人就说巴金肤浅,他说的都好像口号一样。可问题是,这样一种肤浅的理想,在今天要做到还真不容易。不是我们每个人都能意识到这是最基本的问题。但在巴金的作品里,有一种很可贵的品质,他永远是与无助的人,永远是与底层的人站在一起。一个灵魂高尚的人,他必然要站在弱者的立场上,要站在最无助的人的立场上,在这一点上巴金走得比谁都远。很多作家,作品写得很高尚,但恰恰是在这个作为现代知识分子最基本的立场上,他们就不如巴金。所以我认为,巴金的作品到今天只是没有很好地阐释,如果很好阐释了,它仍然能够成为21世纪社会文明的重要思想资源。

初刊《生命的开花——巴金研究集刊》卷一
文汇出版社2005年

---

[1] 此为凡宰特(巴金也译为樊塞蒂)在自传中说的话,转引自巴金:《谈〈灭亡〉》,见《巴金全集》第20卷,人民文学出版社1993年,第381页。

巴金晚年著述中的信仰初探

巴金先生曾经是一个有信仰的人。[1]但是在他的晚年,这个"信仰"是否还在悄悄地起着作用?这个问题巴金生前没有给以准确的回应。在他晚年著述中,取而代之的是一再出现的"理想""理想主义""理想主义者"等说法,核心词是"理想"。那么,巴金早年的"信仰"与晚年的"理想"是否可以重叠?"理想"在巴金晚年构成什么样的意义?

要清晰地回答这个问题并不容易。巴金生前几乎拒绝回答研究者有关信仰的询问,有意识地规避了任何可能引起质疑的话题。但是,这种有意识的规避,似乎又透露出巴金并没有真的把

---

[1] 有关巴金的信仰,可以参读巴金的回忆录《忆》《短简》(《巴金全集》第12、13卷),报告文学《断头台上》(《全集》第20卷),以及未收录第一版《全集》的理论著作《从资本主义到安那其主义》。本注释里出现的《巴金全集》(简称《全集》),是指人民文学出版社自1986年起陆续出版的26卷本,也是第一版《巴金全集》。

这个在"文革"中曾给他带来过灾难的话题轻松放下，反而成为他越来越沉重的精神负担。弥漫在他晚年著述的字里行间挥之不去的精神痛苦，假如仅仅在世俗层面上以所谓的反思"文革"的教训、家破人亡的灾难、痛定思痛的忏悔等理由来解释，无论是出于何种目的，都无法真正还原这份精神现象的沉重性。因为巴金在他晚年著述里所努力表达的，不是社会上普遍认同的现象，而是属于他个人的"这一个"所面对的精神困扰和危机。

巴金晚年著述是一个特殊存在，是当代思想文化领域难得的一份精神自白、忏悔和呼喊的文本。作家在写作中面对种种困难，使他无法用卢梭式的坦率来表述自己内心痛苦。这里有很多障碍：首先作家是一个无神论者，他的忏悔没有明确的倾诉对象，他常常把对象内化为对自身的谴责和惩罚。[1]其次是作家对这种越来越汹涌地浮现出来的忏悔之情或许没有足够准备，因此《随想录》文本内涵前后是有变化的[2]，前面部分主要还是回应社

---

1 关于信仰的对象，巴金有很多论述，都明确把自己的信仰与宗教信仰划清界限。如："我愿意受苦，是因为我愿意通过受苦来净化心灵，却不需要谁赐给我幸福。……我有我的主，那就是人民，那就是人类。"(《致许粤华女士》，1989年12月4日，见《再思录》，上海远东出版社1995年，第29页。)巴金似乎在回应他在1927年时所写的："我现在的信条是，忠实地生活，正当地奋斗，爱那需要爱的，恨那摧残爱的，我的上帝只有一个，就是人类，为了他我准备献出我的一切……"(《海行杂记·两封信》，见《巴金全集》第12卷，人民文学出版社1989年，第52页。)

2 巴金不止一次吐露过他写作《随想录》过程中的心情变化："写第一篇'随想'，我拿着笔并不觉得沉重。我在写作中不断探索，在探索中逐渐认识自己。为了认识自己才不得不解剖自己。本来想减轻痛苦，以为解剖自己是轻而易举的事情，可是把笔当作手术刀一下一下地割自己的心，我却显得十分笨拙。我下不了手，因为我感到剧痛。"(《〈随想录〉合订本新记》，见《再思录》，第123页。)

会上各种引起争议的文化现象，而越到后面，他的关注点越接近自己的内心，尤其在完成《随想录》以后的各种文字里，与他早年信仰有关的话题越来越多。也就是说，越接近生命的终点，巴金越想把埋藏在内心深处的话倾吐出来，这也就是他为什么一再说要把《随想录》当作"遗嘱"的深层含义。其三，巴金晚年经历了"文革"时期的精神危机和"文革"以后的觉醒，另一方面他又理性地意识到自己身处的文化生态远没有可能自由讨论其信仰，这是他在态度上犹犹豫豫、修辞上吞吞吐吐的主要原因。[1]其实，巴金对信仰问题的真正想法，我们并不是很清楚，作家本人也很暧昧，或许他心里很明白，在信仰问题上他是极为孤立的，现在社会几乎找不到真正的共鸣者，他不愿意自己的信仰再次被庸俗化，更不愿意信仰再次遭到世俗误解与戮辱。归纳种种迹象，《随想录》是一个未最后完成的文本，它并没有把巴金想说的话毫无保留地表达出来。与其说巴金在犹豫，还不如说，他是在等待和寻找。在这个类似等待戈多的漫长过程里，巴金一再祭出"讲真话"的旗帜，不仅向人们提倡要讲真话，更可能是作家对自我信心的一种鞭策。巴金晚年著述更大的动力来自他内心倾诉的需要，希望通过向读者倾诉来化解自己心理上的沉重压力。

---

[1] 关于这一点，作者在与巴金先生的个人交往中有强烈的印象。巴金先生不愿意讨论自己的信仰问题，每次触及信仰问题，他总是说：这个问题现在讨论还太早，以后再说。在编撰《巴金全集》过程中，我多次建议收入他早期有关无政府主义的著述，他总是很犹豫，直白地说，他担心有人会借此机会攻击他宣传无政府主义。这些情况，我在有关文章里有所记录。(《我心中的巴金先生》，见《陈思和文集》第七卷《星空遥远》，广东人民出版社2017年。)

一　巴金晚年著述中最隐秘的激情是什么？

"巴金晚年著述",是本文所拟的一个概念。包括巴金先生在"文革"后的所有著述以及编辑活动,如他翻译赫尔岑的《往事与随想》,写作五卷本的《随想录》以及《再思录》《创作回忆录》,编辑《巴金全集》《巴金译文全集》等工作。其中《随想录》和《再思录》最为重要。

《随想录》是一部思想内容极为丰富的著作。它既是对刚过去不久的民族灾难的深刻反思,提醒人们不要忘记历史的惨痛教训;同时也真实记录了作家本人直接参与20世纪80年代思想解放运动中各种论争的全过程,成为一部真实保留时代信息的百科全书式的文献。此外还有更加隐秘的含义。那就是《随想录》的书写,是巴金重塑自己的人格,重新呼唤已经失落的理想的努力;写作过程也是巴金的主体不断提升和超越的过程。《随想录》要表达这层含义,远比揭开前两层意义更为艰难。巴金开始写《随想录》的时候,已经是一个七十多岁的老人,人生七十古来稀,在经历"文革"后坚持到高龄已属不易,但是在七十多岁以后还要重新反省自己的人生道路,还要追求一种对自我的否定之否定,应该说,这是他所面对的最大挑战。

在写作《随想录》过程中,巴金还遇到另一个挑战:生命渐渐老去。他在这期间多次生病住院,越来越严重的帕金森综合征让他的手无法轻易捏住笔杆挥洒写字。他既不会用电脑写作,也不愿意口述录音,就这样独自一人拿着一支笔,一个字一个字地写出来。如他所说:"的确我写字十分吃力,连一管圆珠笔也几乎移动(的确是移动)不了,但思想不肯停,一直等着笔动。我坐在书桌前干着急,慢慢将笔往前后移,有时纸上不出现字迹,便用力重写,这样终于写出一张一张的稿子,有时一天还写不上两百字,就感觉快到了心力衰竭的地步。"[1]

读到这里,我们不禁要问:巴金为什么要选择这样痛苦的写作生活?他晚年究竟是被怎样的一种激情所支配?

巴金晚年著述的真正动机,即便是他的同时代人也不太了解,很多人,包括巴金的亲朋好友,都发出过这样的疑问:"他为什么活得这么痛苦?"[2]社会一般舆论都认为这种痛苦来自巴金对历史浩劫念念不忘,然而本文试图从另外一个角度来解释:外在磨难以及对磨难的抗衡,都不可能是巴金晚年写作最根本的动力;只有来自他内心的巨大冲动,他自己觉得有些深藏在心底里的话不得不要说出来,同时又不能让深藏在心底的话随随便便地说出来而受到误解,这才是巴金晚年的最大困境。巴金在晚年著述里反复地宣告:"我有话要说。"在《随想录》最后一卷《无题集》的后记里,他动情地说:

---

1 《巴金全集》第16卷,人民文学出版社1991年,第757页。
2 关于"巴金为什么活得这么痛苦"的问题,我曾当面听冰心老人这么说过。汪曾祺在读了《随想录》以后,也说:"我看他的书,很痛苦,好多年没有这种感觉了,他始终是一个流血的灵魂。"(见《文艺报》1986年9月27日。)有着共同苦难经历的老一辈作家对此都无法理解,更何况没有经历过浩劫,或者虽然经历过但感受不深的年轻人,就更难以理解。

……我的"随想"真是一字一字地拼凑起来的。我不是为了病中消遣才写出它们；我发表它们也并不是在装饰自己。我写因为我有话要说，我发表因为我欠债要还。十年浩劫教会一些人习惯于沉默，但十年的血债又压得平时沉默的人发出连声的呼喊。我有一肚皮的话，也有一肚皮的火，还有在油锅里反复煎了十年的一身骨头。火不熄灭，话被烧成灰，在心头越积越多，我不把它们倾吐出来，清除干净，就无法不做噩梦，就不能平静地度过我晚年的最后日子，甚至可以说我永远闭不了眼睛。[1]

　　这段话清清楚楚地表明，写作《随想录》的真正驱动力来自作家内心，巴金的心里有许许多多难以言说的话需要倾吐。为什么说是"难以言说的话"？因为如果这些话很容易说出来，那就用不着这么吞吞吐吐，完全可以直截了当地说出来，巴金早年文风一向是爱憎分明、简洁明白，可是到了晚年反而变得含糊委婉，这一定是有其真正"难以言说"的困难所在。他把这种言说，解释成"欠债要还"，既然欠债，那么我们就要了解，他究竟欠了什么债？谁的债？又如何还债？他用"十年浩劫"来影射自己内心变化，"十年浩劫"在这里应该是泛指极"左"路线对作家心理产生的压迫感，他不得不保持沉默，但是当"浩劫"被推向极致，成为全民族灾难的时候，他却觉醒了，有了发出声音

---

[1] 《巴金全集》第16卷，第757页。

的勇气。这里所说的"一些人"或沉默或发声，都是作家自我的指代。再接下来他直接形容内心的挣扎，形容自己要说出真话还是不说真话的纠结，他用了一系列形象的词——话、火、灰、油锅、骨头等等，描述他内心斗争的复杂性。"话"是指作家要讲真话，"火"则代表了理性，常言道"洞若观火"，火是一种对世道的通达、透彻的理解。人的理性来自对社会生活的认知，理性会对人要"讲真话"的欲望实行管控，指令他把要说的"话"吞咽下去，藏到肚子里不要说出来。于是"话"就成了"灰"沉积在心底里。可是作为理性的"火"继续在他的内心发酵，因为理性还有另外一面，那就是良知。良知在不断地提醒他：你必须要讲真话，你必须要把藏在心里的话大胆说出来。这样一种思想的自我斗争，理性和良知的斗争，对巴金来说非常之痛苦。他用"油锅的煎熬"来形容内心挣扎，而"煎熬"的结果，就是这部提倡讲真话的《随想录》。最后一个形容词是"骨头"，不仅指代他被煎熬的身体和内心，更隐含了"风骨"和"勇气"的意义。

那么，在这一系列被艰难挑选出来的词组所形容的内心斗争过程，指向了巴金最终要表达的意思。他心中有一个最宝贵的东西，想说出来，但又不想轻易说出来，这个东西肯定不是一般的反思"文革"，也不是一般的思想文化斗争，因为这些都是思想解放运动中必须解决的问题，是当时推行改革开放路线的中共中央坚定不移的意志，如果没有这些前提，要推行经济改革路线是不可能的。巴金在《随想录》中许多言论看似尖锐，其实是当时政治生活转轨的信号,被巴金敏锐地捕捉到了。在今天的环境下来看就是一般的常识。正因为如此,关于巴金在晚年著述中最隐秘的写作激情,我们还要从另外的维度去找,那就是他曾经失落的"理想",这与他的一生的奋斗与信仰有关。

二 巴金无政府主义信仰的浮沉

限于篇幅,本文不打算详细讨论巴金与无政府主义信仰的全部关系,仅就几个具体的问题做一点简单说明。

现在学界已经有了定论:巴金早年是一个无政府主义者。这个结论既是对的,又不完全准确。"巴金早年是一个无政府主义者"这个定义的依据:无政府主义没有具体的政党组织,也没有约束个人的纪律,仅就他和信仰的关系而言,主要体现在思想接受和个人道德修养,并不是特指某组织系统的成员。但巴金的特殊性在于他是一位作家,在他的自述性文字里,他把自己与无政府主义的关系描写得很有戏剧性。如他对阅读克鲁泡特金的《告少年》与廖抗夫的《夜未央》后的心情描写[1],以及1927年他收到凡宰特写给他的信以后,发生过一次自觉的"立誓献身"的行

---

[1] 巴金这样描写他阅读了《夜未央》后的心情:"它给我打开了一个新的眼界。我第一次在另一个国家的青年为人民争自由谋幸福的斗争里找到了我的梦景中的英雄,找到了我的终身的事业。"很显然这个"终身事业",指的就是实现无政府主义的社会理想。他接着就参与了成都的几个无政府主义小团体的工作,并说:"我自称为'安那其主义者',就是从那时候开始的。"(《我的幼年》,见《巴金全集》第13卷,人民文学出版社1990年,第9、10页。)

为，后来他把这个片段写进了小说《灭亡》。[1] 正因为有过这样一些仪式感的描写，我们似乎可以确定巴金早年是一位无政府主义者。

但是从中国无政府主义运动的发展史来看，巴金作为一个"无政府主义者"又是不够完整的。从他在1920年阅读《告少年》《夜未央》，参加成都的"半月""均社"等小团体，到1929年他从法国回国，大约十年（即从15岁到25岁）。晚清民国期间，中国无政府主义运动有几个影响较大的派系，如参加同盟会从事暗杀活动的师复一系，偏重于社会政治实践与个人道德修养；与法国勤工俭学运动密切相关的吴稚晖、李石曾一系，偏重于走上层政治路线；有北京大学等高校背景的黄凌霜等人，偏重于无政府主义理论研究；还有一些分散在广东、湖南、汉口等工人集中区域从事工运的无政府主义者，如区声白、黄爱、庞人铨、施洋

---

[1] 1927年7月10日的前几天，巴金在巴黎收到凡宰特从美国监狱寄给他的回信。他这样描写自己的激动情绪："我把这封信接连读了几遍，我的感动是可以想象的。我马上写了回信去，这几天里面我兴奋得没有办法的时候，又在练习本上写了一点东西，那就是《立誓献身的一瞬间》（第十一章）了。"（《谈〈灭亡〉》，见《巴金全集》第20卷，人民文学出版社1993年，第382页。）这里提到的《立誓献身的一瞬间》，后来成为《灭亡》的第11章，里面写到李冷兄妹为理想而"立誓献身"："一道光辉出现在李冷底脸上，一线希望在绝望中闪耀起来。'我们宣誓我们这一家底罪恶应该由我们来救赎。从今后我们就应该牺牲一切幸福和享乐，来为我们这一家，为我们自己向人民赎罪，来帮助人民。'……这样一瞬间在那般甘愿牺牲一切为人民谋幸福的青年，便是唯一的幸福的时候了。虽然这一瞬间就是贫困、监禁、死亡底开端，但他们却能以安静的笑容来接受。因为他们深切地明白从这时候起，他们便是做了人，而且尽了人底责任了。"（《灭亡》，见《巴金全集》第4卷，人民文学出版社1987年，第89—90页。）

等。后三派系的无政府主义者后来在实践中逐渐被分化,其中有许多人转变为早期共产党人,牺牲了生命。然而巴金不属于这四个派系的成员,他与他的同志们从成都到上海、南京积极办刊和从事宣传等工作,都属于边缘性的自发活动,一直没有进入无政府主义运动的核心层。[1]唯师复是他最尊敬的前辈,也是他服膺无政府主义的楷模,但是师复早逝,没有与他发生实际的联系,倒是师复一生献给理想以及严于律己的自我道德约束,后来成为巴金精神的榜样。

事实上我们在判断"巴金早年是一个无政府主义者"时,已经排除了巴金与无政府主义运动实际构成的关系。巴金个人的无政府主义经历有几个明显的特点:第一,他是通过与国际无政府主义大师的思想交流,建构起自己的理想世界。他从阅读克鲁泡特金、巴枯宁、蒲鲁东等著名无政府主义理论家的著述,阅读廖抗夫、斯捷普尼雅克、赫尔岑、妃格念尔等作家的创作与回忆录等,直接从西方接受了无政府主义的理想及其理论。第二,他是通过与国际无政府主义活动家如高德曼、柏克曼、凡宰特等人的私人通信,直接感受到他们的人格魅力,从而在精神品格上得到提升。第三,鉴于前两个特点,巴金作为无政府主义者从一开始就有相当高的精神站位,他的无政府主义理论思想基本上来自西

---

[1] 这一点,巴金与另一个留法的无政府主义者毕修勺不一样。毕修勺有勤工俭学的背景,一回来就参与了主编《革命周报》、筹建劳动大学等工作,属于吴稚晖、李石曾的派系范围。(见吴念圣:《毕修勺年谱》,《讲真话——巴金研究集刊》卷七,上海三联书店2012年。)

方，他是通过与西方大师们、偶像们、先烈们的精神对话来武装自己，而不是从中国政治运动的实际状况出发来总结经验教训，提升自己的理论。因此他对于中国实际的无政府主义运动是生疏的，也是脱节脱离的。第四，即便如此，并不表明巴金不关心或拒绝无政府主义的实际运动。1928年底，已经获得成熟理论装备的巴金回到中国，他是有心在无政府主义运动实践中发挥指导作用的[1]，但在1929年，国民党政权已经建立了一党专制的社会体制，无政府主义运动风流云散，难起波澜。1930年10月，国内残存的无政府主义者聚集在杭州游湖开会，讨论无政府主义运动的工作。[2] 但这个会的实际结果，只是策划一个宣传理论的刊物《时代前》（月刊），只办了六期。从此中国再也没有政治意义上的无政府主义运动。严酷的现实给了巴金当头一棒，他原来规划的人生道路全部改变了。

---

[1] 在1930年出版的《从资本主义到安那其主义》的序文中，巴金这样说："我在安那其主义的阵营中经历了十年以上的生活。运动的经验常常使我感觉到理论之不统一，行动之无组织，乃是中国安那其主义运动之致命伤。……我们安那其主义者没有教主，也不是某一个人的信徒，因为安那其主义的理想不是由某一个人创造出来的。不过大体上我愿意做一个克鲁泡特金主义者，这就是说我信奉克鲁泡特金所阐明出来的安那其主义的原理。"（《巴金全集》第17卷，人民文学出版社1991年，第5、7页。）《从资本主义到安那其主义》是巴金学习柏克曼而写的一本阐述无政府主义理论的小册子，从序文的口气看得出，他显然是想用以来指导中国国内的无政府主义运动。

[2] 无政府主义者、师复的妹夫郑佩刚曾经回忆："1931年夏天，有几位从各省来的同志，齐集杭州。在一个月色皎洁的夏夜，我们在西湖雇一画舫叙会、讨论加强宣传工作，出席约四十人，我记得有巴金、惠林、少陵、志伊、绍先、剑波等人。结果：产生《时代前》月报，由惠林、巴金主编。我任发行。"郑佩刚回忆会议日期有误，应该是1930年10月。（见郑佩刚：《无政府主义在中国的若干事实》，《无政府主义思想资料》，北京大学出版社1984年，第970页。）

20世纪20年代末,中国的无政府主义运动发生分化。一些头面人物采取了与国民党政权合作途径,实际上已经放弃了无政府理想;一部分激进的青年无政府主义者转向了共产党领导的革命实践;更有大部分怀有无政府主义理想的人转向了民间岗位,他们办教育、办农场、组织工会、从事出版,不再空谈无政府主义,而是把无政府的社会理想转化为一种伦理情感,熔铸于具体的工作热情,成为岗位型的知识分子。巴金后来多有接触的,主要就是这样一批无政府主义者。在转型过程中巴金的生活道路也开始发生变化,他走上了文学写作的道路。

巴金具有写作天才,他的写作很快就取得了成功。他想做一个政治革命家没有做成,却无意间成就了一名优秀的小说家。但是巴金以文学事业来取代理想主义的革命事业,与大多数无政府主义者——他们将理想激情转化为伦理情感与道德修养,落实在具体的岗位上,努力把工作做得尽善尽美——还是不一样的。[1] 后者有许多成功的事例,如福建泉州的黎明高中与平民中学,上海的立达学园与文化生活出版社,最杰出的代表是匡互生与叶非英。然而巴金的理想主义的文学创作并不如此,他的写作目标仍

---

[1] 有关这个区别,不仅仅发生在巴金身上。一部分无政府主义者转型后企图利用民间岗位继续服务于无政府主义的革命理想事业,但大部分无政府主义者在转型后仅仅坚持把献身精神服务于民间岗位本身,像匡互生、叶非英等。梁燕丽在《梁披云评传》里写到吴克刚与梁披云围绕黎明高中的冲突,大致就属于这两类无政府主义者的矛盾。巴金在《电》里描写的无政府主义者群像,也都是属于前一类。这也是巴金虽然多次南下去考察泉州、新会等地无政府主义者的教育、农会等事业,但终究没有下决心参与其间的主要原因。

然是通过文学来宣传自己的理想,鼓动读者接受他的文学煽情,间接达到献身理想的目的。他对文学艺术本身的价值并没有太多考量,更没有因为自己创作获得市场成功而沾沾自喜,反而,文学事业的成功对他构成了一种精神压力。巴金本能地意识到,他似乎离开自己的理想越来越远了。在1933年巴金给自己的精神导师爱玛·高德曼的一封信里,如此痛苦地倾诉:

> E.G.,我没有死,但是我违背了当初的约言,我不曾做了一件当初应允你们的事情。我一回国就给种种奇异的环境拘囚着,我没有反抗,却让一些无益的事情来消磨我的精力和生命……这五年是多么痛苦的长时间啊!我到现在还不明白我是怎样度过它们的。然而那一切终于远远地退去了,就像一场噩梦。剩下的只有十几本小说,这十几本小说不知道吸吮了我多少的血和泪……[1]

这既是对自己回国以后五年写作生活的否定和忏悔,也隐含了对自己日趋平庸的未来日常生活的恐惧。当初在巴黎"立誓献身的一瞬间"似乎已经越来越遥远了。于是他在这封信里再次向高德曼起誓,许诺自己将会放下写作生活,奔赴西班牙去参加实际的革命工作。由此可见,巴金心目中的"对人类更有好处"的

---

[1] 巴金:《〈将军〉序(给E.G.)》,见《巴金全集》第10卷,人民文学出版社1989年,第3—4页。我在这封信里发现一个有趣的现象,巴金在信里又一次提到了"约定""应允你们"等比较严肃的词,似乎又一次回到了"立誓献身"的原点。

实际事业，就是实现无政府主义理想，而不是匡互生他们从事的教育工作或者其他民间的岗位。20世纪30年代如火如荼的写作生活，在别人看来是巴金创作的黄金时期，而对作为无政府主义者的巴金本人来说，却似乎是一场炼狱式的煎熬。二十多年前，我曾经在《人格的发展——巴金传》里这样说："巴金的魅力不是来自生命的圆满，恰恰是来自人格的分裂：他想做的事业已无法做成，不想做的事业却一步步诱得他功成名就，他的痛苦、矛盾、焦虑……这种情绪用文学语言宣泄出来以后，唤醒了因为各种缘故陷入同样感情困境的中国知识青年枯寂的心灵，这才成为青年的偶像。巴金的痛苦就是巴金的魅力，巴金的失败就是巴金的成功。"[1] 即使到了晚年，巴金心间仍然被这样一种失败感苦苦缠绕得难以排遣。[2]

巴金后来并没有去西班牙参加实际革命，仍然是用出版小册子的形式向中国读者介绍西班牙革命。巴金最终摆脱理想主义的焦虑和困扰，是在1935年担任了文化生活出版社总编辑以后，他

---

[1] 陈思和：《人格的发展——巴金传》，（台北）业强出版社1991年，第137页。

[2] 20世纪90年代，我对巴金先生做过一次专访，那次他是做了准备的，他一开口就对我说："我说过我不是个文学家，也不懂艺术，这是说真话。""我希望搞实际事业，对人类更有好处。"我就问他："巴老，您一生的成就主要就是写作，如果不写作，您还能做什么呢？"巴金就笑了，他说："我常说自己是一个充满矛盾的人。我对自己所走的道路，一直不满意。我在年轻的时候，常常想搞社会革命，希望对人类有比较大的好处。"我觉得巴金先生这句话是他的心里话。他本质上是一个热心于社会革命的人，他有自己的理想、政治信仰，但是这些理想的政治运动都已经失败了，他无可奈何才成为一个作家。(《巴老如是说》，见《陈思和文集》第五卷《巴金的魅力》，第375、378页。）

渐渐适应了新的工作岗位，这期间他接近了以鲁迅为核心的左翼文坛，顺利进入中国新文学的核心层面，认识到自己的写作与出版事业价值所在。鲁迅去世以后，新文学传统的接力棒传到了巴金等人的手里，他坚持在文学创作和出版领域工作，完成了一个无政府主义理想战士向民间岗位型知识分子的转型。但是，尽管我本人竭力提倡知识分子民间岗位的价值取向，还是应该指出，民间岗位的价值取向与一般市民阶层所持的中产阶级的生活理想之间的分界，必须是以精神理想为标志的。但是这种精神理想又很难在日常生活的琐碎细节中处处体现出来。尤其像巴金那样以明确的政治社会理想为奋斗目标的知识分子，一旦转移了工作岗位和生活激情，本来就很遥远的政治理想也就变得越来越虚无缥缈了。让人热血沸腾的理想总是与年轻人在一起的，20世纪40年代的巴金年近不惑，进入了常态的名流生活，无政府主义理想就在不知不觉中离他而去。1940年，被他称为"精神上的母亲"的爱玛·高德曼在加拿大去世，巴金没有发表任何悼念文字。

　　第二年，巴金写了一篇散文《寻梦》，诉说他曾经有过一个"能飞的梦"，现在已经失去了，他还想把它寻找回来，可是再也找不回来了。这以后，巴金的创作风格变了，英雄主义的张扬转变为小人物失败的哀鸣，理想主义激情化作了普通人的琐碎感情。巴金在20世纪40年代后半期写的小说，都是描写失去了理想的善良人所遭遇的悲惨命运。最有代表性的是《寒夜》，他描写一对因为共同理想而自由结合的青年夫妇，后来在贫病交困中逐渐丧失了作为精神支撑的生活理想，他们变得越来越琐碎、自私、可怜，最后男主人公患肺结核去世，妻子随他人弃家出走，留下的孩子和老人也不知所终，真是一点希望都不存在了。巴金在小说的结尾处，悲伤地写道："夜，的确太冷了。"但就是这部《寒夜》以及他同时期创作的《憩园》，被认为是巴金最优秀的小说。就是说，巴金离开了理想主义激情以后，他的小说创作最终回到了小说艺术的价值本位。

三 理想主义者的沉沦

上节所讨论的是巴金与信仰的关系，这种关系是从什么时候开始发生变化的？是突变还是渐变？我得出的结论是，巴金从一个理想型的无政府主义战士（1920—1930）到一个充满失败感的作家（1930—1935）再转而成为民间岗位知识分子（1935—1949），是三个时间节点，他的转变是在日常生活环境的影响下逐渐发生的。巴金与信仰的浮沉关系非常隐秘。正如本文开始时说的：巴金早年曾经是一个无政府主义者，但不是一个完整的无政府主义者。说他不够"完整"，一是指他仅仅在理论层面上接受了西方的无政府主义，但并没有与中国实际的无政府主义运动发生太多的联系（国内环境使然）；二是指巴金在20世纪40年代很快转型为一个作家、一个出版家，在民间岗位上做出了许多贡献，但是在日常生活的消磨中，巴金逐渐离开早年信仰所带来的激情，无政府主义理想就像一个失去的梦，再也寻不回来了。

这样我们就能理解巴金在1949年为什么顺理成章地留在大

陆，并且很快就参与了新政权的建构。从巴金与当时中国政治环境的关系来看：第一，他对国民党政权一向采取不合作态度，与吴稚晖、李石曾等无政府主义头面人物也保持了若即若离的冷淡关系；第二，除了与一些极端的左翼作家发生过口水战外，他是坚定站在鲁迅为核心的左翼文学立场上进行文学活动的；第三，更重要的是，巴金与其他作为第三种力量出现的民主党派人士不同，他既无具体的政治主张和政治行为，也没有参与新政权分一杯羹的野心，作为一个民间岗位型的知识分子，巴金始终把自己的理想与热情局限在民间的岗位，就像张元济、张伯苓等社会贤达一样，对新政权来说非但没有威胁，反而是一种团结、统战的资源；第四，即使从无政府主义立场而言，对于经历革命而建立的新型国家政权，他有理由亲眼看一下工农联盟的新政权如何实践其理想蓝图，这也是克鲁泡特金、高德曼、柏克曼等无政府主义者对待十月革命的态度。巴金的无政府主义社会理想主要来自克鲁泡特金[1]，所以，他有较充分的理由超越具体的党派政治偏见，从建设层面上关注并有限度地参与新政权的建构。

日本学者坂井洋史著文指出：巴金在1949年7月参加全国第一次文代会的发言题目是"我是来学习的"，此语出自无政府主义者柏克曼在1920年踏上十月革命以后的俄罗斯故土时，在群众欢迎大会上所说的一句话。巴金翻译介绍过柏克曼的这句话。[2] 从这

---

[1] 克氏关于无政府主义理想蓝图的代表作《面包与自由》，由巴金两次译为中文，在中国出版。

[2] 坂井洋史：《读巴金——"违背夙愿的批判者"的六十年》，《巴金论集》，复旦大学出版社2013年，第30—31页。

句话的典故里，我们似乎看到巴金的真诚与戒备：一方面他要表明，此刻他所面对的新政权及其建立过程中的历史洪流，他是疏离的，他是来向他们"学习"的，而不是他们其中的一个成员；另一方面，他确实在他们的实践中看到了文学的战斗性的希望。[1]既然他提出自己作为学习者的立场，那么在他面前就存在着两种可能：一种是通过"学习"来改变自己的原来立场，让自己也成为这个集体洪流中的一个成员；另一种可能就是他的学习（自我改造）失败了，就像柏克曼一样，最终离开自己的故土。当然后一种可能，即使在巴金当时的主观愿望里，也是不愿意它发生的。

于是他就开始朝着第一种可能去努力。他在20世纪50年代初期的一段时期，一直在小心翼翼地寻找自己的政治理想与新的政权之间可能存在的契合点，如在《奥斯维辛集中营的故事》里，他找到了反法西斯的共同立场；在一系列抗美援朝的作品里，他

---

[1] 巴金：《我是来学习的——参加"文代大会"的一点感想》，发表在《人民日报》1949年7月23日，见《巴金全集》第14卷，人民文学出版社1990年，第3—4页。文章很短，主要内容如下："好些年来我一直是用笔写文章，我常常叹息我的作品软弱无力，我不断地诉苦说，我要放下我的笔。现在我发现确实有不少人，他们不仅用笔，并且还用行动、用血、用生命完成他的作品。那些作品鼓舞过无数的人，唤起他们去参加革命的事业，他们教育而且还要不断地教育更多的年轻的灵魂。"这段话里包含三层意思，第一层意思是重复了他在20世纪30年代写作《灵魂的呼号》所发出的呼喊，这与他以前作为一个失败的无政府主义者的立场是一致的。第二层意思是指他在另外一支为革命理想写作的人群中看到了他们的成功。第三层意思比较复杂，我们从很多材料上已经看到，巴金虽然信仰无政府主义，但确实有很多青年读者因为读了他的作品受到影响，直接投入到共产党领导的革命事业。所以这里表层的意思是：他从另外一支文艺大军中看到了这种发挥着积极影响力的文学事业。另外一层隐含的意思是：巴金虽然不属于这支文艺大军，他的创作也同样达到了这样的实际效果。——虽然与他的创作初心存在着距离。

也暗暗地沟通了以前支持韩国流亡者追求民族独立的斗争。但同时他也越来越意识到，他早期那些充满政治激情的无政府主义理论文章将会成为他的历史包袱，甚至带来麻烦。尤其在肃反以后，他的无政府主义的朋友中有好些人被捕入狱，如毕修勺、叶非英等；而且叶非英被戴上了连肃反条例里也没有罗列的罪名："无政府主义反革命分子"。虽然这些威胁暂时还没有给巴金的人生道路带来阴影，但是在心理上的压力一定是存在的。[1] 1949年以后，巴金在政治上获得很高的礼遇，他被安排在文艺界的领导岗位上，直接参与了很多国事活动。他顺应时代的发展，再也不提无政府主义的社会理想。在人民文学出版社出版14卷本的《巴金文集》时，巴金主动修改了自己的旧作，不仅把宣传无政府主义理论的文字全部排除在外，还把他的小说里涉及无政府主义的任何痕迹也都删得干干净净，部分作品的内容也做了修改。在越来越加剧的严峻形势下，巴金不做这些修改已经不可能了。许多作家在这个时候采取了回避的态度，如老舍，就拒绝再出版自己的旧作；还有更多的作家对自己的旧作进行重写或者做重大修改，如李劼人和曹禺。平心而论，巴金与他们相比，修改旧作还不算太多，但他在自己旧作中所否定的，不是艺术技巧问题或者一般的思想问题，而是他曾经心心念念要立誓献身的信仰。为此，他

---

[1] 据《怀念叶非英兄》里所说，巴金的无政府主义朋友叶非英、陈洪有等被打成"右派"劳改时，巴金并不知道，可见在20世纪50年代巴金与他以前的同志已经没有什么来往。直到1962年，巴金在广州遇到陈洪有，才知道叶非英已经在劳改中死去。但他也没有办法为死去的朋友做点什么事。

还写了类似检讨的说明，表示与曾经的信仰划清界限。[1]

但尽管如此，巴金的作品依然受到了一次又一次的批判，巴金为此不得不多次做了违心的检讨。一个人，对自己曾经为之立誓献身的政治理想公开否定，且不讨论这个理想本身是否正确，对于信仰者来说，内心是痛苦的，时间久了就成为一种自我折磨。这种痛苦局外人也很难体会。巴金是一个真诚的人，他对自己的内心痛苦，既能直面相对，又苦于无法准确表达，为此他一直忍受着内心煎熬。这就是他说的"油锅反复煎了十年"的隐喻所在。[2]《随想录》和《再思录》里一再重复的忏悔话题，其实最重要的部分，是巴金一直没有能够明白说出来的他对信仰的忏悔。

四　巴金晚年著述：面对暮云，仍然不忘理想

接下来我们就可以讨论巴金的晚年著述如何完成了他对无政

---

[1] 这篇文章是1959年人民文学出版社出版的《巴金选集》的后记，但他的朋友曹禺和邵荃麟看了"觉得很像检讨，而且写的时候作者不是心平气和，总之他们认为不大妥当"，他们劝巴金不要发表。巴金听从了朋友们的劝告，没有作为《选集》的后记发表，但他还是将其中一部分关于"五四"时期接受无政府主义的内容作为注释加进了《巴金文集》第10卷。"文革"后，这篇文章经过修改，又作为人民文学出版社1980年版的《巴金选集》的后记发表了。这说明在1980年，巴金对于自己的无政府主义信仰的表述还是相当有顾虑的。

[2] 我在前面分析过，巴金这里所说的"十年浩劫"是一种隐喻，用来影射自己的内心变化。巴金对信仰的自我否定应该是在1959年出版《巴金文集》与《巴金选集》的时候，但那时他可能也是真诚希望摆脱这一政治阴影。但在"十年浩劫"中他仍然被公开批判，无政府主义是他的罪名之一。他终于发现之前所有回避信仰问题的努力都是徒劳的。他逐渐后悔自己对信仰的否定。我觉得，只有当他真正意识到关于信仰问题的自我否定是徒劳的，他才会感到痛心和煎熬。

府主义信仰的表述。如我前面所说，巴金在《随想录》里并没有真正说出他心里最想说的话。《随想录》里主要贯穿了三条线索。第一条线索是参与20世纪80年代思想解放运动中发生的思想文化、文学领域的各种论争，包括对于"十年浩劫"的反思和批判。从《总序》和第1篇谈《望乡》开始，到第149篇《老化》收官，是最完整的一条线索。第二条线索是反思自己在历次政治运动中的软弱表现，进行自我批判。这条线索从第29篇《纪念雪峰》开始，到最后一篇（第150篇）《怀念胡风》收官，也是比较完整地清算了自己屈服于权势、对受难者落井下石的行为，对此进行忏悔。第三条线索则是巴金对信仰问题的表述。如果说，第一、二条线索是巴金重塑自己外在形象的过程，那么第三条线索则是他重塑自己的灵魂，这是从第147篇《怀念叶非英兄》开始的，也就是说，《随想录》将近结束的时候，巴金才涉及这个难以启齿的话题。[1]

---

[1] 本文把《怀念叶非英兄》作为巴金晚年著述的第三条线索的开始，是就巴金重新公开面对信仰问题而言的。其实关于无政府主义信仰，在晚年巴金的著述中已经隐约地有所表达。限于篇幅，这个问题我将在另文讨论。这里举一个例子：巴金晚年特别喜欢杭州，在他完全住院治疗前，他几乎每年都去杭州疗养。巴金在《随想录》里几次写到西湖，抒发他对西湖的赞美。在这些文章里他有意无意地回忆到1930年第一次去杭州游湖开会的情景，心情是美好而温馨的。其中在《又到西湖》里他这么写："三十年代每年春天我和朋友们游西湖，住湖滨小旅馆，常常披着雨衣登山，过烟霞洞，上烟雨楼，站在窗前望湖上，烟雨迷茫，有一种说不出的美。烟霞洞旁有一块用世界语写的墓碑，清明时节我也去扫过墓，后来就找不到它了。这次我只到过烟霞洞下面的石屋洞，步履艰难，我再也无法登山。洞壁上不少佛像全给敲掉了，不用说这是'文化大革命'的成绩。石像毁了，影子还在。"这段话的意思写得很委婉，他提到的墓碑，正是中国无政府主义的先驱者刘师复葬身之处。这里不仅暗示了对师复的纪念，还表达了对理想的追怀。（《巴金全集》第16卷，第508页。）

《怀念叶非英兄》这篇文章,巴金写得异常艰难。也许这本来不在他所计划写作的题目之内。但是随着巴金在《随想录》里高举起"讲真话"的旗帜,就有读者追问:你究竟如何看待你的信仰?还有人就巴金的"忏悔"提出怎么看待叶非英的冤案?巴金迟迟疑疑地回答:

> 我只写成我打算写的文章的一部分,朋友们读到的更少。因此这三四年中常有人来信谈我的文章,他们希望我多写,多替一些人讲话,他们指的是那些默默无闻的亡友,其中就有在福建和广东办教育的人。我感谢他们提醒我还欠着那几笔应当偿还的债。只是我担心要把心里多年的积累全挖出来,我已经没有这样的精力了。那么我能够原封不动地带着块垒离开人世吗?不,我也不能。我又在拖与不拖之间徘徊了半年,甚至一年。[1]

这段话里透露出很多重要信息。一是写叶非英本不在巴金的《随想录》写作计划中,也就是说,巴金并没有打算在《随想录》里公开谈他的信仰问题。二是外界有很多朋友与读者在催促他写,希望他谈谈他与那些无政府主义朋友的关系。但是一旦巴金谈他与无政府主义朋友的关系,就势必涉及他的信仰,无法回避。三是巴金的那些无政府主义朋友都不是文学圈里的人,巴

---

[1] 巴金:《怀念叶非英兄》,见《巴金全集》第16卷,第705页。

金也没有在他们受迫害的时候落井下石，因此谈不上要"偿还的债"。但是在巴金的叙述里，这份"欠着的债"分量还不轻，他已经担心自己没有精力来偿还了。这个答案只能往深里追究：巴金与这些朋友毕竟不一样。这些朋友把无政府理想转换为民间岗位的工作伦理，默默无闻地工作和奉献，他们没有违背无政府主义的理想和精神，而巴金却因为特殊的身份不得不公开表态，为无政府主义理想而检讨，而划清界限，因此，真正要偿还的"债"，就是清理他与无政府主义信仰的关系。四是本来巴金可以把这份自我忏悔悄悄地闷在肚子里，尽管很痛苦，但没有人知道。而现在他毅然地选择说"不，我也不能"，他不能带着一肚子的忏悔离开人世。

第三条线索在《随想录》里仅仅才开了一个头，虽然《随想录》已经完工，评论界对《随想录》的解读也就定格在第一、二条线索，但巴金要说的话还是没有全部说完。他还要写作《再思录》，还要用自己的"行动"来证明自己究竟"是一个怎样的人"[1]，这也是本文要完整地提出"巴金晚年著述"这个概念的依据。只有把包括《随想录》《再思录》以及巴金编辑的《巴金全集》《巴金译文全集》等综合起来，才能把握一个伟大而丰富的心灵所达到的境界。

既然决心要谈他的信仰，巴金就开始考虑选择一个什么样的词，既不犯禁忌又能够让他的信仰被当下时代所接受。一年半以

---

[1] 巴金：《我要用行动来补写》，见《再思录》，第34页。

后,他在编辑《全集》的第六卷时重新审读了《爱情的三部曲》以及写于1935年的《〈爱情的三部曲〉总序》和《〈爱情的三部曲〉作者的自白》,这是巴金创作中与无政府主义理想最接近的作品以及作者关于信仰的最直接的自白。巴金在这一卷的《代跋》里写道:

> 有一件小事给了我以启发。多少年(四五十年吧)过去了,那些熟人中还有少数留在原地,虽然退休了,仍在做一点教育工作。去年我女儿女婿到南方出差经过那里,代我去看望了那几位老友,他们回来对我说,很少见到这样真诚、这样纯朴、这样不自私的人。真是"理想主义者"!
>
> 对,理想主义者。他们替我解答了问题。我所写的只是有理想的人……

当初巴金在《电》里描写的那些无政府主义者的原型,不一定就是现实世界里在泉州办教育的朋友,但是巴金通过他女儿的理解,把他们定位于"理想主义者",实际上是替换了对象,把"理想主义者"这个概念与《爱情的三部曲》里所描写的无政府主义者形象叠合起来。"理想"这个词是巴金以前在文章里经常使用的,但是直到这一篇代跋,"理想"与"信仰"两个词被正式叠合在一起了。巴金接着就重申:

> 今天的读者大概很难了解我这些梦话了。其实当时就有

人怀疑我所说的"我有信仰"是句空话。经过五十几年的风风雨雨，我也不是当初写这《三部曲》的我了，可能这是我最后一次翻看《自白》，那么让我掏出心来，作个明确的解释：

"一直到最后我并没有失去我对生活的信仰，对人民的信仰。"[1]

尽管对"信仰"加上了含义模糊的定语修辞，但从理论上来说，这也不违反无政府主义者的初心。重要的是巴金又一次重新举起了《爱情的三部曲》里的人物的关键词："我不怕……我有信仰。"半年后，沈从文去世，巴金在写作《怀念从文》时又一次提到了信仰。他回忆1966年"文革"初期的情景：

在灵魂受到熬煎的漫漫长夜里，我偶尔也想到几个老朋友，希望从友情那里得到一点安慰。可是关于他们，一点消息也没有。我想到了从文，他的温和的笑容明明在我眼前。我对他讲过的那句话"我不怕……我有信仰"像铁锤在我头上敲打，我哪里有信仰？我只有害怕。我还有脸去见他？这种想法在当时也是很古怪的，一会儿就过去了。过些日子它又在我脑子里闪亮一下，然后又熄灭了。[2]

这段话里透露出一个重要的信息：巴金在《随想录》里没有

1　巴金：《〈巴金全集〉第六卷代跋》，见《再思录》，第64—65页。
2　巴金：《怀念从文》，见《再思录》，第25页。

一句提到无政府主义信仰,但是在这里,他不仅要告诉读者,虽然无政府主义信仰给他带来了杀身之祸,但是在受迫害的漫漫长夜里,"我不怕……我有信仰"仍然给了他抵御迫害的希望与力量。巴金用了"很古怪""闪亮一下"等文学笔法,表达的却是信仰的正能量。在那个时候,他的脑子里一定会闪过克鲁泡特金、妃格念尔、柏克曼、门槛上的少女等形象。

在《再思录》的短小篇幅里,巴金对于信仰的表达几乎是火山爆发式的。他连续写了对他的无政府主义朋友吴克刚和卫惠林的回忆,他直接以柏克曼的名言为题写下了《没有神》的短文,他第三次写西湖,文章里深情地写道:

> ……那么我就在这里做我的西湖之梦吧。68年过去了,好像快,又好像慢。我还不曾忘记1930年10月的一个月夜,我坐了小船到"三潭映月",那是我第一次游西湖。我离开小船走了一圈,的确似梦非梦。[1]

这里巴金明确说到第一次游杭州西湖、参加无政府主义者聚会的具体时间(1930年到1994年,应该是64年)。他又继续写道:"我今天还在怀念我的老友卫惠林伉俪,三十年代他们在俞楼住过一个时期。"那次聚会很可能是卫惠林发起的,当时他就住在

---

[1] 巴金:《西湖之梦》,见《再思录》,第46页。这篇文章是巴金给外孙女端端的一封信,两千多字,分别写在《巴金全集》第23、24卷的扉页上。时间是1994年,巴金90岁。

杭州俞楼，邀请巴金等一帮朋友到杭州开会，顺便旅游。这也是巴金在《春》里写到的觉慧去杭州旅游的故事。巴金说他在西湖做了一个梦，似梦非梦，也就是他在1941年写的散文《寻梦》里那个已经失去的"梦"。当年让他热血沸腾的无政府社会理想，已经是一个遥远的梦了。但是也不完全是梦，而是确实发生过的真实事情。所以他说"似梦非梦"。

《西湖之梦》的结尾部分，巴金意味深长地讲了一个据说是从日本报上看来的故事：两个好友被迫分离，临行时相约十年后某日某时在一个地方会见。十年后，那一天到了，那个留在东京的朋友在相约的地方等了一整天，最后有个送电报的人来了，交给他一份电报，上面写道："我生病，不能来东京践约。请原谅。请写信来，告诉我你的地址，我仍是孤零零的一个人。"收报人的地址是：某年某月某时在东京某桥头徘徊的人。

作为文学家的巴金来说，这个徘徊的收报人正是他晚年的自我写照。如他自己所说：

> 第三次的西湖之梦[1]开始的时候，我已精疲力竭、劳累

---

[1] 巴金在这里提出"第三次的西湖之梦"的说法值得注意。这里说的"第三次"，是指20世纪80年代后他多次在杭州休养。以此推理，第一次是30年代，第二次是50年代，那两个时间段，巴金都是多次去杭州小住、旅游和疗养。这里"次"的概念，不是指"某一次"，而是一个复数，指某个时间段里曾经多次去杭州。巴金把这些杭州之行都说成是"西湖之梦"，除了第一次与1930年的无政府主义会议有直接关系，后面的第二次、第三次，都应该是暗指他对于他心中的无政府主义的信仰和理想始终念念不忘，魂有所系。

不堪。……我不是拄着木拐在宾馆门前徘徊,就是坐在阳台上静静地遥望白堤、苏堤的花树。第三次的梦是一种完全不同的梦,每次我都怀着告别的心情来到这里,每次我带着希望离开,但是我时时感觉到我要躺下来休息了。[1]

对巴金来说,西湖的梦是做不完的。

2019年11月10日完成修订
初刊《南方文坛》2020年第1期

---

[1] 巴金:《西湖之梦》,见《再思录》,第47页。

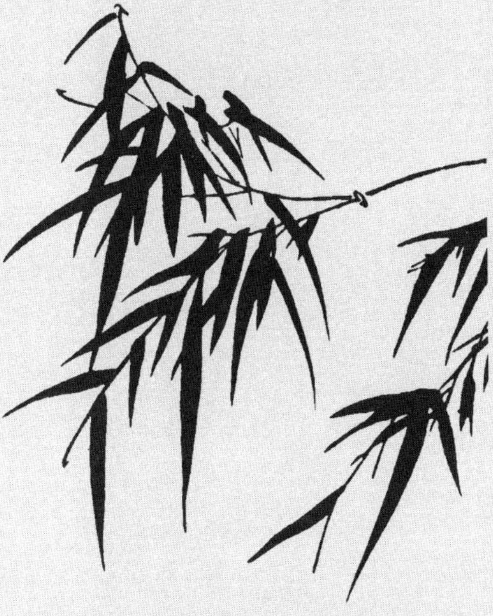

读《胡风家书》[1]

《胡风家书》的出版，其意义不仅在胡风研究领域，而是为研究中国现代知识分子的精神状况提供了一份实实在在的文献。我原来以为，在胡风研究领域，随着《胡风全集》（10卷本，湖北人民出版社1999年）的出版，作家方面的材料已经公布得差不多了，剩下的期待主要是来自更高层面的有关胡风事件的档案解密。胡风事件发生于1955年，中共党内对胡风的批判更加早些，大约从1948年开始，离现在都五十年以上，当事人所剩无几了，真不知道什么时候可以真正地解开这场文坛冤案的谜底。但是从受难者的精神现象的研究来说，这一本《胡风家书》无疑提供了最新最完整的信息。

我查核了《胡风全集》第9卷书信卷，胡风给梅志的信只有

---

[1] 胡风著，晓风整理：《胡风家书》，复旦大学出版社2007年。

一封，是从秦城监狱发出；再查第10卷日记卷，对于这批胡风家书的主要背景可有大致的了解，但是日记内容极为简约，倒是家书，不但有较为详细的细节记载，还有较为详细的内心苦恼的披露。作为诗人的胡风，他的感情的表述绝不是独白式的，他的倾诉需要有对象，而梅志则是他最知心的倾诉对象。《胡风家书》收录了胡风致梅志的全部信件，从1933年胡风刚认识梅志，向她求爱开始，一直到1965年出秦城监狱前，共有330封之多。对这一对历尽战乱、生活磨难、监狱、迫害的患难夫妇来说，这批信件能够保存下来几乎是奇迹上的奇迹。从1949年胡风由香港进入东北解放区，转道北京参与新政权，到1953年7月他在北京买了房子，决定举家北迁定居为止，是胡风生命中最为难堪的时期。这之前，他作为一个虎虎有生气的左翼文艺评论家，鲁迅先生的精神传人，活跃在烽火弥漫的文坛上，以自己的美学思想影响了一大批青年诗人、作家和文艺爱好者，他主编的《七月》成为抗战文艺的一面旗帜；这之后，他定居北京着手撰写号称"三十万言书"的《关于解放以来的文艺实践情况的报告》，这是胡风运用马克思主义文艺理论为新中国文学事业做最后的进言，其深刻的马克思主义理论见解和对形式主义、教条主义以及政治上"假、大、空"理论的致命性的批驳，使他的文艺思想和理论升华到一个新的高度。接下来是二十多年牢狱之灾，那又是另外一种境界了。我现在关注的是，在那一段最为难堪、彷徨的时期中，胡风的精神世界是怎么发生变化的？他是怎样从进入新世界的狂喜、幻想并希望取信于新政权的最高领导，到他一步步发现事与愿违，出于自己盲目的自信和单纯的他转而陷入了难以脱身的困境？他的客观环境在变化中，他的主观认识也在变化中，这种变化是痛苦的，同时也遇到了他的自信本能的顽强反抗。他是经过了几年痛苦的自我搏斗才意识到自己错了。在1953年初的家信中，他终于承认："可见一切都在酝酿之中，所以，我的事也就不能最后决定的。现在只求能解决暂住的房子和搬家问题。"并且痛苦地说："我已不存任何幻想了。"这一时期胡风的内心痛苦是无法想象的，而他唯一倾诉的对象只有梅志，所以这批书信的公开发表，对于我们了解胡风当年的心迹转变和认识深化，是极为重要的。

我们由此可以做这样的理解：胡风在这几年中放弃理论活动，转而创作歌颂领袖的长诗和趋时的报告文学，一次又一次地写作遵命文学，一次又一次地滞留北京，一次又一次地百无聊赖周旋于文坛官场，等候新政权对他的重新起用，都是基于他对自身处境的一种本能的自我调整，他希望通过自身的努力来改变处境。抗战以来，胡风的《七月》、茅盾的《文艺阵地》、郭沫若的"第三厅"以及后来的文化工作委员会，以及在延安的文艺活动（如周扬领导下的鲁艺和丁玲等人主持的延安"文抗"等）形成了中共领导下的左翼文艺的多角关系，他们之间既是同一条战线下的多元追求，也有群雄逐鹿的宗派冲突，但是这一均势到1948年以后发生了明显改变，其他各元都建立了联合统一战线，而胡风一元却被排斥为异端，成了与朱光潜、沈从文、萧乾等同列的批判对象。这种关键性的变化究竟发生在何时？我们至今尚未掌握有说服力的材料。王元化曾经在《我和胡风二三事》中透露过一点党内批判胡风的信息，时间大约还是在1947—1948年，这条信息相当重要，但似乎还没有人做进一步的旁证。如果再往上推，那就是1945年的《论主观》批判了。而在《胡风家书》中，我意外地发现了一条新的信息，在1938年2月3日的信中胡风说："还有，《七月》发生了问题，我感到无比地气闷。这回的问题，不是官方，而是自己。潘汉年等把子民找去，要他不要做发行人，至于我，顶好到临汾去，由我自己决定云。……和我站在一起的只有奚如一个。"吴奚如在武汉时期担任周恩来的秘书，既然他参与了潘汉年"等"的意见，可见这不是潘汉年个人，也不是胡风后来理解的"创造社"宗派的意见了。这些纠葛似乎不见其他文学史资料。我查了《胡风回忆录》，胡风只记载了武汉时期胡愈之建议《七月》与《文艺阵地》合并，被胡风拒绝，但没有提到潘汉年的意见。现在从这条信息来看，胡风作为异端的被确认，很可能在抗战初期已经在中共党内有了某种迹象。这与20世纪30年代"两个口号之争"时期在中共党内领导人心目中，因为鲁迅、冯雪峰的背景使得胡风暂占上风的情况是不一样的。当然，胡风在抗战中仍然得到了中共领导的支持，他主编的《七月》也仍然发挥了重要的作用。但胡风始终没有意识到自己的异端角色已被派定，他不断把自己看作是代表马克思主义文艺理论正确方向的努力和幻想，注定将受到痛苦的挫败与打击。从另一方面说，我们也没有足够的材料证明，中共领导一开始就把胡风放在敌对的位置上，确实是没有的，否则就不能解释周恩来多次从资金上支持胡风办刊物。中共党组织在20世纪40年代末发起对胡风文艺思想有意识的批判，很清楚是为了提醒胡风要意识到自己的异端立场，暗示他这是一种错误，但并没有把他一棍子打死的意图。新政权成立后，有关方面多次想安排胡风从事具体工作，但必须是在他人（周扬、丁玲、冯雪峰等"党"的化身）的领导监督之下工作，希望他在实际工作中逐步改变自己的异端立场，在党的规范下发挥自己的作用。但胡风压根就没有意识到高层领导的这个意图，所以他才会一次次拒绝接受新政权对他的具体工作安排，而不厌其烦地要求直接与周恩来、胡乔木等人"约谈"，其实他是企图通过高层对话来超越周扬、冯雪峰等人，让最高当局直接了解他所掌握的马克思主义文艺理论的正确与能量，以便让他发挥真正的"战斗"作用。为此，从1949年到1953年，他在北京滞留了大部分的时间，焦虑、烦躁、期盼、苦闷、破灭之情绪郁结于心，这些都真实地保留在他给梅志的书信中。

在1953年2月15日的家信中胡风抱歉地对梅志说："从前，无论怎样苦法，过年我们还总是守在一起过的。但到了解放以后，反而每一次过年都是在能不能在一起的焦躁中度过的。今年，终于不在一起过了。"胡风当然不知道，两年以后，难以想象的灾难将把他推向"竟在囚房度岁时，奇冤如梦命如丝"的悲惨境地，但是，即使是当时，"眼里朦胧望圣旗"的悲剧正在拉开帷幕，这个家庭已经被阴云笼罩了。现在的青年人也许难以理解，当时北京上海即使两地相隔，也不是遥远到参商难见，胡风在北京并没有什么了不得的公务在身，为什么连过年都不得归家，却在信中两地相思苦苦倾诉？我们仔细阅读家书，就会感受到怎样一种深刻的焦虑在折磨着胡风，使他一时一刻都难以离开北京这个圣旗所在的"圣地"。我有时突发奇想，如果胡风在1953年没有离开上海北上定居，或者他也没有热衷地滞留北京等候"圣音"，干脆安下心来在上海过一阵平凡人的太平日子（用胡风的话说，是做"太平犬"），谈笑者有彭柏山、刘雪苇等深谙党内三昧的资深领导，往来者有贾植芳、满涛这些正直睿智的学者，也许，他还不至于如此冲动如此自信如此盲目地为了一个政治目标而几年折腾一朝覆巢。但是如果这样，那胡风就不是胡风，文学史也会重写，也许这场灾难会以其他形式出现而延宕多年，也许当代文学理论史上再也不会有"三十万言书"那种可歌可泣的直谏文字了。

　　读完这部书稿，我最生揪心之感的是胡风的夫人梅志，我不想从很高的角度来评价这位受难者的妻子——其实，对这样的中国女性，无论怎样评价都是不会过高的——我更希望从一个普通的知识分子的妻子角度来评价她，对她充满了敬意。梅志与胡风在左翼文艺运动中结识而结合，相爱而相知。梅志小胡风12岁，胡风当时作为一个留日学生、日共产党员回国参加左翼文艺运动，已经是相当成熟的知识分子，而梅志是一个不满20岁的青年女性，她的世界观的形成很大部分是受了胡风的影响。胡风是个典型的流浪型知识分子，他一生风雨奔波，很少有安定温馨的时分，然而在这种动荡不安定的岁月里，梅志却成了胡风最依赖的精神家园、最忠实的倾诉对象，最后，又成为他的重要助手。

他们竟一起承担了旷世奇冤，磨难中度过艰难一生。当我读着胡风书信如同听着笼中之豹的无望怒吼时，心里不由联想，梅志在那几年是如何承受这沉重的精神压力和精神折磨？而她又是用什么样的语言来安慰那颗受伤的心灵？这一切，确是我最想了解的。幸而，从《胡风家书》的编后记里获知梅志致胡风的书信如今也都完好无缺地保存着，真希望晓风在不久的将来能把梅志家信也都整理出来一起发表，让这位伟大女性的风范长存人间。我想，读者也是会这样期待的。

2007年2月14日于黑水斋

初刊广州《随笔》杂志2007年第5期

留给下一世纪的见证
——读贾植芳《狱里狱外》

在闲时读了一本布朗基的传记,作者阿兰·德戈,中译本由生活·读书·新知三联书店出版。读到结尾,传记作者用这样的句子来概述传主一生的意义:布朗基何许人也?一个怀有坚定信念的幽灵径直离开阴暗的牢笼,他留给我们的唯一财富是他的一生经历。这"一生经历",让我想到的不是这位国际社会主义运动史上的著名活动家的乌托邦社会理想,不是他一生为之奋斗的共和政治主张,也不是他参与的那些充满传奇色彩的秘密暴动,——说来有些残酷,此时此刻让我感动的是布朗基一生蹲过大大小小十几个监狱的经历,他一生都是在暴动和不自由中度过的,但这种在极不自由的代价中产生出他对社会自由与公正的渴望和追求,极其生动地留下了一个世纪的某种见证:在显示财富积累与社会进步的19世纪欧洲,人们是以怎样的代价来换取后一世纪的民主权利。

中国古人定不朽为三：立德立功立言。我不知道充满苦难和阴谋的监狱生活算哪一种精神财富？当监狱（或许可以把它看作是专制的象征）把人的一切最宝贵的——理想、健康、青春、幸福、事业、财富，统统埋葬在被囚禁的时间里，那被掏空内容的时间本身则有了意义：人类的耻辱净化为人类永远抗争的激情，使之成为人类永恒的主题之一。布氏最后一次受审是在巴黎公社失败以后，审判者恰恰是他为之呼吁和奋斗的共和国，布氏坦然地说，他是代表了被君主专制制度送上法庭的共和国，法庭以君主专制思想的名义，以与新法律格格不入的旧法律的名义，对他进行审判，但是"我将在共和制度下被判刑"。布氏为反对君主专制制度、建立共和制度几乎努力一生也失败一生，坐过十几次监狱，但最后一次竟是共和国以反对共和的罪名将他逮捕判刑，这对所有为理想而战斗的共和战士来说，或许很有讽刺意味。但以"永远抗争"的精神而言，为共和而战也仅仅是一个人类激情的依托而已，真正的布朗基精神在于"重要的是行动"，也就是说，在抗争的本身。

我说了一大篇布朗基，其实真正想说的却是另外一本书，即贾植芳先生的回忆《狱里狱外》[1]。应该说，我对这部回忆录是很熟悉的，但每次提笔想写些感受时，总是找不到适合的话来表述，尽管先生用他惯常的幽默和平静在叙述往事，但其所含有的沉甸甸的历史意蕴却很难准确把握。沉重的分量还需要用一个更加沉

---

[1] 贾植芳：《狱里狱外》，列入陈思和、李辉主编的"火凤凰文库"系列，上海远东出版社1995年。

重的秤砣来称量，所以我求助于布朗基。当然先生的经历与追求都不同于布氏，两者有着极大的差异，在中国还确有更加接近布朗基那样"永远抗争"的人，像毕修勺老人、郑超麟老人，老之将至也未改其早年的政治观点。贾植芳先生似乎更加接近一个纯粹意义上的知识分子，他从来不是职业革命家，对政治也没有多少狂热的精神。回忆录的开始部分，他认真解释了他对那个时代的知识分子的定义："自1937年抗战开始，中国的知识分子就进入了另一个时代，再也没有窗明几净的书斋，再也不能从事缜密的研究，甚至失去了万人崇拜的风光。'五四'知识分子以文化革命改造世界的豪气与理想早已梦碎，哪怕是只留下一丝游魂，也如同不祥之物，伴随的总是摆脱不尽的灾难和恐怖。"也就是说，在"五四"精神熏陶下形成的现代知识分子传统在战争中遇到了挑战：昔日的启蒙者与被启蒙者一起被战争拖入泥泞浊水里，这一代新成长起来的知识分子经受了物质生活与精神世界双重的考验。我们从贾植芳先生逐渐描述的各种生活场景里可以看到：在军队里出入的战火硝烟、在社会上遭遇的贫困磨难、在监狱里备受的非人考验……从个人生活而言，几乎完全失去了"五四"一代知识分子较为优厚的物质条件和安定的生活环境。精神活动不再以抽象的方式进行，它同生活中的重大主题紧密地联系在一起，思想者把生命溶化到时代的脉搏里，同时也感受着时代的生命对精神的刺激。贾植芳先生把自己列入路翎笔下的蒋少祖们的行列是有道理的，路翎笔下展示的，正是那些被卷入泥泞又真正感受着泥泞力量的生命体，所以他们对于超然于时代活生生的生命而演绎出抽象的思想方式都怀有本能的疏离感。先生一再引用梁漱溟的一句话：我不是学问中人，我是社会中人。把学问与社会对立起来的本身就意味了一种新的知识分子的产生，无论是当时的国统区还是延安边区，知识分子都经受了这样的分化，甚至连上一代知识分子也有被卷入这种分化的，只要看一看闻一多的晚年遭遇，大致也可推知一二。

回忆录里通篇描述的是这一代从战争中产生的知识分子的故事。他们安身立命的标志不是师道承传的学术传统，而是一种属于现代知识分子的精神传统。贾植芳先生一再说他与新文学运动的关系来自胡风，但他之所以确认胡风为其精神上的益师良友，是因为他从胡风编辑的杂志里认定他是继承了鲁迅的战斗传统。在另外一些故事里，他宁愿把自己青年时期流亡日本的经历称为政治流亡，与康、梁们的政治流亡故事和俄国知识分子的政治流亡故事联系起来，这多少显得有些浪漫色彩。但从中也可以看到，那一代知识分子的形成，是通过转型中的知识分子的精神联系来自觉承担对社会的责任。有一章《狱中沉思：在门槛上》（这一标题显然来自对俄国民粹党人的崇拜）里，他讲到他与他伯父之间的对话和分歧，非常典型地描述出那一代知识分子的精神特征和追求。他伯父可以说是代表了世俗力量，不仅出资培养他，而且希望用世俗的愿望和世俗的方式来改造他，伯父所有为他安排的前途，即使在今天的世俗社会里仍然会产生巨大的诱惑性。但贾植芳一次次在苦难中拒绝了伯父的殷切期望，推开了世俗的诱惑，却走向了新的灾难。在他第三次拒绝伯父安排的前程时，他对伯父说了这样的话："伯父，你出钱培养我读书，就是让我活得像个人样，有自己独立的追求。如果我要当个做买卖的商人，我就是不念书跟你学，也能做这些事，那书不是白念了？"这里似乎可以梳理出一些思想脉络：贾植芳先生当时的观念里，他念了书，就应该有自己独立的追求，而不同于一般不用念书也可学会的生活方式；那么，"独立的追求"又是什么？是活得像个人样，这在"做稳了的奴隶"和"做奴隶而不得"的社会环境里也是可以理解的；那么，怎样才算是"活得像个人样"？问题在这儿被卡住了，我们看到传主一路颠簸、受尽苦难、几进几出监狱，却很难明白他为了什么才不得不这样去做？

这里，贾植芳一代的知识分子与布朗基式的政治活动家（如郑超麟先生）的差异就显现出来了。在贾植芳先生经受苦难的行为里，没有一种坚定明确的政治原则或者政治信仰，只有一种朦胧的使命感，一个不安定的灵魂，渴望为民族为社会做出某种非关一己之幸福的贡献。这种念了书以后产生的强烈渴望与责任感，是非常感性的，我们也可称它作良知。当时在战争的环境下，许多知识分子把自己这种朦胧的社会良知和人文精神寄托在某种具体的政治行为或者政治信仰之上，使之清晰起来，把自己的追求交给某种集体的追求之中，并且终身忠诚不渝；但也有另一种更纯粹的知识分子，他对理想始终怀着朦胧的向往，并不能使之转化为现实。正如布朗基一生在实践着，但他的理想及其实现理想的悲壮性，总是体现在西绪福斯式的失败过程中。他为之呼吁过憧憬过的共和制度最终对他实行审判，这并不奇怪，假定布朗基主义者真的获得了政权，仍然会对这位布朗基进行审判，就如基督一旦复活,仍然会被他的信徒钉上十字架一样。也许有的人身子坐在监牢里但心里怀着自己的政治理想一定会实现的坚定信念,这是政治家;像贾植芳先生那样的知识分子可能一辈子在监狱里进进出出,到头来也没有明白是在为谁坐牢。观他四次入狱,一次是盲目卷入学生爱国运动,一次是被日本人怀疑有策反行为,一次是因为在进步学生刊物上发表文章,最后一次是为了朋友胡风的政治冤案。具体地看,没有一次是出于有目的的政治行为,更不是受到了什么政治力量或者什么"集团"的具体指令,是充满着偶然性的。但这种看似无序的现象背后,却有着必然的原因,如贾植芳先生自己所说的:无论是荆棘之冠还是监狱之路,于我都是天生的不安分的灵魂所致。我把这种天生的不安分的灵魂称作是浮士德的灵魂,它是以永远不满足(也就是"永远抗争"的永恒主题)为生命力的标志,一旦对现状感到了满足,就会失去再前进的精神动力,其生命的意义也就停止了。但这种不安定的灵魂存放在胸腔里,并不是所有的人都能够承受的,即使像贾植芳先生那样的硬汉子,他也会在回忆录里像布朗基感叹自己最终坐了共和国的监狱一样,发出"难道我们这一代知识分子真的要把牢底坐穿吗?"这样的疑问。

布朗基传记里有一段关于法庭审判的问答:"被告,请站起来!你的姓名?""路易-奥古斯特·布朗基。""年龄?""67岁。""住址?""除了监狱以外没有住址。""职业?""作家。"其实布朗基有好几种身份可以回答,可是他仍然选择了"作家"这样一个知识分子的职业。而有意思的是,贾植芳先生最近在接受中央电视台《东方之子》的采访时,第一句话说的是:我出身于地主家庭。土改那会儿，工作队问我父亲：你两个儿子做什么的？我父亲说：老大是去了延安的干部，老二没有什么联系，不知道他干啥。工作队说：我们知道，你家老二是个作家。贾植芳先生也是可以从许多方面的工作成就来介绍自己的，但他首先强调的是自己是个"作家"。作家只是现代知识分子阶层里一个较特殊的职业，但它所拥有的职业特点在那个时代环境里也许是最能够体现出知识分子精神追求的，尽管这两位传主都是强调社会和实践的人，但他们最后的业绩，仍然通过"作家"的工作行为把它流传给了后世。

生活在没有监狱直接威胁着你的生存的环境里，人们对于这种监狱生活怀着虚泛的同情甚至浪漫的遐想。《狱里狱外》那样的书，到了下一世纪也许会像我们对待上一世纪的布朗基的传记一样，人们会感到困惑不解：贾植芳究竟想要做什么？学者们也许会把它当作一部野史或者人间笔记，以补充堂皇的历史教科书上语焉不详的材料。但这些都没有关系，只要有着这样的叙述历史存在，总会有人从中感受到那颗不安定的灵魂的力量，这是宿命，也是知识分子人文传统不死的见证，正如贾植芳先生多次说的，人类社会的发展过程中，总会有人自觉地和不自觉地去背十字架，前赴后继，一代代相传，这样人类的精神传统才不至于被物质的洪流所淹没，人类的自身发展才会相平衡。我想说，这种自觉地或者不自觉地去背十字架的人，就叫作知识分子。

初刊南宁《南方文坛》1997年第2期
原题为《留给下一世纪的见证》

知识分子的民间岗位
——读陆键东《陈寅恪的最后二十年》

有关陈寅恪先生的传记里，陆键东的《陈寅恪的最后二十年》[1]不是最好的一种，却是最受人注意的一种。为什么这样说？第一，这本传记绕开了对陈寅恪先生晚年著述的学术价值估评，着重渲染其感怀寄托的弦外之音，这虽不能显现寅恪先生独立于群山之巅的存在价值，但对现代社会一般知识分子而言，极需从被称为"学人魂"的寅恪先生身上所获的，不是其学术本相而是其为学之魂，若真要详释寅恪先生学术真谛，恐非陆氏这本传记所能够承担，亦非这本书的读者真正需求，所以正逢其好；第二，这本传记与其说是成熟的史传著作，毋宁说是一部文情并茂的文学传记，书中不少文句夸饰而煽情，平平常常的事情一经文学笔法写出，就成了英雄传奇，使人想起罗曼·罗兰的《贝多芬

---

[1] 陆键东：《陈寅恪的最后二十年》，生活·读书·新知三联书店1995年。

传》。但对屡经挫折的中国当代知识分子而言，彼此间相看两厌的，不过是折了翅、拔了毛的落水鸡而已，非是一只腾空飞出、遍体生辉的火凤凰不足以振其聋而发其聩，所以，这本传记少了些含蓄朴质，多了些伤感矫饰，也正逢其时。

上述两点，虽可说是这本传记"不是最好"的证据，同时也似乎说明其受到读者界欢迎的社会心理，这是当前读书界浮躁之气未除的表现，也恰好说明了当前中国大陆精神领域所想要什么和所缺少什么。

一般来说，稼轩词《丑奴儿》说明两种写作和读书的境界，"少年不识愁滋味"是一层境界，为文学的境界，热烈伤感浓，含蓄朴质缺；"却道天凉好个秋"又是一层境界，那是历史的境界，深刻通达有，生命热血淡。这本传记为文学传记，属第一层境界，而所传传主却是史学大师寅恪先生，恰是以少年之春风春情写生命的金秋晚熟，我们仅见一个秋风秋雨、红装素裹的寅恪先生，未见一个老树枯涩、独立天地间元气浑成的寅恪先生。但以寅恪先生之大，后人实难传其精魂万一，能有文学的寅恪先生再现于世，作为当前精神领域之偶像，亦足矣。

或幸陆键东有"不识愁滋味"的少年之心，才会睁大了眼睛去惊异地看待专制时代习以为常的现象。书中大量引用的未刊档案，尤其是寅恪先生服务单位中山大学年复一年暗中搜集、汇报的"陈寅恪材料""陈寅恪近况"之类的动态报告，在当年都是作为内部分析知识分子动向的依据，以供权力者掌握"敌情"之用。这种今人看来毛骨悚然的鬼魅行径，当年何止用于寅恪先生那样的"资产阶级的知识分子"。据贾植芳先生回忆录《狱里狱外》所载,先生于1955年因胡风一案入狱,在监狱里已闻有人搜集田汉、阳翰笙等人的历史问题材料,而田、阳诸公此时还负着大陆文化界的主要领导之职,正在举手挥拳声讨"胡风分子"。对革命一生的知识分子尚且如此绝情,遑论统战对象。这类视知识者为敌的鬼魅行径,其实也不必发指,即便在号称民主的国家里也难绝迹。记得有报载著名画家毕加索的档案披露,连他也曾在美国中央情报局监控之下度过了几十年的春秋。但这本传记以秘籍档案入传,毕竟开了当代人物传记的新领域,使人公然获知。长达几十年的历史竟有阴阳两界之分,仅以公开披露的材料、文字等立传,不过是人物的阳界一面,而被鬼魅们操纵的阴界隐伏在昏暗中不见天日,"阳界"的许多现象终究得不到真实的逻辑的解释。以寅恪先生为例,假若没有发生"文化大革命",也许这些鬼魅行径终究是鬼魅行径,于寅恪先生也终究无损,先生寿终正寝之日,仍会像朱师辙那样,沐浴在一片光辉之下。知识分子几近宿命的悲剧因未能昭然幕启而呈现另外一种演出形式,——但或许是更深刻的形式。

现在很难推究当年寅恪先生决定留居岭表的真实心理。这本传记从传主生命旅程的最后二十年写起,开卷即劈面遭遇寅恪先生去留大难之疑,海内外学界、庙堂草根,对此均有辩论,可是传记只用了"有着很深的原因"一句含混过去,这是过于轻巧之弊的证明。作者用文学笔法渲染了陈序经等外部种种因素,却很少深入到寅恪先生的心理深处去寻求原因。寅恪先生是一个极其顽强而独特的生命个体，其对自己后半生去留大事的选择与决定，不会与张伯苓相同，也不会与吴宓相同，甚至连爱妻的出走都不会动摇。倒是与寅恪先生为人很不相同的冯友兰先生，说出了一段很中肯的解说："静安先生与寅恪先生为研究、了解中国传统之两学者，一则自沉，一则突走，其意一也。……一者何？仁也。"斯言者诚，以传统文化顾命人自居的两大学者，在风云突变的岁月里，一个选择自沉以殉文化，一个选择"突走"后的豹隐岭南，以生的方法来完成另一种形式的"自沉"。冯友兰先生识其"突走"却未识其留居之意义，也就是与传统文化共存亡之心态，这就不是一般的叔齐、伯夷不忍之心所能涵盖，也不是那些认定此举乃寅恪先生错着之棋的海外学者辈所能理解。寅恪先生不会轻易走出国门，也就是要用他的睿智与胆识，实践出一条现代知识分子终将会走通的、远离庙堂续命河汾之路。什么叫"续命河汾"之路？其典出自隋代大儒王通隐居河汾讲学，守先待后，使传统文化如汾水之流从自己身上流淌过去，发扬光大。寅恪先生一生为人师表，自叹"续命河汾梦亦休"，吟出此句时为1949年，若作广义解，"续命河汾"也不仅仅是设杏坛执教鞭，而应有更深大的意义，即守住知识分子的民间岗位，在政治权力以外，建构起自成一体的知识价值体系，并在这价值体系内实践并完成现代知识分子对历史对人生乃至对文化的责任与使命。在传统的读书人中，即便是苟全性命于乱世的诸葛亮、王通之辈，其南阳躬耕也好，河汾教席也好，行文出处的最终价值仍在庙堂，庙堂不存，文化也难免看得轻些，所以有王静安先生的自沉，而寅恪先生明知庙堂者旧朝既崩，新朝未卜，但他仍旧决定了自己的去留，以一具残废之身来尝试新的道路，即现代知识分子的民间岗位。唯有坚定了这个心思，才会有他答复科学院出任中古史研究所所长的两个条件。他是明知道这两个条件不会兑现，而舞项庄之剑意在重申"独立之精神，自由之思想"。这是惊天动地的旗帜，凝聚了一代以至几代知识分子血泪与生命的精神标记。

这篇"答覆"值得我们回味再三。寅恪先生首先重申"独立之精神，自由之思想"的出典，为1929年国民党统一中国之际首次提出，现又重申，表明不专对共产党政权而言；然后再次阐明"我决不反对现在政权"，只是为了划清庙堂的政治权力价值与民间的知识权力价值的分界，使晚清以来知识分子与庙堂权力者长期纠葛不清的对立、冲突、参与、争宠等孽缘得一了断。或可追溯，寅恪先生提出"独立之精神，自由之思想"是在民国达成一统之际，也就是知识分子将永远告别传统士大夫的身份、将重新确定其与现代社会的关系之际。静安先生之死与寅恪先生首倡"独立之精神，自由之思想"，可以看作是古代士人到现代知识分子的转型即将完成。自然，一方面是庙堂的封建王者（可以"普天之下，莫非王土"代表）的僵尸尚在作祟，另一方面知识分子也未必就脱胎换骨，根除了庙堂意识，以后几十年知识分子的坎坷史均可证明这一点，然而寅恪先生的超前意识和现代意识，也只在半个多世纪的沉痛教训中，才会慢慢地被后来者所领悟、所感受，这正是寅恪先生精神不死的当下意义。

确定寅恪先生对中国现代知识分子转型期的奠基性贡献，寅恪先生在最后二十年间寂寞的生命旅程之谜就能迎刃而解。寅恪先生以洞察政治历史的明睿与通达，从容不迫地工作，如履薄冰又游刃有余，一次次在"动态""近况"边上有惊无险，终以庙堂民间两条平行线的方式安然无恙，至于"文革"大限，那是超出了历史常轨的疯狂，为圣人所难料。若以此说来衡量这本传记，陆键东功在于敏锐感受到寅恪先生所自觉背负的文化责任，及时用文学笔法一一钩沉出日常事物背后之"象"——陆键东谓之"生命"，以知识分子的家世背景、学术渊源参照之，或多或少传出了某种信息，这是时代风气所需，也是几代知识分子苦求之精魂所在。但其病也在时代风气所致，现时代对寅恪先生高举"独立之精神，自由之思想"的呼唤，依然是寄托了"五四"以来知识分子屡遭失败的广场意识，所以浮躁之气不绝，发扬的仍然是抽象的独立人格与气节，却未见寅恪先生所以能实践这一民间岗位上的工作，还是有赖于他的为世人所不达的知识体系。寅恪先生瞽目而著书百万言，临死前还念念不忘以其科学治学方法传世，这都表明了一个学者以生命来维护的究竟是什么。如果说，古代的王通"续命河汾"仍不过是士人走通庙堂的另一种形式，相传其授弟子数千，唐朝开国功臣房玄龄、魏徵等人均出其门；而陈寅恪先生却更看重的是韩愈在文化上的"奖掖后进，开启来学"，在文化上薪尽火传开启后世。他说：世传隋末王通讲学河汾，卒开唐代贞观之治，此固未必可信，然退之发起光大唐代古文运动，卒开后来赵宋新儒学新古文之运动，史证明确，则不容置疑者也。其心向往之者，是十分明白的，所以在新朝开国之初，率先发出的是"从我之说即是我的学生，否则不是"的师训，以专业知识为价值取向，以民间岗位为立足根基，才有了不曲学阿世的根本所在。若专业知识的一面不强调甚而漠视，那人格与气节，依然停留在梁漱溟式的士大夫品位上，依然不能传出陈寅恪先生的现代精神之真谛。读蒋天枢教授的《陈寅恪先生传》，短短三章中有一章重点介绍了传主的学术思想和成就，相对照之下，这本传记回避对寅恪先生学术思想的碰触，或可说是作者于学术的敬畏态度，但终是遗憾事。其轻者，也是时代之轻也。

1997年8月13日写于北戴河
初刊北京《中国政协报》1997年12月1日

读程伟礼《信念的旅程》

评价一部好的人物传记，不在于看作者是否给传主以较高或很高的评价，也不在于看作者是否在传主自传或其家属圈定的范围内加以演绎，尤其是对于一些思想道路和历史道路比较复杂的传主。现代传记写作应该成为一种跨时代的对话，让作者站在今天的认识立场和思考逻辑上重新审视历史材料包括以往的解释，通过历史人物的生平资料，引申出现代知识分子对历史与今天现实道路的严肃思考。"世纪回眸"的意义，也正是需要我们站在这世纪交替之门槛，认真想一想，这一百年来中国知识分子道路上的经验和教训，再想一想，下一世纪的路该怎么走。这里面包含了两代人的精神对话，两个时代的精神导向本来就不必完全一致，有了差异才会发生对话，甚至是充满误解的对话，后来者有权运用今天的话语从前辈的言行中揭示出前辈并未意识到的内容，以示今人对历史的理解。这种精神对话正是现代传记写作所追求的境界，如果是一本平淡琐碎的年谱长编，或者古代墓志铭式的传主行状，与我们这个时代对思想学术的要求来说，未免太远了一些。

看了程伟礼先生写的冯友兰传记《信念的旅程》[1]和王克明先生的商榷文章[2]，我首先想到的，并不是具体观点中谁是谁非的问题，值得讨论的倒是现代传记作者能不能在关于传主历史的叙事中提出现代人的看法。既然这套传记丛书以"世纪回眸"命名，自有百年文化回顾的编辑格局，而现代知识分子，则被当作了回眸的主角。从1898年戊戌维新失败，最后一代士大夫的代表谭嗣同被送上断头台起，那些被迫退出官场的士大夫黯然南下，有的著书立说，有的出洋深造，有的经商，有的办学，也有的从事出版事业，尽管他们余生的事业仍然与革命，与官场，与一任一任走马灯式的庙堂新主保持着说不清理不明的感情纠葛和人事纠葛，但在他们的事业视野和价值取向里，慢慢地发生着变化。一种新型的知识分子逐渐显现出来：他们不再将自己的价值目标一厢情愿地置于国家统治者的身上，他们满腹经世济国的理想，既有心通过国家的最高权力来实现，也可以在庙堂外的地方——一些属于知识分子自身的工作岗位来实现。随着科举制度的废除、大清帝制的崩溃、民主理想的滋生、社会经济方式的转轨，这种知识分子由庙堂向民间的立场转化越来越具有现实可能性，我们今天所探讨的社会多元格局下的知识分子的社会角色与工作责任，也不能不注意到这种转化机制的现实意义。我不认为20世纪

---

[1] 程伟礼：《信念的旅程——冯友兰传》，上海文艺出版社1994年。
[2] 王克明：《冯友兰有"紫禁城之梦"吗？》，载《文汇读书周报》1994年8月3日。

以来知识分子由庙堂到民间的转化是他们唯一的价值取向的轨迹，也不认为知识分子价值取向中的庙堂意识以及其他立场具有道德判断的意义，在我的理解里，说冯友兰这样的知识分子有士大夫传统的庙堂意识，并非含有贬义的批判，只是针对一种知识分子的思想行为展示其价值取向上的形态，传统士大夫的庙堂意识和现代知识分子的民间立场之分，并不关涉人格的高低，只是价值取向上的差异，但由此引申出知识分子在社会多元格局下的道路选择，倒是值得我们今天许多汲汲于功名的知识分子做认真的思考。从这个意义上说，《信念的旅程》作者用庙堂意识来诠释冯友兰先生一生的道路，尤其是探讨冯先生在"文革"期间的错误形成原因，是能够说明一些问题的。

公平地说，关于冯友兰学术思想及其传记的研究，在目前的国内外学术领域是很不够的。《信念的旅程》大约是中国大陆出版的第一本冯友兰评传，在中国台湾，我看到的有关冯友兰的评述论著，也是寥寥无几。造成这种不正常状况的原因，并不是冯友兰先生在学术上没有传世的价值或者不值得研究，而是当代学者对冯先生在"文革"后期的行为怀有不满，厌屋有时候也可以及乌，当代学人谈起冯先生，总不及对陈寅恪、熊十力、马一浮这样一些在"文革"中死难的学者那样崇敬，这也是事实。当然，冯先生该不该在"文革"中被迫害致死，冯先生自己并没有主动权，他本人没有主宰自己命运的可能，纵然是在20世纪70年代"批林批孔"时期获宠，也不是他想得到就能得到的，所以在这方面本不该追究他的个人责任。但每每想起"批林批孔"这段历史，我总有一点疑问解不开：要说反孔吧，中国当代有的是以反孔著名的大学者，怎么要起用冯先生这样一位以旧邦维新、弘扬儒家文化为己任的学者来当"批林批孔"的批判组顾问？查《三松堂自序》（这是冯先生晚年最后一次塑造自我形象的重要传记材料），毛泽东把冯友兰先生和翦伯赞先生当作反面教员给以保护起来的讲话是在1968年，大致也不过是讲了冯先生是个唯心主义的哲学家，要一批二养的意思，并没有特别加以眷宠。事后翦伯赞先生还是自杀了，而冯先生则给毛写了几次感谢信，苟且活了下来。但是到1973年，先有江青对冯先生的拉拢，冯先生在上峰的暗示下又主动写了感谢信，获得江青的青睐，给了他一个"顾问"头衔。我想冯先生在《三松堂自序》里虽然没说，但当时他心里不会不明白，被江青拉去当"顾问"不过是一个考验，只要稍不小心，随时都有加重灾祸的可能，倒不及在牛棚里当个老弱病残者安全得多。既然做了过河卒子，就只能努力向前，这才有了以后冯先生一系列的批孔文章和表明心迹的旧体诗。冯先生在《三松堂自序》里自我批评时，把其当时行为分作两类。一类是出于对毛泽东的迷信，对当时"群众运动"的迁就；另一类是"哗众取宠"之心，他说："这是走群众路线，还是哗众取宠，这中间必定有个界限，但当时我分不清楚。"又说："这个界限就是真伪之分。"应该说冯先生的这一自我批评有一半是相当深刻的。前者出于对权力者或所谓"群众"（其实并不代表真正民间的群众）的迷信，冯先生并不以为错，但在今天看来，纵然主观上十分真诚，仍然是错误的，但这只是认识上的问题；而后者，冯先生说得很深刻，为了哗众取宠而修辞立其"伪"，就不能不是人格上的毛病。王克明先生为冯先生辩护，把冯先生在特殊时期"立其伪"的行为,解释成一是为了躲避批判灾祸,二是为了完成《中国哲学史新编》的巨著,俨然把冯先生当成忍辱负重修史记的太史公似的,这就有点为尊者讳了。因为要说是为了躲避批判之灾,那么就不能解释冯先生在1976年已经没有批判之祸了为什么还要写批判孔老二和走资派关系的文章。至于他写《中国哲学史新编》,在当时是公开的写作任务,并不是坚持学术良知的潜在写作,假如一场浩劫不那么及时结束,很难说冯先生的哲学史会以何种面目问世。这不是没有先例的,刘大杰先生的《中国文学发展史》就是现成的榜样。这种悲剧虽然也是时代使然,却不能说学者本身完全是无辜的。所以冯先生以哗众取宠而"立其伪"作为人格的自我批判,相当真诚而沉重,是一笔值得后来的知识分子严肃继承的精神遗产。

我这么不厌其烦地重提这些陈年谷子似的旧话,只是想说,《信念的旅程》的作者用庙堂意识来解释冯先生在"文革"中的行为,不仅是善意的,也是比较理性的。程伟礼先生故意回避了一个在哲学思想上自成体系的著名学者用否定自己来取悦于权力者的行为,也没有从冯先生自我批判的"哗众取宠"的意义上挖掘其人格上的缺陷,而是将冯先生的行为与中国士大夫传统中的庙堂意识联系起来,从其精神世界的深处来寻找原因。所谓的庙堂意识,不过是指知识分子希望将自己的学术成果为国家统治者所赏识、所利用,通过国家的权力来致用于国民生计;抱负更大者,希望能以源远流长的文化传统的守护者自居,来指导和辅助统治者从根本上立国治国,所谓"帝王师"的潜在理想,一直鼓舞着从传统走向现代的知识分子。这种意识不仅冯友兰先生有,其他现代著名学者也有，而冯先生表现得格外突出。早在20世纪40年代冯先生以"新理学"命名他的哲学体系，并以"贞元六书"来完成其哲学体系的建构，就有强烈的庙堂意识。"贞元之际"是指抗日战争时期，他取"贞下起元"之意，希望中华民族在战争中复兴，他所思考的正是他的哲学在民族复兴中能起的作用。在《新原人》的"自序"里他说："况我国家民族，值贞元之会，当绝续之交，通天人之变，明内圣外王之道者，岂可不尽所欲言，以为我国家致太平，我亿兆安身立命之用乎？虽不能至，心向往之。非曰能之，愿学焉。"这是从大的抱负而言，他的"贞元六书"是当作一部"阐旧邦以辅新命"、为国家民族立言的哲学著作来写的；从小的功名来看，冯先生也不是对政治一无兴趣的纯粹学者，《三松堂自序》讲到1945年他被选为国民党第六次全国代表参加大会，本来是河南省代表把他选出来的，冯先生在解释他为什么接受这一选举结果时说："自从卢沟桥事变以后，蒋介石召开座谈会，讨论抗战问题，我被邀参加第三次座谈会，可是开会的日期还没到，北京就沦陷了，抗战势在必行，那次座谈会不开了。以后全国性的会议，都没有邀我参加，国民参政会也没有我。我当时心中很感不满。我当时想，你上层不找我，基层倒选举我了，我去一趟叫你们看看。"冯先生这段自我刻画非常传神地表现了中国知识分子未摆脱传统的庙堂意识的心态，他以全国第一流的学者进入国家执政党的代表大会主席团是非常得意的，更有意思的是，当蒋介石打算请他出任国民党中央委员去征求他意见时，他回答得很有趣，他推辞说："我要当了中委，再对青年们讲话就不方便了。"冯先生很懂传统士大夫与统治者的微妙关系，唯在当政者面前保持对全国青年负有指导责任的学者身份，才能与庙堂的执政者有平等对话的地位，而不是仅仅在庙堂里混一官半职当个党棍，这也很可说明知识分子的庙堂意识有大气象，也有事功化的具体性，两者是不相矛盾的。从总体上看，冯先生不是一个满足于学术名声的学者，他有政治抱负和政治理想，也有庙堂为师的政治虚荣心，这在一个受过传统文化影响并且真有才能的知识分子身上出现并不奇怪。《信念的旅程》一书正是从这一精神根源上来解释冯先生晚年的行为，并且将这种庙堂意识分散于冯先生一生各个阶段的历史之中，从20世纪20年代教育界的人事纠纷，到40年代的亦学亦政，再到50年代初直接上书毛泽东，表示要用马克思主义来重写哲学史（这个许愿看来是一种奉迎态度，连毛也不相信他能做到），由此再进入那段特殊的历史时期，冯先生当时的行为虽然有污羽毛，也是他潜意识里一贯的文人传统使然。如果说有教训，也是对在今天已经成为明日黄花的传统庙堂意识的反思和警惕。王克明先生也认为《信念的旅程》的作者这么做的"用意是积极的"，但结论是"先入为主"的，所以违背了历史真实。我想这里有个误解，程伟礼先生在解释庙堂意识时有些用词不够准确，分析也比较粗疏，所以在王克明先生看来有牵强附会的地方。但如果认真想一想，这些粗疏之处多半是用词不当造成的，在其基本立论和解释方面，并无大碍史实，更没有曲解冯友兰先生。反之，如果把冯先生写成一个没有庙堂意识，没有政治抱负，只知道爱国家爱民族并且愚忠的迂腐学者，那反倒失去了一个旧时代知识分子的应有风采。

我说程伟礼先生用词不当，包括他对"紫禁城之梦"的概念没有做充分的说明。因为这是一本人物传记，作者企图用比较生动的语言来形容冯先生的庙堂意识。他所用的"紫禁城之梦"这个词，没有什么典故出处，只是借用冯先生回忆里的一个意象，即冯先生小时候从父亲办公的县衙门建筑与紫禁城做对比，说"县衙门是一个具体而微的皇宫，皇宫是一个放大了一千百倍的县衙门"。但冯先生所说的不仅仅是建筑问题或引申为政治问题，他还带着较强的感情色彩，这从他引的两句诗里可以看出来：不睹皇居壮，安知天子尊！（注意：冯先生这里标的是惊叹号。）程伟礼先生由这种感情成分指出冯友兰有"紫禁城之梦"，当然不是说冯友兰有政治野心，梦想称帝，也不是说他一心想获得政治权力，只是说明他的庙堂意识，一种对皇权（即国家最高权力者）的崇拜和仰慕，并希望自己的学术成果能为上致用。从这个意义上来使用这个词并没什么大错，不能说完全是作者强加给冯先生的。作者的粗疏之处只是没能将有关史料与议论恰到好处地结合起来，有些议论的分寸没有把握好，让人感到有些刺眼。而王克明先生的批评也有粗疏之处，他维护冯先生心切，对一些材料没有充分理解。比如关于冯友兰先生的父亲"遗愿"的理解，冯友兰先生在《三松堂自序》里这样说："说到秀才，母亲深深知道这个功名的分量。她常对我们说，你父亲听某一个名人说过，不希望子孙代代出翰林，只希望子孙代代有一个秀才。父亲解释说，这话很有道理。子孙代代出翰林，这是不可能的事。至于在子孙中代代有个秀才，这是可能的，而且必要的。这表示你这一家的书香门第接下去了，可以称为耕读传家了。照封建社会的情况说，一个人成了秀才，虽然不是登入仕途，但是可以算是进入士林，成为斯文中人，就是说成为知识分子了。以后他在社会中就有一种特殊的地位。"这话说得很明白，冯的父亲所谓"不希望子孙出翰林"，不是不要子孙成翰林，而是成为翰林太难，不容易做到，"不希望"是不敢企望的意思；同样，"只希望子孙出秀才"的秀才，也没有与翰林对立的意思，秀才仍是一种功名，中了秀才，就与平头百姓不一样了，有了进入庙堂的台阶，所以退而求其次，希望子孙能够代代出秀才。冯友兰学贯中西，志在庙堂，自然会完整地理解父亲的想法，"出秀才""出翰林"是一个由小愿望到大愿望的过程。在这一点上，程伟礼先生没有把握错。而王克明先生却把这两句话对立起来，解释成"翰林是官，冯父不希望子孙为官；秀才是学历，只希望子孙有点文化。这是十分合理的遗愿"，并口口声声责备程伟礼先生歪曲了冯父的遗愿。其实这种理解在王克明先生眼里可能是十分合理，但放在上一世纪"耕读世家"出身的冯台异的嘴里，却变得很不合理了。冯老先生为什么不希望子孙中出个翰林？此类现象，在王克明先生的商榷文章里尚多。王先生在理解历史材料时，有的是完全依循冯友兰先生在《三松堂自序》里的解释底本加以发挥，有些比冯先生自责性的叙述还退了一步，无法让人从历史人物和历史事件中获得应有的启发。我不由假想，要是请王先生来做一部《信念的旅程》，那么，传记里的冯友兰先生大概会是足赤纯金般的完人，如果冯先生地下有知，他是否真会认同呢？

1996年8月26日于黑水斋

初刊上海《文汇读书周报》1996年9月7日

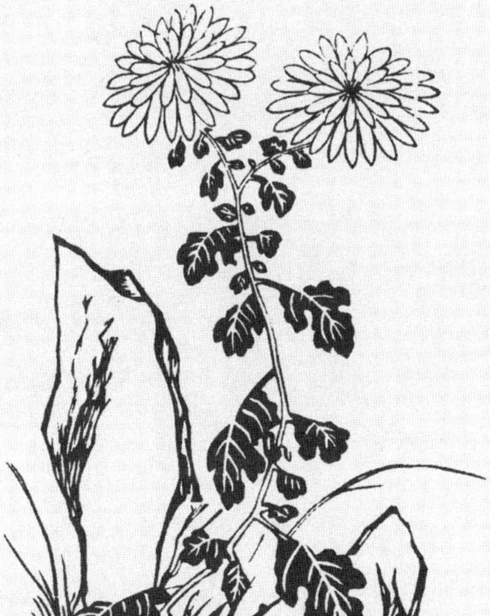

商务印书馆双甲子纪念特藏版
《茶花女遗事·天演论》[1] 序

1898年,戊戌变法兴起旋而失败,有三个士人离开京城南下,他们告别了千百年来读书人孜孜追求的传统仕途,各自在实践中开拓新的人生道路。他们是清末状元张謇、翰林院编修蔡元培以及总理衙门章京张元济。他们三人,有的走实业道路,有的从事教育出版,敢为天下先,在风雨实践中,逐渐形成现代知识分子的民间岗位,奠定了现代中国文化的新格局。

商务印书馆能够成为现代中国文化的重镇,与张元济的介入是分不开的。1902年张元济辞去南洋公学总理高位,出任商务印书馆编译所所长。1903年,他隆重推出严复和林纾的翻译作品。译才并世数严林。20世纪初两位最负有盛名的翻译家的作品,都归入了商务旗下。从甲午到辛丑,晚清社会风雨飘摇,被迫纳入

---

[1] 《天演论·茶花女遗事》,商务印书馆双甲子纪念特藏版,2017年。

世界格局。西潮澎湃，人们渴望放眼欧美，引入新知，以求改变帝国的衰败境遇。于是翻译应运而生，引领了时代风气。严复的《天演论》初刻于1898年（沔阳卢氏慎始基斋木刻），林纾的《巴黎茶花女遗事》初刻于1899年（自刻本，福州畏庐藏版）。两种译本都是译者的第一本翻译作品，都是一炮而红，洛阳纸贵。张元济就是看准了在这样形势下严译林译的价值。商务印书馆以整体性的包装、持续性的出版运作以及新式版税制度等现代经营手段，牢牢吸引住了严复与林纾。出版社借重优秀著作家迅速做大，著作家结缘出版社而名利双收，一时俊杰，风云际会，这是现代文化肇始之期的绝佳选择。

此举意义深远。关涉到中国现代出版、教育、文化等模型的建构，以及现代知识分子价值取向的奠定。严复原先也是士大夫阶级中的一员，亲历变法失败后，觉悟到"民智不可开，则守旧维新，两无一可"。于是自觉选择译介西方学术著作的工作岗位，作为自己终生的事业。他继《天演论》后接连译出《原富》《群学肆言》《法意》等八部著作，全面介绍了西方进化论、唯物论、经验论，以及资产阶级古典经济学、法学与政治理论，在中国近代学术史上开创了新纪元。孔子是古代圣人，他述而不作，信而好古，在他所编订的教材"六经"中，《诗》《乐》属文艺，《易》属哲学，《尚书》《春秋》属历史，《礼》属政治。以现代学科概念来看，完整体现了人文学科的基本内涵。两千年人文知识传统由此奠定。严复是借西方学术来重新建构人文知识传统，八部译著，关涉的是人类学、法学、经济学、社会学、政治学、逻辑学等等，隐含了中国古代人文传统中缺乏的社会科学的知识范畴。

社会科学的目的不在建构精神文明，重在推动社会发展与文明进步。获得社会科学知识的士人，便可在民间设定职业岗位，服务社会，影响国家。天下读书人由此开始摆脱学而优则仕的传统经济之途，形成独立于廊庙的现代知识分子的新群体。在这个意义上，把严复视为现代的圣人也不为过。而这样一个"成圣"过程，正是商务印书馆来担纲完成的。我们一般都知道商务印书馆依靠编辑新教材而发达，而商务出版严译系列，则是在更高层面的知识更新、教育更新和学科更新，奠定了重要基础。功莫大焉。

接下来我们讨论林译的意义。林纾不谙外文，依靠合作者的口译来翻译。如果从林译对原著是否忠实的角度来衡量，那就乏善可陈；但如果从译介传播的意义而言，无疑是成功的典范。林纾不仅是古文大家，而且对文学有特别敏锐的见解。如林译中有多部狄更斯的作品，林纾对狄更斯情有独钟，在多篇序跋中介绍狄更斯的创作艺术，从中摸索出欧洲批判现实主义的创作特征。他介绍狄更斯："迭更司，古之伤心人也。按其本传，盖出身贫贱，故能于下流社会之人品，刻画无复遗漏。"并将之比中国古文名家："左、马、班、韩能写庄容而不能描蠢状，迭更司盖于此四子外，别开生面矣。"狄更斯的时代，文学已经开始从描写贵族阶级的生活转向了描写下层社会的人民，并以生活细节的真实刻画为主要创作特点。林纾对此及时加以总结，并指出是中国传统文学之外的新的艺术方法，这不能不说是独具慧眼。西方现实主义在中国的传播，假如把不自觉的介绍也算在其中，林纾大概可称第一人。而林译中的狄更斯小说，基本上都是商务印书馆印行的。

如果说，严复从社会科学领域给中国人打开了通向世界的窗口，那么林纾则在文学领域打开了通向世界的窗口。中国传统士大夫阶级一向以海内中心自居，以为海外世界均是蛮戎狄夷。鸦片战争以后，这种妄自尊大的脾性稍打折扣，他们不得不承认中国的声光电化不如西方，但仍坚持认为精神文明中国第一，意识形态是全世界最先进的。严复、林纾等人的翻译打破了痴人说梦，把那些只知道孔孟老庄、《诗经》、《离骚》再加《红楼梦》的国学家们带入了一个完全陌生又百般奇异的新世界，让他们看到，外国除了有优于中国封建社会的资本主义物质文明和先进生产力以外，还有与他们的社会制度相适应的精神产品；外国不仅有中国一向缺乏的自然科学、社会科学知识传统，也有中国一向引为骄傲的文学与哲学。这些译作唤醒了一大批迷醉于古国文明的读书人，为现代中国文化的诞生，做了最初的启蒙工作。

所以，商务印书馆在"双甲子"的节庆日前夕，决定重印《天演论》和《茶花女遗事》特藏纪念版，以纪念严译系列与林译系列在现代中国文化建设中的重大意义，我认为是非常明智而且有典范性的举措。希望商务印书馆在新的历史条件下继续坚持面向世界，引进新知的立场，为现代中国文化的繁荣与发展，为世界视野下的人类精神财富的交流与沟通，做出新的贡献。

2017年1月30日春节初三
初刊上海《文汇报》2017年4月8日

遥想蔡元培

陈军兄：

年前怅惘，未能赴杭一聚，以失当面聆听指教之良机。然而春节期间于会友访亲之余，依然沉浸在拜读大作的快乐之中，恰似进行了一场很好的精神对话。自小年夜始，这场对话时在持续中，直至现时此刻。围绕了《北大之父蔡元培》[1]，兄是用了对蔡先生的全部理解与爱来创作，而我也是用了我的全部理解与爱来阅读，也许我们心目中的蔡元培先生形象并不全然吻合，但在世纪之交的时候，我们对20世纪的新文化发展轨迹追根溯源，返回到中国现代知识分子踏出士大夫传统的第一步，重温巨人脚印上的生命气息，借此来探询、梳理和感悟继往开来的路，拳拳之心是如出一辙的。

---

[1] 陈军：《北大之父蔡元培》，人民文学出版社1999年。

若从文化转型与现代知识分子的形成历史来看，蔡先生一生中最有时代象征意义的事件，似应发生在1898年康梁变法失败以后，他与一些有识之士毅然放弃传统价值取向，开始在庙堂以外另寻实践理想和价值的道路。这不是蔡先生一人的抉择，而是在当时士人中有一种倾向性的趋势。周谷城先生曾回忆当时士大夫们别取途径谋求中国的现代化，就举了长沙张百熙先生提倡教育、南通张季直先生着手实业、上海张元济先生从事出版等例，说当时有所谓"兵战不如商战，商战不如学战"之说。[1]以蔡先生兴办教育的伟业而言，正是"学战"的一种。但对蔡先生的人生道路而言，当时在"学战"以外还有一"战"，即实在的政治革命，于是有组建光复会，加入暗杀团，制造炸药等传奇发生。蔡元培与上述三张不一样之处，在于他比一般士人更进一步，不仅在民间确立了现代知识分子的工作岗位，而且还尝试着武装革命、推翻清政府的暴力行动。这是蔡元培先生人格的复杂性，也是他个体生命与时代精神直接相通之处。他后来归纳出两句话：读书不忘救国，救国不忘读书。其实在多难的现实环境下，两者除了顾此失彼时偶尔做到"不忘"以外，并无兼顾的可能性，蔡先生一生屡次被迫出国，都是在两者发生激烈冲突之时为缓解苦恼所施下策。但也正是靠了这双重的人格追求，才使他以革命家的姿态主政北大，掀起了新文化运动滔天洪波，现代中国知识分

---

[1] 见周谷城：《商务印书馆与中国的现代化》，收《商务印书馆九十年：1897—1987》，商务印书馆1987年，第414页。

子的广场意识和新文化传统也缘此而奠定根基。

记得过去读过恩格斯评价意大利诗人但丁的一句话,称他为中世纪的最后一位诗人,同时又是新时代的最初一位诗人,因为但丁是欧洲大陆旧时代与新纪元交替的标志。[1]这个比喻自然有些夸张,倘若将此喻移植到20世纪初的中国思想文化领域,蔡先生是当之无愧的新旧文化交替的标志。若要单说最后一个庙堂里的士大夫恐怕轮不到蔡元培,因为前有血溅菜市口的谭嗣同,后有一心保孔教的康有为;若单说最初一个现代知识分子运动的先驱似乎也轮不到蔡先生,应是创办《新青年》的陈独秀和提倡白话文的胡适;再说最初在民间确定知识分子的岗位并获得成功的,也有张元济、严又陵等人并驾齐驱。所以蔡先生之标志性的意义,不在于某一种价值取向,而是在蔡先生身上激烈冲突的矛盾中,集中体现出转型期的知识分子价值取向的冲突,或可以说,蔡先生是将现代知识分子的庙堂、广场与民间岗位等价值取向兼容并包于一身的标志。

对于清末知识分子而言,传统的庙堂意识是不可摆脱的。从传统的庙堂士大夫阶级向现代知识分子转换,是一个漫长的过程,至今也未然。但具体到某个历史人物,庙堂意识所表现的形态并不一样,似不可一概而论。时人常以蔡张二元并举,其实蔡元培与张元济对庙堂的态度并不一致。对张元济先生来说,庙堂

---

[1] 见恩格斯:《〈共产党宣言〉1893年意大利文版序言》,收《马克思恩格斯选集》第1卷,人民出版社1972年,第249页。

意识是根深蒂固地制约其一生事业的,张先生虽然弃官经商,以现代出版承传文化,但究其意识深处,无时不与在朝者保持默契配合。在权力更替频繁的现代中国,张先生的事业始终欣欣向荣,正是与这一自觉有关。当然与在朝者的合作有时也会迷惑眼睛,如辛亥年的教科书事件,张元济面对革命风云无动于衷,对清政府的垮台毫无准备,结果造就了陆费逵的跳槽和中华书局的诞生;又有一次是民国时期拒绝出版反对派领袖孙中山的代表著作《孙文学说》,其实也是庙堂意识作梗之一例。[1]所以张元济之庙堂意识使他虽以在野之身从事民间出版,但骨子里仍然是一个士大夫。而蔡元培先生的庙堂意识是掺和了知识分子广场意识,倾向于用知识分子的特立独行的思想行为来反对在朝者,改革政治弊端。耿云志先生曾说蔡先生一生的活动都有党派的背景:他以翰林身份从事激烈的反清活动,有光复会与同盟会的背景;与北洋军阀政府不合作,有国民党的背景;20世纪30年代组织民权保障同盟,有国民党左派的背景。[2]此论甚是。但蔡先生的党派背景又有其自身特点:其一,他所依仗的背景往往处于非主流的地位,也就是说,蔡先生总是自觉地站在非主流甚至敌对的位置上与在朝者抗争;其二,蔡先生即使有某种党派背景,也绝不把自

---

[1] 张树年等编《张元济年谱》记载:卢信恭将《孙文学说》送到商务印书馆商议出版事项,高梦旦以为"恐有不便",张元济也主张"不如婉却","当往访信公,并交还原稿,告以政府横暴,言论出版太不自由,敝处难与抗,只可从缓"。(张树年等编:《张元济年谱》,商务印书馆1991年,第167页。)

[2] 见耿云志:《蔡元培与胡适》,收李又宁主编:《胡适与他的朋友》第2集,天外出版社1991年,第134页。

己的自由意志与党派利益混同起来,换句话说,即使他被某种党派所利用,但绝不会自觉地充当党派的代言人,他与在朝的权势者的抗争中,始终有着独立的知识分子的人格光辉。如果说张元济先生以在野之身事事谋求与庙堂者合作,那蔡先生则相反,他是时时以在朝的身份与庙堂对抗;张元济先生以文化承传大业为重,不得不依靠庙堂的力量,而蔡先生本身就显示了现代性的文化力量,是与庙堂的对抗性关系中体现出来的。如果细细地将蔡先生与现代统治者的关系描写出来,实在是很精彩:对清政府,他走了一条从统治集团中的改革者到义无反顾的叛逆道路;对北洋政府,他是个不合作的合作伙伴;对国民党蒋介石政府,他又是个独立、左倾的民国元老。这就是蔡先生的庙堂意识,这是现代中国知识分子中没有一个人能够达到的境界。

我之所以要饶舌地侈谈自己对蔡先生的一点认识,无非是希望兄理解我拜读大作后有所评论的前提。春节里我最大的乐趣就是抓紧分分秒秒读完大作,并且感到由衷地喜欢。今年是一个尴尬的年头,据说新千年已经到来,世纪末却没有过完,整整一年将处于将明未明之际,同时并存着两种时间的观念。这很好,至少让人意识到,世纪的交替是不会像撞钟那样在一个时刻突然敲响。而在其浑浑噩噩中,大约不免会回顾过去的岁月,那么,新春第一件事即遭遇蔡先生,自然是一件万分高兴的事情。蔡元培先生是一个极其复杂的文化象征,无论庙堂民间,不同立场的人都可以从他身上找到自己的阐释空间,连争斗得你死我活的国共两党也能够同声赞美蔡先生,从中找出所需要的东西。兄毅然决然地写作蔡元培的传记故事，贯穿全书的旨意正是兄对蔡先生的全部理解。兄可能已经感觉到，我对蔡先生的理解与兄不尽全然相同，我偏重于庙堂的一维来阐释这位先驱者的伟大价值，兄则偏重于广场的一维，从弘扬现代知识分子的战斗传统来抒写蔡先生，这也是一般人所认同的观点。着眼点不一样，对蔡先生传记的切入点也不一样。小说的书名冠以"北大之父"，蔡先生出任北大校长与发起五四运动成为全书中笔墨最酣的章节，现代知识分子价值取向的广场一维由此突出，其他两维则有所淡化。小说从1916年底蔡元培单身北上写起，大刀阔斧地砍去蔡元培从晚清翰林到革命先驱的人生阶段，使之简略留存于人物的对话记忆中；同时也简要概述蔡先生辞去北大校长以后的人生道路，几乎是一笔带过。你把主要的笔墨都留给蔡先生任北大校长期间的经历，如火如荼，令人神往。"主政北大"是蔡元培先生最辉煌的人生阶段。梁漱溟曾说过："蔡先生一生的成就不在学问，不在事功，而只在开出一种风气，酿成一大潮流，影响到全国，收果于后世。"[1]依此而论，"主政北大"无疑是蔡先生人生事业的辉煌顶点。沈尹默更直截了当地说过："综观蔡先生一生，也只有在北大的那几年留下了一点成绩。"[2]此论甚酷，如果从事功上说也是事实，蔡先生一生苦斗于政坛和杏坛，总是败多胜少，若无北大与五四新文化运动，蔡先生一生努力的结果总是要黯淡些，只是作

---

[1] 见梁漱溟：《纪念蔡元培先生》，收陈平原等编：《追忆蔡元培》，中国广播电视出版社1997年，第144页。
[2] 见沈尹默：《我和北大》，收陈平原等编：《追忆蔡元培》，第139页。

为民国元老中的一"皓"留名而已,与吴稚晖、李石曾相伯仲。是故,有了"五四",不但现代知识分子的新文化传统由此奠定,蔡先生也当之无愧地成为现代中国知识分子的精神领袖。

即使是围绕了五四新文化的战斗传统布谋全局,兄对蔡元培的理解中也自觉把握了人物具有的独特庙堂意识,并将这种特征与知识分子的广场意识相调和,努力写出对历史的新阐释。这是这部小说最见功力之地。我特别注意到对五四运动的推动者的描写。按照一般人的解说,要么突出知识分子启蒙与思想革命的作用,那么陈独秀与《新青年》成为主要的推动者;要么强调十月革命和马克思主义的作用,那么李大钊成为主要的推动者。或许这两者都是存在的,但在强势主流话语的掩盖之下,似乎有意淡化蔡元培的作用。历史教科书上关于蔡先生对"五四"的作用,大约只剩下了"兼用并包"这一条,而且在知识分子的习惯性思维里,学生爱国运动理所当然是与统治集团相对立的,所以庙堂一方在"五四"的作用自然被遗漏。而这部小说别开生面地写出了五四运动的过程中,不仅刻画了总统黎元洪与段祺瑞在"府院之争"中对文化统治的放松,为新思想的传播提供了有利环境,也写了当时总统徐世昌提倡的"偃武修文"的治国策略,他起先没有对蓬勃展开的学生运动进行血腥镇压,还说出"按国际惯例,还没有一个国家的政权,枪杀手无寸铁的学生"的话,并且制定了对学生"可以抓但不可杀,可以捕但不可伤"的政策。我不知道你这段描写是否有史料根据,但从学生运动的历史来看,"五四"前后确是政治环境最为宽松的时代,以后似乎革命愈激烈，斗争愈残酷，国家政权愈强大，人民民主的权力却愈近于绝灭，这在20世纪的中国不能不是最令人唏嘘不已的现象。这部小说对"五四"的独特描写，还在于强调了蔡元培对运动的直接推动。一般历史教科书上关于五四学生运动的起因总限于巴黎和会上中国外交失败的消息，可是我第一次在你的小说里读到了以梁启超为首的民间外交在欧洲的生动展开，也第一次读到如此新鲜的细节：老外交家汪大燮如何将政府准备在和会上签字的消息私自通报蔡元培，蔡先生当晚召集学生开会，告之政府决定，走投无路的官僚们终于通过蔡元培亮出了青年学生这张最后的王牌，直接推动了5月4日的爱国学生运动。关于这项材料大约出自当时外交委员会的外交干事叶景莘的回忆，但极少被人引用，连周策纵先生关于五四运动的权威论著也未加采纳。就我所看到的，似乎只有陈平原先生主编的图册《触摸历史》里引用过，而且指出叶景莘是当事人，其证词自有相当的可信度。[1] 这确是需要我们不带偏见也不有意漠视旧官僚们的爱国心，才能看出历史的真相来。兄有意采纳此说来布局小说，无疑是为了把蔡元培先生推上运动主要发起者的地位，但由此而将整个运动场景引申到当时政坛幕后的另一天地，使复杂的政治背景与单纯的学生运动联系起来，也使庙堂与广场之间发生了自然的联系。

任何历史假说都有片面性，我虽然赞同并赞赏兄采纳蔡元培先生推动学生运动之说，但也有些担心，因为既然学生运动

---

[1] 见陈平原等编：《触摸历史：五四人物与现代中国》，广州出版社1999年，第60页。

是在蔡授意下提前举行,那又如何解说几天以后蔡的辞职和"杀君马者道旁儿"之言?当然学界是有许多解释和猜测,然而我还是想在小说中看到兄的联翩想象,编织出当事人的内心斗争。很显然,作为一个周旋于庙堂与广场之间的人,他自有两边受气的苦衷:学生火烧赵家楼殴打佞人之举虽属正义,但也超出了他的预料;政府这边对学生的逮捕迫害,虽是他竭力反对的,但作为官场中人他也深谙其必然之道理,这时的蔡先生又当如何在正义与庙堂之间周旋?"我倦矣"三字正是蔡先生无力解决内心苦恼而一走了之的真性情流露。所以我读大作略感不满足的是,兄对事件材料描写过多,深入人物心理细写较少。试想:从发动学生上街到说出"我倦矣",不过才短短的五天时间,个人的精神世界里是经历了何等的翻江倒海似的挣扎?我觉得冯雪峰有一自比,若用在蔡先生身上颇为适合:门神,即在庙堂大门上贴着的门神。门朝里一开他就算在庙里,虽然是站在门口以窥内部堂奥,但终究带入了社会的信息;门朝外一关,他又面对广场,虽然了解广场上的正义声音,但又不得不站在庙堂的立场上。蔡先生一生屡屡站在庙堂之门上充当这种尴尬角色,后来他与吴稚晖、李石曾、张静江凑成蒋介石的"商山四皓"支持分共清党,也是处于这种庙堂立场。我很佩服兄直面惨淡历史,不回避蔡支持清党的事实,但又觉得兄将此举责任完全推作吴、李、张的阴谋,蔡元培仿佛是无辜受连累,还是未免有为贤者讳之嫌。为辨别此事,我在春节期间特意请教了对蔡先生素有研究的袁进先生,他也认为,在分共清党事件中,以蔡的民国元老和监察委员的身份，以及一贯的无政府思想倾向而言，他支持蒋都有必然的逻辑，只是现在史学上迷雾遮障，不易讲清楚而已。袁进先生特意提供一个例子：当时蔡游欧回国，李大钊建议其由苏联取道归国，这自然有争取统战的意思，然而蔡先生拒绝了这个建议，表示出对苏俄体制不感兴趣。以我的理解，苏俄镇压无政府主义者的事件对蔡元培不会没有影响，再加上北伐期间湖南农民"痞子运动"镇压了叶德辉的事件，充分暴露了乌合之众的盲目可怕，虽然国民党的专制与嗜杀，蔡先生也未必喜欢，但两者相权，庙堂文人的本能就决定了他的同情倾向哪一边。尽管对蔡元培先生来说，支持分共清党未必就同情国民党嗜杀大批年轻人，包括了他好友的儿子和自己所爱的学生。

我也注意到小说里有些细节十分传神地暗示了蔡先生性格的多重性。一般而言，蔡先生已经被人塑造成一个固定的模式，诸如仁爱、宽容和好好先生之类，但真正与他亲近者的回忆中常常流露出蔡先生非常人所道的性格另一面。蒋梦麟曾说："先生之中庸，是白刃可蹈之中庸，而非无举刺之中庸。"[1] 斯言甚诚。依我的想象，蔡先生虽以虚怀入世，但真正隐没在骨子里的犹有一种绍兴人的犟拗脾性，一旦尊严受到冒犯能白刃相见。这种个性在鲁迅的身上发挥到极致的境界，而像蔡元培这样性格平和的人士偶尔也能露出峥嵘。如组织暗杀团时的蔡元培一定不是宽厚仁慈之人，你的小说描写了北大学生反对讲义费而掀起学潮的一节，蔡

---

[1] 见蒋梦麟：《试为蔡元培写一笔简照》，收陈平原等编：《追忆蔡元培》，第119页。

元培面对学生怒不可遏，大声喊着"我给你们决斗！"尽管小说里借鲁迅之口委婉地批评了蔡先生的过分之举，但我每读至此，眼前总依稀晃动着一个小老头挥动老拳的激愤与可爱，这才是参加暗杀团、大闹学潮的蔡先生，才是披着长发、慷慨高歌的老革命党人的蔡先生。其实清末民初一代士人都是极有个性的奇人，像孙大炮的屡败屡战、章太炎的佯狂装疯、苏曼殊的亦情亦僧、陈独秀的好勇独撑、吴稚晖的突梯滑稽、胡适之的风流偶傥，都是跋扈飞扬、不可一世的人物。唯到了党国治世，官场暮气日愈深重，才将先驱者塑造成"革命元老""当代大儒""国学大师"，形象也变得模糊不清起来。蔡先生生前身后始终让各色人等重重包围，真性情只能偶尔流露一二。小说好在允许虚构，兄如能在这方面加强刻画，以还蔡先生奇人的真性情，其功伟矣。

几天来捧读大作，有时会无端生出似读《水浒传》之感，这也是现代中国知识分子曲折多难的宿命所致。小说前半部分写蔡元培如何礼贤下士，为北大搜罗人才，他先后聘请了性格风貌各异的陈独秀、胡适之、刘师培、辜鸿铭、梁漱溟等各类人士来校任教，每人进北大的写法均有不同，恰似《水浒传》里各路英雄上梁山，风风火火地开创了知识分子在民间岗位上实践自我价值的黄金时代。从《新青年》挥师北上，到五四新文化运动高潮，知识分子群体写得大气磅礴。但"五四"一过，新文化阵营风流云散，小说的气势亦如冰山既倒，以无限凄苦之声，写出蔡元培的悲凉心情。结尾前写到蔡元培与蒋梦麟的一番苦涩对话，道出了一代文化名人的共同悲哀：陈独秀被共产国际作为替罪羊清除出他亲手创建的党,李大钊用生命殉了信仰的主义,钱玄同、周作人的自我消沉,鲁迅两面受到攻击而不得不"横站",还有康有为的暴卒、王国维的投湖、辜鸿铭的弃世……哲人其萎矣。我读至此,心情也随之变得沉重起来。哦,不,现在毕竟还在新年中,就此打住吧。

陈思和敬拜

2000年2月15日
初刊沈阳《当代作家评论》2000年第2期

新文学运动中的一件公案

　　1919年初，林纾在《新申报》上连续发表小说《荆生》和《妖梦》，用谐音的手法点名攻击北大和《新青年》诸君子，并流露出假借武力来干涉新文化运动的企图。这两篇小说中，反派人物的名字均有影射：其中一位元绪公（即大龟），因为《论语》注有"蔡，大龟也"，所以影射蔡元培为乌龟；另有三少年，一为皖人田其美，一为浙人金心异，一为刚从海外归来的狄莫。田通陈，即陈独秀；金通钱，即钱玄同；狄胡人也，为胡适。小说写三少年在陶然亭攻击礼教伦常，激怒了伟丈夫荆生，结果被痛打一顿，抱头逃窜。这位高大全的英雄人物荆生者，是指当时段祺瑞手下的一员大将徐树铮。林纾写小说固然是"贾雨村言"，但对于新文化运动的倡导者们，确实是一场不小的惊吓。一时谣言四起，有传说陈胡等人已被政府驱逐出校的；也有谣传徐树铮要将大炮架在景山上准备轰击北大,可见当时风声鹤唳之态。[1]然而军阀政府干涉新文化运动的事实终于没有发生。

事后,仍然有人不断地提及这桩公案。1925年徐树铮被冯玉祥手下的军人仇杀于廊房,刘半农幸灾乐祸地发表文章,题目是《悼快绝一世の徐树铮将军》,开篇即称:"恶耗传来,知道七年前曾与我们小有周旋的荆生将军,竟不幸而为仇家暗杀。"[2]这"小有周旋"一词,似乎证实了1919年徐树铮确有欲干涉新文化运动的事实。

今查徐树铮《年谱》,1919年条末附有林纾的《荆生》旧作,《年谱》作者附言说:"民国八年,接着五四运动之后,是蓬勃的新思潮的发展,和当时主张守旧的人物,形成了鲜明的壁垒。林琴南先生是守旧派的中心人物,而先生(指徐树铮——引者)当时在思想上是接近守旧派的。所以,林先生很希望先生能运用政治上的力量来打击新思潮人物。他当时有题名《荆生》的一篇小说,就是暗示他这个意思。……小说的用意虽然很明白,先生却并没有甚么反应。"[3]《年谱》作者是徐树铮的儿子,可能有为尊者讳的意思,但是我们今天也确实没有找到当年徐树铮欲干涉新文化运动的事实。

1935年出版的《中国新文学大系》中,有两集"导论"都提到了这笔历史,一是胡适的:"我们若在满清时代,主张打倒古

---

[1] 转引自沈卫威:《无地自由——胡适传》,上海文艺出版社1994年,第60页。
[2] 《悼快绝一世の徐树铮将军》,初刊《语丝》第61期。
[3] 徐道邻编:《民国徐又铮先生树铮年谱》,台湾商务印书馆1981年,第123—127页。

文,采用白话文,只需一位御史的弹本就可以封报馆捉拿人了。但这全是政治的势力,和'产业发达人口集中'无干。当我们在民国时代提倡白话文的时候,林纾的几篇文章并不曾使我们烟消灰灭。然而徐树铮和安福部的政治势力却一样能封报馆捉人……幸而帝制推倒以后,顽固的势力已不能集中作威作福了,白话文运动虽然时时受点障害,究竟还不到'烟消灰灭'的地步。"[1] 一是郑振铎的:"当时安福系当权执政。谣言异常的多。时常有人散布着有政治势力来干涉北京大学的话,并不时的有陈胡被驱逐出京之说。也许那谣言竟有实现的可能,如不是'五四运动'的发生。林纾的热烈的反攻《新青年》同仁们乃是一九一九年二、三月间的事,而过了几月,便是'五四'运动发生的时候,安福系不久便坍了台,自然更没有力量来对于新文学运动实施压迫了。"[2] 这两篇导言在谈及五四白话文运动时期的论争时,都不约而同提到了徐树铮及安福俱乐部,可见当时谣言对他们的印象之深。但他俩的说法似乎有所不同,胡适身为过来人,对事情经过可能比较清楚些,从他的口气里,似当时并没有发生军阀政府干涉的可能,因为专制体制被推翻后,军阀们四分五裂,已经无法"集中"其反动力量为所欲为了。不是徐树铮、安福部不想或不能"封报馆捉人",而是客观上他们力量分散了,无法顾及文化上的事情。郑振铎并不是《新青年》成员,有关谣传可能是间接地听到一些,所以他叙述语态为虚拟,"也许……可能……

---

[1] 《中国新文学大系导论集》,良友复兴图书公司1940年,第33—34页。
[2] 同上,第62页。

如果……"，但他叙述的结论却有点武断：军阀政府本来是要来干涉的，只是发生了五四运动，才放了新文化运动一马。这样一来，把新文化运动没有受到军阀政治的干涉迫害的原因，直接归诸五四运动的爆发。

20世纪60年代，又一个"五四"人物周作人写回忆录，也提及了这桩公案，但他的结论似乎综合采取了胡、郑的说法，因而变得自相矛盾："段祺瑞派下有一个徐树铮，是他手下顶得力的人，不幸又是能写几句文章、自居于桐城派的人，他办着一个成达中学，拉拢好些文人学士，其中有一个自称清室举人的林纾，以保卫圣道自居，想借了这武力，给北大以打击；又联络校内的人做内线，于是便兴风作浪起来了。最初他在上海《新申报》上发表《蠡叟丛谈》，是《谐铎》一流的短篇，以小说的形式，对于北大的《新青年》的人物加以辱骂与攻击，……林琴南的小说并不只是漫骂，还包含着恶意的恐吓，想假外来的力量，摧毁异己的思想；而且文人笔下辄含杀机，动不动便云宜正两观之诛，或曰寝皮食肉。这些小说也不是例外；……虽然这只是推测的话，但是不久渐见诸事实，即是报章上正式的发表干涉，成为林蔡斗争的公案，幸而军阀还比文人高明，他们忙于自己的政治的争夺，不想就来干涉文化，所以幸得苟安无事，而这场风波终于成为一场笔墨官司而完结了。"

《知堂回想录》的另一处，也说到这段历史，又是一种说法："报纸上也有反响，上海研究系的《时事新报》开始攻击，北京安福系的《公言报》更加猛攻，由林琴南出头，写公开信给蔡子民说学校里提倡非孝，要求斥逐陈胡诸人。蔡答信说，《新青年》

并未非孝,即使有此主张,也是私人的意见,只要在大学里不来宣传,也无法干涉。林纾老羞成怒,大有借当时实力派徐树铮的势力来压迫之势,在这时期五四风潮勃发。政府忙于应付大事,学校的新旧冲突总算幸而免了。"[1]

周作人的前一篇说法与胡适说的相近,林纾想假借武力干涉新文化,而军阀忙于自己的政治争夺,不想干涉;而后一篇说法又与郑说相近,因为五四运动勃发,使政府忙于应付"大事"才使新文化运动幸免一劫。这里的分歧很清楚,就是当林纾希望徐树铮出面干涉新文化运动以后,徐树铮是有所打算却因为五四运动而没有做成,还是如《年谱》所说的,"先生却并没有甚么反应"。

我的看法是后一种,即徐树铮当时并没有打算取缔新文化运动。就如陈独秀在当时的一篇随感中一针见血指出的:"林纾本是想藉重武力压倒新派的人,那晓得他的伟丈夫不替他作主。"[2] 如果徐树铮真想这么做的话,"封报馆捉人",是军阀政府对付知识分子的拿手好戏,并不会有什么困难。但他之所以对林纾的呼吁"没有甚么反应",不是出于同情新文化运动,而是更紧张的国家权力之争吸引了他的全部注意力,他不肯在这种政治上的紧要关头分散精力去与知识分子为敌,以惹出更多的麻烦。

1917—1919年,是徐树铮政治上最为辉煌的时刻。这个人是民国政坛上的一员著名霸才。关于他的政治活动,陶菊隐的《北洋军阀史话》里多有介绍,这里只录1917年复辟失败后徐树铮的

---

[1] 分别引自《知堂回想录》中《蔡子民(三)》和《北大感旧录(十一)》,香港三育图书文具公司1980年,第336、523页。
[2] 陈独秀:《林纾的留声机器》,收《独秀文存》,安徽人民出版社1987年,第482页。

政治活动，以便了解他当时的处境：张勋复辟失败是在那年7月，直系军阀冯国璋上台做总统，皖系军阀段祺瑞组阁，由此展开了皖直两系的生死斗争，徐树铮作为段的心腹再次出任陆军次长的要职。8月以后，段、徐开始向西南调兵，发动第二次南北战争。但由于直系军阀的破坏而失败，11月，段、徐相继辞职。徐下台后跑到天津联络曹锟，组织各路军阀在天津举行会议，重新举兵南进，以挫败冯国璋，12月段祺瑞督办参战事务，实际上成为太上内阁。可是1918年1月，冯玉祥受冯国璋唆使通电和平，局势又转而危及皖系军阀，徐树铮"匹马度关"（林纾语），擅自以27000支步枪的代价引奉军入关，3月，张作霖在天津附近成立关内奉军司令部，徐树铮任副司令，镇住冯玉祥，复活段内阁。这以后，徐一手包办安福系新国会，准备推翻冯国璋，一手主持对南方军事活动，并在天津诱杀冯玉祥的娘舅陆建章。到了8月，张作霖发现徐树铮贪污奉军军费用于编练亲信武装和选举新国会，遂罢了徐的副司令职。9月，国会选徐世昌为总统，徐树铮出任段主持的参战处参谋。11—12月出使日本。1919年2月他代表中国方面签约延长中日军事协定，破坏了当时的南北议和。4月17日，徐提出"西北筹边办法大纲"，开始策划外蒙古回归中国的事项，6月相继任西北筹边使和西北边防军总司令，开始奔赴外蒙谈判，直到1920年元旦大功告成。但紧接着又一场直皖战争中，皖系军阀彻底垮台，徐树铮的政治生命也急转直下。——这里我不厌烦地抄录一个军阀政客在这三年中的紧张活动，包括筹划国会，操纵选举，发动战争，拉拢曹锟，引入奉军，以及外交上出使日本与外蒙古，桩桩件件都非同小可。尤其1919年上半年，国际上风云突变，英美开始与日本争夺在华利益，段、徐亲日派渐渐失势；国内的南北议和与学生的爱国运动也都对段、徐不利，再加上徐世昌与段祺瑞的矛盾日益尖锐……徐树铮在国内外政治舞台上纵横捭阖，呼风唤雨，几度使段内阁转危为安，表现得极为出色，他怎么会在这样的时刻听从一个腐儒的劝告去干涉新文化运动，加深激化与知识分子的矛盾呢？再则，政治上、军事上、外交上都处于短兵相接的时候，政治家尚顾不到文化上的大一统。这时，往往是国家之灾、文化之幸——文化在王纲解纽、专制崩坏之中找到了生存发展的空隙，由此兴盛起来。在中国历史上，一次是春秋战国的诸子百家，一次是魏晋南北朝的佛学入华，再一次就是民国军阀混战中的五四新文化运动，都证明了这种虽然令人扼腕叹息但不得不承认的文化发展规律。

1919年上半年，也就是郑振铎所说的"二、三月间"，新文化运动确实一度出现紧张的气氛。今查有关材料，早在1918年5月21日，北大及各专门学校学生2000多人结队向总统府请愿，要求废止中日军事协定。蔡元培虽在事先劝阻过，但无结果，事后他曾引咎辞职，经慰留而罢。中日军事条约是段、徐皖系军阀勾结日本政府的重要措施，当然是得罪军阀的事。到了1919年3月，徐世昌总统令教育总长傅增湘致函蔡元培，对《新潮》杂志提出非难。《新潮》是北大学生为响应《新青年》而创办的新文化刊物，对社会、文化均持批评态度。傅致蔡信中透露："自《新潮》出版，辇下耆宿，对于在事员生不无微词。……近倾所虑，乃在因批评而起辩难，因辩难而涉意气，倘稍逾学术范围之外，将益启党派新旧之争，此则不能不引为隐忧耳。"[1] 蔡元培复函予以解释，并公开支持《新潮》。接着，3月18日林纾在《公言报》发表致蔡元培的公开信，指责北大"覆孔孟，铲伦常"。蔡元培当天即复公开信，为北大辩护。大约是由于林纾与徐树铮有不平常的关系，当时社会舆论对这位"霸才"又素怀畏惧之心，于是谣言四起，甚至有某参议员要提弹劾教育总长、查办校长之议案。而新文化阵营偏在此时雪上加霜，在这期间又插入了另一桩风波，即关涉陈独秀的狎妓风波，社会上"一时争传其事，以为此种行为如何可作大学师表"，也即是谣传陈、胡诸人被革职驱逐的起因。蔡元培开始还想保陈独秀，但有沈尹默等捣鬼于前，汤尔和密谋于后，蔡元培不得不于4月10日提前实行取消学长负责制，实际上是撤了陈独秀的职。汤尔和当时是医专校长，陈独秀的好友，1917年蔡元培出任北大校长，正是汤向蔡推荐陈担任文科学长，现在由汤出面提议罢陈，蔡、陈均无话可说。蔡、汤会晤时间是

---

[1] 转引自阴法鲁：《北洋军阀对进步刊物的摧残》，收《五四运动文辑》，湖北人民出版社1957年，第95页。关于这段历史，傅斯年在当时（1919年9月）的一篇文章里有过描写，可能比较接近事实："有位'文通先生'惯和北大过不去，非一次了。有一天拿着两本《新潮》，几本《新青年》送给地位最高的⋯⋯个人看，加了许多'非圣乱经'，'洪水猛兽'，'邪说横行'的评语，怂恿这位地位最高的来处治北大和我们。这位地位最高的交给教育总长傅沅叔斟酌办理。接着就是所谓新参议院的张某要提查办蔡校长，弹劾傅总长的议案。接着就是林四娘运动他的伟丈夫。接着就是老头们罗唣当局，当局罗唣蔡先生。接着就是谣言大起。校内校外，各地报纸上，甚至辽远若广州、若成都也成了报界批评的问题。谁晓得他们只会暗地里投入几个石子，骂上几声，罗唣几回，再不来了。"（引自《新潮》之回顾与前瞻，载《新潮》第2卷1号。）据傅所暗示的"地位最高的"，应是大徐徐世昌，而非小徐徐树铮，林四娘当指林纾，他"运动伟丈夫"终无下文。

3月26日，所有风波均集中在1919年3月间。[1]但所有这些事件，都很难证明徐树铮有干涉新文化运动的企图。

当时似乎只有一个谣传与徐树铮有点关系。五四学生运动掀起后，蔡元培再度辞职。其中原因，据说是他听到个谣传，"都中喧传政府将明令免我职而以马其昶君任北大校长"。蔡深恐因此增加学生对政府的纠纷，并洗不掉"个人运动学生保持地位"的嫌疑，所以不告而别，于5月9日秘密出京。[2]蔡元培身在庙堂，其获消息必有来历，马其昶者，桐城派大师[3]，与林纾同聘为正志中学教授，徐树铮的幕僚文人。假如此传真有其事，马其昶很可能是得之于徐树铮的提名，但后来事实证明并非如此，政府获准蔡辞职后，即任命前任北大校长胡仁源为继任，又因学生反对未果，蔡元培复职。马其昶继任校长一事，很可能也是出于一些好事者的谣传。

既然无法证明徐树铮曾欲干涉新文化运动的材料，那么，郑振铎所说的"如不是五四运动的发生，谣言有可能实现"的说法是靠不住的。五四运动当然反对的是徐树铮为代表的亲日政策，当时有人称徐树铮和曹、陆、章为四大卖国金刚[4]，但导致安福系

---

[1] 关于陈独秀狎妓事件风波经过，均引自《胡适来往书信选》中册，中华书局1980年，第281—292页。
[2] 引自蔡元培：《我在北京大学的经历》，刊《东方杂志》第31卷第1号。
[3] 马其昶（1855—1929），字通伯，安徽桐城人。著有《抱润轩文集》《庄子故》《诗毛氏学》《周易费氏学》等。
[4] 此说见上海神州书局于20世纪30年代出版的《徐树铮正传》，但另有一种说法"四大金刚"中有江庸，而非徐树铮，见陈独秀：《四大金刚》，收《独秀文存》，安徽人民出版社1987年，第504页。

垮台的并不是五四运动，而是直皖战争。再说，即使五四运动不发生，其时段、徐与总统徐世昌的矛盾加深，又不在执政的位置上，而徐树铮的职务重点又在外蒙古回归方面，也顾不上干涉新文化运动。所以说，刘半农的所谓"小有周旋"之说，恐怕多半是出于文人的修辞手法，并不是说明一种"事实"，后来刘半农在回忆文章里也另有持平之论。[1]

在中国，历来的知识分子运动，无论是汉明清，还是民国以后，无不是败在政治强权的屠刀之下，而独五四新文化运动却能"前不见古人，后不见来者"，知识分子破天荒地不依赖政治权力而独立获得了改造社会文化的成功，从而建立起20世纪知识分子背离庙堂、立足广场、面向民间的启蒙传统。海外学者中有人称这次知识分子的成功，是因为过去"士大夫"的余荫，在当时一般社会舆论犹把读书人放在政治中心地位给以尊重，所以几个学生能"振臂一呼令武人仓皇失措"。这当然是一个因素，但问题也可以反过来提，那些反对新文化运动者也同样有着"士大夫"的余荫，而其中如林纾者还充当了变相的"御史弹劾"，怎么就没有说服"武人"举起屠刀来呢？因此，研究知识分子运动还将附带研究一下当权者的客观处境，将会有十分有益的启示。

---

[1] 刘半农在《五四时期的白话诗》中说："卫道的林纾先生却要于作文反对之外借助于实力——就是他的'荆生将军'，而我们称为小徐的徐树铮。这样，文字之狱的黑影，就渐渐的向我们头上压迫而来，我们就无时无日不在栗栗危惧中过活，然而我们终于没有尝到牢狱的滋味——至少也可以说，我们中并没有任何人在明白宣布的提倡白话诗文的罪名之下遭到逮捕——这就不得不有慨于北洋军阀的宽宏大度，实远在读圣贤书，深明忠恕之道的林琴南先生之上。"收《半农杂文二集》，上海良友图书公司1935年初版。

关于"荆生将军"

我在前一篇文章里,根据一些材料推断"荆生将军"徐树铮在"五四"时期并没有干涉新文化运动的企图,但这仅仅是因为政治斗争过于紧张,军阀间的自相残杀过于激烈的缘故,并不是徐树铮不想或不会干涉新文化运动。政治枭雄一般都很知道利用统一战线,越是政治斗争激烈的时候越不会四处树敌,但是一旦掌握了权力,或者稳定了局势以后,那就难说了。所以林纾写《荆生》并非开错药方,而从事新文化运动的知识分子也都深知这一招的厉害,假若徐树铮当时执了政,那么"五四"这场知识分子运动很可能会在屠刀下"烟消灰灭"。后来凡是新文化运动的当事人回忆这段历史总是要提到徐树铮,正说明知识分子对这位"荆生将军"仍然心有余悸。

周作人在回忆录里说:"北洋派的争斗,如果只是几个军阀的争权夺利,那就是所谓狗咬狗的把戏,还没有多大的害处,假如这里边夹议着一两个文人,便容易牵涉到文化教育上来,事情就不是那么简单了。"[1]这话究竟到底也是不确,土匪出身的张作霖虽然没有文人唆使,却也懂得从俄国大使馆里把李大钊捉来绞死。但一般的军阀政客杀知识分子,只是因为知识分子掌握了他们所不具备的知识,使他们感到害怕,以为杀了知识分子就可以少些麻烦。而徐树铮不一样,徐树铮确是个有学问的军阀,能诗善文,才气横溢。相传1912年初,北京清廷正在让位还是抵抗之间动摇不定,以段祺瑞为首的四十二个前线将领联名通电主张共和,给予清廷最后一击,逼迫隆裕太后同意退位。这封长篇电报正是出于徐树铮的手笔;后来孙中山去世,徐在国外寄回挽联词,云:"百年之政,孰若民生?何居乎:一言而得,一言而丧;十稔以还,使无公在,更不知:几人称帝,几人称王?"在当时是公认的最佳一联,连国民党内的文人学士也自叹不及。有这样的文才,又抓住了枪杆子和印把子,自然是别具一格的军阀。虽然他一生忠于段祺瑞,充当了一个高级幕僚,但考其在政治生涯中与文人学士的交往事迹,倒可看到一种传统的帝王之气,也即是残存着政治权力者与知识分子之间"庙堂建构"的遗风。

手边有徐树铮的两篇文章,都是在直皖战争失败,他在上海当寓公时写的。一篇是《致柯凤孙王晋卿马通伯书》,写于1923年,收信人都是当时著名的经史大师或桐城文人。[2]徐在信中与

---

1 周作人:《知堂回想录·蔡子民(三)》,香港三育图书文具公司1980年,第336页。
2 柯邵忞(1849—1934),字凤孙,山东胶县人,清翰林,湖南学政,著有《春秋谷梁传注》《新元史》《蓼园诗钞》等。王树柟(1852—1930),字晋卿,河北新城人,光绪十二年(1886)进士,曾任新疆布政使,有关经史著作三十三种,民国以后,任清史馆和国史馆总纂。马通伯,即马其昶,见前篇注。

他们谈经论学,信中说:"读《易》后,发愿总集群经,遍为点读。年来奔走四方,形劳而神豫,无时无地,盖未尝不以丹铅典籍自随。近十三经中,惟余《公》《谷》未毕,非不知贪多之为害,特以不能详博,何由反约?故亦不惮其繁也。"[1]可见其读书之多,用心之深。当时的在野军阀,常以念经说禅为时髦,大约是在朝时杀人太多的缘故,老去后又希望立地顿悟,以致杀人成佛两不误;而徐却在军事政务以外,"无时无地"埋头读十三经,而且读了也不是为了装门楣,他认为十三经于中国文化传统,分类杂芜,内容不全,应该重新编纂中国文化经典,分经、史、训诂三大类,共收纳二十部古典精籍,作为国家的根本大典。"中国经世大文,殆可包举无遗。读者各尽资力所能,专治其一、二或普读其大凡。国家兴学育材,此为之基;立贤行政,此为之准。然后益以艺事之学,分门隶事,群智得其范围,古今两无偏泥,神洲泱溙,庶免陆沉之惨。"话虽说得陈腐,但思想却是中国晚清以来"中学为体,西学为用"之一脉相传,反映了他所赞同的"以孔孟学说为右腿,欧洲的农工商学说为左腿,走向富强的道路"的政治理想。[2]别的军阀谋的是枪杆子里出政权,靠搞阴谋耍手腕来争权夺利,他却以在野之身思考着立国大法,即如何用"国学"传统为基础来构建国家意识形态。

另一篇文章《上段执政书》写于1925年,这是在他的老主公

---

[1] 徐道邻编:《徐树铮先生文集年谱合刊》,台湾商务印书馆1962年,第43页。
[2] 吴国柄:《徐树铮与我——陪徐专使考察欧美日本各国记》,载(台北)《中外杂志》第24卷第6期。

段祺瑞再度被冯玉祥、张作霖捧上"执政"宝座,当个傀儡元首之际,徐树铮进言要段保护一些旧文人老学者,文风如《出师表》的沉痛风格。他回顾说:"反政以来,文教废坠,道德沦亡,读书种子日少一日:如柯先生邵忞,王先生树枏,马先生其昶,经术词章,为世所师,皆已年逾七十。若姚永朴,胡玉缙、贾恩绂、陈汉章诸先生,年辈差后,亦皆六十内外,……此数叟者,蛰居都门,著书讲学,仡仡罔倦,拟恳厚赠禄养,矜式国人。"[1] 这是要段祺瑞出点钱,把这几位遗老文士供养起来,以保斯文一脉。但他并不是把这种落实知识分子的政策看作是慈善措施,而是提高到昌盛国家、保住政权的国策:"钧座不欲重整吾华,厚施当世则已。如欲之,舍昌明经训无他求也。为长治久安计,练百万雄兵,不如尊圣兴学,信仰斯文义节之士。袁黎冯徐诸氏,能取之而不能终之,可为殷鉴。物质器械、取人成法,即足给用。礼乐政刑,非求之己国,不足统摄民情……"上述两文,前篇是为建立国家意识形态提出一整套普及传统文化的方案;后篇是上书执政,将这套方案施诸现实,包括落实知识分子政策,并总结了从袁世凯以降各届民国总统之所以"取之而不能终之"的经验。两篇如放在一起读,不难看出徐的政治眼光确较之一般军阀远大得多。

---

[1] 引自徐道邻编:《徐树铮先生文集年谱合刊》,第48页。文中所举人物:姚永朴(1861—1939),字仲实,桐城姚鼐后人。胡玉缙(1859—1940),字绥之,江苏吴县人,京师大学堂教授。贾恩绂(1865—1948),字佩卿,河北人,擅史地学。陈汉章(1864—1938),字伯弢,浙江人,当过北大教授,长于小学、金石。四人均为当时的国学大师级人物。

为了弘扬封建文化传统,徐树铮不能不依靠一些遗老文人学士来帮他出谋策划,这就构成了一种传统的"庙堂文化建构"。我曾经有过这样一个看法:20世纪中国知识分子之所以走不通庙堂之路,是因为传统的道统学统政统三者关系变了,现代政治家谋求治国之道,与知识分子探索救国救民的良方,是在同一起跑线上开始的,谁也不比谁高明,所以政治权力者对文人嗤之以鼻是很好理解的,而知识分子做"帝王师"的梦想也显得特别的可笑,所以现代知识分子唯有脱离庙堂,在自身的知识领域另立价值取向,才能从平等的立场与权力者对话。但是若政治权力者想以传统文化为治国之道,即谋求道统学统政统的三者合一,那么他必然会尊重知识分子为师,尽管世风日下,但唯知识分子一向以守护道统、应世变通为第一职业,舍他们不足以立国。徐树铮有过人的才气和远大的目光,正在不自觉地行使袁世凯以下没有一个统治者能做的事情。他1915年创办正志中学,把当时最负盛名的桐城派文人都搜罗进来,尊为导师,便是一个典型例子。其中最有代表性的,就是他与林纾的关系。

徐树铮与林纾结识于民国初年,那时林纾约60岁,而徐方才30出头,徐在《致马通伯书》中称:"辛壬之际,始与畏庐老人交,猥许为性地廉厚,屈恒以道义相磋磨。"[1]据朱羲胄《林琴南学行谱记四种》记载:林氏弟子表第七页有徐树铮之名。[2]可见

---

1 徐道邻编:《徐树铮先生文集年谱合刊》,第12页。
2 转引自刘凤翔:《〈徐树铮先生年谱〉的商榷》,载(台北)《文星》第12卷第1期。

徐对林纾是执弟子礼。在办正志中学期间，徐常与那帮文人相聚共饮。《年谱》记载："他们每星期晚上在一起吃馆子。参加的林琴南纾、姚叔节永概、吴辟畺闿生（桐城派大师吴汝伦的儿子——引者）、臧磵秋荫松等几个人。吃的常是'醒春居''便宜坊''厚记'几家，偶尔也光顾几家出名的小馆子（如'恩成居''沙锅居'等）。每次开菜单，都是臧先生作书记。林先生谈锋最健，主要是他一个人说话。……吃完饭多半是到虎坊桥平报馆聊天，或者到琉璃厂的松华斋南纸店去坐坐。"[1]也就是在这段时期，徐林的诗词唱和频繁，内容甚为肉麻。徐单身去关外引入奉军制胜冯玉祥后，林纾特地画了《匹马度关图》送他。1920年徐树铮在直皖战争中失势，林纾无限惆怅，作诗云："无限庚申怀旧感，青山历历过徐州。"（《畏庐诗存·徐州》）而当林纾去世后，徐树铮也甚为痛惜，自云："树铮辟地频年，奔走南北，兄姊亲爱，死丧迭仍，皆为私痛，未至过戚。惟两翁之殁（指林纾和姚叔节），不能去怀，每一念及，辄复涕零。"（见《上段执政书》）可见这位政客和文人的感情实在非同一般。所以，林纾做小说将荆生来暗示树铮，望其能一举击溃新文化运动，确是有其师生友谊作背景的。

当然，更主要的关系还是两人具有共同的卫道热情。徐树铮之所以尊林、姚等文人为师，是出于对桐城传统的尊重，而尊桐城又出于复古、弘扬道统的政治目的，一环接着一环。他对于主张打倒孔家店，主张"覆孔孟，铲伦常"的新文化运动，自然是

---

[1] 徐道邻编：《民国徐又铮先生树铮年谱》，台湾商务印书馆1981年，第33页。

仇视的。在《致柯凤孙王晋卿马通伯书》里，徐一边规划传统文化经典，一边则批评时下文坛："近日文人之恶孽，著述之芜秽，或不至永为人心大蠹，亦治世之要也。"批评里暗藏杀机，所谓"近日文人"未尝不包括新文化和白话文学的倡导者。作为一个政治家，他把弘扬国粹和反对新文化，都列入治世大纲，这也就是说，一旦他牢固地掌握了政权，那么充当"荆生将军"来镇压新文化运动也为期不远了。

我曾在《鲁迅的骂人》一文中谈到梁实秋企图假借权力者来铲除论敌的卑劣行为，若从新文学的历史看，林纾可能是第一个站在新文化运动的对立面，企图假借政治权力来消灭对手的文人。但林纾是个旧文人，在他那个时代，知识专业还没有建立起价值标准，文人要反对论敌，最好的办法就是参本弹劾，利用"圣上英明"来解决矛盾冲突。林纾这么做，不过是仿效了过去一个御史的职能；而梁实秋则是个吃过洋面包、懂得人格独立的现代知识分子，这么做较之遗老林纾来，自然是更不可原谅。更何况林纾是否真向徐树铮建议干涉新文化，恐怕也是一个疑问。因为以两人的亲密关系，林纾若真有所谋，只需直接向徐建议，也用不着费力写了小说来暗示。据当年在徐树铮办的正志中学的学生回忆，林纾在正志中学上课讲授《史记》，每周二小时，那时他虽然与新文化运动公开论战，打笔墨官司，但在课堂上从未批评过新文化运动和陈、胡诸人，也可见君子风度一斑。[1]因此，

---

[1] 见关懋德：《徐树铮先生与"冷血团"的正志中学》，载《传记文学》第35卷第4期。

他发表致蔡元培的书信,是公开批评新文化运动,虽然发表在段系报纸《公言报》上,则不能以此派定他代表了徐树铮的态度;他写小说学《聊斋志异》,一会儿编出荆生猛士痛击新文化三少年,一会儿又编出妖怪吞吃元绪公,都是出于文人的异想天开。仗着权力者的宠爱,不妨撒撒野,吓唬吓唬几个"乳臭未干"的年轻人,其"荆生"者,除了"荆""徐"都是"州名"相对应外[1],并无什么明确的所指。所以徐树铮即使看到了《荆生》等小说,"没有甚么反应"是完全可能的。[2]

就在林纾发表《荆生》后不久,陈独秀就发表随感,针锋相对地指出,这"就是中国人有'倚靠权势''暗地造谣'两种恶根性。对待反对派决不拿出自己的知识本领来正正堂堂的争辩,总喜欢用'倚靠权势''暗地造谣'两种武器",而又进而指出,林纾所指望的"荆生",不过是连孔子都不齿于见的阳货之流。[3]陈独秀不愧是老革命党,天生贼大胆,不像刘半农等到徐树铮死后才敢说"小有周旋"。但也正因为"荆生"者的身份未曾明确,这样骂人也不见得犯忌讳。我们从陈、林的不同态度即可以看出当时知识分子价值观念的分化,陈独秀显然已经是一位站在广场上的启蒙大师,他不信君王权势,只信知识,认为天下是非可以

---

[1] 见周策纵:《五四运动史》(上),丁爱真、王润华等译,香港明报出版社1995年,第94页。

[2] 关于"荆生将军"到底是谁的问题,陆建德曾另一有一说,指认"荆生将军"为林纾自许。

[3] 陈独秀:《关于北京大学的谣言》,收《独秀文存》,安徽人民出版社1987年,第402页。

在"知识"的绝对标准下进行争辩高下，而他偏偏忘了，中国有形的封建庙堂虽然随着帝制崩溃而毁灭，但无形的精神庙堂却依然久久存在，以权威定是非不仅是世俗民众的思维习惯，连许多知识分子也这么认为。眼前就有这个现成的例子：徐树铮虽非执政，但其以经史、训诂等国学为立国基本，能尊文人为师；林纾等人虽然昏聩老朽，但围在政治权势者周围，以道学师之，两者恰形成一幅传统"君臣建构"的庙堂遗照。

可惜的是时代确实是变了，知识分子的庙堂意识已经无法再有所作为。林纾之于徐树铮不过是一个小小的缩影，后来居上者，如吴稚晖、胡适之、梁漱溟等各色人物的失败，都可证明这一点。

以上两篇初刊《中国现代文学研究丛刊》1996年第3期
　　原题为《徐树铮与新文化运动——读书札记二则》

关于正志中学

在《新文学运动中的一件公案》里，我引用过一段周作人的话，说徐树铮自居于桐城派的人，他办着一个成达中学，拉拢好些文人学士，其中有一个自称清室举人的林纾云云。这里有一个错误需要纠正。徐树铮于1915年反对袁世凯推行帝制，被免去了陆军次长之职，为韬晦计，他在北京办了一个正志中学，请了著名文人林纾、姚永朴、马其昶、姚永概等担任教授。二姚一马均为桐城末期名流，林纾也是一代国学大师，因而正志中学名噪一时。

那么，怎么会出现一个"成达中学"呢？据关懋德在《徐又铮先生创办正志中学述略》一文中介绍说："民国四年，萧县徐又铮先生方任职陆军部次长，创办正志中学校于故都北平，授诸生以礼乐射御，所以修文树教，明耻教战也。九年夏，直皖战争起，合肥段公芝泉去位，先生亦退闲，直系军人王怀庆接办正志中学,更名成达,先生手树规模,为之丕变,名师耆宿,亦相继星散,未数年而停办。"¹关氏为当年正志学生,对当时情况较为了解,据他的说法,正志中学是在徐当陆军次长的任上所创办。据《年谱》所载:徐树铮于1915年6月26日免去陆军次长职,然后"先生离开陆军部后,这是他久忙乍闲,就用全力办他的'正志中学校',一来这早就是他心愿,二来也是一种'韬晦'之术"。很可能是徐在次长任上创办正志,下台后才"全力办学",以作韬晦。徐树铮创办正志中学时期,也正是《新青年》努力发起新文化运动的时期。"正志"是代表了徐树铮创办学校的阶段,到了改名"成达",徐树铮已经在政治上失败,躲进上海租界当寓公,再也管不了远在北京的学校了。"成达"之名,来源于当年大徐(世昌)出任总统,为捧小徐(树铮)的场,特意为正志中学题了一块"成德达材"的匾。但其时,不但名师星散,而且徐的办学理想也成泡影,正是"正志"该寿终正寝的日子。

　　周作人身为当时人写回忆,本不该发生这样的错误,现在推究起来,能讲得过去的理由只有一个,就是周作人在1920年以前对徐树铮的情况并不是很清楚。周作人自1917年到北京定居,虽然常在《新青年》《每周评论》上发表文章,但终究还是局外人,不像陈独秀、胡适之、蔡元培、钱玄同、刘半农等人那样,直接卷入斗争旋涡。所以周作人在回想录里谈蔡、林之争,谈徐树

---

1 关懋德:《徐又铮先生创办正志中学述略》,见徐道邻编:《民国徐又铮先生树铮年谱》,台湾商务印书馆1981年,第31页。

铮，多半是抄录原始文件和转述他人之言，很少有亲身感受的材料，也不可能如刘半农那样谈徐色变，写出"小有周旋"的话来。周作人成为北平学界名流是在20世纪二三十年代，那时他一边听人说起徐树铮曾有干涉新文化的可能，一边得知有家成达中学为徐树铮所办（成达中学后被李石曾接收改为孔德学院），于是便把两件事错放在一块了。可见当事人回忆录的可信度也不是那么充足，后人以讹传讹，更容易想当然了。

关于正志中学，倒是还有些趣味的事可以说说。徐树铮是个雄才大略的人，我在前两篇文章里说过他虽然只是段祺瑞手下的一名高级幕僚，心志却相当远大，办正志中学，与其他的一系列政治军事活动一样，是他为实现政治理想的一个部分，所以这个学校从一开始就办得很有特点。据《年谱》所介绍："这个学校有三个特点。一、特别注重国文，请的有林纾、姚永朴、姚永概等，都是当时一流的国学大师；二、这个学校也可以说是一种军官预备学校，头一年就下军操，第三、四年就用步枪操练，寝室饭厅的规则，和日本士官学校的一样；三、这里不学英文，而学法文德文。教员一律是外国人。"[1]这当然是从好的方面说，但从这些办学内容也可以看出徐树铮的教育方针和教育思想：一是将中国的传统文化与日、德的军事文化相结合，培养"文武双全"的人才；二是以日本士官学校为楷模，培养自己未来事业的"御林军"；三是请第一流的教员，培养第一流的人才。

---

[1] 徐道邻编：《民国徐又铮先生树铮年谱》，第30页。

为了达到这样的目的，正志中学的教学内容与课程设置与当时国家教育部所规定的不同，它主要突出两门课：国文与体育，每天上午以国文课为主，下午以体操课为主，其他课程如数学、德文等，都放在次要的位置上。这样的教学效果若何也很难说。当年正志的学生关懋德写过几篇回忆文章，其中有一篇记载了当年教师上课的情况，下面摘录几段以供参考：

> 国文教师有林纾，字琴南，别号畏庐，"新文化运动"的死对头，自称是"七十老翁"。每星期好像是两小时，专讲解《史记》，闽侯口音极重，凝神谛听，听懂了非常有趣。因为林老翁学过拳脚"功夫"，讲到兴致淋漓的时候还露一露身手，表演"图穷而匕首见"，荆轲如何行刺秦王而不中的情形。
>
> 林老翁而外，就要数到"桐城派"嫡系的姚二先生永朴字仲实，三先生永概字叔节，马其昶字通伯三位主讲老师。姚三先主讲经学，自编的一本义名"我师录"，内容录些什么，而今毫无印象了，只记得他老人家一再告诫我们，不要作"饱食终日，无所用心，吾莫如之何也已"！不要作"群居终日，言不及义，好行小惠，难矣哉"喽！还有就是他一再辩白古文的源流，一脉相传，没有所谓"桐城派"的分别。
>
> 姚二先生双目失明未全盲，大概患的是"白内障"。当年还未发明外科手术，行动极不方便，每星期至多讲课一

次,需要人扶掖到课堂的讲台上,讲的是魏晋人物的书札,别具风格的小品文,……他老先生既不能看,也用不着油印的讲义,背诵原文,一字不遗,仍然引不起大部分同学的兴趣,前排伏案打瞌睡,后排有围书、下象棋。有时候,前排的鼾声大作,老先生这才感觉到不对劲,扶着讲台,摩挲而下,和声和气地说:"哎,不要睡哟。"偶尔摩到睡者的光头,也只轻轻拍几下。……真正教课而又教作文的主任导师是桐城马其昶先生。他的钟点也最多,几乎每天上午两小时,每周作文一次,两小时内当堂交卷,多半是历史题目。马先生身材颇高而跛一足,留八字须,年龄比林、姚小,约六十左右,讲授《左传》,选读长篇大文,解释文法训诂。每堂课黑板上密密麻麻写满了。[1]

瞧这一批遗老文人,年纪都在六七十岁以上,有的老得不成样子,有的已经瞎了、跛了,却聚在一起大讲国粹,此情此景,与另一边北大讲台上跋扈飞扬的老革命家陈独秀,八面风光的美少年胡适之,意气风发的新锐知识分子钱玄同、刘半农等相比,着实是一个绝妙的对比。而偏偏在这一批又老又瞎的文人中还夹杂着一个别有风致的儒将徐树铮,也十分好看。徐被当时人称为"伟丈夫",正志中学流行一首校长歌,大约也是这批遗老编出来的,歌词有:"城北徐公正志学堂长,富韬略,能文章……"把他

---

[1] 关懋德:《徐树铮先生与"冷血团"的正志中学》,载《传记文学》第35卷第4期。

比作《战国策》里"身长七尺而形貌昳丽"的美男子,其实也是过誉,徐与那些翘八字胡的军阀相比,自有一番风流面貌,但也远远称不上"美男子"。有一篇文章记载徐树铮的容貌,说他是"身材不高而微胖,肤色白皙,体格壮健,两目眯眇,双手如棉,又恂恂儒雅,无官僚架子,丰神明秀,喜与文人为伍"[1]。说其"两目眯眇",也就是小眼睛,后来我看过徐的戎装照片,双眼透露出一种奸诈神色,将其与"城北徐公"相媲美,倒是暴露了这批桐城文人在军阀周围落到了妻妾食客的可悲境地。

　　正志中学的国文教学情况大多如此,关于军事教学也别有一番风情。每天下午的体操课,包括步兵操,器械操,摔跤(即柔道),武卫(包括拳脚、刀枪剑戟、三节棍、九节鞭等形形色色)。体操教习都是赳赳武夫,由"边防军"(这是徐亲自主持的军队)部队中选拔而来的中下级官佐,训练学生如练新兵,除去不骂粗话,不用脚踢外,如学生中有腰杆不挺姿势不正者,当胸就是一拳,弄得不好还要关"禁闭"。

　　但即使是这样保守、刻板的教学制度,也没能全部熄灭年轻人的血性和爱国热情,五四运动掀起后,波及整个北京学界,正志的学生也受到影响。据载,在1919年5月下旬,校园内曾酝酿过一场"哗变"的星火,但被徐树铮扑灭了:

　　　　傍晚,七点已过,操场上队形排列整齐,准备出发到

1　薛观澜:《徐树铮与靳云鹏斗争记》,载《新万象》第2期。

宿舍就寝。体操教员一声口令："向右转，开步走！"队形只小有骚动，仍然屹立不动，显然是抗拒号令了。赳赳武夫也愣了，再喊一遍口令，照旧不动，整整齐齐，面对押队的体操教员，如同一行列的人体化石，十足表现纪律化的群众心理：只要站排头领队，年长身高的同学多数是班长，不听号令，起"带头"作用，全队声应如电光火石。看起来像是全体同学早已秘密约定，实际上只是一部分同学所策划的行动。

体操教员着了慌，即刻把学监请来，学监来到，原想照寻常的一套，大肆咆哮就可以发生作用，结果失败了。不得不转变战术，缓和语气，问我们："要干什么？"

带头的同学发言了：要参加"爱国反日"的运动！

学监已到山穷水尽的地步，只得打电话向校长告急。一方面告诉我们等候校长来解决，学生的阵脚不乱。

不多一忽儿校长轻装简从翩然莅至。于是展开了似辩论而非辩论的对话：学生要参加反日运动，抵制日货。校长的答复大意是，他本人就是日本士官学校训练出来的军人，如果认为他是"亲日派卖国贼"，可以先制裁他，如果认为学校的教育措施，不爱国、不反日，那末，跑到大街上跟着一大群人的后面，或是跑在前面乱嚷嚷，就可以制服"世仇"日本鲸吞蚕食的野心，那算他办学失败了，我们也就完了……

带头同学无词可对，另提出要求："要办杂志，发表爱国的心声"。如此折腾,九点钟了。多数同学站了两个小时,错过了上床的时间,当然疲倦。校长认为"办杂志"可以推出几位同学,大家坐下来商量,其余的同学可以回宿舍就寝,不必呆站在这里。

带头的同学,每班约一至二人,前跨一步站出来,大家稍稍靠拢,队形始终不乱,由体操教员领到宿舍睡大头觉去了。

第二天听到参加校长座谈的同学报道:谈来谈去还是"他"有理。第一,我们没有办杂志的时间与必要!(不是没有能力。)其次,可以发表文章的刊物有的是,何必虎头蛇尾步入后尘?这一来"办杂志"的愿望也胎死腹中。[1]

我们对于五四爱国学生运动的回忆和材料看得很多,不妨看看这另一种材料,即军阀如何利用国粹和军事纪律来消解年轻人的爱国热情,也可说这是"五四"时期唯一被军阀制止住的一次学生运动,虽然在当时波澜壮阔的学生运动中,多一个少一个中学生团体并无什么要紧,但正志中学却成了当时唯一没有加入五四爱国运动的学校,被当时人骂为"冷血团"。当年4—6月,正是徐树铮全力筹办外蒙古回归的准备期,并无余暇管正志中学的学生,但在暑假之前,他为了防止学生假期中不安分,特意在北戴河找了一处"德国兵营",让学生去那儿免费避暑享用,使学

---

[1] 关懋德:《徐树铮先生与"冷血团"的正志中学》,载《传记文学》第35卷第4期。

生无法与爱国学生运动接触。这样一来，保全了"冷血团"的名节，直到正志中学易主和关闭，其"冷血"之耻仍未洗却。

徐树铮留给正志中学的文字，有两首诗，一篇序文，均收入台北商务印书馆印的《徐树铮先生文集》中。其中《正志同学录序》一篇中有谈到"五四"一节：

> 聚五方之士，杂居一庐，加之血气方盛，惧无以范尔身心而律尔行检也；于是周规折矩，悬为令禁，俾有循率，冀无大背乎准绳焉，朝于斯，夕于斯，风雨暑寒，勤勤焉勿或辍，亦即四周岁矣。幸诸生日著进诣，各斐然有其章，而吾忠爱诸生之心，稍稍得托以自见：吾其引以为快也乎？抑犹未也。吾不尝诏尔诸生乎？曰："诸生受业吾校，虽晷刻之顷，不吾面则已。傥吾面：而吾无所规正，徒标榜虚誉，期要尔欢，则吾负尔矣。"斯言未远，诸生当犹记忆。[1]

这段话可与林纾致蔡元培公开信中指责蔡"今全国父老以子弟托公，愿公留意以守常为是"对照起来读，也是很有趣的。

初刊上海《书城》杂志1996年第3期
原题为《徐树铮与正志中学》

1　徐道邻编：《民国徐又铮先生树铮年谱》，第23页。

编后记

我以前在中文系讲授中国现代文学史，第一堂课讲绪论，总会讲到这一个比喻：五四新文学传统就像是一道汹涌的河流，我们都是河床底下的小石子，当这道河流淹过我们奔腾向前，也将会带走我们生命的信息。我所说的"我们"，是针对课堂里的听课者说的，我觉得，在中文系的老师、学生，不管他将来会写作、会讲课、会编辑，等等，只要他的工作岗位在文学的圈里，或者他终生爱好文学，感受文学的熏陶，那么，他都合适做这么一道文学大河底下的石子。我们将被文学传统之流所淹没，传统也将带走我们的生命信息，我们就成为这文学传统中的一个成员。

这样的感觉，可能也是幻觉，但对我来说，是很真实的。记得很多年以前，我的青年学生时代，我经常去贾植芳先生的家，听他很随意地说着胡风和鲁迅。他用口音很重的晋南方言说着，说到胡风，总是称"俺那朋友"，说到鲁迅，总是称"老先生"，听先生讲现代文学就仿佛是在听一个老人讲他那代人的故事，这样，在我心目中一个个很神圣的名字都变得亲近了，就像是在听自己长辈的故事一样。再过了多年，自己也人到中年了，大约是20世纪90年代的时候,我也在社会上做一些自己觉得应该做的事,但很快,各种意想不到的压力都来了,那个时候想到二三十年代的鲁迅,他在杂文里写到的许多现象,自己突然都有了深刻的体验。我收在本书里的几篇关于鲁迅骂人的文章,都是那个时期写的,我觉得自己理解了鲁迅和那个时代的人。我不是一个研究鲁迅的专家,但我断断续续写过一些解读鲁迅作品的文章,直到最近几年还在写,不过我要承认,解读鲁迅作品与学习鲁迅精神还是不太一样。解读作品多少掺杂了一些先入为主的理论观点,似乎只是在分析一个与我无关的文本,而谈到鲁迅骂人的故事,就仿佛自己身体里也流淌着前辈愤怒的血液。

于是就无端想到了"精神血缘"这么一个词。犹记得在20世纪90年代末,我应台湾联合报系邀请去访学,相遇一位台湾师范大学的教授,我们谈得很投缘,回来后也保持着通信。一次在信中不知说到什么问题,那位教授很认真地写道:"如果我早生二十年,那也一定是'二二八'事件里的一个冤魂。"我读着这句话,心底被深深地触痛。从消极意义上理解,这就是宿命,但从积极意义上来理解,就是一种知识分子精神的遗传基因。

这就是我为什么要给这本小书取这么一个书名。

收在书里的文章,是在不同时期写的,原先没有什么计划,体例也不一样,有几篇是当作论文来写的,也有几篇是根据课堂讲稿修改的,大部分还是学术随笔、书评和杂文。现在收拢起来,都作为学术随笔来理解也是可以的。我的文笔向来散漫,即使是正儿八经的学术论文,也端不起俨然的架子,而是尽量地朝着随意的路去走,这在我的编年体文集里早就做过宣言了。还有,有少数几篇文章曾经收入广东人民出版社出版的《陈思和文集》,但这次收录的时候,我又一次在文字上做了修订。特此说明。

最后，要感谢陈恒教授策划了这套既有趣味又有深度的《光启文库》，也要感谢贺圣遂兄、鲍静静总编邀请我加盟于这套丛书。前几天偶然发现，这套丛书原来还有一位主编是孙逊先生，他也是我尊敬的老朋友，于去年不幸去世。此刻谨掬一瓣心香，编作若干文字，以示对先逝者的默默纪念。

写于辛丑年清明节过后第五天

光启随笔书目

（按出版时间排序）

《学术的重和轻》　　　　　　李剑鸣 著
《社会的恶与善》　　　　　　彭小瑜 著
《一只革命的手》　　　　　　孙周兴 著
《徜徉在史学与文学之间》　　张广智 著
《藤影荷声好读书》　　　　　彭　刚 著
《生命是一种充满强度的运动》汪民安 著
《凌波微语》　　　　　　　　陈建华 著
《希腊与罗马——过去与现在》晏绍祥 著
《面目可憎——赵世瑜学术评论选》赵世瑜 著
《中国的近代：大国的历史转身》罗志田 著
《随缘求索录》　　　　　　　张绪山 著
《诗性之笔与理性之文》　　　詹　丹 著
《文学的异与同》　　　　　　张　治 著
《难问西东集》　　　　　　　徐国琦 著
《西神的黄昏》　　　　　　　江晓原 著
《思随心动》　　　　　　　　严耀中 著
《浮生·建筑》　　　　　　　阮　昕 著
《观念的视界》　　　　　　　李宏图 著
《有思想的历史》　　　　　　王立新 著

光启随笔书目

《沙发考古随笔》　　　　　　　　　陈　淳　著
《抵达晚清》　　　　　　　　　　　夏晓虹　著
《文思与品鉴：外国文学笔札》　　　虞建华　著
《立雪散记》　　　　　　　　　　　虞云国　著
《留下集》　　　　　　　　　　　　韩水法　著
《踏墟寻城》　　　　　　　　　　　许　宏　著
《从东南到西南——人文区位学随笔》　王铭铭　著
《考古寻路》　　　　　　　　　　　霍　巍　著
《玄思窗外风景》　　　　　　　　　丁　帆　著
《法海拾贝》　　　　　　　　　　　季卫东　著
《走出天下秩序：近代中国变革的思想视角》　萧功秦　著
《游走在边际》　　　　　　　　　　孙　歌　著
《古代世界的迷踪》　　　　　　　　黄　洋　著
《稽古与随时》　　　　　　　　　　瞿林东　著
《历史的延续与变迁》　　　　　　　向　荣　著
《将军不敢骑白马》　　　　　　　　卜　键　著
《依稀前尘事》　　　　　　　　　　陈思和　著
《秋津岛闲话》　　　　　　　　　　李长声　著
《大师的传统》　　　　　　　　　　王　路　著
《书山行旅》　　　　　　　　　　　罗卫东　著